Rowan & Ash

Für die Rowans da draußen.
Und für Ash.

2. Auflage 2020

ISBN 978-3-7641-7105-6

Lektorat: Emily Huggins
Umschlaggestaltung: Alexander Kopainski
unter der Verwendung von Fotos von shutterstock.com
Druck und Bindung: GGP Media GmbH, Pößneck
Gedruckt auf Papier aus geprüfter nachhaltiger Forstwirtschaft.
www.ueberreuter.de

Christian Handel

ROWAN & ASH

Ein Labyrinth aus Schatten und Magie

ueberreuter

Inhalt

Prolog 9
Schattenlabyrinth 13
Der Goldene Wächter 21
Die Raghaillachs 26
Gespräch mit einem Knopf 34
Geständnisse und Lügen 45
Schatten in der Nacht 52
Ankunft in Ionnach 63
Die Wünsche meines Vaters 72
Eine Festung wie eine Krone 76
Das Herz der Welt 82
Die Akademie der Magier 93
Der undenkbare Tanz 103
Was wir nicht sagen 112
Ein Jahr zuvor in Gwilen 117
Anders 125
Der Sohn eines Königs 129
Der Botenstein 135
Feuer und Meerwasser 142
Die Ratsversammlung 147
Auf dem Markt 154
Sonnenfrüchte 161
Abendessen mit der Familie 170
Eine heimliche Bitte 177
Solánge de Gwilen 183

Die Kammer der Artefakte 192
Vertrauen 202
Das Heckenlabyrinth 207
Ein königlicher Geburtstag 212
Die Elfe und der Waldläufer 217
Der Sturm 227
Der Kuss 236
Der Steilhang 240
Ängste 245
An der Küste aus Stein 250
Taubheit 255
Mitternacht 263
Das Portal 269
Die Überreste eines zerbrochenen Traums 275
Eine unerwartete Begegnung 281
Geisterkrieger 287
Scherbenwald 292
Familienbande 299
Der Tanz der Schwarzen Königin 306
Sonnendorn 313
Der Schacht 322
Kerker 328
Ein modriges Bett 334
Ein gefährlicher Schwur 342
Der Ritter der Königin 350
Der Fall des Weißen Schlosses 358
Schwarze Knochenklippen 366
Ein steinerner Steg 372
Goldener Nebel 379

Das Feld der Geister 384
Efeu und Bernstein 390
Das Erwachen der Schwarzen Königin 398
Ein neuer Anfang 405
Danksagung 411

Prolog
Eine alte Sage aus Iriann

Vorzeiten, als das Volk der Elfen noch unter uns wandelte und die Magie stark war, ritt der König der Menschen in den großen Wald von Iriann und jagte. Er folgte den Spuren von Hase, Fuchs und Eber und erlegte allerlei Beute. Als es zu dämmern begann und der König bereits darüber nachdachte, nach Hause zurückzukehren, trat eine weiße Hindin zwischen den Bäumen hervor. Ehe er sich dem edlen Tier nähern konnte, verschwand es wieder im Unterholz.

Eifrig trieb der König sein Pferd an und nahm die Verfolgung auf. Er suchte den ganzen Abend und die halbe Nacht, aber die geisterweiße Hindin fand er nicht. Was er fand, war eine Frau. Sie war die schönste Frau, die er je gesehen hatte, und er entbrannte augenblicklich in großer Liebe zu ihr. Er fragte sie nicht, aus welcher Familie sie stammte, was sie ganz allein im Wald zu schaffen hatte oder wohin die Hindin verschwunden war.

»Fürchte dich nicht«, sagte er stattdessen und hob sie vor sich in den Sattel. »Ich habe mich in dich verliebt und möchte dich mit mir nehmen, damit du meine Gemahlin und Königin wirst.«

Und so geschah es. Wie der Wind ritten sie bis hin zu seinem Schloss, das der König der Elfen ihm zum Geschenk gemacht hatte. Das Lichte Volk hatte es aus weißem Marmor und Pflanzenwerk erschaffen und dazu Baum, Stein und die Strahlen der Sonne miteinander verwoben, um Türme zu bauen, die bis in die Wolken ragten. Dort wurde die Hochzeit in großer Pracht gefeiert.

Nie sah man den König glücklicher. Er las seiner Königin jeden Wunsch von den Augen ab und hielt sie hoch in Ehren. Denn er wusste nicht, dass die Fremde, die er im Wald getroffen hatte, in Wahrheit eine Hexe war.

Es vergingen Jahre, bis der König die Liebeszauber zerreißen konnte, die seine Gemahlin um ihn herum gesponnen hatte. Als er es begriff, war es beinahe zu spät. Die Hexe trachtete nämlich schon danach, die Macht über ganz Iriann an sich zu bringen. Sie überzog die Insel mit einer todbringenden Krankheit, dem Hexenbrand. Menschen starben wie die Fliegen.

Da erkannte der König ihre wahre Natur und scharte seine Vasallen um sich, das furchtbare Vorhaben der Königin zu vereiteln. Mithilfe mächtiger Artefakte versuchten sie, die Magie der Königin zu rauben. Doch Gawain, ihr heimlicher Geliebter, warnte die Hexe.

Im Herzen des schönen Schlosses kam es zu einem magischen Kampf. Mauern barsten unter Zaubersprüchen, Ströme von Blut färbten den Marmor erst rot und schließlich schwarz. Die entfesselte Magie fraß alles um sich herum und verzerrte jedes Ding in sein schreckliches Gegenteil. Blüten verwandelten sich in Dornen, Spiegel in Scherben und Freude in Leid. Zurück blieb eine düstere Ruine, das Schattenlabyrinth. Zerstört, dunkel und bedrohlich.

Es gelang, die Schwarze Königin zu besiegen, aber der Preis, den der König und seine Getreuen dafür zahlten, war hoch. Keiner im Schloss überlebte diesen Tag. Seither ist das Schattenlabyrinth ein verfluchter Ort, das Schlachtfeld zerbrochener Träume und zerstörter Hoffnungen. Niemand, der die Feste danach betrat, ward je wieder gesehen.

Die, die man nun die Schwarze Königin nennt, ist aber nicht tot. Sie liegt in einem tiefen Zauberschlaf. Alle dreizehn Jahre wird der Bann, der sie gefangen hält, schwächer und sie droht zu erwachen und ihre Fesseln abzustreifen.

Hüte dich, Iriann, denn sollte dies jemals geschehen, wird für dich ein dunkles Zeitalter anbrechen.

Schattenlabyrinth

Die Festung wirkt wie eine schwärende Wunde inmitten der grünen Hügellandschaft. Dieser Ort, den man das Schattenlabyrinth nennt, war einst die schönste Schlossanlage dies- und jenseits des Meeres. Unmöglich, sich das heute vorzustellen. Die kohlschwarzen Ruinen, die sich aus der Landschaft bohren, erinnern mich an das verfaulte Gebiss eines Riesen. Im Umkreis von einer Meile wächst nichts mehr um das einstige Herrscherhaus: kein Baum, kein Strauch, noch nicht einmal Gras. Magie hat das Schloss errichtet und Magie hat es zerstört. Was bleibt, ist ein verfluchter Schandfleck im grünen Herzen unseres Inselkönigreichs.

»Das genügt. Viel näher heranzureiten wäre töricht.« Vater zügelt neben mir das Pferd und gleitet aus dem Sattel.

»Komm«, fordert er mich auf, nachdem ich es ihm gleichgetan habe. Gemeinsam gehen wir zu Fuß weiter auf die Schattenfeste zu, während sich unsere Leibwächter um unsere Pferde kümmern.

Erst am Hügelkamm bleiben wir stehen. Wider besseres Wissen wage ich einen Blick in die Tiefe. Der Hang vor uns fällt steil ab. Dorniges Astwerk krallt sich in die zerklüfteten Felsen. Die rostroten Gesteinseinschlüsse erinnern mich an geronnenes Blut. Mein Magen zieht sich zusammen und mir wird schwindlig. Schnell trete ich einen Schritt zurück und zwinge mich, meinen Blick in die Ferne zu richten, hinüber auf die Festung.

Ich spüre Vaters Hand auf meiner Schulter und langsam beruhigt sich mein Herzschlag. Eine Weile lang sprechen wir nicht. Der Wind zerzaust mir das Haar, die Luft schmeckt nach Rauch und Verwesung und noch etwas anderem. Es ist weniger ein Geschmack als vielmehr ein Prickeln auf der Zunge. *Magie.* Nirgendwo auf der Welt ist die Magie so stark wie hier. Und nirgendwo so gefährlich. Die schwarzen Mauerreste des Schattenlabyrinths wirken selbst aus der Ferne brandnarbig, als bestünden sie aus Torf.

»Geht es wieder?«

Ich nicke. Vater drückt noch einmal fest meine Schulter, dann lässt er los. »In der Hauptstadt darfst du dir die Angst nicht anmerken lassen.«

Meine Ohren beginnen zu glühen. »In Ionnach gibt es keine Gebirgsschluchten.«

Natürlich weiß ich, dass Vater nicht das meint. In der Hauptstadt kann man auf viele Arten fallen, und viele Große Familien wären begeistert davon, uns stürzen zu sehen.

»Du kannst dich auf mich verlassen«, schiebe ich deshalb hinterher.

Aus den Augenwinkeln sehe ich, wie Vater nickt. »Das weiß ich, Rowan.«

»Und warum sind wie hierher gekommen?«

»In Ionnach haben die Wände Ohren. Ich wollte noch einmal in Ruhe mit dir reden.«

»Was ist mit Mutter?«

»Ich habe keine Geheimnisse vor ihr oder deinen Schwestern. Aber es gibt Dinge, die ein Vater nur mit seinem Sohn besprechen kann.«

Das erinnert mich an ein äußerst unangenehmes Gespräch vor ein paar Jahren und ich spüre, wie mir die Hitze erneut ins Gesicht steigt. Schon befürchte ich, er würde mit einem Vortrag über die Freuden des Fleisches und das Wunder der Zeugung beginnen, aber Vater wechselt, Briann sei Dank, abrupt das Thema: »Was glaubst du, wie sich die Akademie der Magier in der nächsten Ratssitzung entscheiden wird?«

Das ist eine schwierige Frage. In den Dörfern überschlagen sich die Gerüchte über Schattenkreaturen, die durch die Lande streichen. Bald wird der Hexenbrand wieder in Iriann wüten. Das Schattenlabyrinth zu versiegeln scheint die einzige Möglichkeit, das zu verhindern. Aber damit würde man die Insel auch von der Quelle der Magie abschneiden, und das will eigentlich niemand, am allerwenigsten die Akademie.

»Ich vermute, sie werden gegen die Versiegelung stimmen«, sage ich. »Schlussendlich sind und bleiben sie Magier.«

»Du vermutest es oder du weißt es?«

»Ich vermute es. Woher soll ich es *wissen*?«

»Hat dir deine Freundin nichts verraten?«

»Raven ist Lehrmädchen in der Akademie. Du kannst nicht ernsthaft annehmen, sie wüsste, wie sich der Rat entscheidet.«

»Raven ist klug. Und was in diesem Fall noch wichtiger ist, sie vermag sich leise wie eine Katze zu bewegen. Du willst mir doch nicht erzählen, dass sie nichts gehört hat?«

Ich schüttele den Kopf. »Du kennst sie doch. Sie ist vorsichtig. Sie tut nichts, wodurch sie Gefahr laufen könnte, von der Akademie geworfen zu werden. Außerdem haben wir in den letzten Wochen kaum miteinander gesprochen.«

Vater wendet sich mir zu und hebt eine Augenbraue.

»Es ist wahr«, verteidige ich mich und nestele an dem Lederband herum, das ich um den Hals trage und an dem ein daumennagelgroßer Silberknopf hängt. »Ich fürchte, seine Macht ist fast aufgebraucht. Wir versuchen, die Knöpfe so wenig wie möglich zu benutzen.«

Der Silberknopf ist ein Artefakt. Vor Ravens Aufbruch nach Ionnach hat Vater uns identische Knöpfe geschenkt. Wir können damit auch über große Entfernungen hinweg sprechen. Aber mit jeder Benutzung schwindet die Kraft der Artefakte ein bisschen. Nur eine Magieschwemme kann sie wieder aufladen.

»Ich kann sie fragen, wenn wir im *Goldenen Wächter* sind.«

Vater nickt zufrieden.

»Aber ich glaube nicht, dass sie etwas weiß«, schiebe ich hinterher und gebe mir Mühe, meine Stimme fest klingen zu lassen. »Und ich werde sie nicht dazu überreden, ihre Lehrer zu belauschen.«

»Du solltest ohnehin nicht mehr so viel mit ihr sprechen, wenn du in der Hauptstadt bist.«

Ich glaube, mich verhört zu haben. »Warum nicht?«

»Ich will nicht, dass Alyss Gerüchte zu Ohren kommen. Oder Corwin.«

Daher weht also der Wind. Natürlich geht es um den König. »Es wird keine Gerüchte geben, weil zwischen Raven und mir nichts passiert, was zu Gerüchten führen könnte.«

»Gerüchte müssen nicht immer der Wahrheit entsprechen. Denk an Jonah O'Malley.«

Ich senke den Kopf, weil ich nicht weiß, was ich darauf antworten soll.

»Wir haben so lange auf diese Verbindung hingearbeitet, Rowan.«

»Die O'Briens sind die mächtigste Familie in ganz Iriann«, halte ich dagegen. »Der König braucht uns.«

»Der König hat auch die O'Malleys gebraucht.« Vater seufzt tief. »Die Situation in der Hauptstadt ist angespannt. Die nächste Magieschwemme ist erst in mehreren Sommern zu erwarten. Trotzdem hat man bereits Kreaturen gesichtet. Immer mehr Stimmen fordern, das Schattenlabyrinth zu versiegeln, ehe es zur nächsten Seuche kommt. Der Kronrat ist sich uneins und jeder bestürmt den König mit den eigenen Ängsten. Es ist jetzt wichtig, Stärke zu zeigen. Und Loyalität.«

»Also wirst du für die Versiegelung des Schattenlabyrinths stimmen?«

»Wenn es das ist, was der König will.«

Wütend kicke ich einen Kiesel in die Schlucht. »Hast du keine eigene Meinung?«

Mein Ausbruch bringt Vater nicht aus der Ruhe. »Natürlich habe ich die. Und die werde ich Corwin auch mitteilen. Aber wenn er sich anders entscheidet, kann er auf meine Stimme zählen. *Der Kluge …*«

»… *wählt seine Kämpfe stets selbst*«, beende ich seinen Satz. Das ist einer seiner Leitsprüche. Ich muss mich dazu zwingen, nicht die Augen zu verdrehen. Mein Vater ist ein guter Mensch. Die Bewohner unseres Herzogtums schätzen ihn als gerechten Lehnsherrn und Beschützer. Meiner Mutter ist er ein treuer Ehemann, der sie stets bei seinen Entscheidungen mit einbezieht. Und er hat nicht nur dafür gesorgt, dass wir Kinder eine umfassende Ausbildung erhalten, sondern auch, dass wir nie an seiner Liebe zu uns zweifeln müssen. Meiner kleinen Schwester Willow erlaubt er sogar Unterricht im Schwertkampf.

Aber es gibt eine Sache, in der er unerbittlich ist: die Rückeroberung des Throns von Iriann, auf dem einst unsere Vorfahren gesessen haben. Vor etwa dreihundert Jahren ist die Königswürde von den O'Briens auf die Byrnes übergegangen. Unser Herzogtum Ehrenfeld ist die ertragreichste und damit einflussreichste Region der Insel, aber der Verlust der Krone schmerzt unsere Familie bis heute.

Seit er selbst die Herzogwürde von seinem Vater übernommen hat, zieht mein Vater Fäden und schmiedet Allianzen, die es uns O'Briens erlauben sollen, wieder aufzusteigen. Ich bin mir ziemlich sicher, dass er meine Mutter liebt. Dass sie als die Lieblingsbase der Königin galt, war aber damals sicher der maßgebliche Grund für ihn, um sie zu freien. Als zuverlässiger Unterstützer, aufrichtiger Berater und treuer Freund hat er sich seitdem beim König unentbehrlich gemacht. Sein Plan ist aufgegangen. Nicht nur hat König Corwin ihn in den Stand eines Erzherzogs erhoben. Er hat auch seine älteste Tochter Alyss mit dem ältesten Sohn meines Vaters verlobt. Mit mir.

Alyss war drei Sommer alt, ich nur wenige Monate jünger, und natürlich wurden wir nie nach unserer Meinung gefragt. Jetzt ziehen wir zu den Feierlichkeiten anlässlich ihres siebzehnten Geburtstags nach Ionnach, damit wir vor unserer Hochzeit im nächsten Frühjahr Zeit miteinander verbringen können. Jedenfalls ist das einer der Gründe für unsere Reise. Alyss ist ein lieber Mensch und eine Allianz zwischen den Byrnes und den O'Briens ist in diesen schwierigen Zeiten das

Beste für Iriann. Ich hätte es nicht besser treffen können. Aber manchmal frage ich mich, was *sie* von den Plänen unserer Väter hält.

»Wie würdest du dich entscheiden, wenn du eine Stimme in der Ratssitzung hättest?«

Vaters Frage überrascht mich. Wie würde ich mich entscheiden? »Unsere Insel ist der Ursprung aller Magie«, beginne ich vorsichtig. »Wenn die Artefakte ihre Kräfte verlieren, sind wir vom Wohlwollen unserer Nachbarn auf dem Festland abhängig.«

»Also wärest du dafür, die Schattenfeste nicht zu versiegeln?«

»Das habe ich nicht gesagt.«

»Und damit eine erneute Ausbreitung des Hexenbrands zu riskieren?«

»Nein! Aber was wäre Iriann ohne Magie? Wie würden wir überleben?«

»Ja.« Vater mustert mich aufmerksam. »Wie würden wir überleben?«

Ich zögere. »In unseren Bibliotheken stapelt sich in Schriftrollen das Wissen von Jahrhunderten. Und was nutzt es uns, die Quelle der Magie fließen zu lassen, wenn es eben diese Magie ist, die einen Hexenbrand entfesseln kann, der unsere halbe Nation auszurotten droht?«

»Es ist gut, dass du Ideen entwickelst. Als König brauchst du eine starke Meinung und einen festen Willen.« Ich lächele, aber Vater ist noch nicht fertig. »Doch um weise zu regieren, musst du erst einmal König werden. Ich mag dir den Weg zum Thron geebnet haben, gehen musst du ihn selbst.«

»Also willst du, dass ich meine eigenen Entscheidungen treffe. Du bist König Corwin ein ebenso weiser Ratgeber, wie ich es für Alyss sein möchte. Und Raven könnte wiederum mir als Ratgeberin zur Seite stehen.«

Vaters Blick bohrt sich in meinen. »Willst du König werden?«

»Ja«, antworte ich sofort. Als ob ich überhaupt etwas anderes zu ihm sagen könnte.

»Ich bin sehr stolz auf dich, Rowan. Ich weiß, dass du glaubst, ich sei enttäuscht gewesen, als du deine Ausbildung zum Pagen abbrechen musstest. Das Gegenteil ist der Fall. Du hast aus der Not eine Tugend gemacht und dich in deine Studien gestürzt. Du bist nicht ungeschickt in der Kampfkunst und du bist sehr gebildet, sogar gebildeter als ich.« Sein Blick wird noch intensiver. »Wenn es jedoch etwas gibt, worin ich mich auskenne, dann ist das Hofpolitik. Vertrau mir. Ich habe so lange daran gearbeitet, dich auf dem Thron von Iriann zu sehen. Raven ist ein liebes Mädchen. Aber das Letzte, was wir uns kurz vor deiner Hochzeit erlauben können, ist Gerede über eine Affäre mit einer Bürgerlichen.«

Meine Kehle schnürt sich zu. Darüber braucht sich mein Vater nun wirklich keine Sorgen zu machen. Raven ist meine beste Freundin. Ich werde nie etwas anderes als freundschaftliche Gefühle für sie empfinden. Für keine Frau.

Aber das kann ich meinem Vater freilich nicht sagen.

Der Goldene Wächter

Mein Hinterteil schmerzt ordentlich von den vielen Stunden im Sattel. Nachdem ich vom Pferd gestiegen bin und seine Zügel um einen Holzpflock gebunden habe, reibe ich mir verstohlen das Gesäß.

»Armer Junge«, raunt mir meine kleine Schwester zu, während sie sich neben mich stellt, um den Hengst zu streicheln.

Ich stoße ihr meinen Ellenbogen in die Seite. »Ein bisschen mehr Mitleid, bitte.«

»Mitleid?« Willow wirft einen bedeutungsvollen Blick über die Schulter nach hinten zur Kutsche, aus der gerade unsere Mutter steigt. »Wir können für den Rest des Weges gern miteinander tauschen.«

»Pass auf deinen Rocksaum auf, Willow!«, ruft Mutter.

Die stößt ein leises Knurren aus, das nur ich höre. Laut sagt sie »Aber gewiss, Mutter« und rafft ihr Kleid. »Ich weiß gar nicht, was sie hat. Sieht doch total trocken aus.«

Ich folge ihrem Blick auf den Boden. Gestampfte Erde, aber wenigstens nicht so matschig wie die Straße, auf der wir den ganzen Morgen und den halben Nachmittag lang geritten sind.

»Ehrlich, Rowan. So geht es jeden Tag. Willow, tu dies nicht. Willow, tu das nicht. Deine Stickereien sind so grob. Man gähnt nicht unverhohlen, Willow! Nichts kann ich ihr recht machen.« Sie seufzt theatralisch und wischt sich eine widerspenstige Locke aus der Stirn. »Und in der Hauptstadt wird das sicher noch schlimmer. Da könnte sie doch zumindest während der Reise weniger verbissen sein.«

»Sei nicht so undankbar. Sie lässt die Leine ohnehin schon länger, als gut für dich ist«, sagt meine Schwester Fiona, die sich zu uns gesellt. Sie ist elf Monde jünger als ich und einen halben Kopf größer. Wie wir alle besitzt sie die haselnussbraunen Haare und dunklen Augen der O'Briens. »Wir sind übrigens nicht die einzigen Gäste im *Wächter*.«

»Woher weißt du das?« Mein Blick sucht die Außengalerien der Fachwerkbauten ab, die rechts und links neben uns aufragen. Sie sind leer. Und außer unseren Pferden kann ich im Hof keine anderen Reittiere entdecken.

Fiona deutet auf den breiten Durchgang zwischen einem der Häuser und dem eigentlichen Gasthof. Im Schatten steht eine Kutsche, nur geringfügig kleiner als die unsere. Das Bild auf dem schwarz gestrichenen Holz erkenne ich sofort: ein Flammen speiender Salamander auf scharlachrotem Grund. Das Wappen der Raghaillachs.

Ausgerechnet.

Während unsere Leibwächter den Stallburschen helfen, sich um die Pferde zu kümmern, folgen wir meinen Eltern ins Gasthaus. Der Goldene Wächter sieht genauso aus, wie ich ihn in Erinnerung habe. Mächtige Holzsäulen stützen das Schindeldach des hohen Raums, der bis zum Gebälk hin offen ist. Sowohl um die Säulen als auch um die Dachbalken wuchert üppig das Goldkraut, das der Gaststube ihren Namen gibt. In prächtigen Reben hängen die Pflanzen von der Decke und wickeln sich um die Speichen der Wagenräder, die zur Zierde hier und da ins Gebälk genagelt worden sind. Darunter stehen die Tische für die Gäste: mal lang gestreckte Tafeln, mal kleine Rundplatten, um die nicht mehr als vier Stühle passen. Dank hoher Fenster flutet Sonnenlicht den riesigen Raum.

Es gibt keine Feuerstelle in der Gaststube. Der Wirt lässt die Speisen in einem angrenzenden Raum zubereiten, zu dem ein Durchgang hinter dem Ausschank und dem Tresen liegt. Das ist aber nicht das auffälligste Merkmal, durch das sich der Goldene Wächter von anderen Gasthöfen unterscheidet. Es riecht auch deutlich angenehmer. Die Schankstuben der Gästehäuser, in die wir während unserer Reise eingekehrt sind, verströmen ein unangenehmes Aroma nach zu lange geköcheltem Eintopf und ungewaschener Kleidung. In den schlimmsten Fällen mischt sich darunter noch der Geruch vom Urin der Wachhunde, die sich ungeniert im Gastraum erleichtern. Die Binsen, mit denen die Wirtsfamilie den Boden im Goldenen Wächter auslegt, wirken hingegen stets frisch. Zudem mischt man hier wohlduftende Kräuter darunter.

Was mir nicht gefällt, ist der Anblick der Menschengruppe, die ich an einer länglichen Tafel weiter hinten im Gastraum entdecke.

»O'Brien!«, ertönt wie aufs Stichwort die sonore Stimme von Conleth Raghaillach. »Hätte ich es mir doch denken können, dass wir uns hier über den Weg laufen.«

Das Herzogtum der Raghaillachs liegt westlich von Ehrenfeld. Wie für uns führt für sie überland der kürzeste Weg nach Ionnach an der Schattenfeste vorbei. Weil die Raghaillachs neben dem König über die stolzeste Flotte von Iriann verfügen, hatte ich gehofft, sie würden per Schiff in die Hauptstadt reisen.

Mein Vater nickt Conleth knapp zu. »Lord Raghaillach.«

Noch ehe er etwas hinzufügen kann, treten der Gastwirt des Wächters und seine Frau zu uns. »Mylord, wir haben Euch erst morgen erwartet.«

Vater lächelt die beiden freundlich an. »Ich hoffe, wir bereiten Euch mit unserer früheren Ankunft keine Unannehmlichkeiten.«

»Bei Tuath, nein. Es ist nur … In der vergangenen Nacht haben wir eine große Gästeschar beherbergt, die erst vor einer knappen Stunde abgereist ist. Und die Soldaten des Königs sind auch noch da.«

Vaters Mundwinkel zucken. »Ihr habt keine Zimmer für uns?«

»Das ist es nicht, Mylord«, mischt sich die Gastwirtin eilfertig ein. »Wir haben Zimmer für Euch. Sie sind nur noch nicht gerichtet.« Nervös schiebt sie sich eine Haarsträhne unter die Haube zurück. »Ich werde eilen, aber es wird wohl ein Weilchen dauern, bis Ihr dort einkehren könnt.«

Mutter lächelt beruhigend. »Schön habt Ihr es wieder hier.« Sie deutet auf die schlanken Tonvasen auf den Tischen, in denen geschnittene Wiesenblumen mit blauen und violetten Blüten stehen.

»Danke, Mylady.« Die Gastwirtin wirkt sichtlich erfreut.

»Wir werden uns in die Gaststube setzen und eine Erfrischung zu uns nehmen, während Ihr unsere Kammern richtet.«

»Setzt euch zu uns!«, ruft Conleth Raghaillach, der natürlich alles mitbekommen hat. Er steht auf und deutet auf die freien Stühle an der lang gezogenen Tafel, um die er mit den Seinen Platz genommen hat.

Auch das noch.

Als Vater Conleths Vorschlag nickend zustimmt und sich in Bewegung setzt, muss ich mich beherrschen, nicht laut aufzustöhnen.

»Wird schon nicht so schlimm werden«, flüstert Fiona leise, als sie an mir vorbeigeht.

Ich wünschte, sie würde sich nicht irren. Aber ich weiß es besser, um mich dieser Hoffnung hinzugeben.

Die Raghaillachs

Die Raghaillachs stechen aus ihren Begleitern heraus wie Fliegenpilze in einer Ansammlung Stockschwämmchen. Sie tragen Gewänder aus Samt, der scharlachrot eingefärbt ist wie ihr Banner. Alle sind hochgewachsen und bis auf eine Ausnahme besitzen sie einen beachtlichen Bauchumfang. Immer, wenn Conleth Raghaillach über einen Witz lacht, befürchte ich, dass gleich die Knöpfe seines Wamses abplatzen. So gewaltig Lord Raghaillachs Erscheinungsbild ist, so herzlich wirkt er.

Beides Dinge, die man über seinen Sohn nicht sagen kann. Gwyn Raghaillach ist nicht mehr das hagere Frettchen von dreizehn Sommern, das ich zuletzt gesehen habe. Wie bei seinem Vater spannt sich sein eng geschnittenes Wams um seinen Oberkörper. Das liegt aber einzig und allein an den Muskeln, die sich deutlich unter dem Stoff abzeichnen. Er trägt das Haar jetzt länger und hat es am Hinterkopf zu einem Zopf zusammengebunden. Die Pickel von früher sind verschwunden, seine Haut ebenmäßig und braun gebrannt. Er ist verdammt attraktiv geworden und es gefällt mir gar nicht, mit welchen Blicken Willow und Fiona – und selbst Nola, Diarmaids Kindermädchen – ihn betrachten, wenn sie sich unbeobachtet fühlen.

Der Gastwirt bringt Krüge voller Wasser, Bier und verdünntem Wein sowie ein kleines Weidenkörbchen mit süßem Gebäck. Während der ganzen Unterhaltung sagt Gwyn kein einziges Wort. Die spöttischen Blicke, die er mir zuwirft, sprechen allerdings Bände. Ich bin mir sicher, er hat sich kein Stück geändert.

»Und Ihr seid auf dem Weg in die Hauptstadt, um Eure junge Braut zu besuchen?« Überrascht zucke ich zusammen, als Lady Raghaillach mich direkt anspricht.

»Zur Feier ihres Geburtstages, ja.« Ich merke selbst, wie lahm das klingt. »Es freut mich immens, sie endlich wieder zu sehen.«

Gwyn schnaubt, aber außer mir scheint das niemandem aufzufallen.

»Ich habe Ihre königliche Hoheit auf dem Herbstball gesehen.« Lady Raghaillach lächelt und auf ihrer Wange bilden sich tiefe Grübchen. »Sie ist zu einer wahren Schönheit erblüht. Ihr werdet im nächsten Jahr ein stattliches Paar abgeben.«

Ich spüre, wie mir das Blut ins Gesicht steigt. »Danke, Mylady.«

Mutter rettet mich. »Wie man hört, werdet Ihr bald Großmutter, Rowena.«

Lady Raghaillachs Lächeln wird noch strahlender. »Ist es die Möglichkeit? Ich kann es selbst kaum glauben. Aber Ihr habt recht. Mein Liam wird Vater. Die Niederkunft steht kurz bevor. Deshalb sind er und die gute Shawna auch zu Hause geblieben und nur Gwyn begleitet uns in die Hauptstadt. Die Kinder werden so schnell groß.«

»Wem sagt Ihr das? Ich kann nicht glauben, dass Rowan sich im nächsten Jahr bereits vermählen wird.«

Unsere Eltern blicken uns alle der Reihe nach an.

Rowena Raghaillach bedenkt erst meinen kleinen Bruder Diarmaid, dann meine Mutter mit einem sehnsuchtsvollen Blick. »Seht Euch an, Skye. Ich werde bereits Großmutter und Ihr selbst habt noch einen fünfjährigen Sohn.«

»Beneidet mich nicht zu sehr. Ein Enkelkind kann man seiner Mutter zurück in den Arm drücken. Mit einem Racker wie unserem Diarmaid ist das nicht so einfach.«

»Werdet auch Ihr Euch bald verloben?«, fragt Vater Gwyn.

Der verzieht die Lippen, verschränkt die Arme und schweigt. Was einer Beleidigung gleichkäme, wenn sein Vater nicht für ihn einspringen würde.

»Nach dem … Zwischenfall am Schrein des Tuath haben wir beschlossen, das Bündnis mit den Waterfords zu lösen. Unser Gwyn ist wieder ein freier Mann. Aber wer weiß, was der Sommer bringt.«

Neben mir rutscht Willow unruhig auf dem Stuhl hin und her. Die Zeit bei Hof stellt immer eine günstige Gelegenheit dar, neue Bündnisse zu schmieden. Wenn es etwas gibt, an dem meine kleine Schwester so gar nicht interessiert ist, dann ist es ein Verlobungsvertrag – etwas, das ihr ebenso wenig erspart bleiben wird, wie es mir erspart blieb.

»Die Große Ratssitzung sorgt zumindest dafür, dass sich alle Häuser wieder in Ionnach versammeln. Selbst die O'Malleys haben ihr Kommen angekündigt.«

Mutter schürzt die Lippen. »Ich hätte nicht geglaubt, Jonah O'Malley noch einmal bei Hofe zu sehen.«

»Ihre Grafschaft ist mit am stärksten davon betroffen, wenn der Rat beschließt, das Schattenlabyrinth zu versiegeln.«

»Alle kommen. Die Akademie der Magier hat sogar um

Unterstützung aus dem Ausland gebeten. Es heißt, die Comtesse de Gwilen ist von den Vulkaninseln aus angereist.«

Mein Pulsschlag beschleunigt sich. »Solánge de Gwilen?«

Conleth klopft sich mit seinen Händen auf den Wanst. »Eben diese.«

»Sie hat ein paar Jahre an der Akademie studiert«, erklärt seine Gemahlin eifrig, obwohl ich mir sicher bin, dass alle das wissen. »Es heißt, sie kommt nicht allein. Gerüchten zufolge bringt sie ihren Halbbruder mit.«

»Welchen?«, fragt Vater. »Sie hat sicher ein halbes Dutzend.« Er gibt sich unbekümmert, aber das nehme ich ihm nicht ab. Solánge de Gwilen ist die Tochter des Königs von Gwilen, unserem mächtigsten Nachbarn auf dem Festland. Vater weiß genau, wie viele Söhne der besitzt.

Das scheint auch Conleth bewusst zu sein. Er trinkt einen Schluck Wein und blickt Vater dann über den Rand seines Glases lauernd an. »Nicht den Thronfolger. Sondern den Goldjungen.«

Ich wusste es!

Ich kann es nicht glauben. Ash kommt in die Hauptstadt. Ich werde ihn wiedersehen.

»Aristide Aurel«, murmelt Vater Ashs vollständigen Namen. »Was will er hier?«

»Ihr habt es nicht gehört?« Es gefällt Lord Raghaillach sichtlich, einen Wissensvorsprung zu haben. Seelenruhig trinkt er einen weiteren Schluck Wein, während ich unter der Tischplatte meine Hände zu Fäusten balle. »Die ganze Angelegenheit ist ein wenig … unappetitlich«, fährt Raghaillach schließlich fort.

»Mein Lieber, bitte.« Seine Frau legt ihre Hand auf die seine.

»Sprecht«, fordert Vater brüsk.

»Ihr müsst Euch keine Sorgen machen.« Mir ist nicht klar, ob Raghaillach damit meinen Vater meint oder seine Frau. »Der König von Gwilen schickt seinen Lieblingssohn nicht nach Iriann, damit der um die Hand einer der Prinzessinnen anhält.«

»Dazu wäre es ohnehin zu spät.«

»Verlobungen kann man lösen«, schaltet sich Gwyn nun doch in die Unterhaltung ein. Er stellt ein süffisantes Grinsen zur Schau und erntet strenge Blicke von seinen Eltern.

»Prinzessin Olwenn ist noch nicht verlobt«, sagt seine Mutter schnell, um abzulenken. Olwenn ist die jüngere Schwester von Alyss. Sie ist fünfzehn, also genauso alt wie Fiona. Wenn Ash Olwenn heiraten würde …

Vater geht weder auf Gwyn noch auf Lady Rowena ein, sondern mustert Conleth kühl. »Was will ein Prinz von Gwilen dann hier?«

»Sich in ein möglichst tiefes Loch verkriechen, nehme ich an. Er kommt nicht zu einem Höflichkeitsbesuch. Er flieht vor einem Skandal.«

Mir wird so heiß, dass ich mir sicher bin, dass mein Kopf so rot leuchtet wie eine Erdbeere. Hoffentlich achtet niemand auf mich. Ich glaube, ich ahne bereits, was Lord Raghaillach sagen wird, noch ehe er es tut.

»Scheint so, als hätte der Goldjunge von Gwilen Dreck am Stecken. Sein Vater ist alles andere als glücklich darüber. Ihr habt noch nichts davon gehört?«

»Spuckt es schon aus, Conleth.«

Tuath und Briann, lasst es nicht das sein, was ich denke.

»Der Prinz wurde auf frischer Tat dabei erwischt, wie er sich mit jemandem in den Laken wälzte.«

Oh nein.

Vater presst missbilligend die Lippen aufeinander. Vermutlich nicht, weil er ahnt, was gleich kommen wird, sondern deshalb, weil er nach ehernen Moralvorstellungen lebt. Anders als viele Adelige würde er meine Mutter nie betrügen.

»Der Junge verlustierte sich allerdings nicht mit einer Frau. Er kreuzte mit einem Ritter sein Schwert, wenn Ihr versteht, was ich meine.«

Mir wird schwindelig. Es überrascht mich nicht. Nicht wirklich. Seit ich ihm im letzten Sommer begegnet bin, habe ich so etwas geahnt. Aber wie? Was?

Ich blicke hinüber zu meinem Vater und sehe, wie er sein Kinn nach vorne reckt. In seiner Miene wechseln sich Abscheu und Erleichterung ab. Und das versetzt mir .einen Stich.

»Ihr seht, Banwig, Ihr müsst keine Angst haben«, gluckst Lord Raghaillach vergnüglich. »Gwilen wird Euren Plänen nicht gefährlich. Von dem *Goldjungen* hat Euer Sohn nichts zu befürchten.«

Vater wirft mir einen Blick zu und ich muss mich zusammenreißen, das Zittern zu unterdrücken, das meinen Körper schütteln will.

Ahnt er es?, frage ich mich wieder einmal. *Er darf es nicht ahnen.*

Es würde alles zerstören.

Es würde mich zerstören.

Erst, als ich mir sicher bin, dass ich das Glas mit ruhiger Hand halten kann, greife ich nach dem verdünnten Wein vor mir und trinke.

Das Gespräch wendet sich anderen Dingen zu. Lord Raghaillach berichtet von dem Trupp Kreaturenjäger, den die Krone zum Schattenlabyrinth ausgesandt hat. Die Männer übernachten ebenfalls im Goldenen Wächter.

Ich höre kaum zu. Ab und an nippe ich an meinem Wein und beteilige mich ebenso wenig an dem Gespräch unserer Eltern wie Gwyn. Woran der wohl denkt? Ob er mir immer noch so gern den Hals umdrehen will wie früher?

»Es tut mir leid, Mylord O'Brien.« Eine weibliche Stimme reißt mich aus meinen Gedanken. Die Frau des Gastwirts tritt an unseren Tisch und blickt unsicher zwischen meinem Vater und meiner Mutter hin und her. »Ich fürchte, es gibt doch ein Problem. Wir haben ein Zimmer zu wenig.«

»Wenn Diarmaid bei uns im Zimmer schläft, könnte Rowan bei den Mädchen übernachten«, überlegt Mutter. »Und Nola …«

Nola öffnet bereits den Mund, um zu protestieren, aber Vater ist schneller. »Bei den Mädchen? Sicher nicht.«

»Ich könnte bei Sean und Fraerch schlafen«, schlage ich vor. Unsere Leibwächter können raubeinig sein, aber ich kenne sie seit meiner Kindheit.

»Unsinn«, mischt sich Lord Raghaillach ein. »Euer Sohn kann in der Kammer bei meinem Sohn schlafen. Dort ist ohnehin noch ein zweites Bett unbelegt, nicht wahr, Gwyn?«

Keine. Gute. Idee.

Ich habe Gwyn seit Jahren nicht mehr gesehen, aber ich traue ihm noch immer kein Stück über den Weg.

Gwyn brummt etwas Unverständliches.

»Seht Ihr«, Conleth wendet sich an die Gastfrau. »Problem gelöst.«

»Gut«, stimmt mein Vater zu und lächelt mich an. »Es ist ja nicht so, als ob ihr Fremde wäret.«

Eine Frage steht in seinem Blick. *Macht es dir wirklich nichts aus?*

Es geht nur um eine Nacht. Da wird schon nichts passieren. Wenn ich jetzt das Angebot ausschlage, muss ich verraten, weshalb ich Gwyn nicht traue. Es ist jedoch weder die rechte Zeit, noch der rechte Ort dafür. Deshalb nicke ich. Erleichtert verneigt sich die Gastwirtin vor uns.

Und als wir uns in unsere Kammern zurückziehen, um uns den Staub der Reise aus dem Gesicht zu waschen, folge ich nicht meinen Eltern und meinen Geschwistern, sondern Gwyn Raghaillach.

Der bereits einmal versucht hat, mich umzubringen.

Gespräch mit einem Knopf

Auch auf dem Weg in die Schlafkammer sprechen Gwyn und ich nicht miteinander. Zwei Jahre lang wurden wir gleichzeitig am Hof von Keylam Waterford als Pagen erzogen.

Damals war Gwyn ein klein gewachsener, unscheinbarer Junge mit einem verschrobenen Gesicht. Es ärgert mich, dass die letzten Jahre es so gut mit ihm gemeint haben. Ich muss mich zwingen, nicht an das zu denken, was er mir angetan hat – oder ihm auf den wohlgeformten Hintern zu starren, als er vor mir die Außentreppe emporsteigt.

Gwyn hat mich von Anfang an gehasst. Es war die Hölle – und endete unschön.

Die uns zugedachte Schlafkammer liegt am Ende der Galerie im ersten Stock. Gwyn zieht einen Messingschlüssel aus einer versteckten Tasche in seinem Wams und öffnet die Tür.

Das Zimmer ist geräumig. Zu unserer Rechten stehen zwei Gästebetten mit den Kopfenden an der Wand – beide groß genug, dass mehrere Menschen in ihnen schlafen könnten. Zwischen ihnen befindet sich ein kleines Nachtschränkchen. In der hinteren Wand ist ein Fenster, durch das man bis zum Schattenlabyrinth blicken kann. Eine Kommode steht daneben. Darauf sind eine Schüssel, eine Kanne aus Messing und ein kleiner Spiegel.

Ich weiß nicht, ob mich Gwyn anrempelt oder ich ihn versehentlich streife, als ich an ihm vorbei in die Kammer treten will. Auf jeden Fall muss ich einen Ausfallschritt machen, um nicht das Gleichgewicht zu verlieren, und komme unglücklich auf. Ein stechender Schmerz schießt mir durch den Knöchel nach oben und ich fluche.

»Schwierigkeiten mit dem Fuß?«

Gwyn trägt eine so unschuldige Miene zur Schau, dass ich ihm am liebsten ins Gesicht spucken würde.

Als ob er das nicht wüsste.

»Kein Grund, sich Sorgen zu machen.«

Er zuckt mit den Schultern und deutet auf eines der beiden Betten. »Das kannst du nehmen. Das Vordere ist meins.«

Ich hebe eine Augenbraue. »Ich wusste gar nicht, dass der *Goldene Wächter* dir gehört.«

»Sieh an. Du bist wohl nicht mehr so ein Hasenfuß wie früher.« Er verschränkt die Arme und spannt die Muskeln an.

Demonstrativ wende ich ihm den Rücken zu und gehe zu dem Bett, auf das er gedeutet hat. Dort lege ich den Stoffbeutel ab.

»Sie glauben immer noch, dass du eines Tages unser König wirst.« Gwyn klingt spöttisch.

Keinesfalls werde ich mich von ihm reizen lassen. Ohne auf ihn einzugehen, beginne ich, meinen Beutel aufzuschnüren und darin herumzuwühlen. Eine quälend lange Weile lang steht er nur da und beobachtet mich. Ich spüre seinen Blick in meinem Nacken brennen.

»Wir sehen uns beim Abendessen«, sage ich schließlich frostig.

Jetzt ist es Gwyn, der nicht antwortet. Ich höre, wie die Holzdielen unter seinen Schritten knarren, und drehe mich schnell um. Briann sei Dank kommt er nicht auf mich zu, sondern geht zur Tür.

»Bis gleich«, sagt er. Es hört sich an wie eine Drohung.

Als er endlich weg ist, stoße ich erleichtert die Luft aus. Mit dem Rücken lehne ich mich an das raue Holz der Tür, schließe die Augen und konzentriere mich so lange darauf, einfach nur zu atmen, bis sich mein Puls beruhigt.

Es gibt keine Beweise dafür, dass Gwyn für meinen »Unfall« verantwortlich war. Aber seine Bemerkung wegen meines Fußes … Und selbst wenn ich mich irre: Gwyn und ich kamen noch nie gut miteinander zurecht. Allein die Vorstellung, mir in der kommenden Nacht die Kammer mit ihm teilen zu müssen, lässt mich schaudern. Ich bin mir sicher, ich werde kein Auge zutun.

Und dann auch noch Ash!

Darüber darf ich nicht nachdenken. Durch das schmale Fenster sehe ich, dass sich die Sonne bereits orangerot verfärbt hat. Zeit, mich bei Raven zu melden.

Damit Gwyn nicht in meine Unterhaltung hineinplatzen kann, verkante ich die Lehne des einzigen Stuhls der Kammer unter der Türklinke. Dann werfe ich mich aufs Bett. Ich habe das Lederband mit dem Silberknopf gerade über meinen Kopf gezogen, als sich Raven auch schon meldet. In alten Zeiten soll man mit den Silberknöpfen in der Lage gewesen sein, Besitz über den Geist eines anderen Menschen zu ergreifen. Nun taugen sie nur noch dazu, miteinander in Kontakt zu treten.

»Rowan? Hörst du mich?«

Überrascht richte ich mich auf. In den letzten Wochen

klang ihre Stimme immer stark verzerrt, wenn wir über die Artefakte miteinander gesprochen haben. Jetzt höre ich sie so klar und deutlich, als läge sie neben mir auf dem mit Stoff überzogenen Strohsack.

»Sogar sehr gut.«

»Briann und Tuath! Das ist ja unglaublich.«

»Kein Grund, den Namen der Götter leichtfertig auszusprechen.« Grinsend sinke ich ins Kissen zurück und lasse den Silberknopf über meinem Gesicht baumeln. Es tut so gut, Ravens Stimme zu hören. Ich kann es kaum erwarten, ihr endlich wieder gegenüberzustehen.

»Ich spreche die Namen der Götter nicht leichtfertig aus, *Mylord*. Ich danke ihnen für ihre unendliche Güte.«

»Zweifelsohne.«

»Wo seid ihr? Im *Goldenen Wächter*?«

»Vorhin angekommen.«

»Dann seid ihr übermorgen in Ionnach.«

»Glaubst du, wir verstehen uns deshalb so gut? Weil nicht mehr die halbe Insel zwischen uns liegt?«

»Nein. Die Magie …« Sie senkt die Stimme. »Sie wird stärker. Habt ihr das in Ehrenfeld nicht gespürt?«

»Deshalb sind wir auf dem Weg zu euch, Schlaukopf, erinnerst du dich?«

»Du reist in die Hauptstadt, um den Geburtstag deiner Verlobten zu feiern, erinnerst *du* dich?«

Ich lächele säuerlich. »Als könnte ich das vergessen.«

»Verspürt der Erbe von Ehrenfeld kein Verlangen danach, König zu werden? Das lass besser nicht deinen Vater hören.«

»Ausnahmsweise geht es Vater bei dieser Reise nicht nur

darum, unser Bündnis mit der Krone zu sichern. Er macht sich Sorgen, dass die Schwarze Königin erwachen könnte.«

»Damit ist er nicht allein. In der Akademie sind die Nerven zum Zerreißen gespannt. An normalen Unterricht ist nicht zu denken. Alle reden nur von der verfrühten Magieeruption. Und während sich ein Teil der Magier und Schüler vor Angst fast in die Hosen macht, ist der andere Teil begeistert davon. Sie lassen sogar Artefakte vom Festland zurück auf die Insel bringen, weil sie überzeugt sind, dass die Magieschwemme diesmal besonders stark ausfallen wird.«

Ich kaue auf meiner Unterlippe. »Glaubst du, es ist wahr? Glaubst du, die Hexe streift diesmal endgültig die Fesseln ab?«

Niemand zweifelt daran, was geschehen würde, wenn die Schwarze Königin ihrem Gefängnis entkommt. Sie hat Iriann bereits einmal fast vernichtet. Sie wird es wieder versuchen.

»Bevor das geschieht, stimmen selbst die Magier dafür, das Schattenlabyrinth zu versiegeln«, sagt Raven, aber ihre Stimme klingt nicht so selbstsicher, wie sie sich gibt.

»Ich war heute dort. Beim Schattenlabyrinth. Vater und ich haben die Hauptstraße verlassen und sind dorthin geritten. Nicht ganz, natürlich. Nur bis zu einem der Hügelkämme.«

»Gütige Briann!«

»Es ist nichts passiert«, beruhige ich sie, aber ich erinnere mich an das seltsame Prickeln auf meiner Zunge, als wir zu den Ruinen hinüberblickten. Ich stehe vom Bett auf und gehe zum Fenster. In der Ferne taucht die Abenddämmerung die verkohlten Überreste der Feste in zornigrotes Licht.

»Ihr solltet euch dennoch nicht so nah dorthin wagen. Es ist schon wieder eine Kreatur gesichtet worden.«

»Hat man sie gefangen?«

»Nein.«

Einen Augenblick lang schweigen wir. »Im *Goldenen Wächter* seid ihr sicher«, sagt Raven dann.

»Der König hat sogar einen ganzen Trupp Kreaturenjäger hier stationiert. Aber ich teile mir ein Zimmer mit Gwyn.«

»Gwyn Raghaillach?!«

Seufzend wende ich mich vom Fenster ab und werfe einen Blick zur Tür. »Eben diesem.«

Ich will zurück zum Bett laufen, aber mein Fuß bleibt an einem losen Dielenbrett hängen und ich verliere das Gleichgewicht. Wild mit den Armen rudernd muss ich einen Ausfallschritt machen, um nicht zu Boden zu gehen. Schmerz schießt mir im Knöchel hoch und die Lederschnur entgleitet meinen Fingern. Etwas Nasses spritzt mir ins Gesicht. »Verflucht!«

»Was ist los?« Ravens Stimme klingt gedämpft, als käme sie aus großer Ferne. Hastig blicke ich mich nach dem Silberknopf um. Dann entdecke ich die Schlaufe des Bandes. Sie hängt über dem Rand der Schüssel, die neben der hohen Messingkanne auf der Kommode steht.

»Verflucht!«, wiederhole ich mich, weil ich nicht weiß, welche Auswirkung Wasser auf die Kräfte des Silberknopfes hat. Er besitzt ohnehin nur noch einen Bruchteil seiner Macht. Fließendem Wasser sagt man nach, dass es die Macht magischer Artefakte zerstören kann. Deshalb wirken sie auf dem Festland auch viel schwächer als in Iriann. Vielleicht besitzt Wasser in einer Messingschüssel eine ähnliche Wirkung. Aber da kennt sich Raven besser aus. Sie ist diejenige, die seit frühester Kindheit Abhandlungen über Magietheorie verschlingt und seit mehreren Monden an der Akademie der Magier in die Lehre geht.

Ich ignoriere die Schmerzen in meinem Fuß und humpele zur Kommode, um das Artefakt aus der Schüssel herauszufischen. Zumindest will ich das tun, bis mein Blick auf die Wasseroberfläche fällt, auf der sich ein Gesicht spiegelt. Nicht meines, sondern das eines Mädchens.

Ravens Gesicht im Wasser reißt überrascht die Augen auf. »Rowan! Was hast du gemacht?«

Ich schüttele den Kopf und fange an zu lachen. »Gar nichts. Ich bin gestolpert und der Knopf ist in eine Waschschüssel gefallen. Und jetzt bist du da. Du siehst mich auch?«

»Dein Gesicht schwebt vor mir in der Luft. Wie ein Porträt. Nur dass es sich bewegt.« Ihre Augen leuchten begeistert. »Ich habe noch nie davon gehört, dass die Knöpfe das können.«

»Das hat bestimmt mit der Eruption zu tun.«

Langsam strecke ich den Zeigefinger aus und berühre die Oberfläche des Wassers. Die Bewegung löst kleine, kreisförmige Wellenbewegungen aus. Ravens Spiegelbild verschwimmt und setzt sich neu zusammen.

»Es tut so gut, dich zu sehen.« Ihre Haare sind länger und irgendwie fransiger. »Was hast du mit deinen Haaren gemacht?«

Sie zupft an einer der Strähnen. »Gefällt es dir?«

Es steht ihr hervorragend. Sie wirkt selbstbewusster, frecher. In Ehrenfeld hat sie die Haare immer sehr kurz und schlicht getragen, fast wie ein Junge.

»Du siehst toll aus. Das Hauptstadtleben tut dir gut.«

Sie lächelt, aber jetzt wirkt sie traurig. »Das tut es. Wirklich. Ich wünschte nur, Ionnach läge nicht so weit entfernt von zu Hause.«

Das wünsche ich mir auch. »Ich habe Briefe dabei. Von deiner Mutter und von deiner Großmutter.«

»Das ist wunderbar. Es ist nur … wenn ich sie doch nur sehen könnte.« Ihre Miene hellt sich auf. »Vielleicht, wenn die Magie stärker wird, glückt das mit den Silberknöpfen auch in Ehrenfeld.«

»Vielleicht.«

Vielleicht beschließen der Kronrat und die Akademie allerdings auch, das Schattenlabyrinth zu versiegeln. Und das kann das Ende aller Magie bedeuten. Andererseits braucht es dann auch keine Akademie mehr und Raven kann nach Hause kommen.

So oder so, es wird dauern, bis sie ihre Familie wieder sprechen kann. Weder ihre Mutter, noch ihre Großmutter besitzen so etwas wie diesen Silberknopf. Nur Adelige und Magier haben Artefakte. Dem gemeinen Volk sind sie verboten. Für Raven gilt eine Ausnahme, weil mein Vater für sie vorgesprochen hat und sie so trotz ihres niederen Standes als Schülerin an der Akademie aufgenommen wurde.

»Ich vermisse Ehrenfeld so sehr!«

»Du könntest deine Familie besuchen.«

»Die Reise dauert ewig. Für so viele Tage komme ich hier nicht weg, ohne meinen Studienplatz aufs Spiel zu setzen.«

»Ich meinte nicht zu Pferde.«

Einen Moment lang schauen wir uns in die Augen.

»Nur für ein paar Stunden«, füge ich hinzu. »Niemand wird merken, dass du überhaupt weg warst.«

Sie wendet den Kopf ab. »Das geht nicht.«

Der Silberknopf ist nicht Ravens einziges Artefakt. Sie besitzt einen faustgroßen Orb aus grün geäderter Jade. Wir nennen ihn den Torstein, weil er ein magisches Portal öffnet, das seinen Besitzer überall hinbringen kann. Niemand außer mir und ihrer Großmutter weiß davon. Raven hält ihn selbst vor ihrer Mutter geheim. Und sie weigert sich, ihn zu benutzen, weil sie zu viel Angst vor den Folgen hat.

»Du könntest vorsichtig sein.«

»Nein, Rowan.«

»Du hast selbst gesagt, die Magie spielt gerade verrückt. Ich glaube nicht, dass du Angst davor haben musst, dass seine Macht versiegt.«

Ihr Kopf fährt wieder zu mir herum. Sie fixiert mich. In ihren Augen glänzen Wut und Tränen. »Es ist zu gefährlich! Was ist, wenn sie mich erwischen?!«

Ich senke den Kopf. Dann werden sie Raven den Torstein abnehmen, das weiß ich. Unsere Insel mag als Herz der Magie gelten, aber ein so mächtiges Artefakt wie das ihre gibt es selbst hier kaum mehr. »Es tut mir leid, lass uns nicht streiten. Ich vermisse dich einfach.«

Ihre Miene wird weicher. »Ich dich auch.«

Wir grinsen uns an.

»Der Speisesaal schließt bald«, fährt sie fort. »Ich sollte mich beeilen, wenn ich noch etwas in den Magen bekommen will.«

Ich nicke. Die Sonne ist inzwischen bereits halb hinter dem

Horizont verschwunden. »Ist gut. Ich muss auch los. Mein Vater erwartet, dass ich rechtzeitig zum Abendmahl im Gastraum bin. Vermutlich will er Lord Raghaillach keinen Anlass dazu geben, am Hof zu behaupten, der Erzherzog habe seinen Nachwuchs nicht im Griff.«

Raven verdreht die Augen. »Ich hasse Politik. Wir sehen uns übermorgen.«

»Wenn ich die Nacht überlebe.«

»Wegen Gwyn?«

Ich nicke grimmig.

»Muss ich mir Sorgen machen?«

»Er wird mir kaum mitten in der Nacht ein Messer zwischen die Rippen jagen.«

»Rowan!«

Ich versuche, mein Lächeln zuversichtlicher wirken zu lassen, als ich mich fühle.

»Ich weiß, ich habe gesagt, es ist zu gefährlich, den Stein zu benutzen. Aber wenn du wirklich Hilfe brauchst …«

Ich schüttele den Kopf. »Mach dir keine Sorgen. Ich bin kein zehnjähriger Junge mehr. Wenn Gwyn Raghaillach versucht, irgendwelche Dummheiten zu machen, wird er es bereuen.«

Durch meine eigenen Worte fühle ich mich gleich selbst etwas zuversichtlicher. Raven und ich verabschieden uns voneinander und ich angele das Artefakt aus der Messingschüssel und trockne es vorsichtig mit dem Saum meines Hemdes ab.

Dann wasche ich auch mir selbst endlich den Staub der Reise von der Haut und ziehe frische Kleidung an. Den Silberknopf verstaue ich sicher unter meinem Oberteil. Während ich mit der Hand über die Stelle streichele, an der er verborgen hängt, denke ich an Raven. Sie sah wirklich glücklich aus. Die Entscheidung, Ehrenfeld zu verlassen und die Akademie der Magier zu besuchen, war die richtige, auch wenn sie mir fehlt.

Ich hätte gern viel länger mit ihr gesprochen. Ich hätte ihr so gern von Aristide erzählt, und wie sehr mich das, was Lord Raghaillach behauptet hat, beschäftigt. Aber es gibt Geheimnisse, die man noch nicht einmal mit seiner besten Freundin teilt.

Geständnisse und Lügen

Nach dem Abendessen entschuldigen Fiona und ich uns, um draußen frische Luft zu schnappen. Willow wirft uns einen vorwurfsvollen Blick zu, weil wir sie nicht mitnehmen. Aber Lady Raghaillach hat sie in ein Gespräch verwickelt und ich bin froh, ein paar Augenblicke allein mit Fiona zu haben.

Statt in den Garten zu gehen, erklimmen wir die Treppen in den zweiten Stock bis hinauf zur Galerie, die um das Gasthaus herumführt. Auf der vom Hof abgewandten Seite setzen wir uns. Meine verschränkten Arme lehne ich gegen die Querstreben des Geländers und stütze das Kinn darauf ab. Die Beine lasse ich über den Rand in der Luft baumeln.

Unter uns befindet sich der Obst- und Gemüsegarten. Über uns gehen am dunkelblauen Himmel bereits die Sterne auf. Die Luft riecht nach Sommer und Blüten. Den seltsamen Geruch, den das Schattenlabyrinth ausströmt, kann ich nicht mehr wahrnehmen.

»Geht es dir gut?«, fragt Fiona schließlich, nachdem wir eine Weile lang geschwiegen haben.

»Warum sollte es nicht?«

Sie kann nicht auf Gwyn anspielen. Ich habe ihr nie von damals erzählt. Sie war noch zu klein und ehrlich gesagt schäme ich mich für das, was geschehen ist.

»Du wirkst still. Schon die ganze Reise über. Was glaubst du, wie es sein wird, Alyss wiederzusehen?«

Das ist die Frage der Fragen. »Ich weiß es nicht.«

»Freust du dich? Bist du nervös?«

»Beides?«

Ich habe meine Verlobte vor zwei Jahren das letzte Mal gesehen. Normalerweise besuche ich den Hof jeden Sommer. Im vergangenen Jahr bin ich jedoch nicht nach Ionnach gereist, sondern aufs Festland. Mein Onkel Rhys besuchte einen unserer gwilenischen Verbündeten und Vater beschloss, dass es gut für mich wäre, ihn zu begleiten. Für den künftigen Gemahl der Königin von Iriann ist es wichtig, ein enges Band zu seinen strategischen Verbündeten zu knüpfen. Zudem war mein Gwilenisch unterirdisch.

Damals bin ich Ash begegnet. Den ganzen Sommer über habe ich kaum an Alyss gedacht.

Dass ich jetzt zu ihrem siebzehnten Geburtstag in die Hauptstadt reise, steht schon lange fest. Durch die unerwartete Magieeruption der Schattenfestung und die deshalb einberufene Ratsversammlung wird die Zeit bei Hof aber bestimmt wesentlich chaotischer werden als sonst. Als Kinder haben Alyss und ich uns recht gut verstanden. Ich frage mich, wie es jetzt sein wird.

»Zumindest weißt du bereits, wen du heiraten wirst.« Fiona puhlt mit den Fingernägeln am Holz des Geländers.

Ich lehne meine Schulter an ihre. »Bist *du* nervös?« Fiona ist fünfzehn. Es kann nicht mehr lange dauern, bis Vater sie verlobt. Genügend Bewerber gibt es bereits.

Sie zuckt mit den Schultern. »Wärst du das nicht? Wenn Alyss nicht wäre, meine ich.«

»Vater wird deine Hand niemandem versprechen, den du nicht ausstehen kannst.«

Gemeinsam starren wir in die Dunkelheit, die immer mehr zunimmt. Fiona greift in ihre Gürteltasche, in der sie Nadel, Zwirn und ein kleines Hornmesser aufbewahrt. Sie holt eine Wachskerze daraus hervor, nicht größer als ihr Zeigefinger. Nachdem sie sie auf das Geländer gestellt hat, schnippt sie mit den Fingern. Sofort entzündet sich eine Flamme. Obwohl sie nicht in einer Fassung steht, sondern nur auf ihrem schmalen Ende, fällt die Kerze nicht um. Ein Artefakt wie mein Silberknopf; eine Kerze, die brennt, ohne sich selbst zu verzehren. Es gibt viele solcher Kerzen, mir war aber nicht bewusst, dass Fiona eine besitzt.

»Was erhoffst du dir für einen Ehemann?«, frage ich.

Wieder puhlt Fiona am Holz. »Ich bin nicht Willow. Mich würde es nicht stören zu heiraten. Aber ich wünsche mir einen guten Mann.«

»Gut oder gut aussehend?«

Fiona stößt mir ihren Ellenbogen in die Rippen. »Für wie oberflächlich hältst du mich, Rowan O'Brien? Obwohl ich zugeben muss, dass ich nichts dagegen hätte, wenn mein künftiger Gemahl dem Auge schmeichelt.«

»Wusste ich es doch.«

»Du bist doch sicher auch nicht unglücklich darüber, dass sich Alyss zu einer solchen Schönheit entwickelt hat.«

Kurz schließe ich die Augen. Wie gern würde ich Fiona gestehen, dass mich Alyss' Schönheit kaltlässt. Aber ich kann nicht. Bei dem bloßen Gedanken zieht sich meine Kehle zu. Tuath sei Dank scheint Fiona nicht aufzufallen, was in mir vorgeht.

»Gwyn Raghaillach ist nicht mehr Dara Waterford versprochen«, fährt sie fort. »*Seine* Gestalt schmeichelt eindeutig dem Auge.«

Ich versteife mich.

»Du kennst ihn von früher. Glaubst du, dass ich ihm gefallen könnte?«

»Fiona …«

»Er hat während des Abendessens immer wieder zu mir herübergeblickt.«

Das ist mir auch aufgefallen, und es hat mir ganz und gar nicht gefallen.

»Ich weiß, die Raghaillachs besitzen keinen allzu edlen Stammbaum. Aber sie befehligen die größte Flotte der Insel. Glaubst du, Vater würde eine Verbindung mit ihnen in Betracht ziehen?«

Als ich meinen Mund öffne, um zu antworten, spüre ich wieder dieses seltsame Kribbeln auf der Zunge. Meine Nackenhaare stellen sich auf.

Eine Stichflamme schießt vor uns in die Höhe, doppelt, dreimal so hoch wie die Kerze selbst. Hitze schlägt mir ins Gesicht und das Feuer leckt am Handlauf der Galerie. Bilde ich mir das ein oder wackelt der Boden unter uns?

Erschrocken greife ich nach vorne und nehme das Artefakt vom Geländer. Fiona schnippt hektisch mit den Fingern und es erlischt. »Was war das?«

Hinter dem Haus erklingen Stimmen. Eine Tür fliegt auf und ich höre Menschen rufen.

Fiona greift nach meiner Hand und wir warten fünf oder sechs Herzschläge ab, dann ist das Prickeln auf der Zunge verschwunden und alles beruhigt sich.

»Eine Magiewelle«, beantworte ich die Frage meiner Schwester endlich. »Es stimmt, die Magie wird stärker.«

»Die Schwarze Königin.« Fionas Finger um die Kerze verkrampfen sich.

»Vielleicht. Es wird Zeit, dass sich der Rat versammelt und eine Entscheidung trifft.«

»Rowan? Fiona?!« Willows Stimme.

»Wir sind hinter dem Haus!«

Aus dem Durchgang zwischen Haupthaus und Nebengebäude tritt der dunkle Schatten meiner kleinen Schwester. Von oben können Fiona und ich beobachten, wie Willow zwischen den Brombeersträuchern im Garten nach uns sucht.

»Hier oben«, erlöse ich sie schließlich.

Willow legt ihren Kopf in den Nacken. Als sie uns entdeckt, stemmt sie die Hände in die Hüften. »Was macht ihr da?«

»Uns unterhalten.«

»Ihr sollt reinkommen.«

»Was ist los?«

»Die Jäger rücken noch mal aus. Es gab eine Magieeruption.«

»Das haben wir gemerkt.«

Die Kreaturenjäger sind während des Abendessens in den Goldenen Wächter zurückgekehrt. Wenn sie jetzt noch einmal aufbrechen, bedeutet das wohl, dass sie befürchten, weitere Kreaturen könnten aus der Schattenfeste entkommen sein.

»Begleitet Vater die Jäger?«, rufe ich.

»Nein. Zu gefährlich.« Willow klingt enttäuscht, aber ich

bin erleichtert. Mein Interesse, mich mitten in der Nacht auf die Suche nach magieverseuchten Monstern zu machen, hält sich in Grenzen. Willow hätte sich ihnen sicher gern angeschlossen. Sie ist ein seltsames Mädchen. Aber ich bin auch ein seltsamer Sohn.

»Sag Vater, wir kommen gleich«, ruft Fiona.

Willow zögert. Dann dreht sie sich um und geht. »Beeilt euch«, ruft sie uns zu, ehe sie wieder im Durchgang verschwindet. »Es ist ohnehin bald Schlafenszeit. Morgen brechen wir zeitig auf.«

»Seit wann ist sie so vernünftig?«, fragt Fiona.

Ich grinse still in mich hinein. »Vermutlich zieht sie das Bett einer Unterhaltung mit Lady Raghaillach vor.«

»Die Raghaillachs wirken nett.« Unschlüssig dreht Fiona ihr Artefakt in der Hand. Vielleicht überlegt sie, ob sie es wagen soll, es erneut zu entzünden. Sie entscheidet sich dagegen und steckt es ein.

»Das war eigenartig«, sage ich, weil ich mich nicht über die Raghaillachs unterhalten will. »Hast du dieses Prickeln auch gespürt?«

Fiona nickt. »Diesen seltsamen Geschmack auf der Zunge? Ob das früher immer so war? Als die Elfen noch in Iriann wandelten, meine ich.«

»Ich denke nicht. Ihre Magie war rein. Ich glaube, dieser Geschmack kommt von der Schwarzen Königin.«

»Ob sie aufgewacht ist?«

»Wenn, dann finden wir das schneller heraus, als es uns lieb ist.«

»Hast du keine Angst?«

»Doch. Aber der Rat wird eine Lösung finden.«

Fiona schnaubt. »Glaubst du das wirklich? Wenn sie sogar Hilfe aus dem Ausland suchen?«

»Du meinst Solánge de Gwilen? Die Prinzessin hat doch lange Zeit auf der Akademie studiert – und jetzt forscht sie auf den Vulkaninseln.«

»Bist du ihr einmal begegnet? In Ionnach?«

Ich schüttele den Kopf.

»Aber ihrem Bruder? Wie ist er so?«

»Das kann ich gar nicht sagen. Wir sind uns nur kurz begegnet«, lüge ich. »Ich kenne ihn kaum.«

Jetzt bin ich froh um die Dunkelheit, die mein rotes Gesicht vor den Augen meiner Schwester verbirgt.

»Lass uns reingehen. Bald ist Schlafenszeit.«

Schatten in der Nacht

Der Sand fühlt sich warm unter meinen nackten Sohlen an. Er speichert die Sonne, die den ganzen Tag unbarmherzig gebrannt hat. Auch die Wellen, die träge an der Küstenlinie ausrollen und mir die Füße umspülen, tragen noch einen letzten Rest Hitze mit sich. Ich genieße das Gefühl der feuchten, samtweichen Körner zwischen meinen Zehen.

Hier und da liegen winzige blassrosa Muscheln im Sand, manche davon geformt wie in die Länge gezogene Schneckenhäuser. Fiona würden sie gefallen.

Ich lächele und hole tief Luft. Das Meer riecht anders als zu Hause. Salziger und stärker nach Seetang, weniger nach Fisch. Vielleicht bilde ich mir das aber auch nur ein, weil ich mich in Gwilen freier fühle, ungezwungener.

Gedankenverloren blicke ich hinaus auf die spiegelnde Wasserfläche. Sie kommt mir endlos vor. Irgendwo dort draußen liegt Iriann – mit dem Schiff nur ein oder zwei Tagesreisen entfernt. Aber weit genug fort, um mir das Gefühl zu geben, mein restliches Leben sei nicht bereits Schritt für Schritt vorausgeplant. Als sei alles möglich.

»Hast du mich vermisst?«

Plötzlich steht er hinter mir. Ich erkenne seine Stimme sofort. Überrascht drehe ich mich zu ihm um.

»Ash? Was machst du hier?«

»Was wohl?« Er zwinkert mir zu. »Ich habe auf dich gewartet.«

Die untergehende Sonne lässt das Gold seiner Haare rötlich aufleuchten, so stark, dass es mich beinahe blendet. Sein Körper strahlt eine Hitze aus, die intensiver ist als die des Sandes unter meinen Füßen.

»Was meinst du damit? Du hast auf mich gewartet?«

Er streckt mir die Hand entgegen. Einige rosafarbene Muschelschalen liegen darin. »Nimm. Du bist lange nicht hier gewesen.«

Als ich nach den Schalen greife, streifen sich unsere Finger. Die Berührung durchzuckt mich wie ein Blitz. Um ein Haar hätte ich sein Geschenk fallen gelassen.

»Sie behaupten, du kommst nach Iriann.«

»Wer behauptet das?«, will er wissen, aber da stelle ich fest, dass ich das vergessen habe.

Eine Weile lang schweigen wir. Alles, was ich höre, ist das Rauschen der Brandung und das Kreischen der Seevögel über uns. Meine Heimat, meine Familie und Alyss sind unendlich weit weg. Es gibt nur den Strand und das Meer, Ash und mich. Die Sonne steht inzwischen so tief, dass ich sein Gesicht im Gegenlicht nur als Silhouette ausmachen kann.

»Warum bin *ich* hier?«, flüstere ich schließlich. Erst jetzt merke ich, dass mir das Herz bis zum Hals schlägt.

Langsam beugt sich Ash zu mir, näher und näher.

Meine Hände verkrampfen sich, mein Mund wird trocken, aber ich weiche nicht zurück. Keine Handbreit.

»Was tust du?«

Ash legt seine Hand auf meinen Hals, direkt unter meinem Ohr. Der Anblick seiner perfekten Lippen füllt fast mein ganzes Sichtfeld aus.

»Etwas, das ich schon vor einem Jahr hätte tun sollen.«

Er kommt noch näher und ich … wache auf.

Keuchend fahre ich aus dem Schlaf hoch. Um mich herum ist es dunkel. Es dauert eine Weile, bis ich begreife, dass ich mich nicht auf dem Festland befinde, sondern in Iriann. Im Goldenen Wächter. Auf dem Weg zu meiner Verlobten.

»Albträume?«, höre ich Gwyn wenige Schritte neben mir fragen. Warum schläft er nicht?

»Nein«, antworte ich schroff. Das war definitiv *kein* Albtraum. »Ich muss … auf den Abtritt.«

Aufgewühlt schlage ich die Decke zurück und schwinge meine Beine aus dem Bett. Mein Hemd klebt an meinem verschwitzten Körper.

»Hat der kleine Rowan O'Brien sich eingenässt?«

Das Blut schießt mir in den Kopf. In all den Jahren, in denen wir uns nicht gesehen haben, hat er sich offenbar kein Stück geändert. Im Dunkeln stolpere ich durch die Stube bis zu seinem Bett. »Was ist dein Problem, Raghaillach?!«

»Der Einzige, der hier ein Problem hat, bist du.« Im Zwielicht sehe ich, wie er sich auf seinem Strohsack aufrichtet.

»Hältst du es für eine gute Idee, dich mit dem Verlobten der künftigen Königin anzulegen?«

»Warten wir es erst mal ab. Noch bist du mit Alyss nicht verheiratet.«

»*Prinzessin* Alyss.«

Gwyn schnaubt. »Von mir aus *Prinzessin* Alyss. Ich habe gesehen, wie du bei der Nachricht zusammengezuckt bist, dass Aristide de Gwilen in die Hauptstadt kommt. Wovor hast du

Angst? Dass der Goldjunge von Gwilen dir deine Braut vor der Nase wegschnappt? Oder willst du selbst seinen Schwanz lutschen?«

»Was für ein Kuhmist!« Ich gebe mir alle Mühe, mit fester Stimme zu sprechen. Aber mir läuft es eiskalt den Rücken hinunter. *Behalt die Nerven*, ermahne ich mich. *Er weiß nichts, er kann nichts wissen*. Es ist nicht die erste abfällige Bemerkung dieser Art von Gwyn. Auch früher hat er solche Dinge geäußert. Und ich war nicht sein einziges Opfer.

»Nach allem, was man so hört, wäre er dem nicht abgeneigt«, redet Gwyn weiter. »Aber ich würde mir an deiner Stelle keine allzu großen Hoffnungen machen. Der Hinterlader steht auf echte Männer.«

»Du musst es ja wissen«, presse ich hervor, wende mich ab und gehe im Stechschritt durchs Zimmer. Das Blut rauscht mir in den Ohren.

Gwyn ruft mir noch irgendetwas hinterher, sicher eine weitere Beleidigung, aber ich verstehe sie nicht mehr.

Der Traum und das Streitgespräch mit Gwyn stecken mir in den Knochen, als ich auf den unbequemen Balken des Aborttürmchens sitze. Es ist in einer entlegenen Ecke des Hofes errichtet. Kaum war die Tür zu unserem Zimmer zugefallen, verfluchte ich mich dafür, keine Kerze mitgenommen zu haben. Aber der Mond hing geisterblass am Himmel und tauchte den Goldenen Wächter in kaltes Licht und ich war nicht gewillt, noch einmal in die Kammer zurückzugehen. Auch jetzt, obwohl ich mich bereits erleichtert habe, schiebe ich meine Rückkehr auf. Vielleicht, wenn ich lange genug warte, schläft Gwyn ein, ehe ich unter meine Laken krieche.

Draußen im Hof klappert etwas und ich zucke zusammen. Kurz darauf beginnt der Hund zu bellen.

Ist Gwyn mir etwa gefolgt? Hastig fahre ich auf, zerre mir die Hose hoch und schließe den Gürtel. Ganz sicher werde ich mich nicht von Gwyn Raghaillach mit heruntergelassenen Beinkleidern erwischen lassen. Mein Magen zieht sich zusammen. Die Erinnerung ist wieder da:

Gwyn, der mich mit seinem vollen Körpergewicht zu Boden presst; seine Knie, die sich in meine Oberarme bohren. Sein heißer Atem an meiner Wange. »Nun fühlst du dich nicht mehr so sicher, du Muttersöhnchen, nicht wahr?«

Finger in meinem Haar, die grob meinen Kopf nach unten reißen, bis mein Wangenknochen auf dem Steinboden aufschlägt. Peter Waterford und Kian O'Malley, die um uns herumstehen und nichts tun, um mir zu helfen. Peter Mulrian, der den Nachttopf über meinem Gesicht ausleert. Gwyn, der sich darüber kaputtlacht. »Stinkender Tellerlecker! Du wirst niemals König werden.«

Entschlossen presse ich die Lippen aufeinander und schüttele die Erinnerungen ab. Ich bin keine zehn Sommer mehr alt.

Der Hund bellt immer noch, aber sonst höre ich nichts. Vorsichtig luge ich aus dem kleinen Guckloch der Tür. Viel kann ich nicht erkennen. Im Mondlicht wirkt der Hof ausgestorben und seltsam farblos. Wenn der Hund nicht wäre, könnte ich mir vielleicht einreden, mir das scheppernde Geräusch vorhin nur eingebildet zu haben.

Sind die Königlichen Jäger zurückgekommen? Aber wenn

einer von ihnen vor dem Aborttürmchen steht und darauf wartet, dass ich den Platz räume, warum habe ich ihn dann nicht gesehen? Und wenn es Gwyn war, warum überfällt er mich dann nicht hier? *Er wird mir nicht mitten in der Nacht ein Messer in die Brust rammen*, habe ich zu Raven gesagt. In diesem Moment bin ich mir nicht mehr so sicher.

Kurz entschlossen greife ich nach dem Holzschlegel, der neben der Tür steht. Mir bleiben nicht viele Möglichkeiten: Ich kann mich auf dem Abtritt verschanzen und warten, bis einer der anderen Gäste auftaucht. Was im schlimmsten Fall bis zum Morgen dauert. Ich kann um Hilfe rufen und darauf hoffen, dass diese schneller herbeigeeilt kommt, als es Gwyn gelingen wird, die Tür des Türmchens aufzureißen. Auf keinen Fall! Ich kann nach draußen gehen und nachschauen, was mich erwartet. Zur Sicherheit mit dem Schlegel in der Hand.

Vermutlich ist dort gar nichts.

Vermutlich sieht der Wachhund Geister, wie unser alter Archer zu Hause.

Entschlossen fasse ich den Griff des Schlegels fester und öffne die Tür. Quietschend schwingt sie nach außen auf. Der Hof ist leer. Noch einmal blicke ich mich nach allen Seiten um, sehe aber niemanden.

Gut.

Trotzdem lasse ich meine Waffe nicht los, während ich mich nach draußen wage. Mit gespitzten Ohren gehe ich auf die Treppe zu, die zur Galerie hinaufführt. Niemand hält mich auf. Niemand springt aus den Schatten. Warum hört der verdammte Hund nicht auf zu bellen? Stört er sich etwa an mir?

Ich habe den Hof halb überquert, als das Geräusch wieder erklingt: ein Schaben wie von Stein auf Holz. Die Nackenhaare stellen sich mir auf. Hektisch fahre ich herum.

Eine Gestalt schält sich aus dem Schatten zwischen der Hauswand und den Kutschen. Sie ist zu groß, um Gwyn zu sein. Viel zu groß. Das Wesen, das sich auf mich zubewegt, scheint aus Stein zu bestehen. Es überragt mich um eine halbe Manneslänge und ist massig: sicher doppelt so breit wie Lord Raghaillach. Seine Haut ist aufgesprungen und wulstig und erinnert mich an die Rinde einer Eiche. Sie ist farblos wie Kalk.

Mein Herz sinkt mir in die Hose. Dieses Wesen ist kein Mensch. Es ist eine Schattenkreatur.

Ich will wegrennen, aber ich bin wie zur Salzsäule erstarrt. Meine Oberlippe beginnt zu zittern und der Schlegel fällt mir aus der Hand. Mit lautem Klappern kommt er auf dem Boden auf. Das Blut dröhnt mir in den Ohren und das Bellen des Hundes tritt in den Hintergrund. Die Schattenkreatur wankt auf mich zu.

Wie ist sie hierhergelangt?

Ich öffne den Mund, um zu schreien, aber meine Kehle ist wie zugeschnürt.

Die Kreatur kommt näher.

Ohne sie aus den Augen zu lassen, sinke ich mit zitternden Knien zu Boden und taste nach dem Holzschlegel. Keine Ahnung, was ich glaube, damit ausrichten zu können. Für den Riesen vor mir ist der Schlegel nur ein Stöckchen. Aber als sich meine Finger um den Holzgriff schließen, atme ich auf.

Die Kreatur ist nur noch wenige Schritte entfernt, das

Gesicht wie ein Felsen. Kalt. Gefühllos. Monströs, selbst im Mondlicht.

Ich unterdrücke ein Schluchzen. In diesem Augenblick bin ich mir sicher, dass ich gleich sterben werde. Und ich habe mir wegen Gwyn Sorgen gemacht.

Die Kreatur macht noch einen Schritt und da sehe ich sie: ihre Augen. Diese schrecklichen, seltsam menschlich wirkenden Augen, grün wie frisches Laub.

Über mir fliegt eine Tür auf. »Alles in Ordnung?«, fragt eine dunkle Männerstimme. Fackellicht fällt in den Hof.

Da finde ich meine Stimme wieder. »HILFE!«

Ich wirbele auf dem Absatz herum und renne davon. Noch in der Bewegung spüre ich, wie mich ein grober Schlag am Rücken erwischt und das Hemd aufreißt. Meine Schulter brennt wie Feuer. Läuft mir Schweiß oder Blut über den Rücken? Um nachzusehen bleibt keine Zeit. Ich hetze davon, so schnell mich meine Beine tragen. Alles, woran ich denken kann, ist, Abstand zwischen mich und das Monster zu bringen. Ich traue mich nicht einmal, einen Blick zurückzuwerfen.

»Eine Schattenkreatur«, schreie ich im Laufen. »Sie ist hier!«

Hätte ich meine Sinne beisammengehabt, wäre ich zur Treppe gerannt. Aber ich will nur weg.

»Angriff!«, brüllt die Männerstimme auf der Galerie. »Zu den Waffen! Zu den Waffen!«

Es ist nicht der mutigste Moment in meinem Leben. Mit bebendem Körper presse ich meinen Rücken gegen das raue Gestein der Ringmauer, die den Goldenen Wächter umgibt, und beobachte eine Handvoll Männer dabei, wie sie in den Hof strömen und sich auf die Schattenkreatur stürzen. Schwertklingen blitzen im Mondlicht. Wann immer sie mit ihren Waffen auf die Kreatur einprügeln, klingt es, als würde Stahl auf Stein krachen. Bilde ich es mir ein oder stieben Funken auf?

Mit der Hand streiche ich über meine nackte Schulter. Zu meiner großen Erleichterung kann ich, als ich mir die Finger vor das Gesicht halte, keine Blutspuren entdecken. Hatte ich mehr Glück als Verstand? Hat das Monster mich nicht richtig erwischt?

Auf der anderen Seite des Hofs geht der erste Mann zu Boden. Die Kreatur, die vorhin noch so langsam auf mich zugewankt ist, wütet unter den Kämpfern wie ein wildes Tier.

Ich sehe meine Schwestern und meine Mutter oben auf der Galerie stehen. Fiona wirft mir verzweifelte Blicke zu. Ich glaube, sie wäre gern zu mir geeilt, aber sie traut sich nicht. Gwyn steht bei ihnen, halb über das Geländer gelehnt. Offensichtlich hält ihn nur die strenge Hand seines Vaters davor zurück, sich ebenfalls ins Kampfgetümmel zu stürzen.

Mein Vater eilt hingegen schon in seinem Nachtgewand und mit der Schwertscheide in der Hand die Treppe in den Hof hinunter. Mit den Kreaturenjägern des Königs kämpfen auch unsere Männer, und die wird er nicht im Stich lassen.

Ich habe solche Angst, dass mir schlecht wird. Die Kreatur stößt ein dumpfes Grollen aus und wieder muss ich an ihre blattgrünen Augen denken.

Als Vater seine Waffe aus der Scheide zieht, leuchtet sie gleißend auf. Golden wie die Sonne strahlt die Klinge.

Beinahe hätte Vater sein Schwert fallen lassen. Seit Jahrzehnten hat es nicht mehr so geleuchtet. *Sonnendorn*, das Artefakt, ist ein Erbstück. In den Familienlegenden heißt es, wenn man seine Macht entfesselt, leuchte es, als bestünde seine Klinge aus purem Licht, und es würde durch seine Gegner fahren wie ein heißes Messer durch Butter. Früher hat es wahre Wunder vollbracht, aber mittlerweile ist seine Macht verbraucht. Es glimmt immer noch, wenn man es zieht, das ja, aber das taugt kaum als Leselicht, geschweige denn als Fackel. Die letzten Magieeruptionen haben es nur noch schwach aufgeladen.

Bis heute.

Erstaunt, fast begeistert beobachte ich, wie Sonnendorn mühelos den halben Arm der Kreatur vom Körper trennt. Das Brüllen des Monsters übertönt den Kampflärm und das Bellen des Wachhundes.

Das Blatt wendet sich und der Kampf ist schnell vorbei. Es ist nicht mein Vater, der mit der Kreatur kurzen Prozess macht, es ist das Schwert. Die Männer halten Vater den Rücken frei und verschaffen ihm die Möglichkeit, der Kreatur die gleißende Klinge in die steinerne Brust zu stoßen. Es zischt und Rauch steigt auf, als hätte man einen glühenden Feuerhaken in einen Bottich mit Wasser geworfen. Der Geruch von verbranntem Fleisch breitet sich aus und die Kreatur stürzt gefällt zu Boden.

Sie zuckt zweimal und stößt ein Wimmern aus, das mir bis ins Mark dringt, weil es mich an die Schmerzenslaute eines verwundeten Tieres erinnert.

Dann ist es vorbei.

Wieder fällt mir der Holzschlegel aus der Hand. Plötzlich sind Willow und Fiona neben mir und schließen mich in die Arme. Ich bin in Sicherheit. Die Kreatur ist tot. Meine Schwestern sind bei mir.

Die Männer haben das Monster besiegt, das mir im Hof aufgelauert hat. Vor dem ich ängstlich geflohen bin, Hasenfuß, der ich bin. Dass ich dem Steinriesen nichts hätte entgegenstellen können, spielt keine Rolle. Ich habe mich wie ein Kleinkind verhalten. Tränen steigen mir in die Augen. Ob aus Erleichterung oder Scham, kann ich nicht sagen.

Ankunft in Ionnach

An Schlaf ist in dieser Nacht nicht mehr zu denken. Wir versammeln uns in der Gaststube, wo die Wirtsleute uns Tee und heißen Wein servieren. Der Einzige, der von dem ganzen Trubel nichts mitbekommt, ist Diarmaid. Mein kleiner Bruder hat den Tumult verschlafen.

Sean, einer unserer Leibwächter, zieht mit drei Königlichen Kreaturenjägern und einem von Raghaillachs Männern noch einmal los, um nach weiteren Kreaturen Ausschau zu halten. Die Leiche des Monsters haben sie aus dem Hof in einen leer stehenden Verschlag gebracht. Zur Sicherheit haben sie ihr noch den Kopf abgehackt. Es ist über die Mauer im Hinterhof in den Goldenen Wächter eingedrungen und hat dafür, der Spur von gebrochenen Ästen zufolge, eine in der Nähe stehende Buche benutzt. Für einen normalen Menschen wäre der Abstand zwischen Baum und Ringmauer zu weit gewesen. Nicht so für eine Schattenkreatur.

»Wir sind in den letzten Jahren wohl nachlässig geworden«, gibt der Gastwirt beschämt zu. »Morgen fällen wir den Baum.«

Mutter und Fiona haben meinen Rücken abgesucht und eine kleine Schürfwunde entdeckt, die mir vom Angriff der Kreatur geblieben ist. Sie blutet nicht und ist nicht tief, macht uns aber dennoch nervös.

»Sobald wir die Hauptstadt erreicht haben, musst du untersucht werden«, beschließt Mutter. Trotz mangelnder Beweise leben immer wieder Gerüchte auf, dass Schattenkreaturen Hexenbrand verbreiten. So gut es geht, versuchen wir, uns deshalb nicht allzu große Sorgen zu machen.

Mein Vater wird als Held gefeiert. Ich werde von den Männern ignoriert. Was mir nur recht ist. Ich bin schon immer unsichtbar gewesen, wenn ich mit meinem Vater im Kreis von Kriegern saß.

Ich bin kein schlechter Kämpfer. Im Umgang mit dem Schwert besitze ich sogar ein gewisses Geschick. Aber es macht mir einfach keinen Spaß und mir fehlt das Interesse für die Themen, über die sie sprechen. Nun frage ich mich, was sie nach dieser Nacht von mir denken? Der junge Mann, der ihre künftige Königin ehelichen soll, ist schreiend vor einem Monster davongerannt. Alles andere als heldenhaft. Wenn es Vater missfällt, dass ich vor der Schattenkreatur Reißaus genommen habe, so lässt er es sich nicht anmerken.

Als ich im trüben Licht der Morgendämmerung meine Sachen für die Weiterreise zusammenpacke, ignorieren Gwyn und ich uns. Weder fragt er, wie es mir ergangen ist, als ich der Schattenkreatur allein gegenüberstand, noch macht er boshafte Witze auf meine Kosten. Briann weiß, was in seinem Kopf vorgeht.

Ich bin froh, dass wir am frühen Vormittag nicht nur den Goldenen Wächter hinter uns lassen, sondern auch die Raghaillachs. Zumindest für ein paar Tage.

Es ist schwer vorstellbar, dass Ionnach nicht schon immer unsere Hauptstadt war. Die Gebäude sind groß und prächtig. Der Geruch des Meeres – nach Fisch und Salzwasser – liegt schwer über allem. Es ist anders als in Ehrenfeld. Unser Zuhause gilt als das reichste Erzherzogtum der Insel, aber es ist nicht der Sitz des Königs.

Dabei gebührt Ionnach diese Ehre auch erst seit rund dreihundert Jahren. Nach dem Kampf gegen die Schwarze Königin und dem Fall von König Kevan O'Brien wollte niemand mehr in der Nähe der Schattenfeste leben. Die Adelshäuser vertrauten den Byrnes die Macht über das Reich an. Und die Byrnes lebten schon immer in Ionnach. Seitdem wächst die Stadt von Jahr zu Jahr. Ein Halbdutzend Schiffe passt in ihren gut geschützten Hafen. Obwohl Ionnach weiter vom Festland entfernt liegt als Eriu oder Feordan, kommt die Mehrzahl unserer Nachbarn hierher, um Handel zu treiben.

Die Mauern der Seefeste sind nicht aus schneeweißem Marmor und lebenden Pflanzen errichtet worden wie einst die des Weißen Schlosses, sondern aus Granit, aber ihr Anblick ist trotzdem beeindruckend. Sie sitzen auf dem höchsten Punkt von Ionnach, direkt am Rand der Steilklippe über dem Meer. Wo sich andere Burgen wie Vogelnester in die Felsen krallen, wirkt die Seefeste mit ihrer gewaltigen Ringmauer und ihren zahlreichen Türmen wie eine Krone aus Eisen. Sie thront über der restlichen Stadt wie König Corwin über die ganze Insel und gilt als uneinnehmbar. Und das, darin waren sich Volk und Adel nach dem Kampf gegen die Schwarze Königin wohl gleichermaßen einig, ist das Allerwichtigste.

Meine Heimat Iriann ist klein. Wir verfügen weder über

ein gewaltiges Heer noch über eine große Flotte. Unseren Reichtum schöpfen wir aus dem Handel mit den Artefakten. Und das macht uns seit dem Verschwinden der Elfen angreifbar.

Unter dem Schutz der Byrnes zogen immer mehr Menschen in die Stadt. Natürlich mehrte auch die berühmte Akademie der Magier den Ruhm der Hauptstadt.

Der Marktplatz quillt über von Händlerständen, die Waren aus aller Welt feilbieten – und das täglich und nicht, wie zu Hause, nur einmal in der Woche. Der Geräuschpegel, der uns beim Vorbeireiten entgegenschlägt, ist überwältigend, ebenso wie der intensive Geruch von frisch gefangenem Fisch und Meeresfrüchten. Es dauert eine halbe Ewigkeit, bis wir uns an seinem Rand herumgewunden haben und im nächsten Stadtbezirk ankommen. Das Schatzbergviertel schmiegt sich an den Fuß des Hügels, auf dem die Königsburg thront. Es heißt so, weil fast alle wichtigen Adelsfamilien der Insel hier Häuser besitzen.

Unser Stadthaus zählt zu den prächtigsten. Es ist zwar nur zwei Stockwerke hoch, doch Steinmetze haben die Außenfassade reich mit filigran gearbeiteten Mustern verziert. Helle Ranken schlingen sich um Fensterrahmen und Eichhörnchen jagen sich gegenseitig auf der Suche nach Haselnüssen. Über der zweiflügeligen Eingangstür aus Kirschholz prangt das Wappen unserer Familie: eine goldene Kornähre auf tannengrünem Grund.

Dougal begrüßt uns, als wir die große Eingangshalle betreten. Zunächst trägt er seine gewohnt ernste Miene zur Schau, während er sich nach unserer Reise erkundigt. Aber als er zu mir und meinen Geschwistern hinüberblickt, grinst er breit. Ich kenne Dougal bereits mein ganzes Leben. Vor meinem Vater hat er schon im Dienst meines Großvaters gestanden.

»Ihr seid ein junger Mann geworden, Sire«, sagt er zu mir, nachdem er meinen Eltern versichert hat, dass alles ihren Wünschen gemäß vorbereitet worden ist. Fiona neben mir schnaubt. Ich beschließe, sie zu ignorieren.

»Es ist schön, dich wiederzusehen, Dougal.«

Das stimmt tatsächlich. Obwohl ich die rustikale Einfachheit von zu Hause dem Trubel und dem Prunk der Großstadt vorziehe, habe ich Dougal vermisst. Ich bin für Dougal immer nur Rowan gewesen. Nicht der Verlobte der Thronfolgerin. Seine Großmutter war eine Bardin und als ich klein war, erzählte er mir zahlreiche Geschichten über die Elfen. Schon allein deshalb hat er mein Herz im Sturm erobert. Ihn hat es nie interessiert, dass ich mich nicht so sehr für Schwertkampf und Jagd begeisterte wie andere Jungen.

»Wir haben Euch im vergangenen Sommer vermisst.«

Während er die Diener anweist, unser Gepäck ins Haus zu bringen, begleitet er mich nach oben in den zweiten Stock, wo mein Schlafzimmer liegt. Es ist kleiner als meine Kemenate zu Hause, aber edel eingerichtet. Die Diener haben gelüftet, das Bett frisch bezogen und Schnittblumen in die Vase auf der Kommode gestellt. Die Blüten verbreiten einen angenehmen Duft.

Dougal bleibt, während ich meinen Reiseumhang an den Haken neben der Tür hänge und beginne, meine Habseligkeiten in Schubladen zu verstauen. Stolz erzählt er, dass seine jüngste Tochter Maisie schon wieder schwanger ist. Anschließend fragt er mich über meinen Sommer in Gwilen aus. Ich berichte lebhaft von den Wochen auf dem Festland, beschränke mich aber auf meine Erlebnisse im Château Dubois und mit Martine, der Tochter meiner damaligen Gastgeber.

»Du hast eine kleine Verehrerin.« Dougal zwinkert mir verschwörerisch zu. Wenn wir allein sind, verzichten wir auf Förmlichkeiten. »Pass besser auf, dass deine Verlobte nicht eifersüchtig wird.«

»Bisher erschien mir die Prinzessin kein eifersüchtiger Mensch zu sein«, antworte ich leichthin.

»Als du sie das letzte Mal gesehen hast, war sie noch ein Mädchen.«

»Du klingst wie mein Vater, Dougal!«

»Der ist ein kluger Mann.«

Ich zucke nur mit den Schultern.

»Hat deine Verlobte denn Grund zur Eifersucht?«, fragt Dougal schließlich. »Es gibt beunruhigende Gerüchte …«

Das Herz rutscht mir in die Hose. Ich öffne den Mund und schließe ihn wieder. Kann es sein … Starr richte ich meinen Blick auf das Hemd, das vor mir auf dem Bett liegt. Nein, *das* kann nicht sein. Einen irrsinnigen Moment lang frage ich mich, ob Dougal mein Geheimnis erraten hat. Ich war doch so vorsichtig all die Jahre.

Aber dann spricht Dougal weiter und ich atme erleichtert auf. »Es ist kein Geheimnis bei Hof, dass du deiner Freundin an der Akademie öfter schreibst als deiner Verlobten.«

»Ich habe Raven zwei oder drei Briefe geschrieben, und das nur, um ihr Grüße von ihrer Familie auszurichten.«

Weder Ravens Mutter noch ihre Großmutter können

schreiben. Es ist der Umsicht meines Vaters zu verdanken, dass Raven es gelernt hatte. Auf Burg Ehrenfeld werden auch die Kinder der Hausangestellten unterrichtet, zumindest im Schreiben und im Zählen. »Wie will ich mich darauf verlassen, dass mir der Koch die rechte Menge Würste beim Schlachter ersteht, wenn er nicht aufschreiben kann, was in der Vorratskammer bereits lagert?«, sagt er immer.

Wenn ihre Familie Raven schreiben will, bittet sie mich, ein paar Zeilen niederzuschreiben, die sie mir diktieren. Nie hätte ich damit gerechnet, dass das jemand in der Hauptstadt überhaupt bemerkt.

»Ein Königshof ist ein Schlangennest«, warnt Dougal eindringlich. »Das weißt du, Rowan. Die Adeligen sehen, was sie sehen wollen. Und das ist ein junger Herzogssohn, der für eine Bürgerliche schwärmt, obwohl er eine Königin heiraten soll.«

»Raven ist nur eine Freundin. Alyss wird das verstehen.«

»Wird sie das? Wird es ihr Vater?«

»Es ist nichts Unehrenhaftes zwischen mir und Raven geschehen. Ebenso wenig wie zwischen Prinzessin Alyss und Lord McNamarra.«

Dougal antwortet nicht. Ich vermute, dass auch ihm die Gerüchte zu Ohren gekommen sind, Alyss schwärme für den jungen Hunter McNamarra. Er ist noch nicht einmal der Stammhalter der Familie. Die McNamarras sind ein unbedeutendes Adelsgeschlecht. Niemals wird König Corwin seine Thronerbin mit einem solchen Bewerber verheiraten. Alyss ist nicht minder Spielball der politischen Ambitionen unserer Väter als ich.

»Die Kronprinzessin ist sehr tugendhaft«, sagt Dougal schließlich.

»Das bin ich auch!« Das kam etwas zu scharf heraus. Briann und Tuath, es gibt Momente, da wünsche ich mir, weniger tugendhaft zu sein. Dicht gefolgt von Momenten, in denen ich mich für ebendiese Gedanken unsäglich schäme. Mehr jedoch bringt es mich auf, dass offensichtlich jeder der Ansicht ist, ich sei in Raven verliebt. Können Jungen und Mädchen nicht befreundet sein, ohne sich gleich zu begehren?

»Ich sollte dich allein lassen.« Dougal deutet hinüber zur Waschschüssel. »Damit du dich frisch machen und umziehen kannst.«

»Vater hat dich unterrichtet, dass er sogleich beim König vorstellig werden will?«

»Dein Vater ist dein Vater. Ich kenne ihn schon, seit er ein kleiner Junge war.«

Ich setze mich auf das Bett und blicke Dougal geschlagen an. »War er als Kind bereits so unglaublich selbstbewusst?«

Dougal kommt zu mir herüber, drückt mir kurz die Schulter und lächelt mich aufmunternd an. »Dein Vater ist ein guter Mann. Er will nur dein Bestes.«

»Das Beste für die Familie, meinst du.«

»Und ist das Beste für die Familie nicht auch das Beste für dich? Was bedrückt dich?«

»Nichts.«

»In Ionnach gibt es unterschiedliche Meinungen zu deinem Vater, Rowan. Die einen sehen in ihm den einzigen möglichen Bündnispartner für die Krone und begrüßen deshalb deine Verlobung mit Prinzessin Alyss. Es gibt sogar solche, die der Meinung sind, eure Familie hätte ohnehin nie die Königskrone aufgeben sollen. Und dann wiederum gibt es jene, die glauben, die O'Briens haben zu viel Macht. In einem aber sind sich alle einig: Dein Vater weiß genau, was er will.«

Die Wünsche meines Vaters

Mein Vater weiß genau, was er will. Das stimmt. Aber kann man über mich nicht das Gleiche sagen? Auch ich weiß, was ich will: Prinzessin Alyss heiraten. An ihrer Seite regieren, wenn sie als Königin herrscht. Iriann weitere Jahrzehnte Wohlstand und Frieden sichern. Eigene Kinder bekommen und sie aufwachsen sehen. Kann man sich mehr vom Leben wünschen?

Diese Momente in Gwilen, als die untergehende Sonne auf der offenen See glitzerte, waren gestohlen. Nicht echt. Auf dem Festland war ich ein anderer. Jemand, der ich in Iriann niemals sein kann. Und das ist auch besser so.

Ja, es gibt Nächte, in denen ich wach liege und mich frage, was geschehen wäre, hätte ich damals meinen Mut zusammengenommen. In denen ich mich frage, ob er mich tatsächlich hat küssen wollen. Oder ob ich mir das alles nur eingebildet habe. Aber es war Wahnsinn und hatte keine Zukunft. Auch nur weitere Gedanken darauf zu verschwenden, ist selbstzerstörerisch. Wo Ash ist, kann nur Unglück liegen.

Nein. Mein Vater hat recht. Die Welt liegt mir zu Füßen. Meine Zukunft sind Alyss und die Krone. Die Prinzessin ist klug, gebildet, selbstbewusst und gutherzig. Ich kann es nicht besser treffen. Und ich bin fest entschlossen, mit ihr an meiner Seite ein gutes, ehrenhaftes Leben zu führen.

Bevor wir zum Königshof aufbrechen, muss ich mich noch von einem Heiler untersuchen lassen. Mutter besteht darauf, dass dieser sich die Wunde ansieht, die mir die Schattenkreatur geschlagen hat. Sie ist erst beruhigt, als er ihr versichert, dass sie sich keine Sorgen machen muss. Ich werde nicht am Hexenbrand erkranken.

Da uns weder Mutter noch meine Geschwister begleiten, reiten Vater und ich hinauf in die Seefeste. Mit jeder Pferdelänge, um die wir den Berg erklimmen, wird der intensive Geruch nach Fisch und Menschenmengen schwächer. Der Wind weht um unsere Köpfe und trägt den Duft des Nordmeeres zu uns.

»Kervan sagt, dass vor ein paar Tagen nur wenige Meilen von der Stadt entfernt eine Schattenkreatur gesichtet wurde«, berichtet Vater, kurz bevor wir das Burgtor erreichen. Kervan ist unser Stallmeister hier in Ionnach.

»So nah?«

Vater nickt grimmig. »Sie ist entkommen.«

»Wurde jemand verletzt?«

»Nein. Aber es wird nicht mehr lange dauern, bis sich wieder der Hexenbrand ausbreitet, wenn wir nicht schnell etwas dagegen tun.«

»Was geschieht mit der Kreatur, die du im Goldenen Wächter erschlagen hast?«

»Ich werde dem König vorschlagen, sie der Akademie zu übergeben. Vielleicht finden die Magier etwas, das uns helfen kann.«

Ich nicke. König Corwin ist ein besonnener Mann. Er wird diesem Vorschlag sicher zustimmen.

»Dein Schwert …«, beginne ich vorsichtig.

Vaters Hand umgreift das Heft von Sonnendorn, das in einer Scheide an seinem Gürtel steckt.

»Es hat so hell gestrahlt wie in den Geschichten.«

»Die Eruption gestern muss es aufgeladen haben. Damit habe ich nicht gerechnet.«

»Wirst du es König Corwin verraten? Und den Magiern der Akademie?«

Vater gibt mir mit einem Zeichen zu verstehen, mein Pferd zu zügeln, und wir lassen uns etwas hinter unserem Leibwächter zurückfallen. »Er ist der König. Freilich werde ich ihm davon erzählen. Davon abgesehen: Alle haben gesehen, wie Sonnendorn entflammt ist. Wir könnten es gar nicht geheim halten.«

»Glaubst du, es wird etwas ändern?«

»Bei der Entscheidung, ob wir das Schattenlabyrinth versiegeln sollen oder nicht? Wir werden sehen.«

Eine Weile lang denke ich über seine Worte nach.

»Es war der pure Wahnsinn. Du kamst mir vor wie ein Held aus einer alten Legende.«

»Eines Tages wird es dir gehören.«

»Mir? Nicht Willow?«

Vor meinem inneren Auge sehe ich, wie sich meine kleine Schwester mit wehenden Haaren und dem gleißenden Schwert fest in beiden Händen auf eine ganze Schar Monster stürzt.

Vaters Lächeln verschwindet. »Willow ist ein mutiges Mädchen und eine gute Kämpferin. Aber du bist mein Erbe.«

Ich schlucke. »Im Gasthof … als ich der Schattenkreatur

begegnet bin …« Peinlich berührt senke ich den Kopf. »Ich bin davongerannt.«

Vater greift nach meinem Zaumzeug und bringt unsere Pferde zum Stehen. »Rowan.« Mit seinem Finger hebt er mein Kinn an, damit ich ihn direkt anblicke. »Du standest allein und unbewaffnet einem Monster gegenüber, das doppelt so groß und viermal so stark war wie du.«

»Ich weiß«, murmele ich. »Aber was wird König Corwin denken, wenn er davon hört. Und Alyss?«

»Sie werden denken, dass du ein junger Mann bist, der in der Lage ist, seinen Kopf zu benutzen. Es wäre dumm gewesen, *nicht* um Hilfe zu rufen. *Der Kluge wählt seine Kämpfe stets selbst.*«

»Willow wäre nicht davongerannt.«

»Deine Schwester ist furchtlos. Ihr fehlt deine Besonnenheit. Und *das* macht mir manchmal Angst. Ihre Flamme brennt hell. Aber Feuer, das so stark brennt, verzehrt sich viel zu schnell selbst.« Er lässt mein Kinn los und legt mir die Hand auf die Schulter. »Ich habe mir Mühe gegeben, euch zu guten Menschen zu erziehen. Ihr seid zu ehrenhaften jungen Iriannern herangewachsen, und das erfüllt mich mit Stolz. Ich wünsche mir nicht, dass ihr Helden werdet, Rowan. Die meisten Helden sterben jung und unglücklich. Ich will, dass meine Kinder glücklich sind.«

Eine Festung wie eine Krone

Vaters Worte gehen mir noch im Kopf herum, als wir im Hof der Seefeste von unseren Pferden steigen. *Ich will, dass meine Kinder glücklich sind.*

Es berührt mich, dass Vater so denkt, aber gleichzeitig frage ich mich, was er überhaupt unter Glück versteht. Mein Leben lang hat er mir eingebläut, dass es nichts Wichtigeres als Pflicht gibt. Die Pflicht, Alyss zu heiraten. Kinder zu bekommen. Die O'Briens wieder zu Königen zu machen. Und ich war mir sicher, darin würde ich Erfüllung finden. Bisher.

»Dein Stiefel«, sagt Vater, als er unserem Leibwächter die Zügel seines Pferdes in die Hand drückt.

Ich folge seinem Blick. Tatsächlich: Beim Polieren meiner Reitstiefel habe ich einen Fleck übersehen. Schnell beuge ich mich nach unten und reibe mit dem Saum meines Hemdes darüber, bis er verschwindet.

Vater nickt mir ernst zu. Dann fordert er mich auf, ihm zu folgen, als wir durch die riesige, zweiflügelige Eingangstür den Palast der Seefeste betreten.

Nichts hat sich verändert, seit ich das letzte Mal hier war. So trutzig die Burg von außen wirkt, so reich und verspielt ist ihr Inneres. Silberdurchwirkte Läufer liegen auf dem Boden des langen Ganges, der zum Thronsaal führt. Ebenso wie die Livreen der Wachsoldaten sind die Läufer nachtfarben: eine Blauschattierung, die durch das eingefärbte Licht, das durch die bogenförmigen Buntglasfenster in den Gang fällt, intensiviert wird. Zahlreich wie die Kerzenleuchter reihen sich die Wachen rechts und links des Ganges auf. Stumm nicken sie uns zu, als wir an ihnen vorbeischreiten. Keiner spricht uns an, keiner hält uns auf. Alle wissen, wer wir sind.

»Weiß König Corvin, dass wir kommen?«, frage ich Vater leise, als wir uns der mit opulenten Schnitzereien verzierten Tür zum Thronsaal nähern.

»Ich hatte keine Zeit, einen Boten zu schicken.« Er klopft mir kurz auf die Schulter. »Mach dir keine Sorgen. Er wird uns empfangen.«

Als wir nur noch wenige Schritte vom Thronsaal entfernt sind, schwingen die Flügeltüren nach innen auf. Allerdings nicht, um uns einzulassen. Zwei Personen tauchen in der Türöffnung auf und kommen uns mit schnellen Schritten entgegen: eine Frau im schlichten, sandfarbenen Gewand einer Gelehrten und ein junger Mann.

Das Herz sinkt mir in die Hose.

Es ist zu früh.

Während ich an der Seite meines Vaters auf den Thronsaal des Königs zulaufe, kommt mir Aristide de Gwilen entgegen.

Ich habe gewusst, dass wir uns wiedersehen werden, seit Lord Raghaillach von seiner Ankunft in Iriann berichtet hat. Ich war jedoch davon ausgegangen, dass das später geschehen würde, frühestens beim Abendessen mit dem Hofstaat. Nicht hier. Nicht jetzt.

Er erkennt mich nicht sofort, das sehe ich seinem Gesicht an. Vielleicht liegt es an der goldbestickten Tunika aus tannengrünem Stoff, die ich trage. Viel habe ich äußerlich heute nicht mit dem jungen Mann gemein, den er vor einem Jahr am Strand kennengelernt hat.

Ihn hingegen hätte ich überall und in jeglicher Gewandung wiedererkannt: die goldblonden Locken, das sonnengebräunte Gesicht, die markante Linie des Kinns samt Grübchen. Der sanfte Schwung seiner Lippen.

Heute sieht er nicht aus wie ein Fischer. Auch er trägt kostbare Gewänder, cremefarben und türkis, die Farben des Hauses de Gwilen. Mit jedem Schritt, den er näher kommt, wird mein Mund trockener.

Erst, als er fast auf gleicher Höhe mit mir ist, erkennt er mich. Er unterbricht das leise Gespräch mit der Frau an seiner Seite – vermutlich seine Schwester – und reißt die Augen auf. »Rowan!« Ein Lächeln breitet sich auf seinem Gesicht aus.

»Prinz Aristide.« Ich deute mit dem Kopf eine Verbeugung an. »Prinzessin.«

Mein Vater bleibt überrascht stehen und blickt von mir zu Ash.

Der zeigt sich alles andere als befangen. »Darf ich annehmen, dass Ihr der Erzherzog von Ehrenfeld seid?«, wendet er sich an meinen Vater. »Darf ich uns vorstellen? Meine Schwester Solánge, die Comtesse de Gwilen. Ich bin Aristide Aurel de Gwilen.«

Die blonde Frau nickt uns kurz zu. Vaters Miene bleibt unbewegt. »Verehrte Hoheiten. Willkommen in Iriann. Wir danken Euch für Euren Beistand.«

»Eine Selbstverständlichkeit«, sagt die Comtesse. »Euer Land war gut zu mir.«

Ash zwinkert mir zu. »Ich hatte gehofft, dass wir uns wiedersehen.«

»Ich …«, presse ich hervor, weiß aber nicht weiter. Mein Herz schlägt zu schnell in meiner Brust.

Bevor es peinlich werden kann, unterbricht mich Vater. »Ihr müsst uns entschuldigen, Hoheiten. Mein Sohn und ich sind auf dem Weg zu unserem König, und unsere Botschaft duldet keinen Aufschub.«

Comtesse Solánge nickt uns freundlich zu und tritt einen Schritt beiseite. Ash lässt sich etwas mehr Zeit. »Sehen wir uns heute Abend bei Hof?«

Ich nicke nur. In Gwilen war es so leicht, mit ihm zu sprechen. Hier, während mein Vater neben mir steht, wollen weder die Worte kommen, noch traue ich meiner eigenen Stimme.

Ash hebt überrascht die Augenbraue, macht uns jedoch Platz. Ich *will* ihm sagen, dass ich mich darauf freue, ihn wiederzusehen. Dass ich viel an ihn gedacht, ihn vermisst habe. Aber das geht nicht. Vermutlich hält er mich für einen Rüpel, denn als mein Vater weitergeht, schließe ich mich diesem einfach an, ohne mich noch einmal umzublicken.

Erst, als die Torflügel des Thronsaals hinter uns zuschlagen, löst sich der Druck auf meiner Brust. Ich bemerke, dass ich meine Hände zu Fäusten geballt habe, und löse vorsichtig meine verkrampften Finger.

»Ich wusste gar nicht, dass der Prinz von Gwilen und du euch bereits kennt«, flüstert Vater überrascht, während der Hofmarschall uns ankündigt.

»Wir sind uns kurz begegnet. Letzten Sommer auf dem Festland.«

»Darüber sprechen wir noch«, sagt Vater. Dann wendet er sich dem König zu, der von seinem Thron aufgestanden ist, um uns erfreut entgegenzulaufen.

»Banwig!«, ruft König Corwin. Die beiden schließen sich in die Arme und klopfen sich herzlich auf die Schulter.

Der König wendet sich mir zu und legt mir die Hand auf die Schulter. »Junge. Groß bist du geworden.«

Ich verbeuge mich tief. »Mein König.«

Ich mag König Corwin. Früher habe ich ihn immer Onkel genannt. Dann fällt mein Blick auf die junge Frau, die hinter ihm aus den Schatten tritt. Sie ist atemberaubend.

»Prinzessin Alyss.«

Meine Verlobte lächelt mich an. »Rowan.«

Lady Raghaillach hat nicht übertrieben. Alyss ist erblüht. Ihre Schönheit besteht allerdings nicht aus vornehm blasser Haut und einem vollkommenen Gesicht. Tatsächlich sind ihre Züge ebenso schlicht wie meine. Aber ihr hocherhobener Kopf, das angedeutete Lächeln auf ihren Lippen, ihr freundlicher Blick und die Anmut, mit der sie sich bewegt, verleihen ihr eine bezaubernde Grazie. Ich begreife, dass man mir meine Stellung nicht nur neidet, weil sie die Thronfolgerin ist. Unwillkürlich frage ich mich, was sie sieht, wenn sie mich anblickt.

Sie ergreift meine Hände und drückt sie fest. »Es ist schön, dass du wieder bei Hof bist. Ich habe dich vermisst.«

Das bricht den Bann. Die ganzen Sorgen der letzten Wochen und Monate sind weggewischt. Das ist die Alyss, die ich kenne. Nicht die Thronfolgerin. Sondern das Mädchen, mit dem ich Sommer für Sommer gespielt habe. Die Freundin und Vertraute, mit der ich mein restliches Leben verbringen werde. Wir haben ähnliche Träume, haben sie immer gehabt. Alles wird gut werden. Wir lächeln uns an.

»Das ist also so wichtig, dass ihr es nicht mehr bis zum Abendessen ausgehalten habt«, sagt König Corwin laut zu Vater. »Dein Sohn konnte es nicht erwarten, seine künftige Braut wiederzusehen.«

Verlegen lösen Alyss und ich den Griff unserer Hände. Corwin achtet nicht darauf. Er legt uns beiden je einen Arm um die Schulter und zieht uns mit sich Richtung Thron.

Das Herz der Welt

Als Alyss und ich eine knappe Stunde später Seite an Seite prachtvolle Gänge entlangschreiten, ist das Gefühl der Befangenheit wieder da. Vielleicht liegt das an den beiden Hofdamen, die uns folgen – immer in gebührendem Abstand, uns aber nicht aus den Augen lassend. Der Anstand erlaubt es dennoch nicht, dass wir allein sind. Was die Leute glauben, was wir mitten am Tag in einem gut besuchten Fleck der Seefeste miteinander anstellen werden, bleibt mir ein Rätsel. Während wir durch die blau ausgelegten Flure schlendern, sprechen wir über Belanglosigkeiten: das Wetter, die anstehende Ernte und welche Adelsfamilien sich bereits zur Großen Ratsversammlung bei Hof eingefunden haben.

»Das ist nicht der Weg zum Palastgarten«, entfährt es mir, als Alyss die Tür zum großen Ballsaal aufstößt.

Spitzbübisch grinst sie mich an. »Nein. Kommst du trotzdem mit?«

Ich erwidere ihr Grinsen und folge ihr in einen Raum mit gewaltigen Kronleuchtern an der Decke. Über die Möbel, die entlang der Wände aufgereiht sind, haben die Diener Stofflaken geworfen, um sie vor Staub zu schützen. Der Boden jedoch ist blitzblank poliert. Die Absätze unserer Schuhe klappern laut, als wir den Saal durchqueren.

Auf der anderen Seite führt eine verglaste Außentür auf einen Balkon. Alyss bedeutet ihren Hofdamen, im Ballsaal auf uns zu warten und uns ein bisschen Freiraum zu lassen. Die ältere der beiden hebt zwar eine Augenbraue, widerspricht jedoch nicht.

Ich folge Alyss an die Balkonbrüstung. Tief unter uns bricht sich das Meer wild schäumend an den dunklen Klippen. Im Himmel vor uns kreisen Seevögel. Wenn ich nicht hinter mich blicke, kann ich fast vergessen, dass ich mich in einer Burg befinde. Das Rauschen des Meeres besitzt etwas Hypnotisches. Obwohl mir beim Blick in die Tiefe schwindelig wird und ich mich an der Brüstung festkrallen muss, kann ich nicht anders, als nach unten zu starren. Erst als meine Höhenangst übermächtig zu werden droht, reiße ich meinen Blick von den weiß gekrönten Wellenkämmen los und schiele hinüber zu meiner Begleitung. Wieder fällt mir auf, dass sie erwachsen geworden ist. Ihr glattes, weißblondes Haar trägt sie zwar offen wie ein unverheiratetes Mädchen. Unter dem himmelblauen Stoff ihres Kleides zeichnet sich aber überdeutlich die Rundung ihres Busens ab. Der goldene Reif um ihre Stirn wirkt schlicht, zeigt jedoch eindrucksvoll, wer sie ist.

»Was ist?«, fragt Alyss, als sie meinen Blick bemerkt.

Ich zucke verlegen mit den Schultern. »Ich weiß nicht. Du wirkst verändert.«

Alyss lacht und streicht sich die Haarsträhnen, mit denen der Wind spielt, aus dem Gesicht. »Wir sind keine Kinder mehr.«

Wir drehen uns zueinander um, damit wir uns direkt ansehen können.

»Die letzten beiden Sommer haben es auch gut mit dir gemeint«, sagt sie dann.

Wieder grinsen wir, aber noch immer schweige ich verlegen. Alyss deutet über ihre Schulter zur Burg. »Vor drei Jahren haben wir noch im Ballsaal miteinander Verstecken gespielt.«

»Willow hat sich immer hinter den Vorhängen auf der Fensterbank versteckt.«

»Man hat sie auf den ersten Blick entdeckt.«

»Und erinnerst du dich an den Morgen, an dem Olwenn sich im Weinkeller verborgen hat?«

Wir lachen. Die Diener haben Alyss' Schwester damals versehentlich eingeschlossen.

»Und nächsten Sommer werden wir heiraten.« Sie schüttelt den Kopf. »Kannst du das glauben?«

»Uns bleibt noch ein Jahr Freiheit«, feixe ich. »Dann wird es ernst.«

»Ein Jahr, bevor du deine Freiheit verlierst? Ist es das, was du empfindest, wenn du an eine Ehe mit mir denkst?«

»Nein, natürlich nicht. Was ich meinte …« Aber mir fehlen die Worte. Das habe ich ja toll hinbekommen. Mit hochrotem Kopf blicke ich in die Ferne und folge mit den Augen dem Flug der Seevögel.

»Willst du diese Ehe, Rowan?«

»Natürlich! Was denkst du?!«

»Ich denke, wir waren Kinder, als unsere Eltern beschlossen haben, uns miteinander zu verloben. Und ich denke, wir sind nun alt genug, um eigene Entscheidungen zu treffen.«

»Ich habe mich entschieden.« Ich blicke ihr direkt in die Augen. »Ich will dich heiraten, wirklich. Ich habe nur einen schlechten Scherz gemacht.«

Sie mustert mich eine Weile mit ihren dunklen, unergründlichen Augen. Dann nickt sie. »Gut. Ich will dich auch heiraten.«

Warum, wäre es mir beinahe entfahren, aber die Antwort kenne ich ja. Weil es das Beste ist: für Iriann, für die Krone, für unsere Familien. Vielleicht sogar für uns.

Alyss legt ihre Finger auf meine Hand, die auf der Brüstung ruht. »Ich habe ehrlich gemeint, was ich vorhin gesagt habe. Ich bin froh, dass du wieder bei Hof bist. Du warst mir immer ein guter Freund und ich habe dich vermisst.«

»Ich dich auch.« Als ich es ausspreche, merke ich, dass es die Wahrheit ist. Alyss ist nicht Raven. Aber sie ist mir über die Jahre sehr ans Herz gewachsen.

»Ich weiß, es gibt so viel, was unserer Aufmerksamkeit bedarf: die Ratsversammlung, das Schattenlabyrinth, die Feierlichkeiten zu meinem Geburtstag. Aber lass uns die kommenden Wochen auch dazu nutzen, uns wieder besser kennenzulernen, Rowan. In den letzten beiden Jahren ist viel geschehen.«

»Ein guter Vorschlag.«

»Du ahnst nicht, wie sehr ich dich brauche.«

Besorgt lege ich ihr eine Hand auf den Unterarm. »Ist alles in Ordnung?«

»Ich werde Königin. Sicher noch nicht nächstes Jahr, aber eines Tages wird es so weit sein. Ich wünsche mir dann einen Mann an der Seite, dem ich vertrauen kann. Dem ich nichts vorspielen muss. Und der mich stützt, wenn die Last der Krone zu schwer zu tragen ist.«

»Und ich kann dieser Mann sein. Ich *werde* dieser Mann sein.«

»Weißt du, was mir immer an dir gefallen hat?«

Neugierig blicke ich sie an.

»Bei dir hatte ich nie das Gefühl, dass du mich nur wegen der Krone heiraten willst.«

»Ich …«

»Ich bin nicht dumm. Ich weiß, wie begehrlich dein Vater darauf brennt, dass wieder ein O'Brien auf dem Thron sitzt. Und verstehe mich nicht falsch: Er ist ein guter Mann. Er war meinem Vater stets ein treuer Ratgeber – hoffentlich so, wie du der meine sein wirst. Aber du bist dennoch anders. Du hast das Mädchen hinter dem Titel gesehen, immer schon. Und ich hoffe, dass du auch die Frau dahinter sehen wirst. So wie ich hoffe, dass du mir zeigst, was für ein Mann der Erbe von Ehrenfeld geworden ist.«

Mein Nacken kribbelt bei ihren Worten. »Alyss …«, beginne ich, aber wieder weiß ich nicht, was ich darauf antworten soll.

Alyss lässt meine Hand los. »Was hast du in letzter Zeit so getrieben? Hast du etwas Neues über die Elfen herausgefunden?«

Die Ernsthaftigkeit, die sich auf uns herabgesenkt hat, verschwindet schlagartig.

»Nicht viel. Ich hatte gehofft, in Gwilen ein paar neue Quellen aufzutun, aber da war ich leider erfolglos.«

Anders als viele Gleichaltrige – und auch einige Erwachsene – hat Alyss mein brennendes Interesse für das Verschwinden der Elfen nie als unnütz abgetan. Für die meisten meiner Landsleute scheint es erstaunlicherweise keine Rolle zu spielen, dass die Elfen vor über dreihundert Jahren von einem Tag auf den anderen verschwunden sind. Hätte es die Artefakte nicht gegeben, von ihrer Hand erschaffen, hätten sie ihre Existenz vielleicht sogar als Mythos abgetan.

Ich kann das nicht nachvollziehen, denn was wäre Iriann ohne die Elfen? Allein aufgrund ihrer Existenz gilt die Insel als »das Herz der Welt« und »die Quelle der Magie«. Den alten Geschichten zufolge lebten Elfen bereits jahrhundertelang hier in den Wäldern, ehe die Menschen Iriann besiedelten. Nirgends sonst ist die Magie so stark wie hier, selbst heute noch, so viele Generationen nach ihrem Verschwinden. Unser Reichtum und unser Einfluss gründen auf den Artefakten, die sie uns hinterlassen haben. Sie werden weltweit begehrt, auch wenn ihre Macht schwächer wird, je weiter sie sich von Iriann entfernen.

Seit die Elfen uns verlassen haben, ist auch die Magie schwächer geworden. Das beklagen Jahr um Jahr sowohl die Akademie der Magier als auch die Artefakthändler. Neue Artefakte findet man immer seltener. Ich kann nicht verstehen, dass jeder nur auf die nächste Magieeruption hofft, die die Gegenstände wieder mit neuer Macht aufladen wird. Warum kümmert man sich nicht darum, herauszufinden, wohin die Elfen verschwunden sind – und warum? Ihr Weggang hatte unmittelbar mit dem langsamen Versiegen der Magie zu tun, davon bin ich überzeugt. Entweder hat ihr Verschwinden dieses ausgelöst, oder aber sie sind deshalb gegangen.

Mein Tutor hat mein Interesse für Elfen als Zeitvergeudung abgestempelt. Es gäbe Gelehrte in der Akademie der Magier, die sich mit diesem Themengebiet beschäftigten. Und wenn diese nichts Nennenswertes herausgefunden haben, wie sollte das dann einem kleinen Jungen gelingen, der seine Zeit besser mit dem Erlernen fremder Sprachen, der Politik sowie der Rechen- und der Kampfkunst verbringen sollte, statt seine Nase in »Märchenbücher« zu stecken?

Märchenbücher – Alyss hat mich deshalb nie belächelt. Sie teilt meine Begeisterung für alte Geschichte, wenn auch aus anderen Gründen.

»Erinnerst du dich an meinen Freund Connor?«

Ich schüttele den Kopf.

»Vielleicht kam er auch erst nach dir an den Hof. Er ist Barde. Er spielt die Harfe wie kein Zweiter.«

Alyss' Herz schlägt für die schönen Künste.

»Erst im vergangenen Winter ist er auf eine alte Ballade gestoßen. Ein Lied, das von einer Elfenjungfrau und einem Menschen handelt. Es ist tragisch und bittersüß, weil es davon handelt, dass die beiden sich ineinander verlieben und sich dennoch trennen müssen.«

»Eine schöne Geschichte.«

»Du glaubst, es ist nur eine Geschichte?«

»Keine uns bekannte Quelle deutet darauf hin, dass sich je eine Elfe und ein Mensch aufeinander eingelassen haben. Ich weiß gar nicht, ob das körperlich überhaupt möglich wäre. Das gibt es nur in den alten Märchen.«

Alyss verschränkt die Arme. »Nun bist du fantasielos, Rowan.«

»Tut mir leid.«

»Ich werde Connor bitten, dir die Ballade vorzusingen. Sie wird dir gefallen. Und Connor auch. Er ist sehr begabt. Er wird auch auf dem Ball zu meinem Geburtstag auftreten.«

Ich lächele. Alyss' siebzehnter Geburtstag wird eine riesige Feier werden. »Freust du dich auf das Fest?«

»Im Grunde ja. Allerdings wird es in diesem Jahr so groß, dass mir schwindelig bei dem Gedanken wird.«

»Die Thronfolgerin wird nur einmal siebzehn.«

»Es liegt wohl eher daran, dass diesen Sommer wirklich *alle* in der Stadt sind.«

»Die Große Ratsversammlung.«

»Dein Vater hat dir bereits mitgeteilt, dass wir beide ebenfalls daran teilnehmen dürfen?«

Ich nicke. »Glaubst du, die anderen Ratsmitglieder werden uns ernst nehmen?«

»Das möchte ich ihnen geraten haben. Wir mögen jung sein, aber nicht ohne Verstand. Auch unsere Meinungen sollten gehört werden.«

»Und was für einer Meinung bist du? Sollten wir das Schattenlabyrinth versiegeln?«

Alyss seufzt. »Die Magier werden nicht begeistert sein, aber ehrlich gesagt sehe ich zu diesem Zeitpunkt gar keine andere Möglichkeit.«

Ich nicke.

»Du siehst das genauso?«, fragt sie erleichtert.

»Ja.«

»Gut. Wir sollten beim Rat alle mit einer Stimme sprechen. Nicht nur du und ich, auch unsere Väter.«

»Da musst du dir keine Sorgen machen. Mein Vater steht hinter der Entscheidung des Königs – egal wie sie ausfallen mag.«

»Ich erwarte nicht, dass wir immer der gleichen Meinung

sind. Aber vor dem Rat dürfen wir uns nicht gegenseitig in den Rücken fallen.«

»Das sehe ich wie du.«

»Darf ich dich noch etwas fragen?« Ihre Augen blitzen neugierig. »Wie war es, der Schattenkreatur direkt gegenüberzustehen?«

Vater hat dem König und Alyss vorhin von unserem Erlebnis im Goldenen Wächter erzählt.

»Lass es mich so ausdrücken: Wenn ich nicht zuvor auf dem Abtritt gewesen wäre, hätte es sicher ein kleines Unglück gegeben.«

Kaum sind die Worte heraus, schelte ich mich einen Narren. Egal, ob ich Alyss als meine künftige Gemahlin oder Königin sehe: Es erscheint mir nicht sonderlich klug, ihr direkt auf die Nase zu binden, was für ein Hasenfuß ich bin. Tuath sei Dank lacht sie mich nicht aus. »Ich fürchte, sonderlich heldenhaft habe ich mich nicht verhalten.«

»Sich allein und unbewaffnet einer Schattenkreatur in den Weg zu stellen, ist nicht heldenhaft, sondern größenwahnsinnig. Du bist mir lebendig lieber als tot. Oder vom Hexenbrand gezeichnet.« Wieder verdunkelt sich ihr Blick. »Bei der derzeitigen Magieeruption ist es leider nur noch eine Frage der Zeit, bis die Seuche wieder um sich greift.«

Wir schweigen. Das Schattenlabyrinth ist Fluch und Segen zugleich. Ohne die Magie, die es alle paar Jahre verbreitet, hätten die Artefakte keine Wirkung mehr, da sind sich die Magier der Akademie einig. Gleichzeitig steigt mit jedem Mal das Risiko des Hexenbrands. Und immer wieder entkommen Schattenkreaturen.

»Wo wir gerade von Zeit sprechen«, sage ich schließlich zu Alyss. »Wärst du beleidigt, wenn ich mich nun entschuldige?«

»Lass mich raten. Dir brennt es unter den Nägeln, vor dem Abendessen noch die Große Bibliothek zu besuchen?«

Einen Augenblick lang bin ich versucht, Alyss anzulügen. Ich liebe die Große Bibliothek. Sie zählt zu meinen Lieblingsorten in Ionnach und für gewöhnlich kann ich es kaum aushalten, endlich wieder zwischen den hohen Regalen zu stöbern. Aber wenn Alyss und ich uns eine Zukunft aufbauen wollen, verdient sie die Wahrheit. Zumal ich ohnehin nichts vorhabe, für das ich mich schämen müsste.

»Nicht die Bibliothek. Ich würde gern die Akademie besuchen. Raven, meine beste Freundin, studiert dort seit einigen Monaten.«

Alyss legt den Kopf schief. »Das Mädchen, dem du so eifrig Briefe schreibst? Sollte ich eifersüchtig sein?«

Ich lache. »Auf Raven? Sicher nicht. Sie ist wie eine Schwester für mich.« Dann werde ich ernst. »Du kannst mir vertrauen, Alyss. Wirklich.«

»Das tue ich.«

»Eins noch«, bitte ich. »Könntest du mich bei meinem Vater entschuldigen? Sag ihm, ich treffe ihn im Stadthaus wieder.«

»Vermute ich recht, dass dein Vater von deinem Besuch bei deiner Raven nicht begeistert sein wird?«

»Nicht wegen Raven selbst. Er mag sie. Er hat Angst, dass unsere Treffen ein schlechtes Licht auf mich wirft.«

Alyss lächelt. »Bis zum Abendessen also?«

»Bis zum Abendessen. Kommst du wieder mit in die Burg?«

Sie schüttelt den Kopf und lehnt sich an die Brüstung. »Ich bleibe noch ein bisschen hier und lausche dem Rauschen des Meeres und dem Gesang der Seevögel.«

An der Balkontür drehe ich mich noch einmal zu ihr um. Alyss blickt gedankenverloren hinaus auf die See. Ihr Haar weht im Wind. Das Blau ihres Kleides hebt sich kräftig vom Blau des Himmels und dem Grau der Balustrade ab. Sie strahlt Ruhe und Gelassenheit aus.

Ja, denke ich. Wenn es eine Frau gibt, die ich lieben könnte, dann ist es Alyss.

Die Akademie der Magier

Wenn die Seefeste wie eine Krone über der Stadt thront, so wirkt die Akademie der Magier wie ihr pulsierendes Herz. Ursprünglich wurde sie am Rand von Ionnach gebaut. Inzwischen sind Gebäude und Straßen um sie gewuchert wie Unkraut und haben die Akademie zum Mittelpunkt gemacht. Da der Komplex wesentlich jünger ist als die Burg der Byrnes, sind die Gebäude auch in einem ganz anderen Baustil errichtet: gefühlsbetonter, pompöser.

Um auf das Gelände der Akademie zu gelangen, muss man durch ein riesiges, schmiedeeisernes Tor und über einen mit Blumenrabatten gepflasterten Vorhof, der so groß ist wie unser ganzes Stadthaus. Um einen Springbrunnen, dessen Becken einer Seerosenblüte nachempfunden ist, stehen blassrosa gestrichene Bänke. Zahlreiche Magier in ihren weit fallenden Roben sitzen darauf, die Sommersonne genießend.

Ihre Gelassenheit steht in einem starken Kontrast zu dem Stechschritt, mit dem mich ein Diener durch den Vorhof und am Hauptgebäude vorbeiführt. Die dahinterliegenden Häuser und Türme sind zwar ebenfalls groß und prächtig, sie erinnern mich aber weniger an reich verzierte Tortenstücke als die vorderen Gebäude. Dem Diener passt es offenbar nicht, dass er den Führer für mich spielen muss.

»Wartet hier«, weist er mich fast schon patzig an, als wir vor einem lang gezogenen, zweistöckigen Gebäude ankommen. Mit einem stummen Nicken setze ich mich auf die Holzbank neben der Eingangstür, während er ins Innere verschwindet. Auf der Fensterbank neben mir blühen rote und weiße Geranien.

Bereits nach kurzer Zeit tritt der Diener wieder ins Freie. Raven folgt ihm auf dem Fuß. Mit einem ganz und gar unpassenden spitzen Schrei fahre ich von der Bank auf. Jubelnd fallen wir uns in die Arme.

»Endlich!«, ruft Raven.

»Es tut so gut, dich wiederzusehen!«

Als ich mich zu dem Diener umdrehe, um mich zu bedanken, sehe ich, dass dieser bei der offenkundigen Zurschaustellung unserer Wiedersehensfreude missbilligend die Nase rümpft. Ich bin froh, als er Raven einschärft, mich nach meinem Besuch wieder bis zum Tor der Akademie zu begleiten, und sich dann zurückzieht.

»Hier lebst du also?«

Die Unterkunft für die Studierenden der Akademie ist deutlich einfacher gehalten, als ich es erwartet habe. Raven führt mich Gänge entlang, die mit dunklem Holz getäfelt sind, das alles Licht schluckt. Türen gehen in regelmäßigen Abständen zu beiden Seiten des Ganges ab. Ich nehme an, sie führen zu den Zimmern der Studierenden.

»Bringst du mich auf deine Kammer?«

»Geduld. Erst mal muss ich dir etwas zeigen.«

Wir kommen in einen Gemeinschaftsraum, in dessen hintere Wand bodentiefe Fenster eingelassen sind. Dadurch und dank seiner sandfarben gestrichenen Wände wirkt er wie eine Oase der Helligkeit. Mitten im Raum steht ein hoher viereckiger Tisch. Darauf ist eine flache Bronzeschale von gewaltigem Ausmaß. Ich hätte bestimmt beide Arme ausbreiten müssen, um sie an zwei gegenüberliegenden Seiten berühren zu können. Die Schale ist mit einer seltsamen Flüssigkeit gefüllt, die regenbogenfarben schimmert.

»Was ist das?«, frage ich, während ich Raven drei Stufen hinab folge. Wir sind allein. Niemand sitzt auf den mit Decken gepolsterten Bänken, die sich um den Tisch herumgruppieren.

»Das wirst du gleich sehen.«

Nebeneinander stellen wir uns an die Schale. Neugierig beobachte ich sie dabei, wie sie ihren Zeigefinger ausstreckt, auf den Bronzerand tippt und sich dann über den Tisch beugt, um auf die Flüssigkeit zu pusten. Die farbigen Schlieren beginnen, sich miteinander zu vermischen, und ein leises, tiefes Brummen erfüllt den Raum.

»Ein Artefakt«, murmele ich, obwohl ich mir das bereits gedacht habe. Die Flüssigkeit im Inneren der Schale fängt an, sich langsam im Kreis zu drehen. Das Brummen schwillt an.

Ich schiele hinüber zu Raven, die mich mit glänzenden Augen beobachtet und an einer ihrer Haarsträhnen zupft. *Es ist immer noch ungewöhnlich, sie mit dieser Frisur zu sehen*, schießt es mir durch den Kopf, doch dann nimmt das Artefakt meine ganze Aufmerksamkeit gefangen. Im Zentrum der Schale beginnt die Regenbogenflüssigkeit ihre Farbe zu verlieren und wie eine Säule aufzusteigen.

Nein. Sie verdichtet sich tatsächlich zu einer Säule.

Nein, zu zwei Säulen.

Zu drei!

Nach und nach wachsen sie vor uns in die Höhe. Sie sind kreisförmig angeordnet und ungefähr so lang wie mein Unterarm. Obwohl sie aus bunter Flüssigkeit bestehen, wirken sie weiß und fest wie Marmor.

»Was ist das?«, frage ich wieder, aber Raven antwortet nicht. Erker wachsen aus den Säulen und kleine Zinnen auf ihren oberen Enden. Erst da begreife ich, dass es sich bei den Gebilden um Türme handelt. Fasziniert beobachte ich, wie die Flüssigkeit auch zwischen ihnen aufsteigt und Mauern, winzige Häuschen mit spitzen Dächern und Wehrgänge zaubert.

»Das ist eine Schlossanlage.«

Obwohl sich unter dem beständigen Brummen, das den Raum erfüllt, mehr und mehr Gebäude formen, wird die Flüssigkeit, aus der sie entstehen, nicht weniger. Ranken wachsen nun an den Mauern nach oben. Sie sind nicht weiß wie das restliche Gebilde, sondern leuchten braun und grün wie Waldpflanzen. Sie verweben sich regelrecht mit dem weißen Gestein, füllen Lücken, bilden natürliche Mauern dort, wo Türme und Häuser noch unvollständig gewesen sind. Eine Hecke aus Rosen, deren Knospen vor meinen staunenden Augen erblühen, bildet das Dach eines der Wehrgänge. Gemeinsam mit Efeu wachsen auch die Türme der Schlossanlagen weiter. Sie strecken sich, drehen sich um sich selbst, verändern ihre Form und ziehen sich mehr und mehr in die Länge, bis ich meinen Blick nach oben richten muss, um die Spitze der höchsten Türme zu sehen.

Das Brummen verstummt, aber das Kunstwerk bleibt.

»Das Weiße Schloss!«, flüstere ich. »Das ist unglaublich.«

Raven legt mir die Hand auf die Schulter. »Ich wusste, dass

es dir gefallen würde. Ich musste mich so beherrschen, dir nicht früher davon zu erzählen. Aber ich wollte, dass du es mit eigenen Augen siehst: die Erschaffung des Weißen Schlosses.«

»*Gewoben aus Stein und Pflanzen und Licht.* Die Dichter haben nicht übertrieben.« Ich kann die Augen nicht von dem Gebilde lösen. Ich habe Gemälde vom Weißen Schloss gesehen, aber keines hat so viel Pracht und Schönheit ausgedrückt wie das Kunstwerk, das vor uns in der Bronzeschale wächst.

»Kaum zu glauben, dass das Schattenlabyrinth einmal so ausgesehen haben soll.«

Ich erinnere mich an die verkohlten, schwarzen Mauerreste. An das ungute Gefühl einer nicht greifbaren Bedrohung, das von ihnen ausging. Wie ist es möglich, dass etwas so Hässliches aus etwas so Schönem entstand?

»Glaubst du, es entspricht der Wahrheit?«, frage ich und deute auf die Skulptur.

»Ja. Die Elfen müssen dieses Artefakt erschaffen haben, ehe sie Iriann verlassen haben, also vor dem Fall des Weißen Schlosses.«

»Warum hat die Schwarze Königin nur etwas so Schönes zerstört?«

Raven zuckt mit den Achseln. »Warum hat sie die Schattenkreaturen erschaffen und den Hexenbrand über uns gebracht? Warum wollte sie die ganze Insel versklaven? Warum tun Menschen grausame Dinge?«

Ich drehe mich zu ihr um und drücke sie an mich. »Danke, dass du mir das gezeigt hast.«

»Es ist ein Bauwerk, das von *Elfen* errichtet wurde. Freilich habe ich es dir gezeigt. Schon allein deshalb, weil du mich besuchst, noch bevor du einen Abstecher in die Bibliothek machst.«

Verlegen kratze ich mich am Kinn, weil mich ihre Worte an die von Alyss erinnern. Die Menschen in meinem Leben kennen mich gut. »So besessen von Elfen bin ich nun auch wieder nicht.«

»Oh doch, das bist du.«

Wir grinsen uns an.

»Und jetzt, wo du im erhebenden Anblick eines magischen Schlosses geschwelgt hast: Möchtest du mein Zimmer sehen?«

Ravens Stube befindet sich im ersten Stock. Und sie ist winzig.

»Immerhin hast du eine Kammer nur für dich.« Ich setze mich auf den knarzenden Holzstuhl, der am Schreibtisch steht, während Raven es sich mit untergeschlagenen Beinen auf ihrem schmalen Bett gemütlich macht. Es duftet stark nach den Wildrosen, die in einem glasierten Tongefäß auf dem Fenstersims stehen. Diese Blumen hat Raven schon als Kind geliebt. Sie wachsen auch vor den Mauern von Burg Ehrenfeld.

»Das liegt allerdings nur daran, weil keiner der Adelssprösslinge ein Zimmer mit mir zu teilen bereit ist.«

»Idioten.«

»Mir ist das nur recht. Allein die Vorstellung, sich mit einem von ihnen eine Stube teilen zu müssen …«

Raven tut, als wäre es keine große Sache. Ich ahne aber, was wirklich in ihr vorgeht. Es mag richtig sein, dass keiner der anderen Schüler ein Zimmer mit der Tochter einer einfachen Dienstmagd teilen will. Allerdings ist sie wirklich froh, einen Rückzugsort nur für sich zu haben. Raven erträgt die Gesellschaft anderer Menschen nicht gut. Vor allem nicht die von Fremden. Hätte ihre Mutter es zugelassen, hätte Raven die kleine Dienerkammer, die sie auf Burg Ehrenfeld mit ihr und ihrer Großmutter teilte, Nacht für Nacht verschlossen.

»Comtesse Solánge de Gwilen ist angereist«, sage ich, um das Thema zu wechseln.

Raven zieht die Beine an ihren Körper. »Vor drei Tagen.«

»Bist du ihr bereits begegnet?«

»Nein. Leider nicht.«

»Ihr Bruder begleitet sie.« Raven nickt nur, zeigt aber sonst keine Reaktion. Also fahre ich fort. »Aristide de Gwilen. Ich habe ihn im letzten Sommer kennengelernt. Von ihm stammt das Artefakt.«

Ravens Augen weiten sich, als sie begreift. »Das Artefakt, das *du* am Strand gefunden hast?«

»Das war nicht die volle Wahrheit. Genau genommen hat er es gefunden.«

»Rowan O'Brien, das glaube ich nicht! Wie konntest du mir das nicht erzählen? Und was meinst du damit: Es ist das Artefakt dieses Gwileners? Hast du es ihm geklaut?«

Nach meiner Rückkehr nach Iriann habe ich es für die beste Idee gehalten, Ash niemandem gegenüber zu erwähnen. Dass er jetzt hier ist, empfinde ich wie ein Jucken an einer

Stelle an meinem Rücken, die ich nicht erreichen kann. Ich *muss* mit jemandem darüber reden. Und mit wem hätte ich das gekonnt, wenn nicht mit Raven?

Sie ist meine allerbeste Freundin. Ich weiß Dinge über sie, dunkle Dinge, die niemand sonst kennt. Und sie ist die Hüterin meiner Geheimnisse. Der meisten jedenfalls.

Dass Raven an der Akademie der Magier studieren darf, verdankt sie ebenso sehr meinem Vater wie dem Artefakt, mit dem sie sich Zutritt erkauft hat. Das Artefakt, das Ash mir geschenkt hat. Und ich dann ihr.

Langsam, aber sicher werden die Artefakte in Iriann seltener. Es kommt nicht mehr oft vor, dass noch ein neues entdeckt wird. Die Akademie hortet sie wie ein Drache seine Goldmünzen. Wer nicht bereit ist, ein Artefakt gegen einen Studienplatz einzutauschen, erhält auch keinen.

»Nun sag schon«, schiebt sie hinterher, weil meine Antwort offenbar bereits zu lange auf sich warten lässt.

»Ob ich das Artefakt geklaut habe? Nein, natürlich nicht! Er hat es mir überlassen.«

»Warum? Wann bist du ihm überhaupt begegnet?«

»Das war letzten Sommer, als mich Onkel Rhys mit aufs Festland genommen hat, damit sich mein Gwilenisch bessert.«

»Und der Goldjunge von Gwilen war auch dort und das hast du mir nicht erzählt?«

»Du weißt ja doch, wer er ist.«

»Jeder weiß, wer er ist. Da sind ein paar üble Gerüchte über ihn im Umlauf.«

»Ich habe davon gehört.«

»Wenn er dir ein Artefakt geschenkt hat, kann er kein schlechter Mensch sein. Halt mal, warum hat er es dir überhaupt geschenkt? Er hat doch keinen Gegengefallen eingefordert, oder?«

»Was du schon wieder denkst! Natürlich nicht.« *Leider.* »Egal, was du gehört hast, Raven, er ist ein guter Mensch. Man könnte sagen, wir haben uns angefreundet.«

»Angefreundet, soso.«

»Raven!«

»Schon gut.«

»Er war der Einzige in meinem Alter, mit dem ich reden konnte.« Beinahe hätte ich hinzugefügt, dass wir uns durch unseren ähnlichen gesellschaftlichen Status gut in den jeweils anderen hineinversetzen konnten, aber das hätte Raven vielleicht als Beleidigung aufgefasst.

»Weiß er, was du mit dem Artefakt gemacht hast?«

»Ash? Nun, i…«

»Du nennst ihn Ash? *Asche*?«

»*Er* nennt sich Ash.« Ich fühle die Wärme in meinem Gesicht aufsteigen. Das ist ein Geheimnis, das zu teilen ich eigentlich kein Recht habe. »Und ich weiß nicht, ob ich dir das hätte verraten dürfen. Bitte tu mir den Gefallen, und vergiss es ganz schnell wieder.«

»Du musst dir keine Sorgen machen. Unwahrscheinlich, dass mir die Ehre zuteilwird, ihn kennenzulernen.«

»Da er und seine Schwester in der Akademie leben, solltest du ihm über kurz oder lang über den Weg laufen, oder?«

»Er nimmt die Speisen zumindest nicht mit den anderen im Gemeinschaftssaal ein.« Sie kaut auf ihrer Unterlippe.

»Vielleicht ist ihm zu Ohren gekommen, dass man nicht gerade freundlich über ihn redet.«

»Was sagt man denn?«, frage ich wider besseres Wissen. Aber ich kann nicht anders. Ich muss hören, was die anderen über ihn denken. Darüber, dass er … Nun, darüber eben.

»Das kannst du dir doch vorstellen. Dass er ein skandalöses Leben führt. Dass Vorsicht geboten ist, wenn du ein Junge bist und er hinter dir den Gang entlangläuft. Solche Sachen eben.«

Ich senke den Kopf.

»Du hast gefragt«, verteidigt sich Raven.

»Ich weiß. Sie sollten lieber auf ihr Schandmaul achtgeben. Er ist immerhin ein Prinz aus Gwilen. Und seine Schwester ist hoch angesehen.«

»Das ist sie.« Raven lässt zu, dass wir das Thema wechseln, und dafür bin ich ihr dankbar. »Sie hat hier studiert. Und sie hat auf den Vulkaninseln geforscht. Die Professoren hoffen, mit ihrer Hilfe einen Weg zu finden, den Hexenbrand zu heilen.«

»Ist das überhaupt möglich?«

Raven zuckt mit den Achseln.

»Die Zeit rennt uns davon.« Mir fällt ein, dass ich ihr noch gar nicht von meiner Begegnung mit der Schattenkreatur erzählt habe. »Ich muss dir noch etwas sagen«, lasse ich sie deshalb wissen.

»Noch ein Geständnis?«

»Nein, aber auf dem Weg hierher ist etwas passiert.«

Der undenkbare Tanz

Vater erwartet mich bereits, als ich ins Stadthaus zurückkomme. Über meinen Besuch bei Raven ist er nicht sonderlich erfreut. »Die Prinzessin ist es nicht, die Gerüchte über dich und eine Bürgerliche als Waffe gegen uns verwenden wird«, prophezeit er.

Ich lasse seine Zurechtweisung widerspruchslos über mich ergehen, froh darum, dass er darüber unser Aufeinandertreffen mit Ash und seiner Schwester vergessen zu haben scheint. Dann verziehe ich mich schnell in die Badekammer unseres Stadthauses, ehe er mit seiner Strafpredigt weitermachen kann.

Am Abend begleiten Mutter und meine Schwestern Vater und mich an den Hof. Nur Diarmaid lassen wir bei Nola zurück. Das gefällt meinem kleinen Bruder gar nicht und er strampelt protestierend in Nolas Armen.

»Ich bringe dir etwas Zuckerwerk mit«, verspreche ich. Das immerhin beruhigt ihn etwas.

Obwohl es sich nur um ein einfaches Abendessen handelt, haben wir uns alle in festliche Gewänder gehüllt. Morgen wird der Rat das erste Mal tagen; alle wichtigen Adelshäuser befinden sich bereits in der Stadt und werden der königlichen Familie beim Abendessen aufwarten. Mutter und Fiona flüstern begeistert miteinander, während wir dicht gedrängt beieinandersitzen. Dass unsere Kutsche über das Kopfsteinpflaster mehr holpert als rollt, bemerken sie gar nicht. Ich hingegen spüre jede unsanfte Bewegung der Kutsche überdeutlich. Es sind einfach zu viele Tage im Sattel gewesen.

»Wirst du mich mitnehmen, wenn du dich mit der Königin triffst?«, bettelt Fiona.

Mutter lacht. »Ich weiß noch nicht einmal, ob Bridget dafür Zeit findet.«

Aber freilich wird sie das. Die Königin und meine Mutter sind zwar nur Basen, keine Schwestern. Aber in ihrer Kindheit standen sie sich sehr nah. Ihre Freundschaft ist trotz der Entfernung, die nun zwischen ihnen liegt, nicht verwelkt. Auch sie mag Grund dafür sein, dass Alyss und ich miteinander verlobt worden sind. Mein Vater hat nie einen Hehl daraus gemacht, sie aufgrund ihrer engen Verbindung zum Königshaus gefreit zu haben.

Auf dem Weg den Hügel hinauf werfe ich immer wieder einen Blick aus dem Kutschfenster zur Seefeste. Nachdem Raven mir das Modell des Weißen Schlosses gezeigt hat, wirkt die Königsburg der Byrnes grob und düster auf mich. Immerhin mildert das Licht der untergehenden Abendsonne ihre Ecken und Kanten.

Im Inneren der Feste sind diese Gedanken schnell vergessen. Die Gold- und Silberfäden, die in die gewaltigen Wandteppiche eingewirkt sind, glitzern geheimnisvoll im Licht zahlloser Kerzen. Ihre Flammen verleihen der Umgebung zusätzlich einen warmen Glanz. Es duftet nach erlesenen Speisen: fangfrische Meeresfrüchte, gebratenes Wild, Backwerk und aromatische Kräuter. Das Wasser läuft mir im Mund zusammen, noch ehe wir den Bankettsaal überhaupt betreten haben.

Er ist kleiner als der Ballsaal, den Alyss und ich heute durchquert haben, aber auch er bietet mehreren Dutzend Gästen Platz. Zahlreiche Tische und Bänke stehen im Raum und auf einem kleinen Podest im hinteren Bereich des Saals spielen Musiker auf Zupfinstrumenten unaufdringlich höfische Melodien.

Anders als erwartet, nehmen Fiona, Willow und ich allerdings nicht unsere üblichen Plätze in direkter Nähe der Tafel der königlichen Familie ein. Alyss und ihre Schwester Olwenn ziehen uns zu einem Tisch am gegenüberliegenden Ende des Saals, an dem bereits einige Jugendliche sitzen. Mein Herz beginnt schneller zu schlagen, weil Ash unter ihnen ist. Und es verkrampft sich, als ich erkenne, wer ihm gegenübersitzt. Ein junger Mann mit feuerrotem Wams und einem schwarzen Haarschopf. Die Raghaillachs haben es also auch rechtzeitig nach Ionnach geschafft.

»Meine Eltern wünschen, dass wir uns mit Gleichaltrigen austauschen«, erklärt Olwenn, während sie sich links neben ihrer Schwester auf einem freien Stuhl niederlässt. Sie ist ein Jahr jünger als Alyss, im gleichen Herbst geboren wie Fiona.

Ich beanspruche den Platz auf der anderen Seite meiner Verlobten, meine Schwestern setzen sich neben mich. Anschließend nicke ich den restlichen Anwesenden zu. Evan O'Leary sitzt bei uns, Fintan und Liam Murphy und eines der O'Sullivan-Mädchen, Cara, wenn ich mich nicht irre.

Als mein Blick auf Ash fällt, zwinkert er mir verschwörerisch zu und mein Herz setzt aus. Plötzlich fühlt sich meine Kehle staubtrocken an und mir fällt nichts ein, was ich hätte sagen können.

Beherzt trinke ich einen großen Schluck von dem verdünnten Wein, den mir ein Diener soeben eingeschenkt hat. Briann sei Dank wird bereits kurz nach unserer Ankunft der erste Gang aufgetragen. So kann ich mich auf das Löffeln der Suppe konzentrieren statt auf das Geplapper meiner Tischnachbarn. Immer wieder werfe ich mit gesenkten Lidern verstohlene Blicke zu Ash, und jedes einzelne Mal sehe ich, dass auch er in meine Richtung blickt. An den Gesprächen der anderen beteilige ich mich wenig. Erst während des Hauptgangs erzähle ich von meinem Erlebnis in der Akademie der Magier, von der Bronzeschale und der Erschaffung des Weißen Schlosses.

Gwyn verdreht abfällig die Augen, als ich geendet habe. »Das klingt nach dem nutzlosesten Artefakt, von dem ich jemals gehört habe.«

»Es wundert mich nicht, dass du so darüber denkst«, gebe ich zurück. »Du hattest noch nie einen Sinn für Kunst.«

Er zuckt mit den Schultern und schaufelt sich ein weiteres Fleischstück in den Mund. »Na und. Mit Kunst gewinnt man keine Kämpfe. Mit Wegrennen übrigens auch nicht.«

Mein Blut kocht. Dass ich nicht von der Bank aufspringe, habe ich nur Fiona zu verdanken, die mir unter dem Tisch schnell ihre Hand auf das Knie legt. Es ist jedoch Ash, der mich rettet. »Und welche Kämpfe gedenkt Ihr hier auszufechten, Lord Raghaillach?«, fragt er betont lässig.

»Falls Ihr es noch nicht bemerkt habt, Euer Hoheit. Meine Heimat wird bedroht von einer eine Seuche verbreitenden Monsterarmee.«

»Eine Armee würde ich es nun noch nicht nennen«, wirft Alyss ein.

Was auch immer Gwyn darauf gern erwidert hätte, er schluckt es herunter.

»Und es ist nicht das nutzloseste Artefakt, von dem ich jemals gehört habe.« Olwenn beugt sich nach vorne und greift nach einem der Äpfel, die zwischen den Holzplatten mit Fleisch und Käse liegen. »Wenn ich so darüber nachdenke, ist das überhaupt eine spannende Frage. Gibt es so etwas wie ein nutzloses Artefakt überhaupt?«

Das bringt uns alle zum Nachdenken.

»Die Mulrians sollen angeblich einen magischen Webstuhl besitzen«, erzählt Evan O'Leary. »Der Stoff, den man darauf webt, lässt sich nicht färben.«

»Das ist wahr«, erwidert Fiona. »Der Stoff kann aber auch nicht schmutzig werden.«

»Ich sollte den Stoff für mein Krönungskleid von den Mulrians weben lassen«, überlegt Alyss und alle lachen.

»Was ist mit dem Kissen von Silberbach?«, wirft jemand ein.

»Was ist das Kissen von Silberbach?«, fragen Gwyn und Ash gleichzeitig. Als sie es bemerken, warfen sie sich kurz vernichtende Blicke zu.

»Das Kissen von Silberbach ist ein Mythos«, erkläre ich. »Man sagt, wenn man seinen Kopf darauf bettet, lässt es einen sofort einschlafen.«

»Das klingt gar nicht so verkehrt«, sinniert Liam Murphy. »Mein Bruder schnarcht wie ein Bär zur Winterzeit. Da wäre so ein Kissen nicht unnütz.«

»Ihr wolltet es dennoch nicht haben«, lässt ihn Fiona wissen. »Wenn man es Euch nicht unter dem Kopf wegzieht, schlaft Ihr ewig weiter. Ihr wacht nicht auf, nehmt keine Nahrung zu Euch und siecht dahin.«

»Ammenmärchen!« Gwyn winkt einen der Diener zu sich, damit er Wein nachschenkt.

»Ein Märchen?« Alyss' Lächeln kommt mir fast gefährlich vor. »Sei dir da nicht so sicher. Ich an deiner Stelle würde gut achtgeben, auf welches Kissen ich heute Nacht meinen Kopf bette.«

Einen kurzen Augenblick lang herrscht Stille in unserer Runde. Hätte ich es nicht besser gewusst, hätte ich Alyss' Worte fast für eine Drohung gehalten. Dann lacht sie hell auf und wir alle stimmen mit ein, selbst Gwyn.

»Lasst uns tanzen«, ruft Olwenn ausgelassen. »Die Musiker spielen gerade so schön.« Sie deutet zu dem kleinen Orchester, das von den ruhigen, getragenen Weisen, mit denen es das Abendessen untermalt hat, zu einem temporeicheren Lied gewechselt ist. Dann steht sie auf und nickt Evan O'Leary zu. »Gibst du mir die Ehre?«

Even erhebt sich und reicht der Prinzessin die Hand.

»Oho!« Ash klatscht in die Hände. »In Iriann fordern die Frauen die Männer zum Tanzen auf?«

»Freilich.« Olwenn grinst spitzbübisch in die Runde. »Wenn wir immer darauf warten müssten, dass uns ein Mann dazu auffordert, kämen wir nie zum Tanzen.«

»Das wäre in Gwilen undenkbar. Bei uns ist es Brauch …«

»Wir haben bereits gehört, welche Bräuche ihr in Gwilen pflegt«, unterbricht Gwyn Ash.

Vor Schreck verschlucke ich mich an dem verdünnten Wein, von dem ich gerade trinke. Ein Blick in die Runde genügt, um mir zu bestätigen, dass wir alle sofort begreifen, auf was Gwyn anspielt. Aber ich hätte nicht vermutet, dass jemand den Schneid – oder die Unverschämtheit – haben würde, das Thema anzusprechen. Nicht einmal Gwyn.

Ich sehe, wie Ash auf der anderen Seite des Tisches die Hände zu Fäusten ballt. Laut schnarren die Beine seines Stuhls über den Boden, als er aufspringt. Will er sich prügeln? Oder wird er etwas noch Dümmeres tun und Gwyn zum Tanz auffordern, um ihn zu reizen. Ich kann mir vorstellen, dass er die Nerven dazu hat. Und dann wird es garantiert zu einer Prügelei kommen.

Diesmal ist es Alyss, die helfend einspringt. »Prinz Aristide, gewährt Ihr mir die Ehre des nächsten Tanzes?«

Mit angehaltenem Atem beobachte ich, wie sich Ash und Gwyn anfunkeln. Die beiden werden keine Freunde werden.

Dann schnaubt Ash, wendet sich Alyss zu und reicht ihr die Hand. »Mit Vergnügen, Prinzessin.«

Gemeinsam mit Olwenn und Evan schreiten Ash und Alyss zu der kleinen Freifläche im Bankettsaal und beginnen zu tanzen. Sie sehen unglaublich miteinander aus: Alyss in ein fließendes, dunkelblaues Kleid gehüllt, in der Farbe der Byrnes. Ihr weißgoldenes Haar fließt ihr den Rücken herab bis zur Schulter. Ash, der sie in seinen Armen hält, mit seinem goldbestickten Hemd und einer eng anliegenden Hose, die nicht besser hätte sitzen können. Sie strahlen wie zwei Himmelskörper: Ash ist die Sonne und Alyss der Mond. Und sie bewegen sich mit atemberaubender Eleganz über die Tanzfläche. Als meine Verlobte nach einer wilden Drehung den Kopf in den Nacken wirft und laut auflacht, verspüre ich einen Stich der Eifersucht.

Nachdem Alyss Ash zum Tisch zurückgeleitet hat, fordert sie mich auf. Fiona schließt sich uns ausgerechnet mit Gwyn Raghaillach an. Nach dem, wie er sich heute verhalten hat, ärgert mich das doppelt so sehr, wie es das eigentlich hätte tun sollen.

Dann bemerke ich, dass Ashs Augen auf mir ruhen. Wann immer die Drehungen des Tanzes dazu führen, dass ich in Richtung unserer Sitzplätze schaue, sieht er mich an. Den ganzen restlichen Tanz über bilde ich mir ein, seinen intensiven Blick im Rücken zu spüren.

»Geht es dir gut?«, fragt mich Alyss, als ich das zweite Mal aus dem Takt gerate. »Dein Fuß?«

Alyss weiß, dass mir der Fuß, den ich mir vor einigen Jahren gebrochen habe, ab und an Schwierigkeiten bereitet. Dankbar lächele ich sie an. »Nein. Es liegt eher an … Raghaillach.«

»Er ist ein Unruhestifter, ich weiß. Aber ein attraktiver Unruhestifter. Das scheint jedenfalls deine Schwester zu finden.«

Ich schiele hinüber zu Fiona, die leichtfüßig mit Gwyn durch die Musik schreitet. »Ausgerechnet.«

»Du magst ihn nicht?«

»Wir waren früher schon nicht die besten Freunde.«

»Ihr ward gleichzeitig Pagen bei Lord Waterford, nicht wahr?«

Ich nicke knapp. »Lass uns bitte über etwas anderes sprechen.«

»Gern. Ich wusste gar nicht, dass es in der Akademie dieses Artefakt vom Weißen Schloss gibt. Es klingt wunderschön. Ich würde es gern einmal sehen.«

»Wir können in den kommenden Tagen gemeinsam dorthin gehen, wenn du möchtest.«

»Dann könnte ich auch deine Freundin kennenlernen.«

Ich blicke Alyss fest in die Augen. »Zwischen Raven und mir ist wirklich nur Freundschaft.«

»Ich glaube dir.« Ihr Griff um meinen Oberarm verstärkt sich und sie lächelt mich offen an. »Und sie ist dir wichtig, das spüre ich. Deshalb würde ich sie gern kennenlernen.«

»Ach, Alyss«, sage ich. »Du bist wunderbar, weißt du. Ich habe dich gar nicht verdient.«

Und das habe ich nicht.

In diesem Moment nehme ich mir fest vor, mich ihrer würdig zu erweisen. Was kurz danach geschieht, macht mein Vorhaben jedoch nicht gerade leichter.

Was wir nicht sagen

An diesem Abend wird noch viel getanzt. Mit voranschreitender Stunde strömen auch ältere Adelige auf die Tanzfläche, unter ihnen Vater und Mutter. Nach einer kurzen Pause fordere ich Fiona auf, weil ich die Gelegenheit nutzen will, ihr wegen Gwyn ins Gewissen zu reden.

»Es war nur ein Tanz, Rowan. Was regst du dich darüber so auf?«

Als sie hinzufügt, dass Gwyn sich recht charmant ihr gegenüber benommen hat, nehme ich mir vor, ihr zu erzählen, was auf der Burg der Waterfords vorgefallen ist. Aber hier ist weder die rechte Zeit noch der rechte Ort dazu. Oder irre ich mich? Gwyn und ich sind keine Kinder mehr. Wir haben uns beide verändert. Tue ich ihm unrecht?

Kurz darauf gesellen sich Gwyn und Fiona zu einer kleinen Gruppe, die draußen frische Luft schnappen und ihre vom Tanzen erhitzten Körper abkühlen will. An den Bankettsaal grenzt ein schmaler Balkon an, von dem aus man auf den Innenhof der Seefeste herabblicken kann. Weil ich Gwyn nicht traue, schließe ich mich im letzten Augenblick den Spaziergängern ebenfalls an. Ich kann nicht anders, als Ash einen fragenden Blick zuzuwerfen, der gemeinsam mit Cara O'Sullivan und Fintan Murphy am Tisch zurückbleibt.

Kommst du mit nach draußen?, fragen meine Augen und ich hoffe, dass er mich versteht.

Als ich an ihm vorbeigehe, zuckt seine Hand so schnell vor

wie eine Schlange und greift mich am Arm. Überrascht bleibe ich stehen. Meine Gedanken galoppieren mit meinem Herzen um die Wette.

»Ihr geht spazieren?«

Täusche ich mich, oder klingt seine Stimme eine Spur zu dunkel? Den ganzen Abend über hat er sich nicht anmerken lassen, dass wir uns kennen. Was hat er jetzt vor?

»Wollt Ihr Euch uns anschließen, Hoheit?«

Ashs Blick bohrt sich in meinen, als wolle er direkt ins Innere meines Kopfes sehen.

Einen Herzschlag lang passiert nichts.

Zwei Herzschläge.

»Ich bevorzuge Spaziergänge am Strand«, sagt er dann, ein schmales Lächeln auf den Lippen. »Aber hier in Iriann kenne ich mich nicht aus. Kennt Ihr eine schöne Stelle, die Ihr mir …«, er zögert kurz, »… ans Herz legen könnt?«

Die Haut an der Stelle, wo seine Finger mich berühren, scheint zu brennen.

»Ich …«, beginne ich und stocke. »Es gibt da eine Stelle vor den Toren der Stadt, in der Nähe des Hafens.« *Ich würde sie dir gern zeigen. Aber es ist dort nicht so einsam wie auf dem Festland.*

Ash wartet offenbar darauf, dass ich noch mehr sage, aber die Worte wollen nicht kommen.

»Das klingt schön«, sagt er schließlich leise.

»Ich kann sie Euch in den nächsten Tagen zeigen, Prinz Aristide. Wenn Ihr möchtet?«, lässt sich Cara O'Sullivan plötzlich vernehmen. »Morgen?«

Ash und ich blicken gleichzeitig in ihre Richtung. Sie lächelt uns zuckersüß entgegen. Ich muss die Zähne zusammenbeißen, um nicht etwas Scharfes zu erwidern. Dann, als Ash ihr dankbar zunickt, reiße ich mit einem Ruck meinen Arm los. Vielleicht ist es besser, wenn Cara sich um Ash kümmert. Immerhin, sie ist ein schönes Mädchen und entstammt einer angesehenen Familie.

»Bitte entschuldigt mich«, sage ich schnell. Ehe einer der beiden antworten kann, drehe ich mich um und eile den anderen auf den Balkon nach.

Willow blickt mich neugierig an, als ich zu ihr aufschließe. »Was hat der Gwilenische Prinz von dir gewollt?«

»Nichts«, lüge ich. »Er hat sich nur nach einem Ausflugsziel erkundigt.«

Willow runzelt die Stirn, aber ich ignoriere sie und trete zu den anderen. Als wir von unserem Spaziergang im Freien zurückkommen, sitzen Cara O'Sullivan und Fintan Murphy noch auf ihren Plätzen.

Ash allerdings ist verschwunden.

Ein paar Stunden später liege ich ausgestreckt auf dem Bett in meiner Kammer. Ich bin dankbar für die frisch gewaschenen, nach Lavendel duftenden Laken, die weiche Matratze und dafür, wieder ein Zimmer für mich allein zu haben. Aber obwohl ich zum Umfallen müde bin, will der Schlaf sich nicht einstellen. Mit hinter dem Kopf verschränkten Armen liege ich im Bett und blicke durch das geöffnete Fenster hinaus auf den Vollmond, der im tintenschwarzen Himmel schwimmt. Mit den Gedanken bin ich bei Ash.

Es war seltsam, ihn wiederzusehen: angsteinflößend und schön. Ich habe die ganze Zeit gefürchtet, dass er etwas Falsches sagen könnte. Er ist manchmal so impulsiv. Und ich hatte Angst, dass er nichts zu mir sagen würde. Dass er mich vergessen hätte.

Wer ist dieser Ritter, mit dem er erwischt worden ist? War er Ash wichtig? War er schön? Stark? Mutig? Mein Magen krampft sich zusammen. Hat Ash diesen Ritter geliebt?

Rastlos drehe ich mich auf die Seite. Die Matratze kommt mir plötzlich gar nicht mehr so weich vor.

Ein Mann kann keinen Mann lieben. Wer hätte je davon gehört? Der Gedanke an sich ist widernatürlich. Es ist einfach nicht möglich.

Warum ist Ash ausgerechnet hierher gekommen? Warum hat er seine Schwester begleitet und ist nicht irgendwo anders hingereist, wo ihn niemand kennt; wo niemand von den Gerüchten gehört hat. Irgendwohin, wo nicht auch ich bin?

Das macht alles so viel schwerer.

Ja, verdammt, es war … es war großartig, ihn wiederzusehen. Und gleichzeitig eine Quälerei. Aber ich werde mich nicht aufgrund einiger verwirrter Gefühle von ihm kaputt machen lassen. Ich bin stärker als dieser niedere körperliche Trieb, der sich mit einem Ziehen in meinen Lenden bemerkbar macht, manchmal, wenn ich an Männer denke. Tuath und Briann, warum haben mir die Götter das angetan? Warum lassen sie es zu, dass ich so etwas fühle, wo ich doch weiß, dass es falsch ist? Wenn es eine Strafe ist, dann für was? Wenn es eine Prüfung ist, weshalb?

Manchmal hasse ich mein Leben, meine Gefühle.

Manchmal hasse ich sogar mich.

Es ist gut, dass Cara O'Sullivan Ash zum Strand begleiten will. Es ist für ihn gut und für mich. Ich bin ein O'Brien. Ich bin der Erbe von Ehrenfeld und für mich gibt es nur eine mögliche Zukunft: die Ehe mit Alyss Byrne. Es ist so leicht, sich das einzureden, tagsüber, wenn die Sonne scheint und mein Weg klar und deutlich vor mir liegt.

Manchmal aber, in Nächten wie diesen, wird mein Herz zum Verräter. Und es wünscht sich etwas anderes.

Ein Jahr zuvor in Gwilen

Als das Château der Dubois' hinter mir zurückblieb, atmete ich auf. Ein sanfter Wind zerzauste mir das Haar und zupfte an meinen Kleidern. Mit jedem Schritt fühlte ich mich leichter. Grinsend schüttelte ich den Kopf. Es war nicht so, dass ich Martines Gesellschaft nicht genoss. Auf Dauer war sie jedoch etwas … anstrengend. Jetzt war ich froh, dass ihre Mutter verhindert hatte, dass sie sich mir anschloss. Es war das erste Mal, dass ich ohne Begleitung an der Küste von Fennistére sein würde, und ich freute mich auf etwas Zeit nur für mich. Zu Hause verkroch ich mich in der Bibliothek, und auch, wenn Raven sich dann manchmal zu mir gesellte, so kannten wir uns doch lange genug, dass wir still nebeneinandersitzend lesen konnten, ohne dass das Schweigen unangenehm auf uns lastete.

Hier in Gwilen hatte ich das Gefühl, dass ständig jemand meine Gesellschaft suchte: Onkel Rhys, den ich begleitet hatte; Duc Dubois und die Duchesse, unsere Gastgeber; Marquis Jean-Pierre, mein Gwilenischlehrer – und allen voran Martine, die Tochter der Dubois'.

Am Fuß des kleinen Hügels, der das bebaute Land von der Meeresküste trennte, schlüpfte ich aus meinen Schuhen und Socken und krempelte meine Hosenbeine nach oben. Dann kletterte ich den Hang hinauf. Das Dünengras kitzelte an meinen Beinen. Auf der anderen Seite des Abhangs setzte ich mich auf den Boden und legte Schuhe und Socken ab. Ich zog meine Beine an, stützte mein Kinn auf die Knie und blickte hinaus auf den Strand und das Meer. Die Sonne stand tief, aber noch glitzerte ihr Licht auf dem Wasser. Andächtig sog ich die Schönheit der Küste in mir auf. Dass die Gwilener Tuath und Briann anders nannten, dass sie hier Mutter und Sohn waren und nicht Mann und Frau, änderte nichts an der Tatsache, dass der Gott und die Göttin mit dem Herzogtum Fennistére einen der schönsten Landstriche geschaffen hatten, den ich je gesehen hatte. Alles hier wirkte so friedlich. Nicht einmal der Wind, der mir immer wieder kleine Sandkörnchen ins Gesicht blies, störte mich.

Dann sah ich sie: eine Gestalt, die wie ein Seehund in der Nähe des Strandes durch das Wasser pflügte, obwohl es sich dabei eindeutig um einen Menschen handelte. Mit beeindruckender Geschwindigkeit schnitt er durch das Meer. Abwechselnd tauchten sein Kopf und seine Schultern und Arme aus den schaumgekrönten Wellen.

Ich weiß nicht, wie lange ich ihn beobachtete. Erst als ich begriff, dass er auf den Strand zuhielt, riss ich meinen Blick von ihm los. Hektisch blickte ich die Küstenlinie hinauf und hinunter, um zu sehen, ob *mich* jemand sah. Oder jemand auf den Schwimmer wartete. Aber nein. Außer uns beiden war niemand zu sehen.

Im Meer richtete sich der Fremde auf und watete auf das Ufer zu. Sein Oberkörper war durchtrainiert wie der eines Kämpfers. Am Strand blieb er stehen und schüttelte kräftig den Kopf, sodass glitzernde Wassertropfen nach allen Seiten flogen. Dann bückte er sich und griff nach einem hellen Stoffbündel. Himmel, er sah aus wie die zum Leben erwachte Statue eines anderweltlichen Kriegers. Mit dem Stoffbündel in der Hand richtete er sich wieder auf und blickte sich um.

Als er meiner Gegenwart gewahr wurde, hob er den Arm zum Gruß. Der Schreck fuhr mir in alle Glieder. Mit hochrotem Kopf sah ich mich schnell noch einmal nach allen Seiten um. Aber da war niemand außer uns. Also erwiderte ich unsicher die Geste.

Noch während ich überlegte, was ich als Nächstes tun sollte – aufstehen und gehen oder bleiben und warten –, warf sich der Fremde das Stoffbündel über die Schulter und kam auf mich zu. *Hexendreck!* Und nun?! Mir war noch nie aufgefallen, dass einem gleichzeitig die Handflächen schweißnass und der Mund staubtrocken werden konnte. Was wollte der Fremde? Hatte er meine neugierigen Blicke bemerkt? Kam er auf mich zu, um mich zur Rede zu stellen?

Wenn ich wenigstens besser Gwilenisch sprechen könnte.

Was machte ich überhaupt noch hier? Ich sollte gehen. Meine Hände gruben sich in die weiche Erde. Meine Beine hingegen schienen wie gelähmt.

Hektisch blickte ich auf den Teppich aus Krähenbeere, die den sandigen Boden des Hügels fast vollständig bedeckte. Als würde ich zwischen den kriechenden Pflanzen und ihren schwarzen Früchten Antworten finden. Um jetzt zu fliehen, war es ohnehin zu spät. Der Fremde war fast bei mir.

»Guten Abend«, sagte er auf Gwilenisch, als er vor mir stand, und streckte mir die Hand entgegen.

»Seid gegrüßt.« Fast stolperte ich über meine Antwort, aber ich ergriff seine Hand und schüttelte sie wie ein Bauer. Seine

Finger waren noch nass vom Schwimmen im Meer, aber sein Griff war fest.

Ich zwang mich, ihm ins Gesicht zu sehen. Ein Lächeln lag ihm auf den Lippen. War es spöttisch? Freundlich? Ich war mir nicht sicher. Sein Haar klebte nass an seinem Kopf, ein starker Kontrast zu seiner braun gebrannten Haut. *Heiliger Tuath.*

Der Fremde hob die Augenbrauen und blickte dann demonstrativ hinunter auf meine Hand, die noch immer in seiner lag. Ich ließ los, als hätte ich mich verbrannt. Er ging nicht darauf ein. »Ihr seid nicht aus Gwilen«, sagte er stattdessen und setzte sich wie selbstverständlich neben mich.

»Aus Iriann«, krächzte ich und hasste es, wie unsicher meine Stimme klang.

»Iriann?«, fragte er überrascht und wechselte mühelos in meine Muttersprache. »Meine Schwester liebt die Insel. Sie hat mir viel von dort erzählt.«

»Eure Schwester? Lebt sie in Iriann?«

Er schüttelte den Kopf. »Nicht mehr.« Erst glaubte ich, er wolle noch mehr sagen, doch er lächelte nur versonnen und richtete den Blick auf das Meer. »Die See soll an euren Küsten rauer sein«, sagte er schließlich.

Ich nickte. »Rund um unsere Hauptstadt gibt es viele Riffe. Die Wellen brechen sich an der Steilküste unter unserem Königspalast.« Nach einem Moment des Zögerns fügte ich hinzu: »Es sieht wunderschön aus.«

»Schöner als das hier?« Der Fremde deutete auf den Strand.

Ich zuckte mit den Achseln. »Nicht unbedingt schöner. Aber anders.«

»An euren Küsten hat sich schon mancher Gwilener die Zähne ausgebissen.«

»Wohl eher den Schiffsrumpf aufgerissen. *Die See schützt uns*, heißt es in einem unserer Lieder.«

»Die See? Nicht Elfenmagie?«

»Die Elfen sind schon vor langer Zeit verschwunden.«

Falls ihm auffiel, dass meine Stimme traurig klang, ließ er es sich nicht anmerken. Seine Finger stahlen sich zwischen die Krähenbeeren und suchten im Sand nach einem kleinen Stein. Als er einen gefunden hatte, holte er weit aus und warf ihn Richtung Meer. Im Westen war die Sonne schon halb hinter den Wogen verschwunden.

»Als Kind wollte ich immer Artefaktjäger werden«, verriet er plötzlich.

Ich blickte überrascht zu ihm hinüber und auch er drehte mir den Kopf zu.

»Wirklich. Ich habe jedem erzählt, dass ich nach Iriann reisen und mächtige Artefakte finden werde: Waffen, die ihren Besitzer unbesiegbar machen, Zauberringe und einen Sattel, der dafür sorgt, dass man nie vom Pferd fällt.«

Ich lachte. »Ein solches Artefakt gibt es nicht. Jedenfalls habe ich nie davon gehört.«

»Das könnt Ihr auch nicht. Ich muss es doch schließlich erst noch finden.«

»Seid Ihr so ein schlechter Reiter?«

»Nein. Ich wollte ihn meiner kleinen Schwester schenken. Sie hat Angst vor Pferden.«

»Die, die in Iriann gelebt hat.«

»Nein, eine andere. Ich habe zwei Schwestern.«

»Ich auch.«

»Brüder?«

»Einen.«

»Ich habe drei.«

Wir verstummten. Meine Unsicherheit, die ich für kurze Zeit vergessen hatte, kehrte zurück. Aufstehen und gehen? Bleiben?

»Wie heißt Ihr?«, fragte ich. *Wer seid Ihr?*, wollte ich eigentlich wissen.

Der Fremde lächelte mich an; seine Augen blitzten. »Ash.«

»Ash? In meiner Sprache bedeutet das *Asche*.«

»Ich weiß. Verratet Ihr mir auch Euren Namen?«

»Rowan«, entfuhr es mir, ehe mir klar wurde, dass ich mir einen hätte ausdenken können.

»Und was macht Ihr in Gwilen, Rowan aus Iriann?«

»Ich begleite Lord O'Brien bei seinem Besuch auf Château Dubois.« Das war nicht gelogen. Lord O'Brien war mein Onkel.

Ash blickte hinüber zum Schloss. »Gefällt es Euch?«

»Es ist prächtig! Ich habe selten in so weichen Betten geschlafen.«

»Und was macht Ihr dann hier am Strand?«

»Ich bin vor einer jungen Dame geflohen.«

»Ist ihr Verhalten zu vereinnahmend?«

»Allerdings. Sie ist ziemlich zudringlich. Sie ist neun.«

»Ahhh …«

Wir grinsten uns an.

»Ja. Und was macht Ihr hier?«, fragte ich ungewohnt mutig.

»Vielleicht bin ich ja auch geflohen.«

Ash schaute mich direkt an. Seine Augen waren blaugrau wie der Himmel vor einem Sturm und sein Blick so intensiv, dass er mir bis in mein Innerstes zu dringen schien. Die Härchen auf meinen Unterarmen stellten sich auf. Am liebsten hätte ich meine Frage zurückgezogen, aber dazu war es zu spät.

»Ich«, begann Ash, brach aber ab. Obwohl er es gewesen war, der meinen Blick gesucht hatte, wandte er den Kopf wieder nach vorne und blickte hinaus aufs Meer. »Die Sonne geht gleich unter«, sagte er plötzlich. »Ich muss gehen.« Abrupt stand er auf und klopfte sich Sand und Schmutz von der Hose. Verunsichert blickte ich ihn an.

»Ihr bleibt noch?«

»Ja«, antwortete ich, völlig überrumpelt von seinem Stimmungsumschwung. Es war schwierig, im Gegenlicht der niedrig stehenden Sonne seine Gesichtszüge zu deuten. Noch immer machte er keine Anstalten, das Hemd, das ihm achtlos über der Schulter hing, überzustreifen.

Wieder streckte er mir die Hand entgegen. »Es hat mich gefreut, Euch kennenzulernen, Rowan aus Iriann.«

Fest erwiderte ich seinen Händedruck. »Mich auch.«

Er nickte mir zu, dann drehte er sich um und ging langsam den Hügel hinunter. Auf halber Höhe blieb er noch einmal stehen und wandte mir den Kopf zu.

»Ich liebe die Abendstunden hier am Meer«, sagte er. »In denen man den Strand nur für sich hat. Ich komme oft zum Schwimmen hierher.« Kurz zögerte er. »Vielleicht laufen wir uns in den nächsten Tagen noch einmal über den Weg?«

Ich nickte kurz, weil ich meiner Stimme nicht traute. Ash

lächelte, dann wandte er sich um und lief weiter. Möglichst unauffällig sog ich Luft durch die Nase ein, um meinen galoppierenden Puls zu beruhigen. Sicher hatte er die Worte nicht so gemeint, wie ich sie verstand. Verstehen wollte.

Ich blickte ihm nach, bis er um eine Küstenbiegung verschwunden war. *Schade*, durchzuckte es mich, aber gleich darauf schalt ich mich einen Narren.

Es war nichts geschehen. Ich war einem Fremden am Strand begegnet, der gern in den ruhigen Abendstunden im Meer schwamm. Seinem durchtrainierten Oberkörper zufolge war er Kämpfer oder Fischer. Nach allem, was ich von ihm wusste, wartete daheim bereits seine Frau auf ihn.

Es ist nichts geschehen, wiederholte ich in Gedanken.

Am nächsten Abend ging ich wieder zum Strand.

Anders

Ich habe früh gemerkt, dass ich anders bin. Dass mit mir etwas nicht stimmt. Nicht, weil ich mich seltsam gefühlt habe. Sondern weil andere mir das Gefühl gaben, seltsam zu sein.

Es begann in meiner Pagenausbildung bei Lord und Lady Waterford. Ich war schon neun Sommer alt, als Vater mich auf ihr Gut schickte. Die anderen Pagen kannten sich bereits seit zwei Jahren und waren zu einer eingeschworenen Gemeinschaft zusammengewachsen. Ich war der Eindringling. Der Neue. Der Erbe von Ehrenfeld, der mit der Kronprinzessin verlobt war.

Dank des intensiven Kampftrainings in den vergangenen Jahren, auf das Vater bestanden hatte, konnte ich recht gut mit dem Schwert umgehen. Pfeil und Bogen lagen mir weniger. Lady Waterford allerdings war »entzückt« über meine hervorragenden Manieren und bestimmte mich sogleich zu ihrem Mundschenk. Eine Sonderbehandlung, die den anderen Pagen sauer aufstieß. Und dann war ich auch noch so seltsam. Statt mit ihnen in unseren freien Stunden mit einem Ball durch den Innenhof zu tollen, verkroch ich mich lieber in der Bibliothek und stellte unseren Lehrern alle möglichen Fragen über das Verschwinden der Elfen.

»Du hältst dich für etwas Besseres, was?«, sagte Gwyn Raghaillach, kaum dass er mich einen Tag kannte. Damals sah er auch äußerlich noch wie das Frettchen aus, das er eigentlich ist. An meiner Erwiderung waren weder er noch seine Freunde interessiert. Und Gwyn war mit fast allen Pagen befreundet.

Dann beging ich den Fehler, Gwyn im Umgang mit einem Falken zu korrigieren, als wir alle gemeinsam auf die Jagd ritten. Ich schwöre, in dem Blick, den er mir damals zuwarf, lag reine Mordlust.

Es gab einen anderen Pagen, Belerion, der sich zunächst auf meine Seite schlug. Aber als die Angriffe der anderen handgreiflicher wurden, zog auch er sich zurück. Ich fühlte mich allein und isoliert und flüchtete mich immer öfter in meine Bücher. Und obwohl ich so versuchte, den anderen aus dem Weg zu gehen, stachelte sie das aus einem mir unverständlichen Grund noch mehr gegen mich auf.

Bemerkungen wie »Und so einer soll unser zukünftiger König werden?«, wenn ich mich beim Sport nicht gut anstellte, kratzten an meinem Selbstbewusstsein. Wenn ich die Sommer mit Alyss und ihrer Familie in der Hauptstadt verbrachte, gaben mir alle dort das Gefühl, dass meine Verbindung mit der Prinzessin gesegnet und ein Grund zur Freude sei. Auf Burg Waterford fragte ich mich, wer sich da etwas vormachte: die Pagen, der König und sein Hofstaat, oder ich? Wie sollte es mir gelingen, Alyss dabei zu unterstützen, ein ganzes Reich zu führen, wenn es mir nicht einmal gelang, Freunde unter Gleichaltrigen zu finden? Das war, bevor ich Raven kennenlernte, und mit meiner Familie konnte ich nicht über das reden, was auf Burg Waterford geschah. Denn ich schämte mich dafür, was sie zu mir sagten. Vielleicht, weil ich begann, ihnen insgeheim recht zu geben.

Ich schäme mich noch heute, wenn ich daran denke.

Ich ertrug alles, so gut ich eben konnte.

Bis zu dem Zeitpunkt, an dem die Angriffe von Gwyn und den anderen Pagen körperlich wurden. Ich weiß noch genau, wann das geschah. Nach einem Sommerbesuch in der Hauptstadt – ich muss elf oder zwölf gewesen sein. Maghnus Dwyver fragte mich über Alyss aus. Er wollte wissen, ob der Prinzessin schon Brüste gewachsen seien. Ob sie mich diese bereits hatte berühren lassen.

»Rede nicht so!«, wies ich ihn zurecht, aber das nutzte nichts. Unter dem Gejohle der anderen stellte er immer zotigere Fragen und bald schon stimmten Gwyn und zwei andere Pagen mit ein. Ich versuchte, vor ihnen wegzulaufen, aber sie verfolgten mich. Sie ließen mich einfach nicht in Ruhe!

Ich weiß nicht mehr, wer den ersten Fausthieb austeilte. Ich wünschte, ich könnte behaupten, ich selbst sei es gewesen, aber ich glaube das eigentlich nicht. Irgendwann entbrannte in einem der Gänge auf Burg Waterford meine erste Prügelei.

Vermutlich holte ich mir mehr blaue Flecken als die anderen, aber die Strafpredigt von Lord Waterford ging auf uns alle gleichermaßen nieder. Nicht, dass uns das enger zusammengeschweißt hätte. Ein Damm war gebrochen, und fortan hielten sich weder Gwyn noch die anderen zurück. Vielleicht taten einige das nur, um bei Gwyn gut dazustehen. Warum war jedoch schlussendlich egal. Wenn niemand hinsah, wurde ich an eine Wand geschubst. Beine wurden mir gestellt. Sobald unsere Lehrer nicht aufpassten, wurde ich angerempelt und verhöhnt. Es war die schlimmste Zeit meines Lebens.

Belerion tat mir nichts – aber er eilte mir auch nicht zu Hilfe. Ich begann, ihn genauso zu verachten wie die anderen.

Wenn es da nicht diesen einen Traum gegeben hätte, in dem ich versucht hatte, ihn zu küssen.

Ich kannte kein Wort für die seltsamen Gefühle, die in mir zum Leben erwachten und die einfach nicht weggehen wollten. Woher kamen sie? Und warum? Solange ich zurückdenken konnte, stand fest, dass Alyss und ich eines Tages heiraten würden. Deshalb verstand ich nicht, warum ich davon träumte, einen Jungen zu küssen. Noch dazu einen Jungen, der mich verraten hatte.

Instinktiv wusste ich, dass das etwas war, was ich unter allen Umständen für mich behalten musste. Es war widernatürlich. Männer heiraten Frauen – Männer und Männer oder Frauen und Frauen, davon hatte ich nie gehört. Und als ich von Gerüchten erfuhr, von Männern, die sich mit Männern einließen, dann sprachen die Menschen abfällig und angewidert darüber.

War ich das also? Verabscheuungswürdig? Die anderen Pagen schienen das zu glauben. Plötzlich ergaben die Blicke Sinn, die auch andere mir hin und wieder zugeworfen hatten: meine Amme und mein Waffenlehrer. Doch diese Blicke waren selten gewesen und ihr Verhalten mir gegenüber liebevoll. Deshalb hatte ich sie abschütteln können, ohne weitere Gedanken daran zu verschwenden.

Das gelang mir auf Burg Waterford nicht.

Nacht für Nacht betete ich zur gütigen Briann, sie möge mich von diesem Fluch befreien. Aber die Göttin erhörte mich nicht. Ich begann mich vor mir selbst zu ekeln. Und ich schwor mir, dass ich diese schrecklichen, ungewollten Gefühle tief in mir begraben würde.

Der Sohn eines Königs

Als der Fremde am nächsten Tag zwischen den Dünen auftauchte, stand ich bereits am Meer und warf den heranrollenden Wellen kleine Steinchen und Muschelstückchen entgegen.

»Habt Ihr auf mich gewartet?«, fragte er und stellte sich neben mich.

Beinahe wären mir die Steinchen aus der Hand gefallen. »Ich …«

Ash lachte, als habe er nur einen Scherz gemacht, beugte sich nach unten und klaubte ein paar Muscheln aus dem hellen Sand. Mit einer beneidenswerten Leichtigkeit warf er sie aufs Meer hinaus. Eine Weile lang sagten wir nichts, aber das Schweigen lastete nicht auf uns.

»Ich weiß, wer Ihr seid«, sagte Ash schließlich aus dem Nichts heraus, während er dem Flug einer seiner Muscheln hinterherblickte. »Rowan O'Brien. Erzherzog.«

Instinktiv versteifte ich mich. »Ich bin nur der Sohn eines Erzherzogs. Und ich habe Euch nicht belogen. Ich begleite tatsächlich Lord O'Brien. Ich habe Euch nur nicht erzählt, dass er mein Onkel ist.« Ich schielte zur Seite, um möglichst unauffällig herauszufinden, wie er diese Nachricht aufnahm. Er grinste.

Er *grinste*?!

»Auch ich war nicht ganz offen Euch gegenüber«, sagte er dann. »Ash ist nur eine Abkürzung. Mein voller Name lautet Aristide Aurel de Gwilen. Mein Vater ist …«

»Euer Vater ist der König von Gwilen.«

Und ich hatte ihn für einen Fischer gehalten. Ungläubig starrte ich ihn an. Ich wusste nicht, ob seine Enthüllung diese ganze Begegnung mehr oder weniger verrückt machte.

Ash – Aristide – hob eine Augenbraue. »Ihr habt Eure Muscheln fallen lassen.«

»Oh.« Mit hochrotem Kopf bückte ich mich, um die Steinchen und Muschelstücke wieder aufzusammeln. Ich hatte noch nicht einmal bemerkt, dass sie mir aus der Hand gerutscht waren. Ich suchte nach Worten, aber mir fiel nichts ein. Also warf ich weiter Muscheln ins Meer.

Der Prinz von Gwilen neben mir tat dasselbe. Der äußerst attraktive Prinz von Gwilen. Er war nicht der Kronprinz, soviel wusste ich. Aber er galt als der Lieblingssohn des Königs. Am Vortag war es so leicht gewesen, mit ihm ein Gespräch zu führen. Heute …

»Manchmal wünschte ich mir, nicht adelig zu sein«, gestand Ash plötzlich.

Das war wieder so ein Satz. So etwas konnte er doch nicht zu mir sagen. »Ist es so schlimm, der Sohn eines Königs zu sein?«

»Seht Ihr das etwa anders?«

»Mein Vater ist kein König.« Ich beschloss, ihm nichts von meiner Verlobung zu Alyss zu erzählen. Falls er nicht ohnehin bereits davon wusste.

»Euer Vater steht dem König nahe.«

»Wer sagt das?«

»Meine Tante, die Comtesse de Fennistére. Ich verbringe den Sommer bei ihr. Habt Ihr Euch nicht gewundert, was ich hier mache, so weit entfernt von der Hauptstadt?«

»Bis eben wusste ich ja noch nicht einmal, wer Ihr wirklich seid.« Ich zuckte mit den Schultern und grinste schief. »Ich habe Euch für einen Fischer gehalten.«

Ashs Kopf flog zu mir herum. »Für einen Fischer?«

»Ihr seid im Meer geschwommen. Und Eure Kleidung schien mir nicht sonderlich königlich.«

»Habt Ihr mich beobachtet?«

»Natürlich nicht!«

»Natürlich nicht.«

»Weshalb sollte ich das tun?!«

»Ja, weshalb solltet Ihr?«

Sein Blick wurde so direkt, dass mir Schauer den Rücken herabrieselten. Meine Nerven waren zum Zerreißen gespannt. Es fühlte sich an, als würde ich auf einer Schwelle stehen. Es bedurfte nur eines Schrittes, eines einzigen, winzigen Schrittes, um mich in einen anderen Raum zu begeben. Einen Raum, den ich mein ganzes Leben lang noch nicht zu betreten gewagt hatte. Es hätte leicht sein sollen. Dieser fremde Prinz vor mir reichte mir die Hand. Das tat er doch, oder?

Aber was war, wenn ich mich irrte?

Und was sollte werden, wenn ich mich nicht irrte?

»Schwimmt Ihr gern?«, fragte Ash schließlich und brach den Bann. Es fühlte sich an, als hätte mir jemand unerwartet einen Schwall Regenwasser ins Gesicht geschüttet.

»Ob ich gern schwimme?«

Ash verschränkte die Arme, aber das gespannte Grinsen verschwand nicht aus seinem Gesicht. »Habt Ihr jetzt vor, jede meiner Fragen mit einer Gegenfrage zu beantworten?«

»Ich weiß nicht. Nein.«

»Also?«

»Was?«

»Schwimmt Ihr gern?«

»Freilich.« Die Antwort war heraus, ehe mir klar wurde, was sie bedeutete. »Ich meine …«

Aber es war zu spät. Ash zog sich bereits das Hemd über den Kopf. »Dann kommt.« Er ließ das Kleidungsstück in den Sand fallen. Die Sonnenstrahlen schimmerten auf seiner nackten Haut. Keinesfalls würde ich mich ausziehen und ihm einen Blick auf meinen käseweißen, wenig trainierten Körper gewähren.

»Ich kann nicht!«, versuchte ich ihn aufzuhalten. Ash war bereits dabei, an den Schnüren seiner Hose herumzunesteln. Das ging auf keinen Fall!

»Ihr könnt nicht schwimmen? Gerade noch sagtet Ihr, es würde Euch Spaß machen.«

»Nein, ich … Jetzt lasst um Tuaths willen Eure Beinkleider an, Prinz Aristide. Ich kann nicht, weil ich schon bald ins Château zurückkehren muss. Der Duc und die Duchesse erwarten mich. Und mein Onkel …«

Tatsächlich verharrte der Prinz in der Bewegung. Er richtete sich auf und funkelte mich an. »Ich hatte Euch doch gebeten, mich Ash zu nennen.«

»Tatsächlich habt Ihr das nicht.«

»Nun gut, vielleicht habe ich vergessen, das zu erwähnen. So wisst Ihr es jetzt. Und wenn wir schon dabei sind, dann könnt Ihr auch gleich Du zu mir sagen.«

»Ihr seid ein Prinz von Gwilen.«

»Und du bist der Sohn eines Erzherzogs. Wo siehst du da ein Problem?«

Ungläubig schüttelte ich den Kopf. »Wir sind uns noch nicht einmal formell vorgestellt worden.«

»Ich stehe halbnackt vor dir.«

Oh ja. Das tat er! Und das machte die ganze Situation entschieden schwerer.

»Ich …«

»Sag jetzt nicht, dass du aufbrechen musst.«

»Ich muss wirklich zurück.« Weil ich sonst Gefahr lief, etwas unglaublich Dummes zu tun.

Ash sah enttäuscht aus. »Schade.«

»Schade«, murmelte auch ich.

»Morgen werde ich nicht hier sein.«

»Oh.«

»Ich begleite meine Tante auf einen Empfang.«

»Sehen wir uns dann übermorgen?« Ich wusste selbst nicht, warum ich das fragte. Ehrlich, ich hatte nicht vorgehabt, diese Frage zu stellen. Sie war einfach so aus mir herausgebrochen.

Ashs Grinsen kehrte zurück. »Nur, wenn du versprichst, Du zu mir zu sagen.«

Sein Grinsen war anstecken. »Nun gut. Du.«

Er streckte mir den Arm entgegen, als wolle er mein Versprechen mit einem Händedruck besiegeln. An seiner Haut klebten kleine Sandkörner. Seine Finger fühlten sich warm und weich in meinen an. »Und du musst mir versprechen, übermorgen mit mir schwimmen zu gehen.«

Ich wollte meine Hand zurückziehen, aber sein Griff wurde fester. »Ash!«

»Dafür, dass ich dich jetzt loslasse.« In seinen Augen blitzte der Schalk.

»Ich bin kein guter Schwimmer.«

»Es geht doch nicht darum, wer von uns beiden besser schwimmen kann.«

Worum geht es dann?

»Ich muss wirklich gehen.« Entschlossen zog ich meine Hand zurück.

Den Blickkontakt zwischen uns zu unterbrechen, war bedeutend schwieriger. Ebenso, wie meine Füße dazu zu zwingen, den Heimweg anzutreten.

Der Botenstein

Am zweiten Tag nach meinem letzten Treffen mit Ash zog sich die Zeit zäh wie Honig.

»Ich gebe auf«, seufzte Marquis Jean-Pierre am Nachmittag, nachdem er eine Stunde lang vergeblich versucht hatte, mir die Feinheiten Gwilenischer Grammatik näherzubringen. »Ihr seid heute nicht bei der Sache.«

»Es tut mir leid, Monsieur.«

»Da! Seht Ihr. Ihr sprecht es *schon wieder* falsch aus.« Der Marquis schlug das Buch zu und stand vom Schreibtisch auf. »Verschwendet nicht meine Zeit. Lasst uns abbrechen und morgen fortfahren. Vielleicht fühlt Ihr Euch dann dazu in der Lage, mir zuzuhören, und nicht nur so zu tun.«

Da meine Gedanken tatsächlich ganz woanders waren, ließ ich mir das nicht zweimal sagen. Womit ich nicht gerechnet hatte, war, dass die Zeit immer noch nicht schneller verging. Ich verfluchte die große Entfernung zu Iriann und dass es keine Möglichkeit gab, mit Raven zu sprechen.

Eine seltsame Unruhe hatte mich erfasst. Noch immer wurde mir schlecht bei der Vorstellung, mich vor Ash bis auf die Unterhose auszuziehen. Ich war kein eitler Geselle und hatte mir nie viele Gedanken über mein Aussehen gemacht. Wenn überhaupt, dann hatte ich athletische Körper wie die von Gwyn Raghaillach abgelehnt. Und ich hatte immer angenommen, für Alyss würde es ebenso wenig eine Rolle spielen, wie ich aussah, wie das umgekehrt der Fall war. Was für eine unsagbar naive Vorstellung! Nun bemerkte ich, dass meine Arme vom Schwerttraining und dem Bogenschießen, auf das mein Vater bestand, zwar durchaus Muskeln entwickelt hatten. Um die Hüften hatte ich allerdings etwas Speck angesetzt. Ich bereute die Stunden, die ich zu Hause müßig in der Bibliothek über Pergamentrollen gebeugt gelesen hatte, statt wie meine kleine Schwester zusätzliche Waffenstunden zu nehmen.

»Du gehst schon wieder ans Meer?«, fragte mich Onkel Rhys, als ich mich bei ihm für das Abendessen entschuldigte.

»Solche Strände wie hier haben wir in Iriann nicht.« Mit dieser Erklärung gab er sich Tuath sei Dank zufrieden.

Als ich die Dünen erklettert hatte und den Strand leer vor mir liegen sah, zog sich mein Magen zusammen. Was, wenn er nicht kommen würde? Wenn er es sich anders überlegt hatte. Was, wenn alles ein furchtbarer Irrtum war und Ash jedes Wort ganz anders meinte, als ich es verstanden hatte? Oder, schlimmer noch, was, wenn er war wie Gwyn Raghaillach, Maghnus Dwyver und der Rest?

Meine Beine fühlten sich völlig kraftlos an. Ich wankte die Böschung zum Strand hinunter und rang mit mir, ob ich auf Ash wie zwei Tage zuvor an der Meerlinie warten sollte oder ob es klüger war, ins Château zurückzugehen und das alles zu vergessen. In drei Tagen würden wir ohnehin aus Fennistére abreisen.

Und genau das war der Grund, weshalb ich bleiben *musste*.

Mein Herz schlug viel zu schnell. Bedächtig setzte ich mich in den warmen Sand, gerade nah genug am Meer, damit die

Wellen an meinen Zehen lecken konnten. Meine Stiefel lagen neben mir und die untergehende Abendsonne färbte den Strand um mich herum rötlich braun. Möwen zogen schreiend über mir ihre Kreise. Sie mussten sich keine Gedanken darüber machen, was ihre Familien von ihnen erwarteten oder ob das, was sie fühlten und sich wünschten, richtig war oder falsch.

Als er endlich zwischen den Dünen hervortrat, war das alles vergessen. Ich stand auf, während er im Laufschritt auf mich zueilte. War das ein gutes oder ein schlechtes Zeichen?

»Da bist du«, sagte ich zu ihm.

Schwer atmend kam er vor mir zum Stehen. »Entschuldige. Ich bin nicht früher losgekommen. Ich hatte Sorge, du würdest nicht auf mich warten.«

Wie auch die beiden Male zuvor, in denen er mir so nahe war, stellten sich die Härchen auf meinen Armen auf.

Ash zwinkerte mir zu. »Und so um unser Wettschwimmen herumkommen.«

»Ich habe dir gar nichts versprochen«, sagte ich, aber ich war so nervös, dass es ruppiger klang, als ich es beabsichtigt hatte. Innerlich zuckte ich zusammen. »Ich …«

»Du bist kein guter Schwimmer, ich weiß. Ich lasse dir Vorsprung.«

»Und von einem Wettschwimmen war bisher auch nicht die Rede. Was bekommt denn der Sieger?«

»Gut, dass du mich daran erinnerst.« Er nestelte an einem Beutel herum, den er, wie mir erst jetzt auffiel, an seinem Gürtel befestigt hatte. Vorsichtig hob er den Beutel an und schüttete dessen Inhalt auf seine Handfläche. Ein runder grauer

Stein, nicht viel größer als eine Kirsche, rollte daraus hervor. Er sah ziemlich angestoßen aus.

»Ein Lichtstein?«, fragte ich überrascht.

»Nein.« Ash lächelte. Er rieb kurz über den Stein und hob ihn vor den Mund. Im ersten Moment dachte ich, er wolle ihn verschlucken.

»Schön, dass du an den Strand gekommen bist«, sagte er dann, rieb noch mal über den Stein und reichte ihn mir.

»Ein Botenstein?«

»Du musst die Oberfläche mit deiner Körpertemperatur erwärmen und ihn dann anhauchen.«

Ich folgte seinen Anweisungen.

»*Schön, dass du an den Strand gekommen bist*«, erklang Ashs Stimme.

»Damit du dich an unsere Begegnung erinnerst, wenn du wieder zu Hause bist.«

»Was?« Ich blickte ihn überrascht an. »Du schenkst ihn mir?«

Ash nickte. Ich schüttelte den Kopf. »Das geht nicht. Wenn das Artefakt in Gwilen funktioniert, obwohl zwischen uns und Iriann so viel Meerwasser liegt, muss es mächtig sein.«

»Der Stein ist nicht besonders mächtig. Er kann nicht mehr als einen Satz speichern. Und man kann ihn nicht verschlüsseln. Ich habe gehört, dass das mit richtigen Botensteinen funktioniert.«

»Vielleicht nach der nächsten Magieeruption …«

»Wenn ich ihn behalte, ist er dann immer noch viel zu weit von Iriann entfernt, um sich aufzuladen.«

»Ich kann das nicht annehmen.«

»Sieh es als eine Gefälligkeit.«

»Eine Gefälligkeit für was?«

»Dafür, dass du dich mit mir auf dieses Wettschwimmen einlässt.«

Ich verdrehte die Augen. Darauf hatte ich noch immer keine rechte Lust.

Ash zuckte mit den Schultern. »Davon abgesehen kann es nicht schaden, beim Sohn des Erzherzogs von Ehrenfeld in der Gunst zu stehen.«

»Ich weiß nicht …«

»Nimm ihn.« Mit seiner Hand schloss Ash die Finger der meinen um den Stein. »Bitte.«

Unschlüssig sah ich ihn an. »Wo hast du ihn überhaupt her?«

»Ich bin Artefaktjäger, schon vergessen?«

Ich musste lachen. »Ist das so?«

Ash setzte sich in den Sand und klopfte mit der flachen Hand auf die Stelle neben sich.

»Ich hab ihn hier gefunden«, sagte er, nachdem wir es uns gemütlich gemacht hatten. »Nicht direkt hier. Aber am Strand. Das ist schon ein paar Jahre her. Es ist das einzige Artefakt, das ich je erbeutet habe.«

»Dann kann ich es erst recht nicht behalten.« Entschlossen strecke ich ihm den Stein entgegen. Wieder legten sich seine Finger um meine und schlossen diese wie einen Blütenkelch um den Stein, aber diesmal zog er sie nicht zurück. Ich starrte auf unsere aufeinanderliegenden Hände und war mir nur allzu deutlich des Blutes bewusst, das unter der dünnen Schicht von Haut und Fleisch pulsierte. Ob er meinen Herzschlag spüren konnte? Einen irrwitzigen Augenblick lang wünschte ich mir, ihm noch näher zu sein, mehr von ihm zu spüren als nur seine Finger auf meinen.

Über uns kreischte ein Seevogel und der Moment war vorbei. Ich löste meine Finger aus seinen und starrte wieder aufs Meer.

»Wie sieht dein Leben zu Hause aus? Verstehst du dich gut mit deinen Geschwistern?«, fragte Ash. Was er darüber dachte, dass ich ihn losgelassen hatte, konnte ich nicht sagen.

Während wir gemeinsam zum Horizont blickten, begann ich zu erzählen. Von Fiona, die zwar von einem Märchenprinzen auf einem weißen Pferd träumte, aber realistisch genug war zu wissen, dass der sie nicht vor einer politisch arrangierten Ehe retten würde. Von Willow, die meinen Eltern so lange auf die Nerven gegangen war, bis sie ihr erlaubt hatten, sich im Schwertkampf ausbilden zu lassen. Und von Diarmaid, der an keinem Hund, und sei es auch noch so ein dreckiger Straßenköter, vorbeigehen konnte, ohne ihn streicheln zu wollen. Von meiner Verlobung mit Alyss sagte ich nichts.

Stattdessen schwärmte ich von den grünen Hügeln von Ehrenfeld und seinen goldenen Kornfeldern. Von Bäumen, auf die ich geklettert und von denen ich gefallen war, und von meiner Begeisterung für die Geschichte der Elfen. Es freute mich, als sich herausstellte, dass er sie ebenfalls nicht für mythische Figuren hielt.

Ich gestand Ash, dass ich mich ausgerechnet mit der scheuen Tochter einer Dienerin angefreundet hatte und dass mein Vater alle Kinder der Burg in Rechnen, Lesen und Schreiben unterrichten ließ.

Ash erzählte mir von seinem Leben in Gwilen. Davon, dass er seinen Halbgeschwistern nicht traute, von seiner ältesten Schwester einmal abgesehen. Dass sie ihm neideten, der Lieblingssohn ihres Vaters zu sein, und wie leid er es war, auch über die Landesgrenzen hinaus nur der Goldjunge von Gwilen genannt zu werden.

»Sie stilisieren mich zu einem Helden und versuchen, sich mit Turniereinladungen gegenseitig zu übertreffen. Sie kämpfen um meine Gunst. Dabei kennen sie mich gar nicht. Noch nicht einmal die Höflinge im Palast. Nicht wirklich.«

»Ich weiß, wie du dich fühlst«, gestand ich flüsternd, obwohl mich niemand zu Turnieren einlud oder für einen Helden hielt. »Nennst du dich deshalb Ash?«

Er nickte.

Das Wettschwimmen, das er zuvor so vehement eingefordert hatte, lieferten wir uns nicht. Stattdessen kamen wir uns seltsam nahe. Nicht durch Berührungen, durch Worte.

Ich hätte ewig mit ihm am Strand sitzen können. Aber irgendwann drohte die Sonne, ganz hinter der Linie des Horizonts zu verschwinden, und wir mussten uns voneinander verabschieden, ehe mein Onkel oder seine Tante nach uns suchen ließen.

Nachts im Bett, als ich wach lag und nicht einschlafen konnte, streichelte ich wieder und wieder über den Botenstein und hauchte ihn an.

»*Schön, dass du an den Strand gekommen bist*«, flüsterte Ash dann in mein Ohr.

Feuer und Meerwasser

An unserem letzten Abend in Gwilen färbte die untergehende Sonne die Wolken am Himmel purpur und verwandelte das Meerwasser in Blut. Das hätte mir bereits eine Warnung sein sollen. Doch als ich über die Dünen hinunter zum Strand lief, wo Ash auf mich wartete, konnte ich nur daran denken, dass mich der rot leuchtende Himmel an die Farbe eines Herzens erinnerte.

Das Licht ließ Ashs blonde Locken schimmern. Wäre ich mutiger gewesen, hätte ich ihn direkt in die Arme geschlossen; Tuath weiß, dass ich genau das schon seit Tagen hatte tun wollen. Wir hatten uns auch an den vergangenen Abenden getroffen und so viel und so offen miteinander geredet, dass er von einem Fremden zu einem Vertrauten geworden war. Aber obwohl ich glaubte, dass wir beide das gleiche Geheimnis teilten, traute ich mich nicht, den letzten Schritt zu tun. Bis heute.

Verlegen schob ich meine Hände hinter meinem Rücken in den Hosenbund und wippte auf den Fußballen vor und zurück.

»Dein letzter Abend in Gwilen«, sagte Ash.

»Mein letzter Abend in Gwilen«, antwortete ich. *Und du hast mich immer noch nicht geküsst.*

Irgendetwas war anders. In diesem Moment am Strand wirkte auch Ash nervös. Er fragte mich nicht einmal nach einem Wettschwimmen, wie er es sonst immer tat. »Lass uns ein Stück am Strand entlanggehen«, schlug er stattdessen vor.

Unsere Lederstiefel ließen wir an einer etwas erhöhten Stelle an den Dünen zurück, die von Krähenbeeren überwuchert war. Und obwohl ich den warmen Sand unter meinen Fußsohlen genoss, konnte ich weder meine rastlosen Gedanken zur Ruhe bringen, noch den Mund aufmachen und etwas sagen. Ich wartete darauf, dass Ash das tat. In den vergangenen Tagen hatte er sich alles andere als schüchtern gegeben. Aber noch immer schloss ich die Möglichkeit nicht aus, dass ich mich irrte. Dass er einfach nur eine Gelegenheit beim Schopf ergriffen hatte, freundlich zu einem möglichen Bündnispartner zu sein.

Immer, wenn unsere Hände sich kurz – wie zufällig – streiften, versetzte mir das einen kleinen Schock.

»Lass uns schwimmen«, sagte ich irgendwann, weil das leichter war, als das vorzuschlagen, was ich eigentlich wollte.

Ash hob eine Augenbraue, kommentierte meinen Sinneswandel jedoch nicht. Das Wasser war furchtbar kalt. Nach ein paar Zügen gewöhnte sich mein Körper an die Temperatur. Meine Zähne klapperten allerdings weiterhin – vielleicht auch, weil dafür nicht nur die Kälte des Meeres verantwortlich war. Zug um Zug schwamm ich neben Ash der untergehenden Sonne entgegen. Dann ließ ich mich eine Weile auf dem Wasser treiben, genoss das Schaukeln der Wellen und schmeckte Salz auf meinen Lippen.

Ich hatte gerade die Augen geschlossen, um für eine Weile alles um mich herum loszulassen, als ich spürte, wie Ashs Hände sich auf meine Schultern legten und mich unter Wasser drückten. Empört kämpfte ich mich nach oben, spuckte Wasser und schnappte nach Luft. Dann stürzte ich mich auf den Gwilenischen Prinzen, um ihm diese Gemeinheit mit gleicher Münze heimzuzahlen.

Die Wasserschlacht, die wir uns lieferten, hatte nichts von der feindseligen Rivalität, die jeden Übungskampf mit einem der Pagen bei Lord Waterford ausgezeichnet hatte. Sie war wild und ungelenk. Es ging nicht darum, einen anderen zu besiegen, sondern darum, miteinander Spaß zu haben. Wir lachten befreit, als wir uns gegenseitig untertauchten, und hörten erst auf, als unsere Augen und Nasenhöhlen vom Salzwasser brannten.

Erschöpft, aber glücklich kämpfte ich mich schließlich an Ashs Seite zum Strand zurück. Dort legte ich mich auf den Rücken, blickte hinauf in den immer dunkler werdenden Himmel und versuchte meinen Atem zu beruhigen.

Plötzlich beugte sich Ash über mich. Meerwasser tropfte aus seinen Haaren auf meine Brust. Als sich unsere Blicke fanden, verschwand meine Angst. Ich glaube sogar, mein Herz hörte für einen Moment auf zu schlagen. Der violette Himmel über uns rückte in den Hintergrund. Ich sah nur noch Ashs Gesicht. Seine sturmgrauen Augen. Seine leicht geöffneten Lippen.

Ashs Lippen.

Die langsam näher kamen.

Ich …

»Euer Hoheit?!

Wir fuhren auseinander, als wir die Stimme über den Strand hallen hörten.

»Kuhmist! Mist! Mist! Mist! Mist!«

»Nur die Ruhe.« Ash wollte mir die Hand auf die Schulter legen, aber ich zuckte zurück.

»Sie haben *nichts* gesehen«, raunte er.

»Ach ja?«, fauchte ich, und jetzt war er es, der zusammenzuckte. Meine Angst entlud sich wie Zorn. Ash blickte mich verletzt an. Dann runzelte er die Stirn und seufzte.

»Ich komme gleich!«, rief er, griff nach seinem Hemd und zog es sich über den Kopf. Sofort klebte es nass auf seiner Haut. »Bleib du hier«, flüsterte er mir zu.

Wieder einmal war mein Mund staubtrocken und mein Herz raste. Diesmal lag es nicht an seiner Anwesenheit. Oder vielleicht doch, aber aus anderen – aus falschen Gründen.

»Ich …« Gern hätte ich so vieles gesagt, aber mir fehlten die Worte. Stattdessen konnte ich nur daran denken, was alles geschehen würde. Kam der Mensch mit der Fackel näher? Am liebsten wäre ich im Boden versunken, verschwunden und begraben unter all dem Sand. Wenn der Diener sah, wer hier bei seinem Prinzen lag …

»Tu das nicht«, flüsterte Ash, als ahnte er, welchen dunklen Tunnel meine Gedanken entlangrasten. Sein Blick war eindringlich, fast stechend. Tausend Worte lagen darin. Tat es ihm leid, mit mir an den Strand gekommen zu sein? Wollte er mir Mut zusprechen? Er ergriff meine Hand und drückte sie kurz und fest. »Pass auf dich auf. Und behalt mich in Erinnerung.«

Ich wollte antworten, aber was hätte ich schon sagen sollen? Erst, als er sich aufgerappelt hatte, mir den Rücken zudrehte und, ohne einen Blick zu mir zurückzuwerfen, den Strand entlang dem Boten entgegenschritt, bemerkte ich, dass ich zitterte. Ich zitterte immer noch, als Ash und der Diener längst hinter den Dünen verschwunden waren.

Am nächsten Tag kehrten wir nach Iriann zurück.

Ich sah Ash nicht wieder.

Wir hatten mit dem Feuer gespielt und ich war den Göttern dankbar, dass wir uns nicht verbrannt hatten. Es war ein Fehler gewesen. Und ich wusste, so etwas würde ich nie, nie wieder tun.

Die Ratsversammlung

Die erste Ratsversammlung findet am Morgen nach unserer Ankunft in Ionnach statt. Mutter, Fiona und Willow begleiten uns zur Seefeste. Im Vorhof verabschieden sie sich von uns. Sie besuchen Königin Skye und Prinzessin Olwenn, während Vater und ich uns auf den Weg in die Große Ratshalle machen. Anders als Alyss nehme ich an diesem Tag zum ersten Mal an einer Sitzung des Großen Rates teil.

Die Halle, in der sich die Mitglieder treffen, befindet sich nicht im Palast, sondern in einem Nebengebäude auf dem Festungsgelände. Die Wände sind beeindruckende drei Stockwerke hoch. Man kommt sich selbst winzig vor. Auch hier hängen kostbar gearbeitete Gobelins an den Wänden. Sie sind aber weniger kunstvoll als die im Palast. Der steinerne Boden ist nicht mit Läufern oder Teppichen ausgelegt.

Die Tische, an denen sich die Ratsmitglieder versammeln, sind wie ein gewaltiges Dreieck gestellt. Vater und ich haben unsere Plätze bereits eingenommen, als die ersten der anderen Räte eintreffen: Magister Kelly, Lord Sweaney und Lady Honora. Letztere ist eine beeindruckende Erscheinung. Sie führt ihr Fürstentum seit dem Tod ihres Mannes vor über zwanzig Jahren. Sehr zum Leidwesen ihrer Neffen und Nichten scheint sie keinerlei Ambitionen zu haben, die Herrschaft in absehbarer Zeit in die Hände eines Erben zu legen. Ihre Augen sind so stahlgrau wie ihre Haare, die sie nicht wie die anderen Frauen bei Hof hochgesteckt, zu einem Zopf geflochten oder unter einer Haube verborgen trägt. Stattdessen fallen ihre kinnlangen Locken ungezähmt wie die eines jungen Mädchens. Ähnlich exzentrisch ist ihre Kleidung: Sie trägt kein Kleid, sondern ein knöchellanges Wams mit einem auffälligen Kragen, das sie in der Taille mit einem breiten Band gürtet. Auf den cremefarbenen Stoff sind winzige Schmetterlinge in allen Farben des Regenbogens gestickt. Wenn sie sich bewegt und das Wams Falten wirft, scheinen die Schmetterlinge sie zu umflattern. Bis auf einen Goldring, in den ein beachtlicher Rubin eingelassen ist, trägt sie keinen Schmuck. Vermutlich handelt es sich bei dem Ring um ein Artefakt.

Sie nickt Vater und mir knapp zu und setzt sich auf ihren Platz. »Wie immer seid Ihr der Erste am Ratstisch, Erzherzog.«

»Ihr kennt mich, Honora.«

»Euer Sohn begleitet Euch heute. Zum ersten Mal, wenn ich nicht irre.«

Unauffällig schiele ich hinüber zu Vater, unsicher, ob ich selbst auf die Bemerkung antworten soll. »Es wird Zeit, dass er an diesen Sitzungen teilnimmt«, sagt der. »Rowan wird bald die Kronprinzessin heiraten.«

Sie richtet ihren stahlgrauen Blick auf mich. »Wie wirst du heute stimmen, mein Junge?«

Ich bemühe mich, flach zu atmen. Mir ist nicht entgangen, dass sie mich wie ein Kind anspricht. Einen Augenblick lang überlege ich, was ich antworten soll, und bin mir der Aufmerksamkeit aller anderen im Raum überdeutlich bewusst.

»Was das Schattenlabyrinth angeht, teile ich die Ansicht meiner Verlobten. Und die ihres Vaters.« Das klingt selbstbewusster, als ich mich fühle.

Lady Honora hebt eine Augenbraue und setzt bereits dazu an, weiter nachzubohren, aber in diesem Augenblick öffnen sich die Türen zum Saal erneut und weitere Ratsmitglieder treten ein. Ich bin erlöst.

Als Letztes betreten König Corwin und Alyss den Saal. Solánge de Gwilen begleitet sie. An den verkniffenen Mienen so einiger Adliger kann man ablesen, wie wenig sie von der Anwesenheit einer Prinzessin vom Festland halten. Ich hingegen ergreife die Gelegenheit beim Schopf, Ashs Schwester genauer in Augenschein zu nehmen. Ihre Züge sind weicher geschnitten als die von Ash, aber die Familienähnlichkeit ist nicht zu übersehen. Auch sie besitzt ein Grübchen im Kinn und goldblonde Locken. Wie bei unserer ersten Begegnung trägt sie die sandfarbenen Gewänder einer Gelehrten. Erst als ich Alyss' Blick auffange, die mir freundlich zulächelt, wird mir bewusst, dass es falsch gedeutet werden kann, wenn ich eine andere Frau so neugierig beäuge.

Die Versammlung selbst zieht sich endlos in die Länge. Offensichtlich will sich jedes Ratsmitglied zur Sachlage äußern. Lord Raghaillach spricht sich vehement dafür aus, das Schattenlabyrinth so schnell wie möglich zu verschließen, und obwohl Lady Honora seinen Feuereifer stark kritisiert, tendiert wohl auch sie für eine Versiegelung. Lord Reagan, der Erste Magister der Akademie der Magier, warnt eindringlich vor den Folgen, die ein Erlöschen der Magie für Iriann haben würde. Eine Lösung, wie man den Hexenbrand sonst eindämmen kann, hat er allerdings nicht.

»Comtesse«, wendet sich der König schließlich an Solánge. »Was glaubt Ihr? Wird das Versiegeln die Seuche aufhalten?«

Ashs Schwester legt ihre Handflächen aneinander und führt sie kurz an die Lippen, ehe sie zu sprechen ansetzt. »Wenn es uns gelingt, die Festung zu versiegeln, werden die Schattenkreaturen darin gefangen sein.«

»Hört ihr!«, triumphiert Conleth Raghaillach.

»Jene Kreaturen sind jedoch nicht die einzigen Verbreiter des Hexenbrands«, fährt Solánge de Gwilen mit erhobener Stimme fort. »Während meiner Zeit auf den Vulkaninseln haben mir Gelehrte von Krankheitsfällen dort berichtet. Und das, obwohl man auf den Inseln seit Jahrhunderten keine Schattenkreaturen gesehen hat.«

»Geschichten«, spottet eine Fürstin.

»Zweifelt Ihr an meinen Worten, Mylady?«

»Das nicht, Madame. Aber wie sehr vertraut Ihr diesen Quellen? Kam es in Gwilen oder irgendwo auf dem Festland jemals zum Ausbruch des Hexenbrands? Nein? Diese Krankheit ist eine Geisel, mit der Iriann geschlagen ist, und wir wissen alle, wer dafür verantwortlich ist: diese Hexe in ihrem Gefängnis aus Stein. Und wenn wir noch lange zögern, wird sie ihre Ketten abschütteln …« Die Fürstin lehnt sich in ihrem Stuhl zurück und beobachtet zufrieden die Wirkung, die ihre Worte auf die Ratsmitglieder haben.

Solánge gibt sich unbeeindruckt. »Ich zweifle nicht an meinen Quellen, Mylady. Es gibt Berichte von Heilern über Gebrechen, die Euch sehr bekannt sein dürften.« Sie hebt einen Finger. »Ein Erhitzen des Körpers wie bei einem Fieberwahn.« Der zweite Finger folgt. »Das Verweigern von Nahrung und das Erbrechen derselben.« Der dritte. »Wirre Träume.«

Lord O'Sullivan winkt ab. »Die Gebrechen einer starken Erkältung!«

Solánge hebt den vierten Finger. »Blutiger Husten. Das Ausfallen der Haare. Die Beeinträchtigung der Sicht.« Sie hat den fünften und sechsten Finger gezählt und nun folgen in raschem Tempo zwei weitere. »Das Verhärten der Haut. Der Tod.«

Die meisten Ratsmitglieder senken betreten den Blick. Die Comtesse hat recht. Es geht um mehr als das Versiegen oder Überleben der Magie. Es geht um das Leben von Menschen.

»Auf den Vulkaninseln glaubt man, dass man sich durch magisch verseuchte Artefakte ansteckt. Und durch die Übertragung von Blut. Die Krankheit tritt auf den Inseln den Göttern sei Dank nur sehr selten auf. Man hat dort noch kein Heilmittel gefunden. Bisher …«

Solánge wechselt einen Blick mit dem König. Dieser strafft sich und richtet sich gerade auf. »Die Prinzessin besitzt Kenntnisse über ein Mittel, das uns Hoffnung gibt.«

»Es ist kein Heilmittel«, bescheidet Solánge schnell, ehe sich falsche Hoffnung im Saal ausbreiten kann. »Ich habe lediglich von den Heilkundigen dort gelernt, wie man die Symptome der Krankheit lindern und deren Voranschreiten verlangsamen kann. Es kann keine Wunder wirken.«

»Wir haben noch keinen Weg gefunden, den Hexenbrand aufzuhalten«, räumt auch König Corwin ein. »Noch nicht.«

Solánge nickt. »Das Finden eines Heilmittels kann noch Jahre dauern.«

»Aber es ist möglich«, betont Magister Raegan.

Lady Honora ergreift das Wort, ehe er weitersprechen kann. »Das behauptet die Akademie bereits seit dreihundert Jahren.«

»Ob es nun möglich ist oder nicht, spielt keine Rolle.« Lord Raghaillach lässt seine Faust auf die Tischplatte niederfahren. »Wenn wir das Schattenlabyrinth umgehend verschließen, dann vernichten wir dieses Übel ein für alle Mal.«

»Und was ist mit den Menschen, die bereits erkrankt sind, Mylord?«, fragt Solánge.

Raghaillach winkt ab. »Die Opfer sind dieser Tage noch überschaubar. Wenn wir die Erkrankten isolieren …«

»Ihr wollt sie sterben lassen wie räudige Hunde?!«, empört sich Lord Mulrian, der sich bis soeben noch gar nicht zu Wort gemeldet hat.

»Sie sagt selbst«, Gwyns Vater deutet auf Solánge, »dass es kein Heilmittel gibt. Die armen Schweine werden sterben, so oder so. So ist es schon immer gewesen.«

»Wenn wir das Schattenlabyrinth nicht versiegeln, finden wir vielleicht mithilfe der Magie endlich ein Heilmittel …«

»Als ob es Euch um die Kranken gehen würde, Mulrian. Eure Sorge um die Versiegelung hat nicht zufällig etwas damit zu tun, dass Eure Grafschaft vom Artefaktenhandel sehr gut lebt?«

Und so geht es weiter. Abgesehen davon, dass auch ich die vom Hexenbrand gezeichneten Menschen bemitleide, ist die ganze Diskussion ermüdend. Vaters Einwürfe sind knapp, aber pointiert, und ich bewundere sein diplomatisches Geschick. Ich werde Jahre brauchen, auch nur halb so bewandert in diesem Spiel zu sein wie er. Schon die bloße Vorstellung treibt mir Schweißperlen auf die Stirn. Ich wechsle einen Blick mit Alyss, die sich ebenso zurückhält wie ich. Ein Luxus, den wir uns in ein paar Jahren nicht mehr werden erlauben können. Erst jetzt wird mir wirklich klar, wie schwer die Bürde ist, die uns erwartet.

Auf dem Markt

Wenig später begleite ich Mutter und meine Schwestern ins Händlerviertel. In den engen Gassen, die zum Markt führen, wimmelt es nur so von Leben. Schon von Weitem hören wir die Rufe der Händler, die ihre Waren anpreisen.

In Ionnach gibt es mehrere kleine Marktplätze, die sich wie die Blätter einer Blüte um die Akademie der Magier reihen: der Markt für Vieh, Geflügel, Milch und Käse; der Heu- und Getreidemarkt; der Obst- und Wein- und Kräutermarkt und der Pferdemarkt – der allerdings nur einmal in der Woche abgehalten wird. In direkter Nähe zum Hafen liegt noch ein separater Fischmarkt. Aber auch hier, mitten in der Stadt, verkaufen einige Händler Seetang, frische Muscheln, Krabben und andere Meerestiere. Wir sind auf dem Weg zum Tuchmarkt, allerdings nicht, um dort Webwaren oder Zwirn zu kaufen, sondern weil die Ladengeschäfte der Schneider sich in seiner unmittelbaren Nähe befinden.

Mutter hat beschlossen, dass Fiona und Willow für den Geburtstagsball der Prinzessin neue Kleider erhalten sollen. Fiona freut sich sehr. Zwar muss sie sich nicht über eine arme Garderobe beklagen. Sie hofft allerdings, dass sie hier in der Hauptstadt modernere Schnitte und außergewöhnlichere Stoffe erwerben kann als in Ehrenfeld. Willow zeigt sich deutlich weniger begeistert. Mutter muss sie fast hinter sich herschleifen, weil sie ständig an den Ständen der Pelzhändler stehen bleibt und deren Auslagen begutachtet. Sie kann nicht verstehen, dass ich mich ihnen freiwillig angeschlossen habe. Meine Erklärung, noch immer kein passendes Geschenk für Alyss gefunden zu haben, überzeugt sie nicht. Dabei habe ich noch immer keine rechte Idee, was als passendes Geschenk infrage kommt. Zumindest weiß ich, was ich nicht will: ein Schmuckstück. Davon hat Alyss wahrlich genug. Ich plane, mich bei erster Gelegenheit von den anderen zu trennen und nach einem alten Gedichtband oder einem schönen Gemälde Ausschau zu halten. Ich bin mir sicher, dass sich Alyss wesentlich mehr über so etwas freuen wird als über eine weitere Perlenkette. Außerdem befinden sich die Läden der Buchbinder und Instrumentenbauer direkt vor den Toren der Akademie. Wenn alles gut geht, kann ich Raven einen weiteren Besuch abstatten.

So schnell lässt mich Mutter jedoch nicht davonkommen. »Wenn du uns schon begleitest«, bescheidet sie, »können wir auch ein neues Wams für dich anfertigen lassen.«

Ich protestiere nicht. Es hat Willow nichts genutzt, es würde auch mir nichts nutzen.

»Geschafft«, seufzt Willow erleichtert, als wir nach einer geschlagenen Stunde endlich wieder auf den Marktplatz hinaustreten. Sie wischt sich über die Stirn, als sei sie es gewesen, die in der vergangenen Stunde Tuchballen hin- und hergeschleppt hätte. »Gehen wir nun nach Hause?«

»Keinesfalls«, protestiere ich. »Ich habe noch kein Geschenk.«

»Du hast von zu Hause eine edelsteinbesetzte Brosche für sie mitgebracht.«

»Ich brauche etwas anderes.« Mutter öffnet den Mund, um etwas zu erwidern, aber ich fahre schnell fort: »Ihr kennt Alyss. Eine Rubinbrosche wird sie beeindrucken, sicher. Ein Gedicht allerdings …«

»Willst du dich als Poet versuchen?« Willow lacht und ich schieße ihr einen bösen Blick zu.

»Das nicht. Aber hier im Händlerviertel sollte es nicht allzu schwer sein, ein Schriftstück zu finden.«

Mutters Gesichtsausdruck wird weicher. »Warum eigentlich nicht. Alyss scheint ein ebensolcher Bücherwurm wie du zu sein.« Sie klatscht in die Hände. »Das mag ein Segen sein. Ihr werdet euch gut verstehen.«

Ich verkneife mir die Bemerkung, dass sich Alyss vor allem für Gedichte, Lieder und Geschichten begeistert, während ich mich durch die Schriftrollen in unserer Bibliothek wühle, um mehr über die Vergangenheit unseres Landes zu erfahren. Das ist jetzt nicht zielführend. Und sie hat auch recht. Ich finde es wunderbar, dass Alyss meine Leidenschaft für das geschriebene Wort teilt.

»Also gehen wir in den Laden des Buchbinders?«

Mutter legt den Kopf in den Nacken und beschirmt ihre Augen mit dem Handrücken, um nach dem Stand der Sonne zu schielen. »Buchbinderläden sind die reinsten Staubfänger«, sagt sie. »Such du nur nach deinem Geschenk. Wir gehen derweil zu Meister Corbinius.«

Fiona quiekt erfreut auf. Meister Corbinius ist ein talentierter Goldschmied.

»Anschließend«, fährt Mutter fort, »treffen wir uns auf dem Kräutermarkt. Wir brauchen noch Mädesüß und Salbei – und vielleicht etwas Eisenhut. Euren Vater plagen wieder diese schrecklichen Gelenkbeschwerden. Ein Bad wird ihm guttun.«

Mutter hat recht. Buchläden sind Staubfänger. Das macht bereits der erste Laden, den ich betrete, überdeutlich. Im Licht, das durch die hohen Fenster von draußen in die Stube fällt, tanzen Staubkörner. Momente, nachdem ich eingetreten bin, muss ich niesen.

Magister MacKenna, der Eigentümer des Ladens, blickt von dem Schreibpult auf, um mir einen empörten Blick zuzuwerfen. Seine Miene entspannt sich, als er mich erkennt. Wenn ich in der Hautstadt weile, besuche ich ihn immer, und ich habe bereits viele Taler in diesen Laden getragen.

»Lord O'Brien«, begrüßt er mich eilfertig und steht so schnell auf, dass sein Holzschemel gefährlich ins Wackeln gerät. »Wie schön, Euch zu sehen. Seid Ihr wieder einmal auf der Suche nach alten Schriften über die Elfen?«

Grinsend trete ich auf ihn zu. »Habt Ihr denn welche?«

»Mylord! Schon Eure Frage allein beleidigt mich.«

»Eigentlich bin ich auf der Suche nach einem Geschenk für die Prinzessin.« Ich kann nicht verhindern, dass sich leichtes Bedauern in meine Stimme schleicht.

Magister MacKenna lächelt mich wissend an. »Vielleicht habe ich etwas, dass Euer beider Herzen erfreuen könnte.«

Er führt mich tiefer in den Laden hinein, wo die Regale, in denen sich Schriftrollen und Bücher stapeln, enger stehen. In der nächsten Stunde entrolle ich vorsichtig Pergamente und schlage mit leuchtenden Augen in Leder gebundene Folianten auf. Besonders angetan hat es mir ein schmales Büchlein, nicht dicker als mein kleiner Finger und nicht viel größer als meine Handfläche, in dem sich neben einigen bekannten Balladen auch überaus kunstfertig ausgeführte Zeichnungen befinden. Ich weiß sofort, dass ich für Alyss kein besseres Geschenk finden werde.

Während ich darauf warte, dass der Magister in seinem Hinterzimmer nach Wechselmünzen sucht, blättere ich durch das Buch. Mein Blick bleibt an der Zeichnung einer elfischen Bogenschützin hängen, deren erdbraune Locken und waldfarbenes Cape dramatisch im Wind flattern. Was mich allerdings an der Zeichnung fasziniert, sind ihre Augen. Sie sind groß und strahlend und der Künstler hat für sie ein Farbgemisch verwendet, das mich an Hochlandwiesen im Frühling oder junge Blätter erinnert. Solche Augen habe ich vor Kurzem bereits einmal gesehen: im Gesicht der Schattenkreatur.

Das Tageslicht blendet mich, als ich aus der schummerigen Stube zurück auf die Straße trete. Ich blinzele ein paarmal, dann beschirme ich die Augen mit der Hand und blicke hinauf in den Himmel. Ich sollte mich besser beeilen. Die anderen warten sicher schon.

Auf den Marktplätzen ist jetzt etwas weniger los als vorhin. Trotzdem dauert es eine Weile, bis ich mich zwischen den Menschen hindurch bis zu dem Fleckchen geschoben habe, wo die Händler Gemüse und Kräuter feilbieten. Ihr frischer Duft vermischt sich mit dem Geruch nach geschlachtetem Vieh und gegerbtem Leder.

Hinter den Tischen eines Obstbauern entdecke ich die anderen. Fiona steht mit Willow und Mutter an einem Stand, der sich an die Außenmauern eines windschiefen Stadthauses schmiegt, und der über und über mit Kräutern behangen ist. Beim Näherkommen sehe ich, dass sich Mutter nicht etwa mit der Kräuterfrau unterhält, sondern mit einer anderen Käuferin. Sie ist jünger als Mutter und einfach gewandet. Der Stoff ihrer Kleider ist aber zu kostbar für eine einfache Bürgerliche.

»Hast du etwas gefunden?«, fragt Fiona neugierig.

Verlegen zucke ich mit den Schultern. »Ich muss morgen oder übermorgen wohl noch mal her. Oder es wird doch die Brosche werden.«

Meine Schwester sieht mich entgeistert an. »Du warst Ewigkeiten in Buchläden.«

»Nicht so lang wie bei Schneidermeisterin Whalley.«

»Was hast du so lange gemacht?«

Grinsend gebe ich auf und deute auf den Tragebeutel auf meinem Rücken. »Was schon. Ein Geschenk für meine Verlobte gekauft.«

»Rowan! Du bist unmöglich!«

»Lass ihn, Fiona!«, springt mir Willow zu Hilfe.

Aber da schaltet Mutter sich ein. »Kinder, kein Gezanke, bitte.«

Ich setze zu einer Erwiderung an, aber als ich mich zu ihr umdrehe, bemerke ich, dass Mutter gar nicht wirklich auf uns achtet. Sie blickt der Dame hinterher, mit der sie sich unterhalten hat und die gerade vor uns in der Menschenmenge verschwindet.

»Wer war das?«, frage ich.

Mutter seufzt. »Lady Hoffman. Sie ist Zofe bei Orlagh Dwyver.«

Als ich noch ein Kind war, hat Lady Dwyver gemeinsam mit ihrem Gemahl in den Sommermonaten oft den Hof besucht. In den letzten Jahren habe ich sie seltener gesehen. Waren der Graf und die Gräfin gestern anwesend?

»Warum machst du so ein besorgtes Gesicht?«, frage ich Mutter, aber die schüttelt den Kopf.

»Sie hat Königskerze, Melisse und Beinwurz gekauft«, antwortet Fiona an ihrer Stelle, als würde das alles erklären.

»Lasst uns nach Hause gehen«, setzt Mutter jeder weiteren Diskussion ein Ende. Doch weit kommen wir nicht, denn als wir uns durch die Menschenmenge auf dem Marktplatz schieben, laufen wir Ash über den Weg.

Sonnenfrüchte

Ash wendet sich gerade von dem Stand eines Schmieds ab, der auf seiner Auslage Messer, Dolche und Pfeilspitzen anbietet. Ich erstarre in der Bewegung. Das Mittagslicht lässt ihn regelrecht strahlen. *Der Goldjunge von Gwilen.* Kurz überlege ich, ob ich einfach so tun soll, als hätte ich ihn nicht gesehen. Aber dazu ist es zu spät.

»Aristide de Gwilen.« Fiona verlangsamt ihre Schritte.

»Er hat einen guten Geschmack.« Willow beäugt das Jagdmesser, das er gerade in eine Lederscheide schiebt.

»Das ist also König Aurels Sohn«, sagt Mutter. »Wir sind uns gestern nicht vorgestellt worden.«

»Er saß mit uns am Tisch«, berichtet Fiona. Wenn ihnen auffällt, dass ich mich nicht an ihrem Gespräch beteilige, bemerken sie diesbezüglich nichts. In diesem Moment blickt er in unsere Richtung. Lächelnd kommt er uns entgegen.

Mutter, Fiona und Willow deuten einen Knicks an. Ich selbst bin wie zur Salzsäule erstarrt. Erst als Ash kurz den Kopf senkt, tue ich es ihm gleich. Die Menschen um uns herum weichen ein wenig zur Seite und betrachten uns neugierig.

Mutter ignoriert sie. »Euer Hoheit«, begrüßt sie Ash stattdessen.

Dieser greift nach ihrer ausgestreckten Hand und haucht einen Kuss in die Luft knapp über ihrem Handrücken.

»Erzherzogin.« Ash tritt einen Schritt zurück und blickt

zunächst zu meinen Schwestern, dann zu mir. »Myladys. Rowan.«

Als er mich so formlos anspricht, traue ich mich nicht, zu meiner Familie zu blicken. Ohnehin fällt es mir schwer, mich vom Anblick seiner blaugrauen Augen loszureißen.

Ich muss hier weg, schießt es mir durch den Kopf. *Alle werden bemerken, was er in mir auslöst.*

»Habt Ihr dieses Jagdmesser gerade gekauft?« Unverfroren deutet Willow auf die Waffe, die jetzt an Ashs Gürtel baumelt.

»Nur die Scheide. Das Jagdmesser war ein Geschenk meines Vaters.«

»Darf ich es sehen?«

»Willow!«, mahnt Mutter, aber Ash lacht nur. Er zieht die Klinge und hält sie meiner Schwester entgegen, die sich fasziniert vorbeugt. Willows Interesse an Waffen ist fast unheimlich. Ich hingegen habe nur Augen für Ash. Als er den Kopf hebt und mir verschwörerisch zulächelt, fühlt es sich an, als habe der Blitz eingeschlagen.

»Ihr interessiert Euch für die Jagd, Mylady?«, fragt er meine Schwester, ohne unseren Blickkontakt zu unterbrechen.

»Durchaus. Und Ihr auch, wie ich sehe?«

Nun wendet sich Ash doch Willow zu. »Eignen sich die Wälder von Iriann gut für die Jagd?«

»Das kommt ganz darauf an«, antwortet sie keck, »auf welche Beute Ihr aus seid.«

Damit hat Ash nicht gerechnet. Ich auch nicht. Wenn ich es nicht besser wüsste, würde ich sagen, meine kleine Schwester schäkert. Mit Ash!

Willows Geplänkel scheint auch Mutter zu weit zu gehen. »Wir wollen Euch nicht länger aufhalten, Euer Hoheit.«

»Ihr haltet mich nicht auf, Erzherzogin. Tatsächlich habe ich meine Besorgungen bereits erledigt.« Ash steckt das Messer zurück in die Scheide. »Gerade dachte ich darüber nach, eine Mahlzeit in einer Garküche einzunehmen. Würdet Ihr mir die Ehre erweisen, mich zu begleiten? Selbstverständlich seid Ihr eingeladen.«

»Danke, nein. Wir sind gerade auf dem Weg nach Hause, wo mein Ehemann und eine Mahlzeit auf uns warten.«

»Wie schade.«

»Mutter, bitte«, flüstert Fiona.

»Erlaubt mir, Euch wenigstens eine kleine Aufmerksamkeit zukommen zu lassen. Dort hinten verkauft ein Händler in Honig getauchte Früchte.«

Fiona verstärkt ihren Griff um Mutters Arm und diese zögert. Da weiß ich, dass Ash gewonnen hat.

Während ich neben ihm auf den Stand des Süßigkeitenhändlers zuschreite, weiß ich nicht, ob ich diese Situation genießen oder sie mich ängstigen soll. Ich bin nicht ich selbst in Ashs Gegenwart.

»Habt Ihr gestern Euren Spaziergang an der frischen Luft genossen?«, fragt er. Mir entgeht nicht, dass er vom Du zum Euch gewechselt ist. Aber weil ich überdeutlich die Anwesenheit meiner Mutter in meinem Rücken spüre, bin ich dankbar dafür. Vielleicht spricht er mich aus diesem Grund so förmlich an?

»Danke, Euer Hoheit. Es war ein milder Abend.« Nach kurzem Zögern füge ich hinzu. »Ihr seid früh gegangen.«

Er stößt mich kurz mit der Schulter an. »Du hast mich doch nicht etwa vermisst?«, flüstert er leise. Blut steigt mir in die Wangen. Plötzlich finde ich es gar keinen so guten Einfall mehr, Ash zu dem Obsthändler zu begleiten. Wo ist dessen verfluchter Stand überhaupt?

»Findet Ihr …«, würge ich schließlich hervor, »in Iriann alles zu Eurer Zufriedenheit vor?«

»Euer Markt hier ist ganz anständig. Tatsächlich habe ich heute sicher viel zu viel Geld ausgegeben.« Er grinst, als er das sagt, deshalb gehe ich davon aus, dass ihm das nicht allzu viel ausmacht.

»Für Jagdmesser?« *Auf welche Beute bist du aus?*

»Für Schuhwerk.« Er streckt kurz sein Bein nach vorne und präsentiert seine Stiefelspitze. »Ich war beim Schuster. Wie sich herausstellt, ist es in eurer schönen Heimat deutlich feuchter als in Gwilen. Ich brauche Stiefel mit stärkeren Sohlen.«

Unwillkürlich frage ich mich, ob er mit Cara O'Sullivan am Strand gewesen ist und deshalb nasse Zehen bekommen hat? Der Gedanke gefällt mir nicht.

»Und da sind wir schon.« Ash bleibt vor einem kleinen Tisch stehen, auf dem zwei Dutzend Tongefäße stehen. Er dreht sich zu meiner Mutter und meinen Schwestern um.

»Was ist das?«, fragt Fiona neugierig und deutet auf eine Schale, in der völlig verrunzelte Fruchtstücke liegen. »Man nennt sie Sonnenfrüchte, Mylady«, sagt der Händler. »Sie sind getrocknet – wie Dörrobst.«

Ich betrachte die goldgelben Klumpen skeptisch.

»Sie tragen ihren Namen zu Recht«, verspricht Ash. »Sie

schmecken süß wie ein Sommerabend.« Er reicht dem Händler ein helles Leinentuch. »Zwölf Stück bitte.«

Der Mann grinst Ash breit an. »Sehr wohl, Mylord.«

Als er kurze Zeit später den Preis für die Früchte nennt, begreife ich, was ihn so glücklich macht. Die verdorrten Obstklumpen kosten ein kleines Vermögen.

Das gefüllte Leinentuch drückt Ash meiner Mutter in die Hand. Diese erbleicht. »Das kann ich nicht annehmen.«

»Bitte tut mir den Gefallen und kostet.« Ash greift selbst nach vorne und schnappt sich eine der Sonnenfrüchte. »Ihr werdet es bereuen, wenn Ihr es nicht tut«, fügt er mit einem Zwinkern hinzu und beißt ab. »Hmmmmmm.«

»Na gut.« Unsicher streckt Mutter die Hand nach vorne, damit wir uns alle eine Süßigkeit nehmen können.

Zunächst kommt mir das Fruchtfleisch trocken und zäh wie Leder vor, aber dann explodiert eine exotische Süße in meinem Mund.

»Ihr habt recht. Es schmeckt wie die Sonne.«

»Die Früchte tragen den Süden in sich«, verkündet der Händler großspurig. Wir nicken ihm zu und gehen ein paar Schritte weiter.

Plötzlich dringt das panische Angstschreien mehrerer Menschen zu uns. Ich fahre auf dem Absatz herum.

»Was ist los?«, fragt Fiona erschrocken.

Wie ich sucht sie die Menge ab, die sich nur wenige Schritte vor uns teilt: Menschen weichen auseinander. Sie drängen sich an Händlerstände, ohne darauf zu achten, dass sie Gemüse und Obst von den Auslagen wischen. Äpfel und Karotten kullern zwischen ihren Füßen über das Kopfsteinpflaster. Bei dem Versuch, vom Marktplatz zu kommen, stolpern die Leute über Gemüse und sich selbst.

»Gebt acht!« Mutter flüchtet in den Schutz eines Mauervorsprungs und zieht Willow am Kragen ihres Kleides mit sich. Auch Fiona, Ash und ich weichen zurück. Wir beobachten ungläubig das Chaos, das sich vor unseren Augen ausbreitet. Über das Stimmengewirr der Leute hinweg können wir nichts verstehen.

Dann, als ein junger Mann ins Sichtfeld taumelt, begreifen wir. Der Fremde kann nicht viel älter sein als ich. Vielleicht zählt er zwanzig Sommer. Sowohl sein graues Leinenhemd als auch seine braune Hose wirken zerschlissen. Schuhe trägt er keine. Die Haare starren so vor Dreck, dass ich nicht sagen kann, welche Farbe sie wohl haben. Das alles ist aber nicht der Grund dafür, weshalb auch mir bei seinem Anblick der Schreck in die Glieder fährt. Mit vor sich ausgestreckten Armen stolpert er wie ein Blinder durch die Menge. Ein Geflecht hellgrauer Narben überzieht seine rechte Gesichtshälfte und seinen Hals.

»Hexenbrand!«, flüstere ich entsetzt.

Fiona neben mir zittert wie Espenlaub.

Der Mann kommt näher. Seine Schmerzenslaute vermischen sich mit den Angstschreien der Menschen um ihn herum.

»Hilfe!«, keucht er mit heißerer Stimme. »Bitte. Hilfe!« Er wankt die schmale Gasse entlang, wann immer er der Menge zu nahe kommt, weicht diese vor ihm zurück oder hält ihn mit Stöcken auf Abstand. Hätte ich nicht solche Angst, bräche es mir das Herz.

»Wir müssen verschwinden«, sage ich fest.

»Der Mann braucht Hilfe«, widerspricht Ash.

Ungläubig blicke ich ihn von der Seite an. Dann sehe ich zu dem Fremden, dem Tränen über die Wangen laufen. Als Ash Anstalten macht, auf ihn zuzugehen, packe ich ihn an der Schulter und halte ihn fest. »Er ist vom Hexenbrand gezeichnet.«

Wir können dem Mann nicht helfen. Es ist zu gefährlich. Jedes Kind weiß das.

Aber Ash ist nicht aus Iriann. Er ist nicht mit unseren Geschichten aufgewachsen und hat nicht erlebt, wie der Hexenbrand auf der Insel wütete wie ein außer Kontrolle geratenes Waldfeuer. Die Seuche hat die Menschen niedergemäht wie die Schnitter das Korn zur Ernte. Sie hat Kinder zu Waisen gemacht, Familien ausgelöscht und ganze Dörfer in Grabstätten verwandelt. Gegen den Hexenbrand gibt es kein Heilmittel. Wer sich infiziert, ist des Todes: Geschwüre vernarben Gesicht, Arme und Beine. Wie Gift frisst der Hexenbrand die Erkrankten von innen auf. Den Glücklichen ist ein schneller Tod beschieden, weil ihre Körper den Strapazen der Krankheit nicht lange standhält. Die anderen siechen langsam unter großen Schmerzen dahin.

Mein Blick fällt auf den Griff des Jagdmessers, das an Ashs Gürtel in der Scheide steckte. Das Gnädigste wäre, dem Fremden die Klinge ins Herz zu stoßen, solange seine Haut noch durchlässig genug dafür ist.

»Verschwinde!«, hören wir einen hochgewachsenen Mann vor uns rufen. Dann sehen wir, wie er mit einem Knüppel auf den Kranken einprügelt. Fiona stöhnt auf und flüchtet sich in Mutters Arme. Ash ist nicht mehr zu halten. Ehe ich es verhindern kann, schüttelt er meine Hand ab und läuft dem Fremden entgegen.

»Ash, nicht!«

Mit einer Hand fängt Ash den Arm des Mannes auf, der den Knüppel gerade wieder herunterfahren lassen will. Mit der anderen – mein Herz sinkt mir in die Hose – zieht er den Kranken zu sich.

Mutter ergreift meine Hand, ihre Finger schließen sich fest um meine, als hätte sie Angst, dass ich mich Ash anschließe.

»Der Mann braucht Hilfe!« Ashs Stimme klingt wuterfüllt. Er blickt die Umstehenden der Reihe nach an. Als sein Blick mich streift, zucke ich zusammen.

»Dem armen Schlucker ist nicht mehr zu helfen!«, ruft jemand.

»Der verreckt noch, bevor der Sommer sich dem Ende neigt«, sagt ein anderer.

Ein riesiger Kloß setzt sich in meinem Hals fest.

»Die Kinder der Barmherzigkeit«, sagt ein älterer Mann und wagt sich einen Schritt weiter vor als die anderen. »Bring ihn dorthin.« Er deutet in die Richtung, in der das Ordenshaus der Kinder der Barmherzigkeit liegt, aber Ash blickt ihn nur ratlos an. Der Kranke klammert sich wimmernd an Ash wie ein Ertrinkender an ein Stück Holz. *Wenn er ihn kratzt oder beißt, ist er verloren*, durchzuckt es mich. Das ist schon vorgekommen. Manchmal raubt der Hexenbrand seinen Opfern den Verstand.

»Ich kann das nicht zulassen«, sage ich, mehr zu mir selbst als zu irgendjemandem sonst.

»Rowan!« Die Stimme meiner Mutter klingt gleichermaßen angstvoll und warnend. Ehe ich es mir anders überlegen kann, drehe ich mich zu ihr um und blicke ihr fest in die Augen.

»Keine Sorge. Ich passe auf mich auf. Ich halte Abstand von den beiden. Ich bringe sie nur zum Ordenshaus.«

»Rowan …«

»Ich schwöre es.« Damit drehe ich mich um und eile hinüber zu Ash. »Der Orden kümmert sich um Kranke und Bedürftige. Ich bringe dich hin.«

Es ist der Situation völlig unangemessen, aber das Lächeln, das Ash mir in diesem Moment zuwirft, erwärmt mein Herz.

»Macht euch keine Sorgen«, rufe ich noch einmal Mutter, Fiona und Willow zu. »Wir treffen uns zu Hause.« Dann wende ich mich an die Menschenmenge vor uns. »Macht Platz. Wenn ihr uns nicht helfen wollt, macht wenigstens Platz.«

Abendessen mit der Familie

»Nicht nur lebensmüde! Der Junge ist verrückt«, bescheidet Vater, als Mutter ihm beim Abendbrot die ganze Geschichte erzählt. Weder sie noch meine Schwestern haben sich abschütteln lassen und sind Ash und mir in gebührendem Abstand gefolgt. Nachdem die Kinder der Barmherzigkeit den Kranken in Empfang genommen hatten, bestand Mutter allerdings darauf, umgehend in unser Stadthaus zurückzukehren, damit ich mich waschen konnte. Das war übertrieben – ich hatte den Kranken gar nicht berührt. Aber die Angst vor dem Hexenbrand steckt Mutter zu tief in den Knochen. Sie hat in ihrer Kindheit einen Großonkel und eine Freundin an die Krankheit verloren.

Bevor wir gingen, hat Ash sich bei mir für meine Hilfe bedankt. *Er* bei *mir*.

Obwohl er es doch gewesen ist, der den Fremden gerettet und den ganzen Weg zum Ordenshaus gestützt hat. Ich kam mir schäbig dabei vor, weil ich selbst nicht wusste, ob ich ihn dafür verachten oder bewundern sollte. Und insgeheim schämte ich mich, weil er – ein Gwilaner – so viel mehr Menschlichkeit gezeigt hat als wir alle, die wir hier geboren sind. Mehr Menschlichkeit und mehr Dummheit.

Jetzt überrascht mich Mutter allerdings, weil sie Vater widerspricht. »Seiner Tat mag eine Spur von Wahnsinn nicht abzusprechen sein, aber eins ist sicher: Der Gwilenische Prinz besitzt ein mitfühlendes Herz.«

»Und eine verkommene Seele. Ich muss dich doch nicht daran erinnern, was uns Conleth Raghaillach im *Goldenen Wächter* erzählt hat.« Angewidert wirft Vater den Hühnchenschenkel, an dem er genagt hat, auf seinen Teller und taucht seine Finger in das Rosenwasserschälchen vor sich.

Ich presse die Lippen fest aufeinander und hoffe, dass niemandem auffällt, wie stark meine Halsschlagader pulsiert. Fiona und Willow haben die Köpfe gesenkt und starren auf das Hühnchen und das Gemüse auf ihren Tellern. Dougal, der uns aufwartet, steht in der Ecke und tut so, als sei er nicht da.

»Der Prinz ist jung, noch ein halbes Kind. Er kann nicht älter sein als Rowan.«

Muss sie meinen Namen ausgerechnet in diesem Zusammenhang erwähnen?

»Rowan wird nächsten Sommer heiraten.« Prompt blickt Vater in meine Richtung; ich bemühe mich um einen nichtssagenden Gesichtsausdruck.

Tuath sei Dank lenkt Mutter ihn sofort wieder ab. »Wenn jemand zu verachten ist, dann dieser Ritter. Aber sicher kein junger Mann, der es nicht besser weiß und der heute so beherzt für den Schutz eines hilflosen Kranken eingetreten ist. Kinder probieren sich in allen möglichen Dingen aus. Es ist eine Phase. Es wird sich verwachsen.«

»Das mag so sein. Dennoch.«

»Er hat uns Sonnenfrüchte geschenkt«, ergreift nun doch Willow das Wort. Mit der rechten Hand umklammert sie ihr Schneidemesser, fast so, als sei sie bereit, Ash mit der Waffe zu verteidigen, falls Vater seine Meinung nicht ändert. Wäre ich nicht so angespannt gewesen, hätte ich vielleicht sogar gelächelt.

»Sonnenfrüchte?« Vater trinkt einen Schluck Wasser, dann stützt er die Hände auf der Tischplatte auf und beugt sich in Willows Richtung. »Und was glaubst du, warum er das gemacht hat? Er kennt euch gar nicht.«

»Rowan kennt ihn!«

Wunderbar! Die Augen aller heften sich auf mich.

»Wir haben uns auf dem Festland kennengelernt.« Ich bemühe mich, selbstsicher zu klingen. »Kurz. Während meiner Zeit mit Onkel Rhys auf Château Dubois. Ich habe dir davon erzählt.«

Die Spitzen meiner Ohren glühen. Ich bete zur Göttin, dass man im Dämmerlicht der kleinen Kammer ihre Farbe nicht sehen kann.

»Habt ihr euch angefreundet?«

»Ich kenne ihn viel zu wenig.« Das ist nicht gelogen. Immerhin hätte ich Ash damals gern näher kennengelernt. Jetzt, wo der musternde Blick meines Vaters auf mir ruht, bin ich mir gar nicht mehr so sicher, ob ich das noch will. Um der Aufmerksamkeit meiner Familie zu entgehen, löffele ich ein paar weich gekochte Karottenstücke auf und kaue möglichst lange auf ihnen herum.

Vater lässt es dabei bewenden.

»Es gehen Gerüchte, Prinz Aristide sei in Ionnach, weil er Olwenn den Hof machen will«, berichtet da Fiona.

Vater brummt. »Davon hat der König nichts erzählt.«

»Janet Walsh hat es erwähnt.«

Dazu sagt niemand etwas. Wir wissen, was Vater von Janet

Walsh und ihrer Familie hält. Die Walshs stehen nicht sehr hoch in der Gunst des Königs. Und soweit ich weiß, ist Janet auch nicht mit Olwenn oder Alyss befreundet.

»Wenn der Prinz von Gwilen gut genug für die Tochter unseres Königs ist«, sagt Mutter lauernd, »könnte man ihn da nicht auch für eine Vermählung mit Fiona oder Willow in Betracht ziehen?«

Das Herz bleibt mir stehen.

Meinen Schwestern offensichtlich auch. »Mutter!«, empört sich Willow.

»Du hast gesagt, wir müssen keinen Ehegatten nehmen, den wir nicht wollen«, sagt Fiona zur gleichen Zeit.

»Und? Willst du ihn nicht? Er ist der Sohn unseres wichtigsten Bündnispartners auf dem Festland.«

»Ich …«

»Dein *Herz* hängt doch nicht etwa an einem anderen?«

Alle blicken zu Fiona, die schnell den Kopf schüttelt und ihn senkt. Ich kann in ihrem Gesicht nicht lesen. Dass Mutter ihren beiden Töchtern versprochen hat, sie nicht gegen ihren Willen zu verheiraten, bedeute nicht, dass die beiden frei wählen dürfen. So schließt man keine politischen Bündnisse.

»Ich will nicht weg aus Iriann«, sagt sie schließlich. »Auf dem Festland sind sie so rückständig. Prinz Aristide war überrascht, dass bei uns auch die Frauen die Männer zum Tanzen auffordern.«

»Ich wette, ich dürfte dort nicht einmal auf die Jagd«, murrt auch Willow. »Geschweige denn, mit dem Schwert …«

»Keine Sorge, ihr werdet keinesfalls Aristide de Gwilen

heiraten.« Vater spricht nicht laut, aber Willow verstummt sofort. »Meine Töchter heiraten doch keinen Hinterlader.«

Mir fällt beinahe die Gabel auf den Teller. Als ich bereits glaube, der Rest unserer Mahlzeit würde in Schweigen vergehen, ergreift Mutter noch einmal das Wort. »Unsere Töchter könnten es schlimmer treffen, Banwig.«

Vater hebt ungläubig eine Augenbraue, aber er verschränkt die Arme und lehnt sich in seinem Stuhl zurück, um ihr zuzuhören.

»Auf dem Markt haben wir die Zofe von Lady Dwyver getroffen.« Sie lässt sich Zeit. »Bei einer Kräuterhändlerin. Sie hat Unmengen von Melisse gekauft. Und Königskerze. Orlagh Dwyver ist die Treppe heruntergestürzt. Erneut. Sie hat *zu viele* Unfälle. Ich wette mit dir, wir werden sie in den nächsten Tagen nicht bei Hofe sehen.«

Vater brummt etwas Unverständliches.

»Er schlägt sie, Banwig«, fährt Mutter aufgebracht fort. »Niemand glaubt an einen Treppensturz. Das muss aufhören.«

»Wir wissen nicht, ob das so ist.«

»Wie lange kennst du ihn? Du weißt, wie er ist!« Mutters Stimme zittert vor Wut. »Er schlägt sie.«

»Ich spreche mit dem König«, verspricht Vater endlich.

Zufrieden nickt Mutter. »Danke.« Ich dachte, das Thema sei für sie bereits beendet, als sie noch einmal ansetzt. »Er ist kein guter Mann, Banwig. Und das schwöre ich dir bei Briann und Tuath: Lieber verheirate ich meine Töchter mit jemandem wie Aristide de Gwilen als mit einem Mann wie Tenner Dwyver!«

Die Ratsversammlungen in den nächsten Tagen verlaufen ähnlich ergebnislos wie die erste. Alle besitzen eine Meinung. Niemand will sich jedoch festlegen. Auch Alyss und ihr Vater verhalten sich überraschend zurückhaltend. Vater ist sich so sicher gewesen, dass der König die Versiegelung des Schattenlabyrinths vorantreiben will. Danach sieht es gerade gar nicht aus.

Die Versammlungen ziehen sich in die Länge und ich komme noch nicht einmal dazu, Raven in der Akademie zu besuchen. Am zweiten Tag nach meinem Ausflug auf den Markt spreche ich mithilfe unserer Silberknöpfe mit ihr.

»Irgendwie hatte ich gehofft, ich würde dich öfter sehen, nun, wo ihr den Sommer in der Hauptstadt verbringt«, sagt sie.

»Ich weiß. Das geht mir ebenso.«

»Darf ich dich was fragen? Mir kam eine Idee, wie du die schreckliche Vernachlässigung, die du mir angedeihen lässt, wiedergutmachen kannst.«

Überrascht rolle ich mich auf die Seite. »Ich höre?«

Raven zögert. »Auf den Ratsversammlungen verbringst du viel Zeit mit Solánge de Gwilen.«

»Wenn du damit meinst, dass wir für Stunden in die gleiche Halle gepfercht sind, dann ja.«

»Könntest du dir vorstellen, bei ihr ein gutes Wort für mich einzulegen?« Als ich nicht sofort antworte, sprudelt es aus ihr heraus. »Nun habe ich es auf die Akademie geschafft, aber niemand ist bereit, mir wirklich etwas beizubringen. Und wenn sich jemand dazu herablässt, mir seine Hilfe anzubieten, stellt er sich als Lüstling heraus.«

»Hat dich jemand bedrängt?!«

»Nein!«

Ihre hitzige Erwiderung beruhigt mich. Seit ihrer Kindheit hat Raven Angst vor Männern, die ihr zu nahe kommen. Weder in die Stallungen noch in die Quartiere der Wachen hat sie sich je allein getraut. Hätte sich wirklich jemand unsittlich ihr gegenüber verhalten oder hätte sie gequält, wäre sie jetzt nicht laut, sondern still geworden. Da bin ich mir fast sicher.

»Niemand hat mich bedrängt. Aber Schüler ebenso wie Magister – das sind elitärer Gecken, die auf mich herabblicken, weil ich nicht als Adlige geboren wurde.«

»Und du glaubst, die Prinzessin von Gwilen ist da anders?«

»Sag du es mir. Du verbringst mehr Zeit mit ihr als ich.«

»Sie lebt doch auf dem Gelände der Akademie.«

»Aber sie lässt sich kaum dort blicken. Entweder hält sie sich bei Hof auf, oder sie verschanzt sich in ihren Gemächern. Selbst das Essen nimmt sie dort ein und nicht in den Gemeinschaftsräumen. Bitte, Rowan. Es heißt, auf den Vulkaninseln hat sie auch eine Bürgerliche protegiert. Wirst du sie fragen, ob ich zumindest bei ihr vorsprechen darf?«

Ich ahne, dass es Raven einigen Mut gekostet hat, mich das überhaupt zu fragen. Sie hat mich nie im Stich gelassen. Also verspreche ich, ihr zu helfen, so gut ich kann.

Eine heimliche Bitte

Am gleichen Abend lädt der König einen Teil der Adeligen zum gemeinsamen Essen ein. Die Runde ist diesmal kleiner als am Tag unserer Ankunft. Kein Streichorchester spielt zu unserer Unterhaltung auf. Aber neben den Raghaillachs, den Murphys, den O'Learys und uns ist auch Ash zu Gast. Auf seine Schwester warte ich allerdings vergebens. Ich beschließe dennoch, die Gelegenheit beim Schopf zu ergreifen und Raven zu helfen. Ich weiß nur nicht recht, wie ich anfangen soll.

Seit unserer Begegnung auf dem Marktplatz habe ich Ash nicht mehr gesehen. Mehr als zwei Worte habe ich heute nicht mit ihm gewechselt. Dafür schäme ich mich, aber zu sehr war ich mir der Anwesenheit Alyss' und meines Vaters bewusst. Nach dessen heftiger Reaktion auf Ash traue ich mich nicht, mehr Aufmerksamkeit als nötig auf uns beide zu lenken. Es sollte einfach sein, aber ich fühle mich nicht in der Lage, ein oberflächliches Gespräch mit ihm zu führen. In jedes Wort, das er an mich richtet, scheint er eine tiefere Bedeutung zu legen. Wer weiß, was ihm herausrutscht, wenn wir uns vor aller Augen unterhalten. Nein, wenn ich mit ihm spreche, kann ich keine lauschenden Ohren gebrauchen. Doch die richtige Gelegenheit lässt auf sich warten.

Freilich habe ich gemerkt, dass es Ash nicht gefällt, dass ich ihm die kalte Schulter zeige. Überraschend früh am Abend entschuldigt er sich, um nach Hause zu gehen. Als er sich von der königlichen Familie verabschiedet und den Saal verlässt, blickt er nicht einmal in meine Richtung. Ich nehme meinen ganzen Mut zusammen.

Ich weiß, dass er eine ganze Weile brauchen wird, die langen Gänge der Seefeste zu durchqueren und die Burg zu verlassen. Also zwinge ich mich, ruhig zu bleiben und abzuwarten. Ab wann wird es keinen Verdacht erregen, mich zu entschuldigen und ihm nachzugehen? Gibt es so einen Zeitpunkt überhaupt? Werden sofort alle wissen, was ich vorhabe? Die Zeit verstreicht quälend langsam. Schließlich halte ich es nicht mehr aus. Etwas zu fahrig lege ich die Stoffserviette beiseite und schiebe meinen Stuhl zurück.

»Entschuldigt mich bitte.«

Alyss nickt mir freundlich zu. Niemand hebt eine Augenbraue oder macht einen dummen Spruch. Es bedarf einiger Willensanstrengung, den Saal in unauffälligem Tempo zu durchqueren und nicht zu meinen Tischnachbarn zurückzublicken. Als die Flügeltür hinter mir ins Schloss fällt, atme ich erleichtert auf. Da Wache um Wache die Gänge säumt, kann ich es mir auch nicht erlauben, meine Schritte zu beschleunigen. Im Gegensatz zu Ash habe ich aber zahlreiche Sommer in der Seefeste verbracht und mit den Prinzessinnen Verstecken gespielt. Ich kenne jede Menge Abkürzungen.

Der Mond steht bereits am Himmel, als ich aus einem Dienstbotengang heraus auf den Schlosshof trete. Briann sei Dank ist die Nacht bewölkt. Ob der leichte Schweißfilm auf meiner Stirn von meiner Nervosität stammt oder daher, dass ich mich die letzten Meter doch beeilt habe, kann ich nicht sagen. Bin ich zu spät?

Gehüllt in Schatten schiebe ich mich an der Außenwand

des Palas entlang bis in die Nähe der großen Eingangstreppe. Ich muss nicht lange warten, da öffnen sich bereits die Türen. Ins goldene Licht, das hinter ihm nach draußen fällt, tritt Ash aus dem Gebäude. Er verabschiedet sich von den Wachen. Was er genau sagt, kann ich nicht verstehen. Ich stehe zu weit entfernt. Gut so. Das bedeutet, dass uns niemand wird belauschen können.

Er geht die Treppe hinunter und läuft den Weg entlang zum Tor. Als die Schatten ihn verschlucken und ich mir sicher bin, dass die Wachen ihn nicht mehr erkennen können, greife ich nach vorne, packe ihn bei der Hand und ziehe ihn mit mir in die Dunkelheit.

»Still! Ich bin's«, zische ich schnell, ehe er um Hilfe rufen kann.

Das hatte Ash offenbar auch gar nicht vor, denn noch während ich ihn mit mir ziehen will, reißt er sich los und wirbelt zu mir herum, die Hände in Verteidigungsstellung erhoben.

»Rowan?«, fragt er überrascht.

»Leise. Bitte.«

Ich weiche ein paar Schritte dorthin zurück, wo die Schatten noch tiefer sind, und bleibe erst stehen, als ich die Burgmauern im Rücken fühle. Ash vor mir ist nicht mehr als ein Schemen. Alles, was ich erkennen kann, ist das Glitzern seiner Augen und das helle Aufblitzen seiner Zähne.

»Ein nächtliches Stelldichein?«, flüstert er und kommt näher. »Das hätte ich dir gar nicht zugetraut.«

Sein warmer Atem streift meine Haut.

»Lass das!«, zische ich leise, und schiebe ihn etwas von mir weg.

»Was denn? Du hast doch mich in die Schatten gezogen.«

»Weil ich mit dir *sprechen* muss.«

»Wir saßen uns den ganzen Abend gegenüber. Im Speisesaal hast du nicht den Eindruck gemacht, als würdest du ein Gespräch mit mir suchen.«

Täusche ich mich oder liegt da ein Vorwurf in seiner Stimme?

»Ich …« Die Kehle wird mir so eng, als hätte ich eine Walnuss verschluckt. *Ich habe mich danach gesehnt, mit dir zu sprechen. Und ich habe Angst davor.* Bevor mir dieses Geständnis herausrutschen kann, räuspere ich mich. »Es ist so: Ich brauche deine Hilfe.«

»Weshalb?«

»Es geht um deine Schwester.«

Das lässt ihn dann doch einen Schritt zurückweichen. »Meine Schwester?!«

»Bitte, Ash. Leiser!«

»Also gut. Was ist mit Solánge?«

»Erinnerst du dich an die Freundin, von der ich dir erzählt habe?«

»Das Mädchen, mit dem du so viel Zeit in der Bibliothek verbringst?«

Ich nicke. Erst als ich weiterspreche, fällt mir auf, dass das Ash vermutlich gar nicht sehen kann. »Sie heißt Raven und inzwischen ist sie Schülerin auf der Akademie.«

»Eine Bürgerliche?«

Blut steigt mir in den Kopf. Irgendwann muss ich ihm gestehen, dass ich ihr den Botenstein überlassen habe. Irgendwann, aber nicht heute.

»Mein Vater hat nachgeholfen«, sage ich stattdessen.

»Schön. Aber was hat das mit meiner Schwester zu tun?«

»Raven sagt, niemand in der Akademie nimmt sie ernst. Niemand will ihr außerhalb der Unterrichtseinheiten etwas beibringen. Weil sie nicht von hohem Stand ist.«

»Und da dachtest du, sie könnte bei meiner Schwester vorsprechen?«

»Sie hat davon gehört, dass deine Schwester auf den Vulkaninseln Bürgerliche unterrichtet hat.«

»Du weißt, dass wir nicht ewig in Iriann bleiben werden?«

»Es würde Raven unendlich viel bedeuten. Bitte, Ash.«

Er seufzt tief. »Hätte ich mir ja denken können, dass du nichts anderes von mir willst.«

»Ash …«

»Damals in Gwilen, weißt du … Ich dachte …«

»Ich bin mit Alyss verlobt!« Meine Stimme klingt harscher, als ich es beabsichtigt habe.

»Seit deiner Kindheit, ja. Ich weiß.«

»Damals am Strand: Das war ein schöner Traum.«

»Muss es denn ein Traum sein?« Wieder tritt er auf mich zu und legt mir die Hand auf die Wange. Sanft schiebt er seine Finger in mein Haar, vergräbt sie darin, als wolle er … als wolle er …

»Nicht!« Meine Stimme, ich bin zu laut. »Bitte«, flüstere ich leise.

»Schon gut, keine Angst. Ich verspreche dir, ich werde nie etwas tun, das du nicht willst.«

Oh Briann, warum muss das alles hier so furchtbar schwer sein? »Hilfst du mir?«

Einen endlos langen Augenblick befürchte ich, er wird nicht antworten. Dann schnaubt er. »Morgen. Zur dritten Mittagsstunde.«

»Danke.«

»Du weißt, wo du uns findest?«

Ich nicke.

Wieder senkt sich bleiernes Schweigen auf uns.

»Ich sollte hineingehen«, sage ich schließlich, und bin mir überdeutlich der rauen Burgmauer bewusst, an die ich mich lehne.

»Das solltest du wohl«, antwortet Ash. Aber weder er noch ich machen Anstalten, uns zu bewegen. Bis vom Schlosseingang her Geräusche zu uns dringen und mich daran erinnern, wo ich bin.

»Danke«, flüstere ich noch einmal hastig und drehe mich um, um durch den Dienstboteneingang zu verschwinden. Ich weiß nicht, ob Ash sich ebenfalls abwendet oder mir hinterherblickt. Während ich durch die Flure zurück zum Speisesaal eile, versuche ich mir vergeblich einzureden, dass das auch keine Rolle spielt.

Solánge de Gwilen

Kurz bevor die Glockentürme der Stadt zur dritten Mittagsstunde schlagen, stehen Raven und ich vor den schmiedeeisernen Türen eines herrschaftlichen Anwesens. Es befindet sich auf dem weitläufigen Gelände der Akademie, an einer Stelle, zu der Schüler für gewöhnlich keinen Zutritt haben. Das Haus gehört Magister Kelly, einem angesehenen Magier. Derzeit hat er allerdings ein Zimmer im Wohntrakt der Akademie bezogen und sein Zuhause Irianns hohen Gästen aus Übersee zur Verfügung gestellt. Während wir durch die efeuumrankten Gitterstäbe des Zauns nach drinnen gucken, frage ich mich, ob Magister Kelly auch sonst recht viel Zeit in der Akademie verbringt. Der Garten vor dem Haus sieht völlig verwildert aus. Riesige Kürbisse wuchern zwischen Kräuterbeeten und Blumenrabatten, die wahllos angeordnet scheinen und um die sich sicher bereits seit Jahren kein Gärtner mehr gekümmert hat. Die Fassade des hellen Backsteingebäudes dahinter macht kaum einen besseren Eindruck.

»Wollen wir?«, fragt Raven nervös, als die Glocken zu läuten beginnt.

Ich nicke. Ich bin mir nicht sicher, ob ich wirklich will. Aber schließlich sind wir genau deshalb hergekommen.

Entschlossener als ich mich fühle, schlage ich mit dem Türklopfer am Eingang an. Kein Dienstbote öffnet uns, wie ich angenommen hatte. Ash selbst steht hinter der Eingangstür, gekleidet, als sei er auf dem Weg zu einem Staatsempfang.

»Willkommen«, sagt er und geht einen Schritt zur Seite. »Bitte, tretet ein.«

Raven, die offensichtlich ebenso wenig wie ich damit gerechnet hat, vom Prinzen von Gwilen die Tür geöffnet zu bekommen, sinkt in einen tiefen Hofknicks, ehe sie mir über die Schwelle folgt.

So verwittert die Mauern von außen ausgesehen haben, so prächtig ist der Anblick des Hauses. Farbenfrohe Gobelins hängen an den Wänden und als ich durch eine Tür zu unserer Rechten spähe, sehe ich, dass das Zimmer dahinter mit dunklem Holz vertäfelt ist.

»Bist du auf dem Weg in die Seefeste?«, frage ich Ash, der soeben die Haustür geschlossen hat.

»Wie kommst du darauf?«

Demonstrativ hebe ich eine Augenbraue und blicke auf den Degen, der an seinem Gürtel baumelt, auf seine nagelneu aussehende Wildlederhose und sein blütenweißes, eng sitzendes Hemd.

Ash zuckt mit den Schultern, als verstünde er nicht, was ich meine, und wendet sich um. »Wenn ihr mir bitte folgen wollt. Meine Schwester erwartet euch.«

Raven neben mir fällt beinahe über ihre Füße. Sie ist noch aufgeregter als ich. Den ganzen Weg hierher hat sie von nichts sprechen können als davon, was für eine unbeschreibliche Ehre es sei, bei der Comtesse vorsprechen zu dürfen.

»Sie ist eine Legende an der Akademie«, hat sie unentwegt gesagt. »Eine der ersten Frauen, der je der Rang einer Magistra verliehen wurde.«

Schülerinnen sind keine Seltenheit an der Akademie der

Magier. Die wenigsten jedoch studieren dort bis zur Erlangung eines Meistertitels. Sie sind immer noch die Töchter iriannischer Adelsfamilien und die meisten der Hohen Häuser ziehen es irgendwann vor, ihre Mädchen in politischen Allianzen zu verheiraten. Wenn sie den Biss hat, so lange durchzuhalten, gereicht Ravens bürgerliche Herkunft ihr eines Tages vielleicht sogar zum Vorteil.

Ich bin gespannt auf Ashs Schwester, einer Königstochter, der es gelungen ist, ihre Eigenständigkeit zu behalten trotz zahlreicher Vermählungsanträge, die ihr Vater den Gerüchten zufolge aus anderen Adels-, ja sogar Königshäusern für sie erhalten hat. Die Comtesse sitzt über ein Pergament gebeugt in einem Arbeitszimmer. Wie bei unseren vorangegangenen Begegnungen trägt sie ihre sandfarbene Gelehrtengewandung. Die Sonne, die durch das Fenster hinter ihr in den Raum fällt, lässt ihr Haar aufleuchten. Es ist zu einem Knoten am Hinterkopf aufgesteckt. Solánge sieht jünger aus als die fast dreißig Sommer, die sie zählt, und ich kann mir vorstellen, dass sie schon so manches Herz gebrochen hat. Sie strahlt ein Selbstbewusstsein aus, das selbst jenes von Ash in den Schatten stellt. Es fällt mir schwer, den Blick von ihr loszureißen und das Zimmer näher in Augenschein zu nehmen. Der Raum wirkt für den wuchtigen Schreibtisch, der ihn dominiert, viel zu klein. Über der riesigen Holzplatte verteilt liegen Schreibfedern, kleine, in Leder gebundene Bücher, ein Tintenfässchen, Papierstapel und einige seltsame Gegenstände, die ich für Artefakte halte. Dampf entsteigt einer Tasse, die wohl Teil eines kostbar wirkenden Teeservices ist, das neben dem Schreibtisch auf einem Beistellwagen steht.

Als uns Ash in den Raum führt, erhebt sie sich nicht, aber sie legt das Pergament zur Seite und blickt uns mit einem freundlichen Lächeln entgegen.

»Guten Tag«, sagt sie schlicht.

Ich beeile mich, mich zu verbeugen, und das veranlasst Raven wiederum zu einem weiteren Knicks.

»Euer Hoheit«, sage ich.

Sie nickt mir zu. »Lord Rowan.«

»Das hier ist meine beste Freundin Raven.«

»Die Schülerin an der Akademie.«

»Wir sind Euch sehr dankbar, dass Ihr uns empfangt.«

Solánge wirft Ash einen Blick zu. Ich weiß nicht, wie ich diesen deuten soll. Dann faltet sie ihre Finger ineinander und richtet ihr Augenmerk direkt auf Raven. »Meinem Bruder zufolge habt Ihr Schwierigkeiten, in der Akademie einen Tutor zu finden?«

Weil Raven nicht antwortet, stoße ich sie leicht mit dem Ellenbogen an.

»Ja, Hoheit«, krächzt sie. »Ich meine, ich möchte nicht den Eindruck erwecken, als wolle ich mich über die Akademie beschweren, Hoheit.«

In Ehrenfeld hat Raven immer so arglos mit meinen Eltern gesprochen, dass ich etwas überrascht davon bin, wie nervös sie das Gespräch mit der Comtesse macht.

»Nein?«, fragt Solánge. »Wenn die Dinge sich in den vergangenen Jahren nicht wesentlich geändert haben, gäbe es so einiges an der Akademie, über das man sich meiner Meinung nach beschweren könnte.« Sie greift nach der Kanne Tee und gießt goldbraune Flüssigkeit in eine der bereitstehenden

Tassen. Anschließend streckt sie die Tasse Raven entgegen. »Frisch aufgebrüht.«

Raven wirft mir einen unsicheren Blick zu, und ich lächele sie aufmunternd an.

»Setz dich.« Solánge deutet auf den mit senfgelbem Samt bezogenen Stuhl, der dem Schreibtisch gegenüber steht. »Und trink einen Schluck.«

Während Raven offensichtlich nicht weiß, was sie zuerst tun soll – am Tee nippen oder sich setzen –, räumt die Comtesse die Gegenstände vor sich zur Seite, sodass zwischen ihr und dem Stuhl, den sie Raven zugedacht hat, eine freie Fläche entsteht. »Du musst nicht nervös sein«, sagte sie. Ihr Iriannisch ist wie das ihres Bruders fast makellos.

»Auf der Akademie will ihr niemand zuhören«, mische ich mich ein.

Solánge lächelt mich unverbindlich an, dann richtet sie sich an Ash. »Warum schaut ihr euch nicht das Haus an und gebt Raven und mir die Gelegenheit, uns in aller Ruhe zu unterhalten?«

Raven versteift sich. Beruhigend lege ich ihr eine Hand auf die Schulter.

»Rowan?«, fragt Ash.

»Kann ich dich allein lassen?«, flüstere ich Raven ins Ohr. Sie nickt, den Blick neugierig auf Solánge geheftet.

Die lächelt immer noch. »Ich war lange genug Schülerin an der Akademie, um ein gewisses Bild davon zu haben, wie es dir ergeht. Männer bleiben gern unter sich, selbst hier in Iriann. Es hat seinerzeit eine ganze Weile gedauert, mir ihren Respekt zu erarbeiten.«

»Aber Ihr seid eine Magistra«, protestiert Raven.

»Das bin ich. Und auch heute gibt es noch so manchen Magister, dem das gar nicht gefällt.«

»Kommst du?«, raunt Ash leise. Ich blicke noch einmal zu seiner Schwester, die mir beruhigend zunickt. Dann drücke ich Ravens Schulter und folge Ash aus dem Raum.

Die skurrilen Gemälde, an denen Ash mich vorbeiführt, bemerke ich kaum. Zu sehr vereinnahmt mich der Anblick seines durchtrainierten Oberkörpers, der sich unter dem Stoff seines Hemdes deutlich abzeichnet. Mich beschleicht der Gedanke, dass er es aus genau diesem Grunde angezogen hat. Und was soll der Degen, wenn er nicht vorhat, das Haus zu verlassen? Glaubt er, mich dadurch zu beeindrucken? Falls ja, geht seine Taktik auf. Er bietet einen angenehmen Anblick.

Wir schweigen, bis wir eine kleine Treppe erreichen, die zu den Haushaltsräumen hinunterführt.

»Möchtest du auch Tee?«, fragt er, nachdem er mir einen Blick über die Schulter zugeworfen hat.

»Gern«, antworte ich und folge ihm die Stufen nach unten. Auf halber Höhe sind Lichtstein-Artefakte in der Wand angebracht.

»Gibt es hier keine Dienstboten?« Neugierig blicke ich mich in der Küche um, die ebenfalls von mehreren Artefakten erhellt wird, weil das Licht, das durch die schmalen Fenster dicht unter der Decke fällt, nicht ausreicht, um den Raum gut auszuleuchten.

»Nein.« Ash geht zu einer Werkbank, hebt den Deckel vom Wasserbottich und taucht eine blecherne Kanne hinein. Dann stellt er sie auf den Rost über dem Kaminfeuer, lehnt sich gegen eine weitere Werkbank und verschränkt die Arme.

»Wer kocht dann?«, frage ich.

»Solánge. Meistens jedenfalls. Ich fürchte, ich bin nicht sehr gut darin. Es sei denn, du willst die ganze Woche Haferbrei essen.«

»Ich brächte noch nicht einmal einen genießbaren Haferbrei zustande.« Wenn ich bisher in der Burgküche gewesen bin, dann nur, um Leckereien von der Köchin zu stibitzen.

»Wir haben keine Dienstboten aus Gwilen mitgebracht.«

»Aber dieses Haus gehört Magister Kelly.« Kelly entstammt zwar nur einer unbedeutenden Adelsfamilie, aber als Magister besitzt er einen untadeligen Ruf.

Ash deutet auf ein kopfgroßes, käfigartiges Gebilde, das neben dem Wasserbottich liegt. »Er gibt sein ganzes Vermögen für Artefakte aus. Und er verbringt ohnehin die meiste Zeit an der Akademie. Ich nehme an, Dienstboten zu beschäftigen, wäre für ihn Verschwendung.«

»Das ist ein Artefakt? Wofür ist es?«

»Es presst Saft aus Obst und Gemüse.«

Ungläubig blicke ich ihn an. Ash zuckt die Schultern. »Wenn es noch für etwas anderes taugt, habe ich es bisher nicht herausgefunden.« Er löst sich von seinem Platz und kommt auf mich zu. Gemeinsam starren wir auf das bronzefarbene, wie ein Ball geformte Gitternetz vor uns. »Kelly hat ein ganzes Sammelsurium an seltsamen Artefakten. Von einigen weiß er selbst nicht, was sie bewirken.«

»Es ist nett von ihm, dass er euch in seinem Haus wohnen lässt.«

»Ich glaube, er und meine Schwester standen sich während ihrer Zeit auf der Akademie nahe. Vielleicht waren sie auch ein Liebespaar, wer weiß. Aber sicher nichts Ernstes.«

Wir blicken uns an und wieder drohe ich mich in seinen Gewitteraugen zu verlieren.

»Du bist im Haus eines Artefaktenjägers gelandet«, sage ich schließlich. »Vielleicht kannst du hier noch etwas anderes als Kochen lernen.«

Es soll ein Scherz sein, aber das Lächeln, das mir Ash jetzt zuwirft, wirkt eher verblüfft. »Du erinnerst dich.«

Die Kanne verkündet mit einem Pfeifen, dass das Wasser kocht. Ash brüht uns einen Tee aus getrocknetem Habichtskraut. Ich genieße den bittersüßen Geschmack des Suds, während wir uns auf Schemeln vor das Feuer hocken und das Flammenspiel beobachten.

»Meine Schwester wird uns zu sich rufen, wenn sie soweit sind.« Er deutet auf die kleinen Glöckchen an der Wand, die durch einen Klingelzug mit den Räumen in den oberen Stockwerken verbunden sind. »Deine Freundin muss zäh sein, wenn sie sich auf der Akademie durchschlägt.«

»Sie ist stark. Stärker als sie selbst glaubt.«

»Das glaube ich gern. Sonst hätten sie sie kaum ohne Artefakt an der Akademie zugelassen, die Fürsprache deines Vaters hin oder her.«

Du musst es ihm erzählen, denke ich wieder. Verlegen schiebe ich die Hände hinter meinem Rücken in den Hosenbund und richte den Blick zu Boden. »Sie hat mit einem Artefakt für ihre Aufnahme bezahlt.«

»Aber ich dachte …«

»Ich habe ihr den Botenstein geschenkt.«

Es dauert eine ganze Weile, ehe Ash antwortet. »Den Botenstein, den ich *dir* geschenkt habe?«

»Ja.« Ich zwinge mich, ihm in die Augen zu sehen.

Aber Ash wendet sich von mir ab. »Na dann«, sagt er. Er presst die Lippen fest aufeinander. Ich habe ihn verletzt, das ist mir klar. Nicht klar war mir hingegen, dass mir diese Tatsache einen solchen Stich versetzen würde. Ich suche noch immer verzweifelt nach Worten, die ihn versöhnlich stimmen, als er tief Luft holt und sich zu mir herumdreht. »Mach dir keine Sorgen. Ich glaube, ich verstehe es.«

Dann legt er die Stirn in Falten. »Ich hoffe, du hast meine Botschaft vorher gelöscht.«

Erleichtert nicke ich. *Er erinnert sich an die Botschaft*, geht es mir durch den Kopf.

»Willst du noch mehr Artefakte sehen?«, fragt er mich dann. »Magister Kellys riesige Sammlung?«

Um nicht weiter über Raven oder über den Sommer in Gwilen sprechen zu müssen, sage ich Ja.

Die Kammer der Artefakte

Das Zimmer liegt im ersten Stock, dem Treppenaufgang gegenüber. Ein Stiefel steht im Türspalt, wie um ihn offen zu halten. Ash zieht an der Klinke, stellt den Stiefel beiseite und macht mir Platz. Beim Anblick des Raums vor mir verschlägt es mir die Sprache. So viele Artefakte! Sie stehen und liegen überall: in den Regalen, die an den Wänden des Raums vom Fußboden bis zur Decke reichen; auf dem viereckigen Holztisch in der Mitte des Raums; selbst auf dem Fußboden. Das Muster des bunten Teppichs, der über die Dielen ausgebreitet liegt, kann man in dem ganzen Durcheinander gar nicht erkennen.

Es handelt sich um Kisten und Schatullen, einen Fußschemel, filigrane Vasen, Sitzkissen und Schränkchen. Ganz hinten im Raum, zwischen Regal und einem schmalen Fenster, steht eine Stoffpuppe, wie sie Schneider verwenden. Darüber drapiert ist ein bodenlanger Mantel aus schwarzem Stoff, übersät mit silbernen Stickereien. Es gibt alte Geschichten über Elfenumhänge, die unsichtbar machen. Aber Magister Kelly würde einen solchen doch nicht einfach so hier aufbewahren, oder?

In der anderen Ecke lehnt ein Gemälde oder ein Spiegel, das mit einem grauen Laken abgedeckt ist. Und von einem Haken in der Decke hängen Seile in den unterschiedlichsten Farben: blau und grün, gelb und rot. Ob es sich bei ihnen ebenfalls um Artefakte handelt? Auf dem gewaltigen

Tisch im Raum liegen Flöten und Handharfen. In geöffneten Schmuckschatullen glitzern Ringe und Ketten. So viele Artefakte besitzt noch nicht einmal der König!

Als ich mich zu Ash umdrehe, bemerke ich, dass er den Stiefel wieder an seinen Platz auf der Schwelle gestellt hat. »Was machst du?«

Ash zuckt mit den Schultern und schließt zu mir auf. »Die Tür darf nicht ins Schloss fallen. Sie ist auch ein Artefakt.«

»Die Tür?«

»Oder ihr Schloss. Sie lässt sich nur durch die Hand von Magister Kelly öffnen.« Er deutet auf ein Sammelsurium an Kugeln auf dem Tisch, die wie gläserne Briefbeschwerer aussehen. »Kelly hat meine Schwester gebeten, ihn dabei zu unterstützen, herauszufinden, was es mit einigen der Sachen hier auf sich hat. Von einigen Gegenständen ist er selbst nicht sicher, ob es sich dabei um Artefakte handelt.«

»Hat Kelly keine Angst vor Einbrechern, wenn ihr in seiner Abwesenheit den Raum nicht versiegelt?«

Ash greift nach einem Lichtstein und bringt ihn zum Glühen. Er leuchtet violett. »Du hast doch das Haus von außen gesehen? Hättest du vermutet, dass der Bursche so viele Artefakte besitzt? Zudem ist die Haustür mit einem Türklopfer geschützt, der Unbefugten den Zutritt verwehrt.« Ich erinnere mich an das hässliche Untier aus Bronze.

»Und das Fenster dort hinten?«

»Siehst du das Amulett, das davorhängt? Es trägt einen Blendzauber in sich. Wenn du aus dem Haus gehst und von draußen nach oben in den ersten Stock blickst, siehst du nur Mauerwerk.«

Ash reicht mir den Lichtstein und greift nach einem weiteren. Dieser leuchtet lindgrün.

»Woher hat Magister Kelly nur all diese Artefakte? Er verlässt so gut wie nie die Akademie.«

»Er lässt sie sich von überall kommen. Auch meine Schwester hat ihm schon einige vom Festland geschickt. Sie sagt, er war schon als Schüler an der Akademie ganz wild auf Artefakte. Er hat fast das ganze Vermögen seiner Familie dafür ausgegeben.«

»Das glaube ich gern.« Mit einer Handbewegung bringe ich den Lichtstein zum Erlöschen und lege ihn zurück auf den Tisch. »Mit Sicherheit wird er nicht für die Versiegelung des Schattenlabyrinths stimmen.«

Ash zuckt mit den Schultern. »Fang«, sagt er dann und wirft mir den lindgrünen Lichtstein zu.

»Bist du verrückt!«, entfährt es mir, gleichzeitig wütend auf ihn und unendlich erleichtert, dass ich das Artefakt mit meinen Fingern zu fassen bekommen habe. »Was, wenn er zu Boden gefallen wäre?«

»Zum einen ist es fast unmöglich, ein Artefakt zu zerstören, wie du sehr gut weißt. Zum anderen liegt hier überall Teppich. Was soll da schon groß passieren.« Er hält einen weiß gefiederten Armbrustbolzen in die Höhe, der auf dem Tisch lag. »Der findet angeblich immer sein Ziel.« Eine zugehörige Waffe sehe ich allerdings nirgends.

»Beunruhigend«, murmele ich.

»Deine Familie besitzt ein magisches Schwert, nicht wahr?«

»Sonnendorn«, antworte ich.

»Das klingt wie eine Waffe aus einer alten Sage. Was kann es?«

»Es besitzt die Macht, Schatten zu vertreiben. Es leuchtet, als wäre es ein Stück der Sonne. Oder zumindest hat es das einmal getan. Es hat kaum mehr Macht.« Ich weiß selbst nicht, warum ich ihm dies alles erzähle.

»Schade.« Ash legt den Bolzen zur Seite und greift stattdessen nach einem Ring. »Wofür, glaubst du, ist der hier? Verleiht er Schönheit? Oder zwingt er den Träger dazu, immer die Wahrheit zu sagen?«

Ich lege auch den zweiten Leuchtstein beiseite und verschränke die Arme. »Vielleicht ermöglicht er es seinem Besitzer, überzeugender zu lügen.«

»Sollen wir es herausfinden?« Ash grinst mich an und hält mir den Ring entgegen. Es gefällt mir nicht, wie sorglos er mit den Artefakten umgeht. Sie sind wertvoll und wir wissen nicht, wie viel Macht ihnen noch innewohnt.

»Du hast recht«, sagt er, als ich das Schmuckstück nicht entgegennehme. »Mit dem Ring ist nichts anzufangen. Ich hoffe doch, dass du mich ohnehin nicht anlügen würdest. Und schöner kann er dich sicher auch nicht machen.«

Seine Worte versetzen mir einen Stich. Ich bin nicht schön, wenn man ein solches Wort überhaupt für einen Mann – einen Jungen – verwenden kann. Ich bin bestenfalls gewöhnlich. Was sieht er, wenn er mich anschaut?

»Was hältst du davon?« Er fischt einen winzigen Gegenstand aus einer Schmuckschatulle. Als er mir die Handfläche entgegenstreckt, erkenne ich einen Silberknopf, ganz ähnlich dem, den ich um den Hals trage.

»Man kann damit über weite Entfernungen hinweg miteinander sprechen.«

»Wirklich. Wie weit?«

»Das kommt darauf an, wie stark seine Macht bereits erschöpft ist. Gut möglich, dass ich mit seiner Hilfe mit jemandem in Ehrenfeld sprechen könnte – vorausgesetzt, mein Gesprächspartner besitzt ebenfalls einen Knopf.«

Ashs Augen leuchten. »Davon habe ich noch nie gehört. Das ist besser als ein Botenstein. Ein nützliches Artefakt!«

»Nicht so nützlich wie ein Artefakt, das einem hilft, nie vom Pferd zu fallen.«

Wieder grinsen wir uns an.

»Vielleicht entdeckt deine Schwester ja hier ein solches, ehe ihr nach Hause zurückkehrt.«

Schlagartig verdunkelt sich seine Miene.

»Du willst nicht zurück?«, frage ich vorsichtig.

»Jedenfalls nicht sofort.«

Ich habe nicht vergessen, weshalb er nach Iriann gekommen ist. Aber ich muss an Ehrenfeld denken, an meine Familie. Die Vorstellung, ganze Mondzyklen lang von ihnen getrennt zu sein, ist furchtbar. Mit einem Schaudern denke ich an meine Zeit als Page bei Lord und Lady Waterford. Was habe ich für Heimweh gehabt.

»Glaubst du, wenn wir zwei Silberknöpfe besäßen, könnten wir uns auch unterhalten, wenn ich zurück auf dem Festland wäre?«

Ich schüttele den Kopf. »Nein. Nicht mit dem Meer zwischen uns.«

»Meine Schwester sagt, auf den Vulkaninseln besäßen die

Artefakte fast ebenso viel Macht wie in Iriann.« Er legt den Silberknopf beiseite und greift nach einem kleinen Stoffbeutel. »Sie glaubt deshalb, dass auch dort einst das Volk der Elfen gelebt hat.« Vorsichtig löst er die Lederkordel vom Beutel und öffnet ihn. »Was ist das? Sand? Er duftet!«

Zu meinem Entsetzen beobachte ich, dass er den Beutel an sein Gesicht hebt, die Nase hineinsteckt und daran riecht. »Nicht!«, rufe ich, aber es ist zu spät.

Als Ash das Gesicht hebt und mich anblickt, ist die Haut rund um seine Nase himmelblau verfärbt. »Was ist?«, fragt er.

Ich versuche, keine Miene zu verziehen, und deute auf einen Handspiegel, der im Regal liegt. Als Ash sein blau verfärbtes Gesicht in der versilberten Oberfläche entdeckt, reißt er entsetzt die Augen auf. »Wie lasse ich es wieder verschwinden?«

Unwillkürlich muss ich lachen. »Gar nicht.«

»Was?«

»Du brauchst nur Geduld. Das ist Elfenstaub. Die Damen bei Hofe benutzen ihn, um ihren alten Kleidern neuen Glanz zu verleihen. Er schenkt abgetragenen Stoffen die spektakulärsten Farben.«

»Mein Gesicht ist aber kein Kleid!«

»Die Wirkung hält nicht an. Nach ein paar Stunden verliert sie sich.« Ich nehme ihm den Spiegel aus der Hand und lege ihn ins Regal zurück. »Du hättest die Finger davon lassen sollen. Vielleicht ist dir das eine Lehre, nicht mehr so achtlos mit Artefakten umzugehen. Vor allem nicht, wenn sie dir nicht gehören.«

»Du findest das amüsant, ja?«

Ich öffne den Mund, um etwas zu erwidern, da hat Ash bereits etwas Elfenstaub auf seine Hand geschüttet und mit einem kräftigen Pusten in meine Richtung geblasen. Glitzernd wirbelt der Staub durch die Luft. Abwehrend hebe ich die Hand und beobachte geschockt, wie sich meine Finger ebenfalls verfärben.

Jetzt ist Ash es, der lacht.

»Was soll das!«, fahre ich ihn an und wedele mit meiner Hand in der Luft herum, als könnte ich so das Himmelblau wieder verschwinden lassen. Briann sei Dank stellt Ash das Beutelchen zur Seite.

»Was regst du dich so auf? Ich dachte, es verschwindet von selbst nach ein paar Stunden.«

»Das tut es auch. Aber morgen ist die nächste Ratssitzung.«

»Sorg dich nicht. Blau steht dir.«

»Du bist unmöglich!« Fassungslos beobachte ich, wie er scheinbar ohne schlechtes Gewissen einen Lichtstein nach dem anderen vom Tisch nimmt und ihren Zauber aktiviert. Sie leuchten alle in unterschiedlichen Farben: Rot und Grün, Orange und Gelb. »Wir brauchen alle etwas mehr Farbe in unserem Leben«, kommentiert er. »Gerade jetzt.«

»*Gerade jetzt* solltest du achtsamer mit Artefakten umgehen.«

Meine Mahnung stört ihn nicht sonderlich. Er aktiviert einen weiteren Lichtstein, der in einem satten Rot aufleuchtet. In seinem Schein wirkt Ashs blau verfärbte Haut violett wie die Blüten einer Vogelwicke.

»Wenn euer Rat beschließt, das Schattenschloss zu versiegeln, ist es vielleicht vorbei mit all der Magie. Was, wenn die

Artefakte nicht nach und nach ihre Macht verlieren, sondern ihr Zauber sofort erlischt? Wie eine Kerzenflamme, die man auspustet?«

»Das ist nicht sicher.«

»Und wenn es so ist?« Er nimmt einen weiteren Leuchtstein in die Hand und drückt ihn mir in die Finger. »Glaubst du, die Elfen haben diese Artefakte zurückgelassen, damit man sie hinter verschlossenen Mauern versteckt? Was nutzen sie uns, wenn wir sie kaum benutzen? Das Leben ist Trübsal genug, Rowan. Wir sollten diese Wunderschätze nicht verborgen halten, sondern uns an ihnen erfreuen.«

So habe ich das noch nicht betrachtet. Während ich darüber sinniere, ob ich mit ihm einer Meinung bin, hält er mir das nächste Artefakt entgegen. Es ist ein dünner, dunkelbrauner Holzstab, nicht ganz so lang wie mein Unterarm. Ein Ende läuft spitz zu, am anderen befindet sich ein Handstück, verziert mit zahlreichen Schnitzereien. Sonnen- und Schneeflockensymbole wechseln sich ab.

»Kelly hortet seine Artefakte wie ein Drache Gold. Weißt du, was das ist?«

Ich starre den Stab an. »Nein.«

»Siehst du, das meine ich.« Vorsichtig dreht er das Artefakt in der Hand. »Vielleicht ist es ein Zauberstab.« Er schließt die Finger der anderen Hand um den Gegenstand und reibt ihn zwischen den Handflächen.

»Zauberstäbe gibt es nicht. Ebenso wenig wie Drachen. Sei bitte vorsichtig«, warne ich ihn. Nicht alle Artefakte sind harmlos. In einem Märchen, das Ravens Großmutter uns einst erzählt hat, hat sich die Hand einer Fischerin in Gold verwandelt, nachdem sie ein seltsam gedrechseltes Hölzchen aus dem Fluss geklaubt hat. Was ihr zunächst als Segen erschien, wurde zu ihrem Todesurteil. Über Nacht verwandelte sie sich in eine Statue aus Gold.

Ashs Hand verwandelt sich nicht in Gold. Aber zwischen seinen Fingern quillt Rauch hervor. Erschrocken lässt er den Stab auf den Teppich zu seinen Füßen fallen. Als ich mich zu ihm hinabbeuge, sehe ich, dass das Holz mit Raureif überzogen ist. Bei dem seltsamen Rauch, der emporsteigt, handelt es sich um Nebel. Vorsichtig berühre ich den Stab mit meiner Fingerspitze. Er ist kalt wie Eis.

»Rowan«, flüstert Ash plötzlich, nur einen Herzschlag ehe ich den sanften Kuss von Eisflocken spüre, die auf mich herabschneien und auf meiner Haut schmelzen. Ich blicke nach oben. Der Nebel ist bis zur Decke gestiegen und hat dort Wolken gebildet. Es schneit. Wir befinden uns im ersten Stock eines Stadthauses und Schneeflocken rieseln auf uns herab! Erschrocken und fasziniert zugleich greife ich nach dem Artefakt, ignoriere die Kälte, die sich in meine Handfläche frisst, und stehe wieder auf.

»Es schneit«, murmelt Ash, ebenso fasziniert wie ich. Gedankenverloren lege ich den Stab auf den Tisch, stelle mich an seine Seite und beobachte den Tanz der Flocken. Ich weiß, ich sollte mir Sorgen machen, welche Auswirkung die Nässe und Kälte des Schnees auf die anderen Artefakte haben. Aber ich kann nur staunend zusehen, wie Eiskristalle federgleich durch den Raum schweben.

Plötzlich spüre ich, wie Ashs Handrücken den meinen berührt. Erst wie zufällig, dann, als ich meinen Arm nicht wegziehe, länger und zuversichtlicher. Ich halte den Atem an. Draußen strahlt die Sommersonne, aber ich befinde mich mitten in einem Wintermärchen. Und in einem Märchen geschehen Dinge, die im richtigen Leben unmöglich sind. Ich wage nur flach zu atmen, als ich spüre, wie Ash seine Hand in meine schiebt. Unwillkürlich fühle ich mich an seinen festen Händedruck auf dem Festland erinnert, als wir uns das erste Mal begegnet sind. Diese Berührung heute ist weniger forsch. Sie ist zärtlich.

Und immer noch tanzt um uns herum der Schnee.

Ich nehme meinen ganzen Mut zusammen und erwidere den festen Griff seiner Finger. *Ich bin bei dir*, versuche ich ihm damit zu sagen. *Ich weiß, wie du dich fühlst. Mir geht es genauso.*

Die Zeit friert ein.

»Rowan?« Ravens erstaunte Stimme reißt mich aus meinen Gedanken. Gleichzeitig fahren Ash und ich auseinander. Als ich mich zur Tür umdrehe, sehe ich meine beste Freundin auf der Schwelle stehen. Hinter ihr ragt die schlanke Gestalt Solánge de Gwilens auf. »Was, bei Tuann und seiner Mutter, treibt ihr hier?!«

Vertrauen

»Die Comtesse ist wirklich sehr freundlich«, bricht Raven das Schweigen, das sich über uns gelegt hat, seit wir das Haus des Magisters verlassen haben.

Ich nicke nur. Viel habe ich von Solánge de Gwilen nicht mitbekommen, aber das Donnerwetter, das ich erwartet hatte, als sie mich und ihren Bruder in Magister Kellys Artefaktenkammer erwischt hat, blieb aus. Stattdessen trug sie uns streng auf, die Lichtsteine und den Wetterstab – darum handelte es sich bei dem hölzernen Artefakt – abzustellen und die Spuren des Schneefalls zu beseitigen. Sonst hat sie über den Vorfall kein Wort mehr verloren, ebenso wenig wie Raven.

Weil Raven noch nicht auf ihr Zimmer in der Akademie zurückwill und ich zu aufgewühlt bin, um meinen Eltern unter die Augen zu treten, haben wir uns zu einem Spaziergang am Strand entschlossen.

»Worüber haben die Comtesse und du die ganze Zeit geredet?«, frage ich schließlich.

»Über *ihre* Zeit an der Akademie. Sie sagt, sie hatte es auch nicht leicht. Damals gab es noch weniger Schülerinnen und keinen einzigen weiblichen Lehrer.«

»Was wirklich empörend ist, wenn man bedenkt, wie viele Königinnen bereits unser Land regiert haben.«

»Vielleicht ändert sich das gerade. Die Comtesse hat mir anvertraut, dass man ihr einen Lehrstuhl an der Akademie angeboten hat.«

»Oh …« Mein Herz schlägt schneller. Das würde bedeuten, dass sie länger in Iriann bleibt als angenommen. Und wenn *sie* länger bleibt …

»Vorausgesetzt natürlich, es gibt nach diesem Sommer noch eine Akademie.«

»Falls die Magie erlischt …«, murmele ich. Kurz streiche ich ihr mit der Hand über das Schulterblatt. »Du weißt, du wirst in meinem Zuhause jederzeit einen Platz haben, ob nun in Ehrenfeld oder auf der Seefeste.«

Raven schnaubt. »Als was? Deine Küchenmagd?«

»Natürlich nicht!«

»Ich habe Angst, Rowan. Sollten die Magier das Schattenlabyrinth versiegeln, verliert auch der Torstein seine Macht. Vielleicht nicht gleich morgen, aber irgendwann. Und dann …«

Ein Zittern durchläuft ihren Körper. Ich bleibe stehen und greife nach ihrer Hand, damit sie es mir gleichtut. »Dir wird nichts passieren, hörst du. Du brauchst den Torstein nicht. Wir werden dich beschützen. Er kann dir nichts mehr tun. Mein Vater hat es deiner Großmutter versprochen, und er bricht nie einen Schwur. Und ich lasse dich auch nicht im Stich.«

Ich ziehe sie in meine Arme und drücke sie fest. Tief sauge ich ihren Geruch ein. Sie duftet immer nach den getrockneten Wildrosenblättern, die sie zwischen ihre Kleider und unter ihr Bettzeug legt. Nach einer Weile lässt Ravens Zittern nach und sie löst sich vorsichtig von mir.

»Du solltest das nicht tun.« Verlegen blickt sie sich in alle Richtungen um, aber wir sind allein am Strand. »Wir sind nicht in Ehrenfeld. Die Leute in Ionnach lieben nichts mehr als Klatsch. Nicht, dass deiner Verlobten zu Ohren kommt, dass du auf offener Straße eine Bürgerliche umarmst.«

»Sie weiß, dass sie sich keine Sorgen machen muss. Alyss vertraut mir.«

Raven lächelt mich scheu an. »Ich kann immer noch nicht glauben, dass du nächsten Sommer bereits heiraten wirst.«

Ich seufze tief. »Wem sagst du das.«

»Bist du in ihn verliebt?« Ravens Stimme ist so leise, dass ich sie beinahe nicht verstehe. Trotzdem treffen mich ihre Worte wie Schwertstreiche.

Jetzt bin ich es, der zittert. Angst schnürt mir die Kehle zu. Sie hat es ausgesprochen. Was, bei Briann und Tuath, soll ich tun? Am liebsten würde ich davonrennen, bis ans Ende der Welt. Aber was würde das ändern? Es ist zu spät. Und egal, wie gern ich das in diesem Moment auch getan hätte, ich kann sie nicht anlügen. Nicht Raven.

Mein Zittern wird heftiger.

»Du musst nichts sagen«, versichert sie mir, und das gibt mir den Rest. Mir wird schwindelig, meine Beine geben unter mir nach. Raven fängt mich auf, ehe ich auf dem Boden aufkomme. Erschrocken führt sie mich zu einem muschelverkrusteten Findling. Ich setze mich, stütze den Kopf in die Hände, schließe die Augen und versuche, mit kontrollierten Zügen meinen Atem zu beruhigen. Als ich die Lider wieder aufschlage, sehe ich, dass Raven vor mir in die Hocke gegangen ist. Erst jetzt bemerke ich, dass sie ihre Hände auf meine Knie gelegt hat.

»Hab keine Angst«, sagt sie. »Ich erzähle es niemandem.«

Tränen treten mir in die Augen. »Seit wann weißt du es?«

»Ich habe es nicht gewusst. Vielleicht geahnt.«

»Es widert dich nicht an?«

»Weshalb sollte es?«

Weil es falsch ist, will ich antworten. *Gegen die Natur. Nicht von den Göttern gewollt. Abscheulich.*

All die Dinge gehen mir durch den Kopf, die ich jemals zu diesem Thema gehört habe. Galle brennt in meiner Kehle. Diesmal empfinde ich aber nicht Ekel vor mir selbst, sondern Wut. Auf das Schicksal und auf die Götter, die mich zu dem gemacht haben, was ich bin – und was ich nicht sein darf.

»Was willst du jetzt tun?«

Ravens Frage überrascht mich so sehr, dass ich zu meiner Fassung zurückfinde. »Was soll ich schon tun? Ich werde nächsten Sommer Alyss heiraten.«

Aber zum ersten Mal in meinem Leben zweifele ich daran, dass ich das wirklich tun will.

Den ganzen Abend über quäle ich mich mit der Frage, ob ich einen Fehler gemacht habe. Nachdem ich mich wieder einigermaßen sicher auf den Beinen fühlte, gingen wir den Strand entlang und ich schüttete Raven mein Herz aus: Wie lange ich schon *so* fühlte. Wieso es mir solche Angst machte. Dass ich diesen Gefühlen nie, nie, niemals nachzugeben gedachte. Ich erzählte ihr auch von meiner ersten Begegnung mit Ash vor einem Jahr und davon, wie sehr es mich durcheinanderbrachte, dass er jetzt hier in Iriann war. Der Wind und die Wellen trugen meine Worte hinaus aufs Meer. Meine Gefühle nahmen sie leider nicht mit sich. Raven hörte mir geduldig zu.

Eigentlich ist es unsinnig, jetzt, wo ich allein auf meinem

Zimmer in unserem Stadthaus bin, an ihr zu zweifeln. Aber die Angst ist übermächtig. Was, wenn Raven mich gar nicht absichtlich verrät, sondern ihr etwas herausrutscht? Was habe ich mir nur dabei gedacht, ihr das alles zu gestehen? Mein ganzes Leben lang – oder zumindest, seit ich erkannt habe, dass mein Körper sich zu Männern hingezogen fühlt – habe ich mir geschworen, »es« für mich zu behalten.

Und jetzt das!

In einem einzigen unbedachten Augenblick habe ich alles aufs Spiel gesetzt. Ich hasse es, dass ich mich so ausgeliefert fühle. Obwohl ich früh zu Bett gegangen bin, rolle ich mich stundenlang nur von einer Seite auf die andere. Der Schlaf will einfach nicht kommen.

Das Heckenlabyrinth

Im Hofgarten der Seefeste gibt es ein Heckenlabyrinth. Es besteht aus immergrünen Pflanzen und Strauchrosen. Es ist nicht groß, aber dennoch etwas Besonderes, weil es mit einem der ungewöhnlichsten Artefakte verbunden ist, die je gefunden wurden: ein handtellergroßer Stern aus weißem Marmor. Er ist als Zierstein in den Rand eines Springbrunnens eingearbeitet, der direkt vor dem Eingang steht.

Wenn man den Stern berührt, verschieben sich auf magische Weise die Wände des Labyrinths. Man kann es mit den Augen nicht beobachten, selbst nicht, wenn man auf der kleinen Balkonbalustrade oberhalb des Gartens steht und auf alles herunterschaut. Aber wenn man das Labyrinth danach betritt, und hat man es auch noch so oft durchschritten, führen Wege plötzlich nicht mehr in die Richtung, die man kennt. Abzweigungen verschwinden, man stößt auf Sackgassen, die es vorher nicht gegeben hat, und die von Rosensträuchern geformten Durchgänge blühen blassrosa statt blutrot oder weiß. Hecken wachsen höher oder niedriger als zuvor und die tannengrünen Wände sind von immer anderen Pflanzen durchwachsen: mal von Efeu, mal von Brombeerranken.

Ich kann mich an einen Spätsommer erinnern, in dem ein ganzer Weg von Himbeer- und Stachelbeersträuchern gesäumt war. Die königlichen Prinzessinnen, Fiona und ich kamen stundenlang nicht aus dem Labyrinth. Nicht, weil wir den Ausgang nicht gefunden hätten – den findet man immer –, sondern weil wir uns mit den Früchten die Bäuche vollschlugen.

Auch diesmal streicht Alyss über den Marmorstern, ehe wir Seite an Seite das Labyrinth betreten.

»Bist du traurig, dass der Ball abgesagt wurde?«, frage ich sie, nachdem uns die Hecken verschluckt haben. Meine Stimme halte ich gesenkt, damit Alyss' Hofdamen nicht lauschen können, die sie angewiesen hat, am Brunnen auf uns zu warten.

»Nein.« Alyss klingt fest entschlossen. »Was wäre ich für eine Kronprinzessin, wenn ich angesichts des Leids meines Volkes ein rauschendes Fest feiere?«

Der König hat uns am Morgen bei der Ratsversammlung mitgeteilt, dass der junge Mann, den Ash zu den Kindern der Barmherzigkeit gebracht hat, gestorben ist. Und sowohl in der Stadt als auch in einem der umliegenden Bauerndörfer gibt es weitere Opfer. Der Hexenbrand breitet sich aus.

Das Für und Wider für einen Ball sind wir zur Genüge in der Ratssitzung durchgegangen. Alyss hat schließlich beschlossen, statt eines opulenten Festes in der Burg nur ein kleines Picknick im Wald vor den Toren der Stadt zu feiern.

»Ich weiß, warum du dich so entschieden hast. Mich interessiert jedoch, wie es dir damit geht?«

Alyss schiebt ihre Hand in meine. »Und deshalb bin ich mir sicher, dass du der Richtige bist. Über das Wohl des Landes vergisst du nie mich.«

Kurz drücke ich ihre Finger, um ihr zu zeigen, dass ich mich über ihr Kompliment freue. Ich merke jedoch selbst, dass das Lächeln, das ich ihr schenke, etwas verkrampft ausfällt. »Welche Richtung?«, frage ich schnell und deute auf die beiden Abzweigungen, die der Gang einige Schritte vor uns nimmt.

Alyss zieht mich nach links, wo ein Tunnel aus Feldahorn tiefer ins Labyrinth führt. »Um die Wahrheit zu sagen, bin ich ganz froh, dass wir den Ball abgesagt haben«, gibt sie nach ein paar Schritten zu. »Dieser Sommer scheint mir eine endlose Aneinanderreihung öffentlicher Auftritte und gesellschaftlicher Ereignisse. Es wird schön sein, ein paar Stunden nur mit Freunden zu verbringen. Ich weiß gar nicht, wann ich Ionnach zum letzten Mal verlassen habe.«

Ich denke an Ehrenfeld, an all meine Stunden in der Bibliothek, während ich versuchte, in den Schriftrollen die Wahrheit über das Verschwinden der Elfen zu finden. Zeit für solche Mußestunden wird es nach unserer Hochzeit nicht mehr geben.

»Es wird wundervoll werden, Rowan, du wirst sehen. Connor wird uns begleiten.«

»Der Barde?«

Alyss nickt. »Ich habe gestern Abend bereits mit ihm darüber gesprochen.«

»Muss ich eifersüchtig sein?«

Es ist die Frage, die sie erst vor ein paar Tagen mir gestellt hat. Sie ist als Scherz gemeint, aber Alyss versteht mich offensichtlich falsch.

»Sei nicht albern. Connor ist ein Barde.«

Mir fallen Gerüchte ein, die mir zu Ohren gekommen sind: dass Alyss im Frühjahr viel zu oft mit Hunter McNamarra getanzt hat.

»Bardenklänge. Liebeslieder bei Feuerschein. Connor wäre

nicht der erste Barde, der mit seinem Gesang einer jungen Frau den Kopf verdreht.«

»Fragst du mich ernsthaft, ob ich noch Jungfrau bin?« Alyss bleibt stehen. Im Dämmerlicht der Ahornhecke sprühen ihre Augen Funken.

»Was?! Nein! Natürlich nicht! Es tut mir leid, Alyss. Ich wollte nicht andeuten, dass du … Es war nicht meine Absicht, dass … Ich …«

»Und was wolltest du andeuten?«

»Nichts. Ich nehme an, ich wollte dich fragen, ob du diesen Connor liebst. Du sprichst oft von ihm.«

»Wie du von deiner Freundin Raven.«

Ich senke den Kopf. Ich bin so ein Dummkopf. Was, wenn sie mich jetzt fragt, ob mein Herz jemand anderem gehört? Habe ich ihr die Frage nach Connor nur gestellt, weil ich hoffe, dass auch sie Gefühle hütet, die sie niemals ausleben darf?

»Wenn diese Verbindung auf Dauer Bestand haben soll«, sagt sie versöhnlich und berührt mit ihren Fingerspitzen meine verkrampften Fäuste, »müssen wir uns vertrauen. Das haben wir uns bereits vor Jahren versprochen.«

»Du hast recht.«

Ich ergreife ihre Hände, traue mich aber nicht, ihr in die Augen zu sehen. »Lass uns noch ein Stück gehen.«

Aus dem Ahorntunnel schreiten wir auf eine winzige Lichtung, in deren Zentrum auf einem Stein eine Statue der Briann steht. In einer Hand hält die Göttin eine Kornähre. Auf ihrer linken Schulter sitzt ein Adler.

In Iriann verehren wir den Gott und die Göttin als Liebende. Sie gelten als gleichberechtigtes Paar. Auf dem Festland ist das anders. Briann heißt dort Brianne und Tuath Tuann. Sie sind auch keine Liebenden, halten aber dennoch gemeinsam ihre schützenden Hände über die Menschen. Vielleicht können auch wir so sein, Alyss und ich.

Aber irgendwann wird Alyss Kinder bekommen müssen. Werden *wir* Kinder bekommen müssen, korrigiere ich mich. Der Gedanke macht mir Angst. Dabei habe ich mir immer Kinder gewünscht.

»Du hast mich heute in der Ratssitzung überrascht«, reißt mich Alyss aus meinen Gedanken.

»Inwiefern?« Ich gebe mich unwissend.

»Du hast dich sehr vehement für den Einsatz von Artefakten ausgesprochen. Mir war nicht bewusst, dass du so darüber denkst.«

Wieder regt sich das schlechte Gewissen in mir. Ich erinnere mich an den verwunderten Blick, den sie mir zugeworfen hat, und den abschätzenden Blick ihres Vaters.

»Es tut mir leid, Alyss. Ich hätte das mit dir absprechen sollen. Und mit deinem Vater. Es wird nicht wieder vorkommen. Versprochen.«

Sie blickt mich forschend an. »Du hast dich wirklich verändert, Rowan.«

Verlegen zucke ich mit den Schultern. »Und. Gefällt es dir?«

»Ich bin mir noch nicht sicher.«

Ein königlicher Geburtstag

Der Morgen von Alyss' Geburtstag dämmert wolkenlos herauf und die strahlende Sonne verspricht einen warmen Sommertag. Während ich für unseren Ausflug ein Schwert gürte und in meine Stiefel schlüpfe, flattern meine Schwestern wie ein wilder Vogelschwarm um mich herum. Selbst Willow, die für derlei Ereignisse eigentlich nichts übrig hat, scheint aufgeregt. Vermutlich ist sie froh, der steifen Gesellschaft in den Mauern der Hauptstadt für eine Weile zu entkommen – selbst wenn sie dabei ein Kleid tragen muss. Nachdem ich mich mit einem Blick in Mutters kleinen Silberspiegel davon überzeugt habe, dass man von dem blauen Elfenstaub nichts mehr sieht, verlassen wir das Haus, um uns dem Reisetrupp in den Wald anzuschließen.

Ein halbes Dutzend Wachsoldaten begleiten uns. So nah an der Hauptstadt vermuten die königlichen Jäger keine Schattenkreaturen. Andererseits haben wir auch nicht erwartet, bereits Hexenbrand-Opfer beklagen zu müssen. Zwei Tagesreisen von Ionnach entfernt ist ein ganzes Dorf bis auf die Grundfesten niedergebrannt worden, um die Ausbreitung der Krankheit zu verhindern. Die Königin ist nicht glücklich darüber, dass ihre Tochter sich in die Wildnis begibt. Aber Alyss umzustimmen, ist selbst ihr nicht gelungen.

Nachdem wir die Stadtmauern hinter uns gelassen haben, ergibt sich die Gelegenheit, Connor kennenzulernen. Das lange Haar des Barden ist so dunkel wie seine Augen und er ist so eine angenehme Erscheinung, dass ich es Alyss nicht übel genommen hätte, für ihn zu schwärmen.

Die anderen folgen uns. Ash, Olwenn und Willow reiten Seite an Seite. Die drei unterhalten sich blendend. Kurz verspüre ich einen Stich der Eifersucht. Was mich jedoch wesentlich mehr stört, ist, dass Gwyn Fiona nicht von der Seite weicht. Immer wieder bringt er sie zum Lachen. Was hat der Bastard vor?

Ich hoffe inständig, meine Eltern kommen nicht auf die Idee, die beiden einander zu versprechen.

Diener erwarten uns auf einer Lichtung im Wald, Karaffen mit gekühltem Wasser in den Händen. Webstoffe in leuchtenden Farben sind wie Teppiche auf der Wiese zwischen den Kiefern und Buchen ausgebreitet. Auf hohen Tischen stehen erlesene Speisen: Wildbret, Beeren mit aufgeschlagener Sahne, dampfende Gemüsesuppe, Fleischpasteten, glasierte Gänsekeulen und ein gewaltiges Blech Apfelkuchen. Das laue Lüftchen trägt die unterschiedlichen Aromen, die sich mit dem erdigen Geruch des Waldes vermischen, zu uns herüber und lässt mir das Wasser im Mund zusammenlaufen. Wir binden unsere Pferde an Baumstämmen an. Ihre Seile sind lang genug, sodass sie in Ruhe grasen können.

An unserem Rastplatz schlüpfen wir aus unserem Schuhwerk. Wie Bienen umschwärmen bald alle die Köstlichkeiten. Wir beladen hölzerne Essbrettchen und Schüsseln mit dem Festmahl, während ein Teil der Wachsoldaten das Gelände abschreitet und sich versichert, dass keine Gefahr droht. Ein anderer Teil nimmt von den Dienern Erfrischungen entgegen. Auch die Soldaten müssen nach dem morgendlichen Ritt durstig sein.

Wir setzen uns alle in einen großen Kreis. Mit einer Schale dampfender Suppe und einem Kelch verdünnten Apfelsafts lasse ich mich neben Alyss nieder.

»Eure Wälder in Iriann sind viel dichter und wilder als die auf dem Festland«, sagt Ash und zieht meine Aufmerksamkeit und die der anderen auf sich. Er deutet in den strahlendblauen Himmel. Nur ein paar Schäfchenwolken treiben darüber. »Magister Kelly hat mich nach meiner Ankunft mit auf die Jagd genommen, hier ganz in der Nähe. Ich hätte mich im Baumgewirr beinah verlaufen.«

»Darüber müsst Ihr Euch heute keine Gedanken machen«, versichert ihm Olwenn. Sie tätschelt den Leinenbeutel, den sie seit unserem Aufbruch von der Burg bei sich trägt. Verschwörerisch beugt sie sich in Ashs Richtung. »Habt Ihr je von der Rute von Caerlow gehört?«

Ash zieht eine Augenbraue in die Höhe. »Ich hoffe, Ihr sprecht von einem Artefakt, Prinzessin.«

Willow und Alyss unterdrücken ein Kichern, Olwenn hingegen geht gar nicht erst auf seine freche Bemerkung ein.

»Caerlow ist der Name der Grafschaft, in der es gefunden wurde. Die Rute weist ihrem Träger immer den Weg nach Hause.«

»Früher wurde sie bei der Seefahrt eingesetzt«, mischt sich Alyss ein und blickt dann mich an. »Mein Verlobter hat mir gestern den klugen Rat gegeben, dass es unsinnig ist, Artefakte hinter Mauern zu verschließen, wenn man etwas Gutes damit bewirken kann.«

»Hat er das?« Ash klingt arglos. »Ein äußerst kluger Rat.«

»Findet Ihr?« Gwyn steckt sich eine Stachelbeere in den Mund und lässt sie zwischen den Zähnen zerplatzen. »Oder seid Ihr einfach nur daran interessiert, dass unsere Artefakte bald ihre Macht verlieren und Iriann zu einer leichten Beute für Gwilen wird?«

»Wir befinden uns nicht im Krieg, Mylord.«

»Und doch wurden mir Gerüchte zugetragen, dass Ihr und Eure Schwester gwilenische Spione seien.«

»Wer sagt so etwas?«, fragt Cara O'Sullivan entsetzt, während Alyss Gwyn mit leiser Stimme ermahnt, nicht zu weit zu gehen. Ash lässt sich nicht reizen. Er lacht ihm ins Gesicht und greift nach einigen Beeren aus dessen Schüssel.

»Meine Schwester ist hier auf Wunsch *eures* Rates. Weil *ihr* unsere Hilfe erbeten habt.«

»Aber das erklärt nicht, weshalb Ihr nach Iriann gekommen seid, nicht wahr, Prinz? Ach ja. Das hatte delikatere Gründe.«

Alle halten die Luft an, Ash hingegen saugt sie scharf ein. Alyss legt ihm schnell eine Hand auf den Unterarm.

Aber Gwyn lässt nicht locker. »Verzeiht, delikat ist das falsche Wort. Unappetitlich trifft es besser.« Er schiebt das Schälchen Stachelbeeren, das er sich mitgebracht hat, angewidert von sich. Ich würde am liebsten aufspringen, um ihm ein Messer ins Herz zu stoßen.

»Gwyn!« Alyss' Stimme klingt viel zu laut. »Ihr werdet Euch sofort bei unserem geschätzten Gast entschuldigen!«

Gwyn begreift, dass er zu weit gegangen ist. »Sehr wohl, Hoheit. Es tut mir leid, Prinz Aristide. Ich wollte Euch nicht beleidigen.«

Diese Behauptung ist so offensichtlich gelogen, dass ich nicht weiß, wie wir alle darauf reagieren sollen.

»Wäre es nicht schön, nun ein Lied zu hören?«, fragt Fiona und blickt sich Hilfe suchend im Kreis um. »Connor, würdet Ihr für uns spielen? Wenn Prinzessin Alyss es erlaubt?«

Die Elfe und der Waldläufer

Ob Connor froh darüber ist, seine Kunst zum Besten zu geben, oder ob es ihn enttäuscht, seine Mahlzeit vorzeitig beenden zu müssen, vermag ich nicht zu sagen. Während ich in angespanntem Schweigen meine Suppe löffele, bindet der Barde sich die Haare zu einem Pferdeschwanz und stimmt seine Harfe. Sie ist atemberaubend. Ihr Rahmen aus Ahorn ist makellos poliert und glänzt im Sonnenlicht. Die klaren Töne, die Connor ihr entlockt, verzaubern mich, obwohl der Barde noch nichts anderes tut, als seine Finger aufzuwärmen. Ihre wahre Magie entfalten Sänger und Instrument, als Connor zu spielen beginnt. Seine dunkle Stimme erdet die ätherische Melodie der Harfe. Um mich herum werden alle still. Selbst unsere Wachen lauschen Connors Gesang.

Wo Fels und Wasser sich umarmen,
Steht eine Erle in dunklem Grund …

Connors Lied handelt von Iolaire und Feàrna, einem Menschen und einer Elfe, die sich liebten. Doch Feàrnas Vater verbot seiner Tochter ein Verhältnis zu dem Waldläufer. Daher trafen sich die beiden heimlich in Neumondnächten, in einem kleinen Tal, an einem kleinen See, hinter einem kleinen Wasserfall. Sie hofften, dass die Dunkelheit und das Wasser sie vor dem Blick von Feàrnas Vater schützten. Aber da irrten sie sich.

Um seine Tochter von dem unliebsamen Verehrer zu befreien, setzte Feàrnas Vater alle Magie ein, die ihm zu Gebote stand. Er folgte seiner Tochter in Gestalt eines Raben und wartete am Wasserfall auf das Herandämmern des Morgens. Als Iolaire sich von seiner Geliebten verabschiedete, verwandelte der zürnende Elfenvater die Wölfe des Waldes in reißende Bestien und hetzte sie dem Waldläufer hinterher. Anders konnte er ihm nicht schaden, denn die weise Feàrna hatte ihren Geliebten mit ihrer eigenen Magie geschützt. Durch das Band der Liebe, das sie mit ihrem Menschen verband, spürte sie allerdings, dass ihr Vater einen Weg gefunden hatte, den ungeliebten Freier zu bedrohen. Also verwandelte sie sich in eine Bachstelze und flog ihrem Iolaire zu Hilfe. Es gelang ihr, den Zauber, der auf den Wölfen lag, zu brechen und sie in gewöhnliche Tiere zurückzuverwandeln. Iolaire erreichte den Rand des Waldes und konnte entkommen. Er ahnte nicht, dass es Feàrna gewesen war, die ihn gerettet hatte. Die junge Elfe war zu schwach, um ihrem Geliebten zu folgen. Sie verwandelte sich in einem verborgenen Hain in eine Erle. Ihre schlanke Gestalt wurde zu einem Baumstamm, ihre Haut zu rissiger Rinde, die Haare zu Zweigen und Blättern, welche die laubgrüne Farbe ihrer wunderschönen Augen annahmen.

So gelang es Feàrna, dem Zorn ihres Vaters zu entgehen. Selbst zurückzuverwandeln aber vermochte die Unglückliche sich nicht mehr. Sie hatte keinen Mund mehr, um die Worte zu sprechen, die den Zauber brachen, und keine Finger, die Gesten zu vollführen, die nötig gewesen wären.

»Bis heute durchkämmt Iolaire den großen Wald von Dunbhair in der Hoffnung, seine geliebte Feàrna wiederzusehen«, beendet Connor seine Geschichte, nachdem der letzte

Ton seines Liedes verklungen ist. »Und bis heute wispern die Blätter einer schlanken Erle im verborgenen Hain den Namen eines Menschen in der Hoffnung, dass er sie findet und sie durch seine Liebe erlöst.«

Cara O'Sullivan seufzt leise. »Eine tragische Geschichte. Aber wunderschön.«

Willow hingegen schnaubt. »Durch Liebe erlöst? Wann hat man im echten Leben davon gehört, dass *das* jemals geschehen wäre?«

Fiona knufft sie. »Sei nicht so unromantisch.«

»Er hätte besser ein Schwert mit sich geführt.«

»Und was getan? Den Vater seiner Geliebten erschlagen?«

»Zumindest hätte er sich dann gegen die Wölfe zur Wehr setzen können. Und Feàrna hätte sich nicht in eine Erle verwandeln müssen.«

»Ob das mit den Elfen geschehen ist?«, überlegt Olwenn. »Haben sie sich alle in Bäume verwandelt?«

Unwillkürlich blicken wir uns um. Majestätisch strecken sich Buchen, Tannen und Eichen der Sonne entgegen. Vögel zwitschern in ihrem Geäst und kleine Tiere rascheln durch das gefallene Laub.

Nein, denke ich. *Wohin auch immer die Elfen verschwunden sind. Bäume sind sie nicht geworden. Nicht alle.*

Connors Beschreibung der laubgrünen Augen der Elfenmaid erinnert mich an das Bild in dem Buch, das ich Alyss schenken will: an die schöne Elfe, die auf dem Hügel steht, im Begriff, ihren Pfeil direkt auf den Betrachter abzuschießen. Auch sie hat strahlend grüne Augen. Ob das auf alle Elfen zutraf?

Borkige Haut und Augen in der Farbe von Smaragden. Noch ein weiteres Bild schiebt sich über das des Elfen aus dem Buch: das der Schattenkreatur im Hof des Goldenen Wächters. Seine rissige, kalkweiße Haut erinnerte mich an Stein, nicht an Baumrinde. Meine Hand fährt an die Schulter, an der mich die Kreatur erwischt hat. Kann es sein, dass …?

»Geht es dir gut?«, fragt mich Alyss leise. Ich nicke kurz und zwinge mir ein Lächeln ins Gesicht. Es gerät ziemlich schief.

»Alles ist gut«, sage ich. Meine Gedanken sind noch zu frisch und unausgegoren, als dass ich sie im Kreis der anderen teilen wollte. Auf Gwyn Raghaillachs schneidende Erwiderungen kann ich verzichten.

»Euer Hoheit«, lenkt Cara O'Sullivan Alyss' Aufmerksamkeit auf sich. »Werdet ihr jetzt unsere Geschenke auspacken?«

So vergeht der Nachmittag. Einige von uns stehen auf, um Ball zu spielen oder sich die Füße zu vertreten. Wir anderen bleiben in heiterer Runde sitzen. Wir sprechen über Belanglosigkeiten, anstehende Hochzeiten und kleine Skandale. Dann kommen wir jedoch auf die Ratssitzungen und die Frage, ob das Schattenlabyrinth versiegelt werden soll. Und falls ja, wie Iriann überleben soll ohne Magie? Irgendwann geben die Ballspieler auf und gesellen sich zu uns. Schweiß glänzt auf ihren Gesichtern. Ich rücke ein Stück zur Seite, um Fiona Platz zu machen, aber statt ihr lässt sich Ash neben mir nieder. Kurz halte ich den Atem an. Was für eine absurde Situation. Zu meiner Rechten sitzt meine zukünftige Gemahlin, zu meiner Linken sitzt … ja, was eigentlich?

Ash folgt unserer Unterhaltung schweigend. Vielleicht glaubt er, als Ausländer kein Anrecht auf eine Meinung zu haben, obwohl das Versiegen der Magie auch das Festland betreffen würde. Erst, als sich andeutet, dass unser Gespräch sich einem anderen Thema zuwendet, ergreift er das Wort. »Was hat das Schattenlabyrinth mit der Magie von Iriann zu tun?«

»Wie meint Ihr das?«, fragt Olwenn.

Ash zuckt mit den Schultern. »Ihr sprecht darüber, dass das Versiegeln des Schattenlabyrinths das Versiegen der Magie zur Folge haben könnte. Ist dieser Ort die Quelle der Magie?«

»Nein«, antworte ich sofort, obwohl das streng genommen niemand so genau weiß. »Aber es ist ... Es scheint der letzte Hort zu sein, an dem noch Magie auf unserer Welt existiert.«

»Weil es von den Elfen erbaut wurde?«

»Die Elfen haben nicht das Schattenlabyrinth gebaut. Sie haben das Weiße Schloss erschaffen, das viele Jahre lang der Sitz unserer Könige war.«

»Bis die Königin der Schatten das Schloss zerstört hat?«

»Die *Schwarze Königin*«, korrigiert Alyss. »Die Feste ist im Magischen Kampf gegen sie gefallen. Das Weiße Schloss wurde zum Schattenlabyrinth, ihrem Gefängnis.«

»Der Sage nach liegt sie begraben unter Ruinen in einem magischen Schlaf gefangen, gehütet von ihren Dienern, den Schattenkreaturen.« Ein Schauer kriecht mir über den Rücken, als ich wieder an das Steinmonster mit den blattgrünen Augen denke.

»Die Monster, die durch das Land ziehen, wann immer es zu einer Magieeruption kommt?«

»Wann immer eine bevorsteht.«

Ash lässt Alyss' Worte auf sich wirken. »Warum haben die Elfen den Menschen damals nicht geholfen?«

»Die Elfen waren damals bereits verschwunden.«

»Wohin? Könnten sie ins Labyrinth verschwunden sein?«

»Es ist nicht wirklich ein Labyrinth. Man nennt es nur so. Es sind die zerstörten Überreste des Weißen Schlosses. Und nein, wir glauben nicht, dass die Elfen sich dort befinden.«

»Warum nicht?«

»Zunächst verschwanden die Elfen«, erklärt Connor. »Erst danach streckte die Schwarze Königin ihre gierigen Finger nach Iriann aus. Es gibt jedoch Vermutungen, dass zwischen den Ereignissen ein Zusammenhang besteht.«

»Viele Gelehrte glauben, dass die Hexe niemals versucht hätte, die Menschen zu versklaven, wären die Elfen noch auf Erden gewandelt.«

Ash lässt sich nicht beirren. »Und was, wenn sie erst die Elfen versklavt hat?«

»Das ist nicht, was man sich erzählt.«

»Alte Balladen und Lieder?« Ash blickt mich direkt an. »Hat jemand nachgesehen? War jemals jemand im Schattenlabyrinth und hat nach den Elfen gesucht?«

»Das wäre Wahnsinn«, ereifert sich Gwyn.

Und Willow ergänzt: »Niemand, der das Schattenlabyrinth jemals betreten hat, ist den Mauern je wieder entkommen.«

»Dann wisst ihr also gar nicht, ob darin wirklich eine Hexe liegt?«

Ich kaue auf meiner Unterlippe. Ich habe die dunkle Präsenz der Schattenfeste gespürt. Ich bin mir sicher, dass die Legenden wahr sind. Darin lauert das Böse. Die Gedanken, die Ash jedoch wagt laut auszusprechen, sind mir ebenfalls bereits durch den Kopf gegangen. Wir *wissen* nicht, ob die Schwarze Königin wirklich dort ist.

»In das Schattenlabyrinth hineingehen? Was sollte das bringen?«, fragt Gwyn.

»Man fände vielleicht eine Lösung für das anstehende Problem.«

Alyss schüttelt den Kopf. »Was man fände, wäre der Tod.«

»Also erwägt Ihr, die Feste zu versiegeln und die Magie für immer sterben zu lassen, und lasst einen anderen Weg, um das alles zu verhindern, unversucht?«

Alyss streckt ihren Rücken durch und richtet sich auf. »Die Schattenkreaturen ziehen mordend durch das Land. Sie verbreiten eine schreckliche Krankheit, gegen die es keine Heilung gibt. Bei allem Respekt, es ist mein Volk, von dem Ihr sprecht. Die Menschen, die ich gedenke zu beschützen.«

Ich habe den Eindruck, sie wolle noch etwas hinzufügen, aber Olwenn greift nach ihrer Hand, drückt sie und Alyss senkt den Blick.

Auch Ash neigt den Kopf. »Ja, Euer Hoheit. Das ehrt Euch.«

»Lasst uns über etwas anderes sprechen«, schlägt Olwenn vor. »Klügere Köpfe als die unseren machen sich über die Schattenfeste und die Magie in eben diesem Moment Gedanken, unter ihnen Eure Schwester, Prinz Aristide. Lasst uns zuversichtlich sein, dass sie die bestmögliche Lösung finden. Und ein Heilmittel gegen diese schreckliche Krankheit.«

Dankbar folgen wir Olwenns Vorschlag und bald vermischen sich Gelächter und der Klang von Flöten und Harfen wieder mit den Geräuschen des Waldes. Nur Alyss bleibt ungewöhnlich still.

Die Sonne ist bereits im Untergehen begriffen, als mich der Appetit ein weiteres Mal zu den Tischen mit den aufgetürmten Speisen lockt. Während ich zwischen dem Blech mit dem Apfelkuchen und dem Früchtebrot hin und her blicke, stellt sich ausgerechnet Gwyn neben mich. Ich habe nicht bemerkt, dass er mir gefolgt ist. Zu meinem Ärger versteift sich mein Körper sofort.

»Deine Schwester ist schön«, raunt er so leise, dass nur ich es hören kann. »Süß wie ein reifer Pfirsich.«

»Lass deine Finger von ihr!«, zische ich.

»Keine Bange, Muttersöhnchen. Deine Schwester ist sicher. Ich habe ein anderes Wild im Auge.«

Er blickt zurück zu den anderen, wo sich Ash, Olwenn, Evan O'Leary und der Barde Connor mit Alyss unterhalten. Mein Blut beginnt zu kochen. »Du übernimmst dich, Raghaillach«, presse ich hervor.

Gwyn verschränkt selbstgefällig die Arme vor der Brust. Er öffnet gerade den Mund, zweifellos, um eine weitere Gemeinheit abzufeuern, als wie aus dem Nichts ein gewaltiger Donnerschlag die Umgebung erschüttert. Ich zucke zusammen. An Gwyns geschockter Miene kann man ablesen, dass es ihm genauso geht. Überall auf der Lichtung schreien Menschen überrascht auf.

Während ich noch versuche, meine Gedanken zu sammeln, kommt Wind auf. Kein laues Lüftchen, um uns an diesem Sommertag die erhitzte Haut zu kühlen, sondern kräftige

Böen. Sie fahren durch die umstehenden Bäume, reißen Blattwerk von den Zweigen und tragen es wirbelnd mit sich. Beunruhigt blicke ich auf die schwankenden Kronen der Kiefern und Buchen. Das Früchtebrot und der Apfelkuchen sind vergessen. Ich eile zu meinen Schwestern, die gerade verwirrt aufstehen. Mit bloßem Auge können wir beobachten, wie der Horizont sich immer mehr verdüstert. Regenwolken ziehen auf.

Eine Wache tritt auf Alyss zu. »Wir sollten sofort nach Ionnach zurückkehren, Euer Hoheit.«

Sie nickt und befiehlt den Aufbruch.

Hastig helfen wir den Dienern, die wertvollsten Gegenstände einzupacken, dann eilen wir zu den Pferden. Olwenn spricht aus, was wir wohl alle denken: »Dieser Sturm ist nicht natürlich.«

Wir sind zu sehr mit Satteln und Aufsteigen beschäftigt, als dass wir uns auf eine Diskussion einlassen können. Wir müssen uns beeilen, wenn wir trockenen Hauptes in die Hauptstadt zurückkehren wollen. Noch regnet es nicht, aber das ist sicher nur eine Frage der Zeit. Die Wolken hängen schwer und tief am Himmel, eine finstere Bedrohung. Laubfetzen wehen mir ins Gesicht, als ich Fiona auf den Rücken ihres Pferdes helfe. Hinter mir überprüft Ash noch einmal seinen Sattelgurt.

Olwenns Worte gehen mir nicht aus dem Sinn. Der aufziehende Sturm hat etwas … Magisches. Ob er etwas mit den ungewöhnlich frühen Magieeruptionen des Schattenlabyrinths zu tun hat? So wie die umherstreifenden Schattenkreaturen und das Grassieren des Hexenbrands? Dieses Jahr ist anders. Es ist so ganz anders als die Jahre zuvor.

Gleichzeitig mit Ash ziehe ich mich auf mein Reittier.

Um uns herum formt der Wind aus gefallenem Laub einen Ring und lässt diesen wie ein Kreisel aufsteigen. *Windelfen*, fährt es mir durch den Kopf. Ich erinnere mich, dass die alten Balladen oft davon sprachen, dass die stärkste Magie der Elfen darin lag, die Natur zu meistern. Was, wenn Ash recht hat? Könnte die Schwarze Königin tatsächlich die Elfen versklavt haben? Aber warum erzählt dann keines der alten Lieder davon?

Hintereinander reiten wir durch den Wald. Die Wachen haben sich um Alyss und ihre Schwestern geschart, Ash und ich bilden das Schlusslicht. Plötzlich habe ich das Gefühl, dass uns etwas oder jemand aus dem Unterholz heraus beobachtet. Sind das lindgrüne Augen, die am Wegesrand aufblitzen, oder war es nur Blattwerk?

Seit Generationen fürchten wir uns davor, dass die Schwarze Königin ihre Fesseln abstreift, um die Herrschaft über Iriann an sich zu reißen. Gleichzeitig schenken uns ihre Befreiungsversuche eine neue Flut von Magie. Woher hat die Hexe *ihre* Magie erhalten? Was, wenn die magischen Schwemmen, die die Macht der Artefakte aufladen, gar nicht von ihr stammen, sondern von den Elfen? Wenn die Helden meiner Kindheit nicht aus der Welt verschwunden sind, sondern in jenen Mauern gefangen gehalten werden, die wir Menschen jetzt auf ewig versiegeln wollen?

Und warum hat es Ash gebraucht, um mir diesen Gedanken in den Kopf zu pflanzen?

Der Sturm

Erlen und Buchen fliegen an uns vorbei. Mit jeder Sekunde wird es dunkler. Nicht lange nach unserem Aufbruch reißt über uns der Himmel auf und dicke Regentropfen prasseln herab.

Ich muss die Augen zusammenkneifen, um meine Schwestern vor mir zu erkennen. Ihre tannengrünen Umhänge drohen mit der Umgebung zu verschmelzen. Selbst die blauen Mäntel der Königstöchter und der Wachen und das leuchtende Rot von Gwyn Raghaillachs Wams sind nur noch verschwommene Flecken. Mit jedem Herzschlag trommelt der Regen stärker aufs Blattwerk. Im Zusammenspiel mit dem Heulen des Windes übertönt er selbst den Hufschlag unserer Pferde.

Immer wieder blicke ich während des Rittes ins Gebüsch zu beiden Seiten des Weges. Aber wenn uns tatsächlich Ungeheuer beobachten, so verbergen sie sich gut. Als der Donner erneut dröhnend zuschlägt, erschreckt das mein Pferd so sehr, dass es auf die Hinterhufe steigt. Mit Müh und Not kann ich mich im Sattel halten.

»Geht es dir gut?«, schreit Ash über den Sturm hinweg. Seine goldenen Locken kleben regennass an seinem Kopf, aber sein Lächeln vermittelt etwas Zuversichtliches.

Ich nicke. Er packt mich kurz an der Schulter, dann lenkt er sein Pferd an mir vorbei. Während der Regen es darauf anlegt, mich bis auf meine Untergewandung zu durchweichen, hefte ich meinen Blick auf Ashs Rücken und treibe mein Pferd an.

Als wir die Holzbrücke über einen wild schäumenden Bachlauf überqueren, passiert es. Ein grelles Licht blendet mich so sehr, dass ich die Augen zusammenkneifen muss. Die Haut auf meinem Körper kribbelt, es donnert ohrenbetäubend und Schwefelgeruch wallt auf. Mein Pferd steigt wiehernd auf die Hinterläufe und ich brauche meine ganze Kraft, um nicht aus dem Sattel zu fallen. Alles geht so schnell, dass es dauert, bis ich begreife, was vor sich geht. Direkt vor mir ist ein Blitz eingeschlagen, so stark, dass er die Brücke richtiggehend zertrümmert hat. Vom verkohlten Holz steigt Rauch auf. Die Entfernung zwischen mir und dem gegenüberliegenden Ende der Schlucht ist zu groß, als dass ein Pferd sie mit einem Sprung überqueren könnte.

»Rowan!« Durch den Regenschleier hindurch erkenne ich Fiona, die von der anderen Seite aus zu mir zurückblickt.

»Alles in Ordnung!«, rufe ich und hebe die Hand, um sie zu beruhigen. *Was jetzt?*

Ash lenkt sein Pferd neben mich. »Der Abstand ist zu groß, als dass wir springen könnten«, wiederholt er meine eigenen Gedanken.

»Lasst die Pferde zurück und klettert die Schlucht hinunter«, ruft Alyss. »Mit etwas Glück findet ihr eine Stelle, an der ihr den Bach überqueren könnt. Wir warten hier auf euch.«

Ash schüttelt den Kopf. »Das dauert zu lange. Magister Kelly besitzt hier in der Nähe eine Jagdhütte. Ich war schon einmal dort. Reitet ihr zurück in die Stadt. Wir werden dort Unterschlupf finden, bis das Gewitter vorübergezogen ist!«

Alyss erwidert etwas, aber ihre Antwort geht in einem weiteren Donnerschlag unter. Ein Donnerschlag, der uns eindrücklich beweist, dass uns keine Zeit für Diskussionen bleibt. Also stimmen wir alle Ashs Plan zu.

Nachdem Ash und ich eine Weile einem schmalen Waldweg gefolgt sind, fällt dieser steil ab. Er mündet in einer kleinen Lichtung, auf der eine von hüfthohem Farn umgebene Waldhütte steht. Selbst durch den Regen hindurch kann ich erkennen, dass sie imposant ist.

Wir zügeln die Pferde. »Hinter der Hütte ist ein Stall«, erklärt Ash. »Dort können wir die Tiere abstellen.«

Als ich mich zu Boden gleiten lasse, versinken meine Stiefelsohlen mit einem schmatzenden Geräusch im aufgeweichten Waldboden.

Wir bringen die Pferde in dem von Efeu überwucherten Verschlag hinter dem Haus unter. Nachdem wir ihnen Sattel und Zaumzeug abgenommen haben, verschwindet Ash kurz und kommt über das ganze Gesicht grinsend mit einem Schlüssel in der Hand zurück.

»Wo hast du den her?«

»Ich habe doch gesagt, ich war schon einmal hier.« Er drückt ihn mir in die Hand. »Geh schon mal vor.«

»Erst müssen wir noch die Tiere trockenreiben.«

»Das mache ich. Du sieh zu, dass du ins Warme kommst.«

»Wir sind beide durch den Regen geritten.«

Ehe er noch etwas sagen kann, greife ich nach einem der Tücher und etwas Stroh und beginne, mein Pferd abzureiben. Ash folgt meinem Beispiel. Ich bin dreckig, es ist nass, und das Unwetter droht sich zu einem richtigen Gewitter zu steigern. Dennoch kann ich mich des warmen Gefühls nicht erwehren, das in mir aufgestiegen ist, seit ich neben Ash stehe und mich mit ihm um unsere Pferde kümmere. Und das ist vielleicht noch gefährlicher als der nahende Sturm.

Es braucht ein paar Versuche, bis es Ash gelingt, den schwer gehenden Schlüssel im Schloss herumzudrehen. Als die Tür mit einem lauten Knarren endlich aufschwingt, stoße ich erleichtert die Luft aus. Auch wenn es mich nicht begeistert, ohne Einladung in eine fremde Jagdhütte einzudringen, bin ich froh, endlich aus dem Regen zu kommen. Noch auf der Türschwelle ziehe ich meine Stiefel aus. Keinesfalls will ich auf dem mit Fellen ausgelegten Boden schlammige Fußabdrücke hinterlassen. So, wie wir aussehen, ist es allerdings unmöglich, nicht ein gewisses Maß an Dreck in die Hütte zu tragen. Ash geht noch einmal in den Stall zurück, um den Pferden Futter und Wasser in die Tröge zu schütten.

Ich greife nach einem Lichtstein, der neben der Tür auf einem Regal liegt. Sein Licht ist nur blass, aber es vertreibt die Schatten notdürftig. Auf den Holzdielen liegt ein Teppich aus zusammengenähten Wildhäuten und an der Wand über dem Kamin hängt ein gewaltiges Geweih. Der Hirsch, dem es einst gehört hat, muss beeindruckend gewesen sein. Einen Augenblick lang bedauere ich ihn. Auch in Ehrenfeld hängen Geweihe. Was die Menschen dazu bringt, diese Jagdtrophäen aufzuhängen, habe ich nie verstanden. Mir haben bunt bestickte Wandteppiche schon immer besser gefallen.

Ich schüttele den Gedanken ab und gehe auf den Kamin zu. Die Feuerstelle ist sauber. Kleine, trockene Holzspalten liegen bereits darin aufgeschichtet. Kurz wünsche ich mir Fionas

Wachskerze herbei, das Artefakt, das sich von selbst entzündet. Auf dem Kaminsims finde ich zwar kein solches Artefakt, aber alles, was ich benötige, um das Feuer auf ganz gewöhnlichem Weg zum Brennen zu bringen.

Ich genieße gerade den Anblick der flackernden Flammen, als Ash die Hütte betritt.

»Irgendwo hier sind noch Kerzen«, sagt er und läuft durch den Raum, um sie zu holen.

»Glaubst du, Magister Kelly hat wirklich nichts dagegen, dass wir hier Unterschlupf suchen?«

»Er hat mir angeboten, hier jederzeit zu übernachten.«

»Übernachten?« Meine Stimme klingt schrill. Freilich habe ich bereits geahnt, dass wir es beim Gewitter heute nicht mehr aus dem Wald schaffen werden. Es jedoch so selbstverständlich von Ash ausgesprochen zu hören, ist etwas anderes.

Mit einem Holzspan zündet Ash die erste Kerze an und drückt sie mir in die Hand. »Glaub mir. Kelly und Solánge sind schon so lange befreundet. Er wird nichts dagegen haben, dass wir uns hierher gerettet haben. Oben findest du in einer Truhe trockene Kleidung. Zieh dich um. Du musst raus aus dem Zeug.«

»Und du?« Die Frage ist heraus, ehe ich sie zurückhalten kann.

»Mein Mantel hat den Regen ganz gut abgehalten. Ich ziehe mich gleich auch um. Ich will jedoch erst die Kerzen aufstellen.«

Eine geschwungene Treppe aus auf Hochglanz polierten Holzbalken führt hinauf ins Obergeschoss unter dem Dach.

Alles riecht intensiv nach Holz. Im Giebel zu meiner Rechten steht ein breites, mit Schafsfellen bedecktes Bett. Zu meiner Linken befinden sich nur eine Kommode mit einem Schemel und eine Truhe. Diese ist reich mit Intarsien verziert. Wie Ash versprochen hat, liegen darin zusammengefaltete Beinkleider und Hemden und zu meiner großen Erleichterung auch einige frische Socken. In fliegender Hast schlüpfe ich aus meinen durchweichten Kleidern und ziehe mir ein helles Hemd und eine braune Leinenhose über. Meine Hände zittern, als ich die Schnürung des Hemdes an meiner Brust richte, aufgeregt, weil ich fürchte, dass Ash mich noch halbnackt hier erwischen wird. Als ich fertig angezogen bin und er immer noch nicht nach oben gekommen ist, fühle ich mich seltsamerweise erleichtert und enttäuscht gleichermaßen.

Dutzende Kerzenflammen drängen die Schatten zurück und erfüllen die Hütte mit warmem Licht. Als ich von der Treppe trete, stellt Ash gerade eine kleine Holzschale mit Äpfeln auf den Tisch. Entschuldigend lächelt er mich an. »Ich hatte gehofft, noch etwas anderes zu finden, aber das ist wohl besser als nichts.«

»Nach der ganzen Schlemmerei heute habe ich ohnehin das Gefühl, nie mehr etwas essen zu können.«

»Aber etwas Warmes trinken, oder? Ich setze gleich Wasser auf.« Er deutet zu dem großen Eisenhaken über dem Kaminfeuer, an dem man einen Kessel aufhängen kann. »Im Küchenschrank bewahrt Kelly getrocknete Kräuter zum Aufgießen auf.«

Mein Blick wird von etwas Dunklem abgelenkt, das neben dem Kamin auf dem Boden liegt: meine Reithandschuhe, die ich zum Feuermachen abgestreift habe. Statt zum Tisch gehe ich hinüber zu ihnen und hebe sie auf. Sie sind schmutzig und vollständig vom Regen durchweicht. Während ich zu Ash gehe, drehe ich sie nervös in der Hand.

Ash nimmt sie mir ab und hängt sie über eine Stuhllehne, behält den Blick aber die ganze Zeit auf meine Hände gerichtet. Er sieht sie an, als habe er sie noch nie zuvor gesehen. Langsam greift er nach vorne und berührt mit den Spitzen seiner Finger die meinen. Regen fällt aus seinen nassen Haaren und zerplatzt auf meiner Haut.

»Sie sind so zart.«

Seine Worte versetzen mir einen Stich und ich zucke zurück. Sie erinnern mich an all die Beleidigungen, die ich über Jahre hinweg von Gwyn und den anderen an den Kopf geworfen bekommen habe. *Du bist unzulänglich. Weibisch. Nicht genug.*

Aber noch während ich zurückweiche, greift Ash nach vorne, nimmt meine Hände und hebt sie bis vor unsere Gesichter.

»Tu das nicht.« Seine Stimme ist dunkel und weich wie Waldhonig. »Ich habe das nicht böse gemeint. Was ich meinte …« Er drückt seine Handfläche auf meine, Fingerkuppe auf Fingerkuppe. »Sie sind so klein und schmal. Und die Haut ist so zart.« Er blickt auf unsere Hände, als betrachte er ein kleines Wunder. Mein Mund wird – wieder einmal – in seiner Nähe trocken. Zittere ich vor Kälte oder vor Aufregung?

So stehen wir in der Waldhütte, während hinter uns im Kamin das Feuer prasselt und über uns auf das Dach der Regen trommelt. Ich fühle mich unwirklich, wie in einer alten Ballade. Ich sehe nichts als unsere Handflächen, die sich aneinanderdrücken.

Schließlich rückt Ash etwas von mir ab, und ich muss einen Seufzer unterdrücken. Aber er hat es nur getan, um meine Hand zu ergreifen. Er führt sie näher zu sich heran, zu seinem Kopf, bis kurz vor seinen Mund. Obwohl er von Kopf bis Fuß nass ist, spüre ich überdeutlich die Hitze, die sein Körper ausstrahlt. Eine Frage liegt mir auf der Zunge, aber ich unterdrücke sie, weil ich diesen Moment nicht zerstören will. Ash führt meine rechte Hand noch näher zu sich. Ich halte den Atem an. Er drückt seine Lippen – seine weichen, weichen Lippen – auf die Spitzen meines Ring-, Zeige- und Mittelfingers. Schauer durchrieseln meinen Körper. Ash lässt seine Lippen zu meinen Handballen weiterwandern und schließlich zu meinem Handgelenk.

Mein ganzer Körper kribbelt. Als ich es nicht mehr aushalte, stoße ich ein gequältes Stöhnen aus.

Ash blickt zu mir hoch. »Geht es dir gut?«

Ich traue meiner Stimme nicht, also antworte ich mit einem Nicken. Seine Mundwinkel heben sich nur leicht, aber seine Augen strahlen wie Sterne. Wieder spüre ich seine Lippen auf der empfindlichen Haut meines Handgelenks.

»Das wollte ich bereits vor einem Jahr machen.«

Ich erinnere mich an meinen Traum im Goldenen Wächter, in der Nacht, ehe mich die Schattenkreatur angriff. Da hat er fast das Gleiche gesagt. Ich erinnere mich daran, wie sehr ich mich im Traum danach gesehnt habe, von ihm geküsst zu werden.

Nein, nicht nur im Traum.

Wie sehr ich mich danach sehne.

Ich weiß nicht, woher ich den Mut nehme, aber er ist plötzlich da. Ich löse meine Hand aus seinem Griff, trete auf ihn zu und lege ihm eine Hand auf die Schulter. Mit der anderen berühre ich seine Wange. Sie ist schmutzig und nass. Ich will sie nie wieder loslassen.

Ich hole tief Luft, als wolle ich etwas Unglaubliches tun. Ich will etwas Unglaubliches tun! Also beuge ich mich nach vorne, schließe die Augen und tue es.

Der Kuss

Zuerst beginnt es sanft. Unsere Lippen streifen sich kaum. Ich glaube, trotz all seiner Avancen in den vergangenen Tagen ist er überrascht, denn diesmal ist er es, der die Luft anhält.

Das Blut in meinen Adern singt und das Gefühl seiner Lippen auf den meinen ist aufregend und wunderschön. Als wir uns wieder voneinander lösen, bedauere ich es. Gleichzeitig öffnen wir die Augen und blicken uns an. Ein überraschtes, glückliches Lächeln erstrahlt auf seinem Gesicht.

Als sei dies das Zeichen gewesen, auf das er gewartet hat, zieht mich Ash in seine Arme. Warum habe ich mich so lange vor diesem Moment gefürchtet? Noch nie habe ich mich von einem anderen Menschen so beschützt, ihm so nah gefühlt.

»Endlich«, murmelt Ash zwischen zwei Küssen. Dann schlingt er seine Arme noch fester um mich und ich spüre wieder den Flügelschlag seiner Zunge auf meiner. Irgendwo draußen erzittert der Wald unter einem mächtigen Donnergrollen, aber ich habe keine Angst. Ich drücke mich fester an ihn. Ein Gefühl der Sicherheit durchströmt mich, ein Gefühl der *Richtigkeit*, das ich bis dahin nicht gekannt habe.

Lass um uns herum die Welt untergehen, ich bin da, wo mein Herz ist.

Den halben Sommer über habe ich mir Sorgen gemacht, kein Talent dafür zu haben, und in einer Situation wie dieser kläglich zu versagen. Vielleicht hat das auch daran gelegen, dass es in meiner Vorstellung immer Alyss gewesen ist, die ich hatte küssen müssen. Und obwohl ich sie mag, sehr mag, kann ich sie mir nicht an Ashs Stelle vorstellen.

Ich will ihn, nur ihn.

Mit jedem Augenblick werde ich mutiger. Ich streichele seinen Rücken, seine Arme, lege meine Hand auf sein Jochbein, genieße das Gefühl seiner Hände an meinen Hüften, an meinen Pobacken. Es ist mir egal, dass das fremde Hemd, das ich gerade erst übergestreift habe, schon wieder nass wird, weil ich mich so sehr an sein vom Regen durchweichtes drücke.

Erst nach einer ganzen Weile lösen wir uns voneinander. »Du bist noch ganz nass«, murmele ich. »Du wirst dich erkälten.«

Ohne mit der Wimper zu zucken ergreift Ash den Saum seines Hemdes und zieht es sich über den Kopf. Wie damals am Strand lässt er es achtlos zu Boden fallen. Das diffuse Licht der Kerzen schimmert auf seiner Haut wie auf polierter Bronze. Forschend blickt er mich an. »Vertraust du mir?«

»Ja.«

Ich meine es absolut ehrlich. Ich vertraue ihm, mit meinem Leben.

Ich lasse es zu, dass er meine Hand ergreift und mich nach oben führt.

»Vertraust du mir?«, fragt er noch einmal.

Diesmal nicke ich nur. Und Ash zieht mich mit sich in das große, weiche Bett.

In dieser Nacht geschieht nichts zwischen uns außer Küssen. Ash drängt mich nicht, er hält mich in den Armen und lässt es zu, dass ich das Tempo bestimme. Immer wieder bin ich es, der hungrig seinen Mund sucht und mit unsicheren Fingern über seine Haut streichelt. Der Wald, das Gewitter, die Umgebung um uns herum – alles verschwimmt. Da sind nur er und ich und dieser eine Augenblick, von dem ich hoffe, dass er niemals enden wird.

Stunden vergehen. Das Heulen des Windes verstummt und wir liegen schläfrig nebeneinander, mittlerweile zu müde zum Küssen. Ash hält mich im Arm. Den anderen hat er hinter seinem Kopf verschränkt. Ich kuschele mich an ihn und sauge seinen Duft ein, eine Mischung aus Gras und frisch gefallenem Regen. Ich fühle mich matt und glücklich. Warum habe ich das nicht bereits auf dem Festland zugelassen?

Plötzlich vernehme ich ein dumpfes Grummeln. »War das gerade dein Magen?«

»Ja …«, murmelt Ash schläfrig.

Ich kichere leise und er knufft mich. »Küssen ist anstrengend.«

Langsam rappele ich mich auf.

»Was hast du vor?«, fragt er.

»Ich gehe nach unten und hole die Äpfel.«

»Das musst du nicht. Ich kann selbst gehen.«

»Bleib liegen. Ich muss ohnehin kurz vor die Tür.«

»Na gut. Aber pass auf dich auf.«

Ich stehe aus dem Bett auf und werfe einen Blick über meine Schulter zurück. Es sieht fast schon niedlich aus, wie er seinen halbnackten Körper in die Decken kuschelt. »Das Einzige, vor dem ich auf der Hut sein muss, ist dieser Wolf, der sich da auf einem Schaffell rekelt.«

Ash schnaubt. »Du bist selbst ein Wolf, Rowan O'Brien. Du weißt es nur noch nicht.«

Den ganzen Weg die Treppe hinunter grinse ich glücklich in mich hinein. Ich kann nicht anders. Es ist verrückt, aber das hier, hier und jetzt, das ist schön. Das ist es, was ich will.

»Dass du nach diesem Tag etwas essen kannst.« Skeptisch beobachte ich Ash, der sich einen Apfelschnitz in den Mund steckt.

Dann schneidet er mit einem kleinen Jagdmesser ein weiteres Stück von der Frucht und hält es mir hin. »Willst du?«

»Ich bekäme es gar nicht herunter.«

»Du hast seit heute Nachmittag nichts mehr gegessen. Dabei warst du gerade auf dem Weg zu den Nachspeisen, als das Gewitter losgebrochen ist.«

Ich schnaube, als ich mich daran zurückerinnere. »Mein Aufeinandertreffen mit Gwyn Raghaillach hat mir gehörig den Appetit verdorben.«

»Was hast du gegen ihn?«

Ich werfe Ash einen ungläubigen Blick zu. »Du hast ihn doch bereits selbst erlebt.«

»Das ist nicht die ganze Geschichte, oder?«

»Nein.«

»Nun?«

Ich seufze tief. »Wir kennen uns bereits seit unserer Pagenzeit. Er hat versucht, mich umzubringen.«

Der Steilhang

Ich bin wieder zwölf Jahre alt und stehe an dem Steilhang hinter der Burg der Waterfords. Die anderen Pagen sind hinter mir, ebenso wie unser Waffenmeister Oisin. Möglichst unauffällig habe ich mich in die hinterste Reihe verdrückt, um den Moment, mich am Abhang abzuseilen, möglichst weit hinauszuschieben. Bereits zuvor habe ich am felsigen Hang bis hinunter ins Tal geschaut und der Anblick hatte dafür gesorgt, dass sich mein Kopf drehte und sich meine Knie weich anfühlten. Ich bin mir sicher, ich werde stürzen und mir das Genick brechen.

»Irgendwann konnte ich es nicht weiter hinausschieben«, berichte ich Ash jetzt mit leiser Stimme. »Als Oisin ausgerechnet Gwyn dazu bestimmte, mein Seil zu sichern, hätte ich mich beinahe geweigert. Aber ich biss die Zähne zusammen und ging es an.«

Ich wagte es nicht, in die Tiefe zu starren, als ich mich Schritt um Schritt am Abhang abseilte. Ich weiß nicht mehr, ob mich die anderen angefeuert oder beschimpft oder einfach nur stumm beobachtet haben. Das Einzige, woran ich mich erinnere, ist, dass mein Magen revoltierte und mir der kalte Schweiß auf der Stirn stand.

»Ich war schon fast auf Höhe der Baumkronen angekommen, als das Seil riss.«

Ashs Augen weiten sich ungläubig.

»An den Sturz selbst kann ich mich nicht mehr erinnern. Alles ging so schnell. Das Nächste, das ich weiß, ist ein schrecklicher Schmerz in meinem Knöchel. Einen Moment lang wurde mir schwarz vor Augen und mir war so schlecht, dass ich mich beinahe übergeben hätte. Ich glaube, eine ganze Weile lang konnte ich nur schreien.«

Meine Hand zittert, als ich nach meinem Becher Wasser greife und trinke. Die Erinnerung an damals setzt mir immer noch zu. Und sie macht mich wütend. »Ich habe mir den Knöchel gebrochen. Seitdem kann ich ihn nicht so stark belasten. Vor allem im Winter spüre ich es.« Ich seufze. »Gwyn hat behauptet, dass es ein Unfall war, und alle anderen glaubten ihm. Ich habe mir gar nicht erst die Mühe gemacht, den anderen von meinem Verdacht zu erzählen, aber ich bin mir sicher, dass er versucht hat, mich endgültig loszuwerden.«

»Rowan …«

»Vater holte mich heim nach Ehrenfeld, um mich dort gesund pflegen zu lassen. Und er zwang mich nicht, zu Lord Waterford zurückzukehren, um meine Pagenzeit zu beenden. Ich glaube, insgeheim ahnte auch er, dass mein Sturz kein Unfall war. Auch wenn ich ihm nie erzählt habe, wie sehr mich Raghaillach und die anderen gequält haben.«

»Warum nicht?« Ash klingt aufgebracht.

»Weil ich mich dafür geschämt habe«, gebe ich leise zu. »Ich weiß, dass es nicht meine Schuld war. Ich war anders als sie, stiller, ein Außenseiter. Dennoch schäme ich mich bis heute, dass ich so schwach war und mich nicht gewehrt habe.«

Ash legt mir beide Hände auf die Schultern. »Es war nicht deine Schuld, hörst du. *Du* musst dich nicht dafür schämen.«

Tränen brennen mir in den Augen und ich blinzele sie weg. Erschöpft lasse ich mich in die Kissen sinken.

»Du musst dich nicht schämen, Rowan«, flüstert Ash mir ins Ohr und beginnt, mir Küsse auf die empfindliche Haut an meinem Hals zu hauchen. »Du musst dich für gar nichts schämen.«

Bei Sonnenaufgang pflücken wir hinter dem Haus Brombeeren zum Frühstück. Die Früchte sind noch nicht ganz reif, aber etwas anderes haben wir nicht.

Als ich unsere kleine Ernte in einer Tonschüssel auf den Tisch zu den restlichen Äpfeln stelle, stutze ich überrascht. Die Spitze eines länglichen Gegenstands ragt aus Ashs Bündel, das er ebenfalls auf dem Tisch abgelegt hat. Gestern ist es mir nicht aufgefallen, aber ich erkenne die Schnitzereien an dem hölzernen Stab sofort. Verwirrt blicke ich hinüber zu Ash. »Ist das …«

»Der Wetterstab.« Ash wirkt angespannt.

»Du hast ihn dabei?« Ungläubig greife ich nach der Stabspitze und ziehe das Artefakt aus dem Stoffbeutel. Wieder staune ich über die filigranen Abbildungen von Sonne und Eiskristallen an seinem Griff. »Warum hast du ihn gestern dann nicht …« Dann begreife ich. »Du *hast* ihn benutzt!«

»Ich wollte es dir heute ohnehin sagen.« Ash wirkt zerknirscht.

»Das Gewitter ist nicht einfach so aufgezogen. Du hast es beschworen. Der Sturm, die Waldhütte, alles hier – du hast es geplant.«

»Ich …«

»Das ist völlig verrückt!«

Er kommt mit ausgestreckten Armen auf mich zu, aber ich weiche zurück.

»Rowan, bitte.«

»Ein Gewitter mitten im Wald! Weißt du, in welche Gefahr du uns gebracht hast?«

»Ich hatte den Stab immer dabei. Wenn es zu gefährlich geworden wäre, hätte ich …«

»Was, wenn Alyss von einem herabstürzenden Ast erschlagen worden wäre?«

»Ist sie aber nicht.«

»Der Blitz an der Brücke: Warst das auch du?!«

Für einen Augenblick lang hängt das Schweigen schwer zwischen uns in der Luft.

Zögernd gesteht er schließlich. »In Ionnach bist du mir ständig ausgewichen. Ich wollte einen Weg finden, mit dir allein zu sein.«

Ich kann es nicht glauben.

»Ich wollte niemandem wehtun, Rowan. Nicht der Prinzessin, nicht deinen Schwestern und auch nicht dir. Keinesfalls dir. Seit wir uns letztes Jahr am Strand begegnet sind, kann ich nicht aufhören, an dich zu denken.«

Wieder greife ich nach dem Wetterstab. Während ich ihn zwischen meinen Fingern hin und her drehe, versuche ich, in mich hineinzuhören, um herauszufinden, was ich fühle.

»Das war eines der unvernünftigsten Dinge, von denen ich jemals gehört habe.«

Ashs Stimme zittert leicht. »Ich habe dich gerade erst gefunden. Ich will dich nicht verlieren.«

Immer noch drehe ich den Wetterstab in den Händen. Ich erinnere mich an die Schneeflocken, die auf uns herabgeschwebt sind. »Diese Nacht war wunderschön. Aber das alles …«, hilflos blicke ich mich in der Hütte um. »Es war *eine* Nacht. Wenn wir in Ionnach sind, kann ich mich nicht einfach in dein Bett schleichen.«

Ash geht neben meinem Stuhl in die Hocke. »Es geht mir nicht nur ums Bett! Und ich verlange doch gar nicht, dass du dich zu mir bekennst.« Er führt meine Fingerspitzen an seine Lippen und küsst sie. »Ich kann dein Geheimnis bleiben. Für eine Weile. Bis du selbst herausgefunden hast, was du willst. Und natürlich hoffe ich, du erkennst, dass das ich bin.«

»Mein Geheimnis?«

»Bist du gut darin, ein Geheimnis für dich zu behalten?«

Ich lächele säuerlich. »Ich lebe schon mein halbes Leben mit einem Geheimnis. Ich würde sagen, mir gelingt das ziemlich gut.«

Wir stehen auf und schließen uns fest in die Arme. »Die Sache mit dem Wetterstab ist nicht in Ordnung gewesen.«

Ash streichelt mir über den Rücken. »Sie war dumm, ich weiß. Aber mir ist nichts Besseres eingefallen.« Es klingt nicht so, als ob es ihm wirklich leidtäte.

»Danke«, sage ich trotzdem und küsse ihn auf die Lippen. »Danke, dass du mir Zeit gibst.«

Insgeheim ahne ich bereits, dass es nicht Zeit ist, die ich brauche. Alle Zeit der Welt wird mir nicht den Mut verleihen, den Aristide de Gwilen besitzt. Ich kann nicht mein ganzes Leben hinter mir lassen und etwas unglaublich Dummes tun, auch wenn es sich noch so richtig anfühlt.

Ängste

Als ich ins Stadthaus zurückkomme, empfängt mich Dougal bereits in der Eingangshalle. »Endlich, Rowan! Dein Vater wartet bereits seit Stunden auf deine Rückkehr.«

»Ist er aufgebracht?«

»Ja, aber nicht wegen dir.«

»Ist etwas geschehen? Das Schattenlabyrinth …?« Im Gehen streife ich meinen Mantel ab und reiche ihn Dougal.

»Ich weiß es nicht. Aber ich glaube, mit der Schwarzen Königin hat es nichts zu tun.«

Gemeinsam erklimmen wir im Eilschritt die Treppe zum ersten Stock. Von meiner Mutter und meinen Geschwistern fehlt jede Spur. Als ich in den Flur, der zu Vaters Arbeitszimmer führt, einbiegen will, hält Dougal mich zurück und deutet auf meinen Hemdausschnitt. »Die Schnürung«, murmelt er verlegen.

Erschrocken blicke ich auf meine Brust und sehe, dass ich mein Hemd nicht ordentlich gerichtet habe. Das Blut schießt mir beim Gedanken an Ash in den Kopf, und ich richte es mit fliegenden Fingern.

»Alles gut?«, frage ich und breite trotz der unangenehmen Situation vor Dougal die Arme aus, damit er mich mustern kann.

Er nickt.

Ich nicke ebenfalls und drehe mich um.

»Danke, Dougal«, rufe ich ihm über die Schulter zu, ehe ich die Klinke der Tür zum Arbeitszimmer herunterdrücke.

»Du hast dir Zeit gelassen«, herrscht mich Vater an, als ich in den Raum trete. Er klingt deutlich unwirscher als Dougal.

»Die Straßen waren schlammig«, antworte ich schnell, und ehe er mir weitere Fragen stellen kann, füge ich hinzu: »Was ist geschehen?«

Vater mustert mich einen Augenblick lang. »Setz dich.«

Seine Stimme klingt viel zu ernst. Unsicher nehme ich vor seinem Schreibtisch Platz. Obwohl der Stuhl samtbezogen und gut gepolstert ist, fühlt er sich gerade alles andere als bequem an. Damit ich nicht unbedacht drauflosplappere, presse ich die Lippen fest zusammen. In solchen Situationen ist es besser, Vater das Tempo vorgeben zu lassen.

Vater hat mich dringend sprechen wollen. Dennoch richtet er nun seine Papiere und schiebt die halb heruntergebrannte Kerze etwas zur Seite. Anschließend setzt er sich mir gegenüber, legt beide Unterarme auf die Tischplatte und beugt sich leicht vor. »Der König hat beschlossen, Prinzessin Olwenn zu verloben.«

Ein unangenehmes Gefühl macht sich in meiner Magengegend breit. »Mit wem?«

»Mit dem Sohn von Conleth Raghaillach.«

Frustriert schließe ich die Lider. Sofort fällt mir Gwyns Blick gestern beim Picknick auf der Waldlichtung ein. Ich hatte angenommen, dass er von Alyss gesprochen hat, als er mir drohte, ein anderes Wild ins Visier genommen zu haben als meine Schwester. Aber er hat nicht von Alyss gesprochen. Sondern von Olwenn.

Gwyn Raghaillach wird zwar nicht meine Schwester heiraten. Aber so wie es aussieht, wird er doch mein Schwager werden.

»Das ist noch nicht alles«, fährt Vater fort und ich blicke ihn neugierig an. »Wir werden die Hochzeit von dir und Alyss vorverlegen.«

Es fühlt sich an, als habe er mir mit einer gusseisernen Bratpfanne eins übergezogen. Vater achtet gar nicht auf mich. »Corwin und ich haben bereits alles besprochen. Mit der Versiegelung des Schattenlabyrinths beginnt eine neue Ära und dies möchten wir symbolisch mit eurer Vermählung feiern. Es wird den Leuten Hoffnung geben.«

»Was? Versiegelung? Wie …«

»Alyss wird es nicht leicht haben. Sie wird seit Generationen die erste Frau auf dem Thron sein. Und die Schließung des Schattenlabyrinths ist ein gefundenes Fressen für so manche Hohe Familie, um bei Hof Unfrieden zu stiften.«

Ich kann nicht länger sitzen bleiben. Ich stehe auf und laufe im Raum auf und ab. »Was sagt Alyss dazu? Und wann wurde überhaupt die Versiegelung beschlossen?«

Vater lehnt sich im Stuhl zurück und beobachtet mich. »Noch gestern Nacht wurde eine außerordentliche Ratssitzung einberufen.«

»Warum?«

»Das Gewitter«, erklärt Vater und das Herz sinkt mir in die Hose. »Niemals ging das mit rechten Dingen zu. Die Schwarze Königin muss etwas damit zu tun haben.«

Ich öffne den Mund und schließe ihn sofort wieder. Ich *kann* Ash nicht verraten. Nicht, ohne Vater zu offenbaren, warum er es getan hat. Wieder steigt Zorn in mir auf, weil Ash so etwas Unvernünftiges getan hat. Er hat das Leben der Kronprinzessin – unser aller Leben – in Gefahr gebracht, nur um mit mir allein zu sein. Sein Verhalten, nein, *unser* Verhalten, hat zu dieser weitreichenden Entscheidung geführt. Was wird geschehen, wenn das Schattenlabyrinth versiegelt ist? Wie von selbst ballen sich meine Hände zu Fäusten.

Vater achtet nicht auf mich. »Was Alyss angeht«, fährt er fort. »Sie wird sich den Wünschen ihres Vaters beugen. Seit sie denken kann, hat sie das Wohl von Iriann im Blick. Und es ist ja nicht so, als ob diese Verbindung überraschend käme.« Er seufzt tief. »Rowan. Was ich dir jetzt sage, darf diesen Raum nicht verlassen, hast du verstanden?«

Ich erstarre. Kann das alles noch schlimmer werden? Nach einem Augenblick des Zögerns nicke ich.

»Briann und Tuath mögen es verhindern. Aber sollte sich die Versiegelung des Schattenlabyrinths als Fehler herausstellen, müssen wir befürchten, dass der Druck von außen Corwin dazu veranlasst, Alyss von der Thronfolge auszuschließen und Olwenn zur Kronprinzessin zu erklären. Alyss hat sich bei der Versiegelung des Labyrinths zu vehement auf die Seite ihres Vaters gestellt. Dann sitzt in ein paar Sommern ein Raghaillach auf dem Thron. Alles wäre verloren, worum wir so mühevoll gekämpft haben.«

Einen Herzschlag lang verachte ich ihn. Ich liebe meinen Vater. Aber er ist vor allem ein Stratege mit großen Ambitionen, und das lässt ihn mitunter kaltherzig handeln.

»Wenn der König nicht will, dass die Raghaillachs auf den Thron kommen, warum verlobt er dann Gwyn mit Olwenn?« Meine Stimme klingt verzweifelt.

Vater schaut mich auf eine Weise an, als wolle er sagen: Darauf könntest du aber wirklich selbst kommen. »Falls die Magie wirklich aus der Welt verschwindet, braucht die Krone ihre Flotte.«

Erschöpft sinke ich wieder auf meinen Stuhl.

»Wann?«, frage ich dumpf. Ich weiß, wann ich verloren habe.

»Zu Sonnwend«, antwortet Vater. »Wenn alles gut geht, trägt Alyss noch vor dem Winter dein Kind unter dem Herzen.«

Eine kalte Faust umklammert mein Herz. Vaters Plan ist so einfach wie brillant. Sobald Alyss ein Kind zur Welt gebracht hat, einen neuen Thronfolger, ist es unwichtig, ob sie die Krone von Corwin erbt oder nicht. Unser Kind kann in der Erbfolge ihren Platz einnehmen. Mit unserer Tochter oder unserem Sohn würde endlich wieder ein O'Brien auf den Thron steigen. Vater spricht es nicht aus, aber ich weiß, dass er das denkt. Und er weiß, dass ich es weiß.

Was soll ich fühlen? Zorn auf meinen Vater und den König, Wut auf die Götter, dass sie Alyss und mir das antun, Verwirrung, was meine Zukunft anbelangt, auch wenn ich mein Leben lang darauf vorbereitet worden bin? Aber eben nicht so. Nicht so und nicht schon jetzt. Und Ash, denke ich. Was wird aus mir und Ash?

An der Küste aus Stein

Das raue Meer und die scharfkantigen Felsen von Ionnachs Steinküste passen zu meiner Stimmung. Außerdem kann mich Ash unter freiem Himmel nicht einfach in seine Arme ziehen und alle Vernunft mit seinen Küssen vergessen lassen. Ich muss stark sein. Für uns beide. Auf dem Weg zurück in die Stadt habe ich wirklich geglaubt, ich hätte vielleicht eine Wahl. Nun … ist alles anders.

Ash wartet bereits an der Spitze einer kleinen Landzunge auf mich. Als er mich kommen sieht, strahlt er über das ganze Gesicht. *Das wird nicht leicht werden*, denke ich.

Wider besseres Wissen lasse ich es zu, dass er verstohlen nach meinen Fingern greift und sie zur Begrüßung drückt.

»Geht es dir gut?«, fragt er dann. »Du siehst aus, als sei dir gerade dein Lieblingsbuch in die Brandung gefallen.«

»Mein Vater«, weiche ich aus. »Es hat ihm nicht gefallen, dass ich gestern erst gegen Mittag heimgekommen bin.«

»Ich habe nachgedacht. Über uns.« Er berührt mich kurz an der Schulter und ich zucke zurück.

Hektisch blicke ich mich nach allen Seiten um, obwohl ich weiß, dass wir uns weit genug vom Hafen entfernt haben, um nicht entdeckt zu werden.

»Das meine ich«, fährt Ash fort. »So kann es nicht weitergehen.«

Mein Magen beginnt zu flattern. Der Moment ist gekommen.

»Wir sollten nach Fennistére ziehen, an den Hof meiner Tante. Ich bin sicher, sie …«

»Ash …«

»Bitte, Rowan. Lass mich ausreden. Fennistére wird dir gefallen. Es ist viel größer als das kleine Stückchen Strand, das du bisher gesehen hast. Dort gibt es auch Wälder und Hügel und Seen. Du wirst es lieben, glaub mir. Und meine Tante wirst du mögen. Sie hat schon immer ihre schützende Hand über mich gehalten. Sie lässt sich von meinem Vater nicht einschüchtern. Sie wird auch dich …«

»Das ist es nicht.«

»Hast du Angst, was man über uns sagen wird? Du darfst dir das Geschwätz der anderen nicht so sehr zu Herzen nehmen.«

Traurig senke ich den Kopf.

»Wir können hier nicht bleiben«, Ashs Ton wird eindringlicher. »Wir können Raven bitten, uns mit ihrem Artefakt ein Portal nach Hause zu öffnen. Noch heute.«

Meine Augen weiten sich, mein Vorhaben ist vergessen. »Woher weißt du vom Portalstein?«

»Deine Freundin verbringt viel Zeit bei uns. Bei meiner Schwester meine ich. Sie hat ihr den Orb gezeigt.«

Ich bin überrascht, dass Raven sich Sólange anvertraut hat. Und dass sie mir nichts davon erzählt hat! Ich weiß, Sólange hat Raven unter ihre Fittiche genommen. Sie blüht sichtlich auf, weil es endlich eine Magistra gibt, die ihr zuhört und Ratschläge erteilt. Aber dass sie ihr bestgehütetes Geheimnis enthüllt hat? Der Orb befindet sich bereits seit Ewigkeiten in Ravens Familie. Woher er stammt, weiß niemand. Seit Generationen wird er von Mutter zu Tochter weitergegeben. Oder, in Ravens Fall, von der Großmutter zur Enkelin. Wegen dem, was ihr Vater ihr angetan hat.

Ash reißt mich aus meinen Gedanken. »Wir werden hier nicht glücklich werden!« Er packt mich an den Schultern. »Begreifst du das nicht?«

»Ich … ach, Ash …« Jetzt weiß ich wieder, weshalb ich hier bin. Ich löse mich aus seinem Griff.

»Es muss auch gar nicht Fennistére sein«, fleht er und lässt die Hände sinken. »Wir können mit Solánge zurück auf die Vulkaninseln reisen. Dort kennt uns niemand.«

»Ich kann hier nicht weg! Das hier ist mein Zuhause. Und es schwebt in großer Not. Ich drehe Ionnach nicht den Rücken zu, solange die Gefahr des Schattenlabyrinths nicht gebannt ist.«

»Das Schattenlabyrinth soll versiegelt werden. Und dazu brauchen dich die Magier nicht.«

Er hat die Neuigkeiten also schon erfahren. Nur das, was das für mich und Alyss bedeutet, offensichtlich nicht. Ich straffe die Schultern. »Gerade dann braucht mich mein Volk. Unsere ganze Nation beruht auf dem Handel mit den Artefakten. Was, wenn die Magie mit Versiegelung des Labyrinths wirklich verschwindet? Was, wenn die Artefakte ihre Macht verlieren? Was wird dann aus uns?«

»Du glaubst doch nicht, dass du das allein herausfinden könntest.«

»Nein. Aber ich heirate Alyss.«

»Alyss!« Ash spuckt zu Boden.

»Sie braucht mich«, begehre ich auf. »Meine Familie

braucht mich, mein Land. Und ich habe ihr schon vor Jahren versprochen, ihr zur Seite zu stehen.«

»Und was ist mit mir?« Wütend stampft Ash mit dem Fuß auf. »Erwartest du von mir, dass ich der Schatten hinter dem Thron bin? Dass ich mich hier irgendwo in einem Stadthaus einmiete, damit du dich nachts zu mir stehlen kannst?«

»Nein!« Es klingt härter als beabsichtigt. Erschrocken über mich selbst fahre ich ruhiger fort. »Ich will, dass du glücklich bist, Ash. Und deshalb will ich, dass du Iriann verlässt. Ohne mich.«

Einige Herzschläge lang starrt er mich sprachlos an. Mein Magen krampft sich zusammen und ich muss mit den Tränen kämpfen.

»Es geht nicht um das, was ich will«, versuche ich es ihm zu erklären. »Es geht um das, was ich kann. Und was ich nicht kann. Du hast recht. Ich kann nicht dein heimlicher Geliebter werden. Es würde mich innerlich auffressen.« Wütend kicke ich einen bemoosten Stein in die Wellen vor mir. »Alle anlügen? Das will ich nicht. Und deshalb ist es besser, wenn wir uns trennen. Es ist besser, wenn du abreist und mich verlässt.«

»Ich …«

»Und wenn du das nicht kannst«, schiebe ich unerbittlich hinterher, »muss ich das eben tun.«

»Soll das bedeuten …?«

»Es geht nicht, Ash. Es tut mir leid. Heute und hier endet das, was wir haben.«

Ich war mir so sicher, dass er um mich kämpfen, dass er argumentieren würde … vielleicht sogar schreien. Aber alles, was er tut, ist still dazustehen und mich anzusehen.

Ein weiteres Mal entscheidet sich unser Schicksal an einem Strand, wie damals in Gwilen. Nur dass diesmal alles Gold, alle Wärme, aller Sonnenschein aus der Welt verschwindet. Wir stehen am Scheidepunkt.

Und weil er den Schritt offenbar nicht gehen kann, muss ich das tun. Muss ich stark sein. »Es tut mir leid«, murmele ich noch einmal. »Leb wohl.«

Ash regt sich noch immer nicht. Aus weit aufgerissenen Augen starrt er mich an. Also drehe ich mich um. Ich laufe den Strand entlang, fühle mich hohl und leer und unendlich traurig, aber auch auf eine seltsame Art erleichtert. *Es ist die richtige Entscheidung*. Ein Teil von mir hofft, dass Ash mir hinterhereilen, mich an der Schulter packen, herumwirbeln und küssen wird.

Aber das tut er nicht.

Als ich den Strand hinter mir lasse und das Pflaster des Hafenviertels betrete, blicke ich mich doch um. Ash steht noch immer reglos an der Stelle, an der ich ihn verlassen habe.

An der ich ihn verlassen habe.

Taubheit

Die nächsten Tage fühlen sich an, als würde ich das Leben eines anderen führen. Ich bespreche mit meinen Eltern Hochzeitsvorbereitungen, spaziere mit Alyss durch das Heckenlabyrinth und treffe mich mit dem König, der Königin sowie Vater und Mutter zu geheimen Unterredungen.

Fiona, die wegen Gwyn und Olwenn der Liebeskummer quält, beglückwünscht mich mit bitterer Stimme zur vorgezogenen Hochzeit. Es schmerzt, dass es nicht einmal ihr gelingt, hinter meine Fassade zu sehen und zu erkennen, dass ich ebenso leide wie sie.

Ash selbst gehe ich aus dem Weg. Ich beginne, mich krank zu fühlen, und verschanze mich in meinem Zimmer. Ash versucht, mich trotzdem zu besuchen. »Ein junger Mann ist für dich hier«, teilt mir Dougal mit.

»Bitte richte ihm aus, ich sei unpässlich.«

Ash geht unverrichteter Dinge, aber er kommt wieder. Beim dritten Mal hat er einen Brief dabei. Er beginnt wie folgt:

Mein lieber Freund,

man hat mir mitgeteilt, eine Krankheit quält Euch, und ich hoffen von Herzen, Ihr seid bald wieder wohlauf. Ihr habt mich auf Eurer schönen Insel so herzlich begrüßt wie kein anderer, und ich vermisse unsere angeregten Diskussionen. Es gäbe noch so viel Faszinierendes, das ich über Euer Land noch nicht verstehe und das ich gern mit Euch besprechen würde. Vor allem unser letztes Gespräch ist mir noch lebhaft in Erinnerung und ich hoffe, mit Euch sehr bald wieder daran anknüpfen zu können …

Unterschrieben ist der Brief mit »Aristide Aurel, Prinz von Gwilen«. Ich antworte nicht und hoffe, dass Ash aufgibt. Und tatsächlich höre ich ein paar Tage nichts von ihm.

Da ich krank bin, kann ich auch nicht das Haus verlassen, um Alyss zu besuchen. Die Zeit nutze ich, um mich durch Bücher mit alten Balladen zu wühlen. Meine Vermutung, bei den Schattenkreaturen könne es sich um verwandelte Elfen handeln, geht mir nicht aus dem Kopf. Doch trotz intensiver Suche finde ich keine Informationen, die diese Überlegung untermauert hätten. Vermutlich ist es ohnehin egal. Die Magier werden das Schattenlabyrinth schließen. In wenigen Wochen schon. Raven, die mich regelmäßig besucht, berichtet von einem steten Strom Wagemutiger, die in direkter Umgebung des Schattenlabyrinths nach unentdeckten Artefakten suchen. Sie hoffen, dass die Gegenstände ihre Macht behalten werden.

Ich denke daran, was Ash mir vor einem Jahr am Strand erzählt hatte. Dass er davon geträumt hat, Schatzjäger zu werden.

»Ash ist doch nicht etwa mit den anderen zum Schattenlabyrinth ausgerückt?«, frage ich sie entsetzt.

Raven verdreht die Augen. »Als ob Solánge das zulassen würde.«

»Als ob Ash sich einsperren ließe.«

»Er hat sich ebenso in seinem Zimmer verbarrikadiert wie du. Ich habe ihn in den letzten beiden Tagen nur zwei Mal kurz gesehen. Beide Male war er so schlecht gelaunt, dass ihm selbst ein ›Guten Tag‹ schwergefallen ist.«

»Oh.« Verlegen senke ich den Kopf und nestele an den Fransen der Wolldecke herum, die ich mir über die Beine gezogen habe. »Macht Solánge Fortschritte bei der Suche nach einem Heilmittel?«, frage ich, um das Thema zu wechseln.

Raven setzt sich zu mir. »Nein. Aber zumindest gelingt es den Heilern dank ihrer Ratschläge, Tränke zu brauen, die den Verlauf der Krankheit verlangsamen.«

»Vater sagt, Kornbach sei dem Hexenbrand zum Opfer gefallen.«

Raven schlägt die Hand vor den Mund. »Das ist ganz in der Nähe von Ehrenfeld. Hast du …?«

»Zu Hause geht es allen gut.«

»Noch«, sagt Raven dumpf.

Ich nehme sie in den Arm und drücke sie fest. Obwohl mir das Herz noch immer blutet, komme ich mir plötzlich selbstsüchtig vor. Da vergehe ich mich in Liebeskummer, und auf der Welt geht so viel Schlimmeres vor sich. »Du musst dir keine Sorgen machen«, versuche ich sie und mich selbst gleichzeitig zu überzeugen. »Bald versiegeln sie das Schattenlabyrinth. Dann wird alles gut.«

Aber nichts wird gut. Wenn ich geglaubt habe, meine Gefühle für Ash würden verschwinden, sofern ich zu ihm auf Abstand gehe, so stelle ich nun fest, wie sehr ich mich irre.

Am Abend vor der Versiegelung des Schattenlabyrinths

muss ich meine Familie zu einem Abendessen bei Hof begleiten. Es ist wichtig, dass Alyss und ich uns öffentlich zeigen. Briann sei Dank geht es mir gesundheitlich wieder besser. Trotzdem zittern vor unserem Aufbruch in die Seefeste meine Finger nervös, als ich vor dem kleinen Wandspiegel in meinem Zimmer die Schnürung meines Hemdes richte. Weil ich bereits ahne, dass ich an diesem Abend Ash wiedersehen werde. Und ich mich sowohl danach sehne als auch davor fürchte.

Ich habe Vater überzeugen können, durch den König alles so arrangieren zu lassen, dass Alyss und ich nicht bei den anderen jungen Leuten speisen, sondern mit der Königlichen Familie und einigen älteren Adeligen an der Hohen Tafel. Unsere Väter wollen schließlich, dass Alyss und ich uns als die Zukunft des Landes präsentieren.

Meine Schwestern sitzen mit Prinzessin Olwenn an ihren üblichen Plätzen. Das tut mir besonders leid, weil Fiona so ein Abendessen in unmittelbarer Nähe von Gwyn und Olwenn durchstehen musste. Zu meinem Entsetzen steuert Ash gleich nach dem Essen direkt auf die königliche Tafel zu. Er hat das Kinn entschlossen vorgereckt und sein Schritt ist fest.

»Eure Majestäten, Mylady, Mylords«, beginnt er.

»Prinz Aristide.« König Corwin nickt ihm neugierig zu.

Ash steht offensichtlich nicht der Sinn nach Geplänkel. Er richtet seinen Blick sofort auf mich. »Wie schön, dass es Euch endlich besser geht.«

Ich rücke unruhig auf dem Stuhl herum. »Danke.«

»Dürfte ich Euch wohl um eine private Unterredung bitten?«

»Ich …«

»Es wird nicht lange dauern, seid gewiss.«

Als ich mit hochrotem Kopf meinen Stuhl nach hinten schiebe und aufstehe, bin ich mir der Blicke der anderen nur allzu bewusst. Aber wie hätte ich Ashs Bitte ablehnen sollen, ohne Misstrauen zu erregen? Während ich ihm mit weichen Knien quer durch den Saal folge, spüre ich, wie Zorn in mir hochkocht. Wir gehen hinaus auf den kleinen Balkon. Außer uns befindet sich niemand dort. Mir ist todschlecht und ich bereue, den zweiten Teller Fischsuppe gegessen zu haben. Ash führt mich zu einer Stelle, an der es keine Fenster gibt. Von drinnen kann man uns nicht beobachten.

Als er sich zwischen zwei rot blühenden Blumenstöcken zu mir umdreht, kann ich nicht mehr an mich halten. »Bist du des Wahnsinns?«

»Ich?!«

Ich verschränke die Arme und bemühe mich redlich, mein Zittern zu unterdrücken. »Was soll ich denn deiner Meinung nach dem König erzählen, wenn wir in den Saal zurückkehren? Oder Alyss?«

»Wie wäre es mit der Wahrheit?«

»Ash!«

»Warum hast du auf meinen Brief nicht geantwortet?«

»Ich dachte, ich hätte am Strand meine Wünsche und Absichten klar geäußert?« Obwohl ich mir Mühe gebe, selbstbewusst zu wirken, merke ich selbst, wie belegt meine Stimme klingt.

Er greift nach vorne, aber ich weiche einen Schritt zurück. Verletzt blickt er mich an. Eine Weile lang sagen wir nichts.

»Du hast Angst«, setzt Ash schließlich an. »Und das verstehe ich. Sehr gut sogar. Aber die Augen zu verschließen und Alyss zu heiraten – das ist nicht die Lösung, Rowan. Es wird dich unglücklich machen. Es wird *sie* unglücklich machen.«

»Das weißt du nicht«, sage ich erstickt. »Und was wäre die Alternative? Ein Leben in der Verbannung würde mich auch unglücklich machen.«

»Es wäre keine Verbannung. Und wir müssen gar nicht in Fennistére leben. Wir können überall leben, glaub mir.«

»Was für ein Leben soll das sein? Was glaubst du, was geschehen wird, wenn ich meine Verlobung löse und bekannt gebe, dass ich mich in den Prinzen von Gwilen verliebt habe.«

Die Worte sind heraus, ehe ich sie zurückhalten kann. Ash beginnt zu lächeln. »Du hast dich in mich verliebt?«

»Das spielt keine Rolle.«

»Du irrst dich. *Nur das* spielt eine Rolle.«

Wieder greift er nach mir und diesmal lasse ich es zu. »Wir können alles schaffen, wenn wir zusammenhalten. Wenn wir zusammen sind.«

»Ash.« Ich weiß, ich sollte ihn loslassen, aber ich kann es nicht.

»Warum hast du nur so wenig Vertrauen in dich selbst und deine Freunde? Raven würde dich nie im Stich lassen. Und was du über deine Schwestern erzählst …«

»Wir sind hier nicht in Fennistére«, unterbreche ich ihn. »Niemand hält eine schützende Hand über Leute wie uns.«

»Es muss noch mehr wie uns geben. Auch hier in Iriann.«

»Wenn, dann sind sie klug genug, den Mund zu halten.

Die Leute, wenn sie es erfahren würden – sie würden sich das Maul über uns zerreißen.«

»Dann lass sie reden. Was schert es uns? Die Leute, die dich lieben, werden zu dir halten.«

»Werden sie das?« Ernst blicke ich ihn an, und diesmal ist er es, der den Blickkontakt nicht halten kann.

»Was nutzt es dir«, fragt er leise, »wenn du in ein Leben gezwungen wirst, das du eigentlich nicht willst?«

Bevor wir uns begegnet sind, habe ich es gewollt, möchte ich am liebsten schreien. »Das, was du von mir verlangst, ist eine Herausforderung, der ich mich nicht stellen will. Ich bin kein Held.«

»Das glaubst du nur.«

»Du irrst dich.«

»Ich brauche dich, Rowan«, fleht Ash. Und damit sagt er genau das Falsche. Oder das Richtige, je nachdem, von welcher Seite man es betrachtet. Denn ich weiß, dass er sich irrt. Ash braucht mich nicht. Er ist schön und mutig und kann alles schaffen, was er will. Aber Alyss, sie verlässt sich auf mich. Die nächsten Jahre werden schwer für sie werden. Ich habe ihr ein Versprechen gegeben, bereits vor vielen Jahren.

Und, so furchtbar dieser Gedanke vielleicht auch ist, sie ist meine Chance auf ein ehrbares Leben. Auf ein Leben, in dem ich geachtet werde; in dem niemand mich mit vernichtenden, bemitleidenden oder angeekelten Blicken strafen wird. Briann, das würde ich nicht aushalten.

»Finde einen anderen jungen Mann, der dich glücklich machen kann.« Entschlossen löse ich meine Finger aus seinen. »Ich bin es nicht.«

Und dann drehe ich mich um und lasse ihn stehen.

Wieder.

Wie hätte ich auch ahnen können, dass ihn das dazu veranlassen würde, etwas unglaublich Dummes zu tun. Etwas, das unser beider Leben in Gefahr bringt.

Mitternacht

Mitternacht ist nicht mehr fern, als wir uns endlich bei der königlichen Familie entschuldigen. Der Abend hat sich in die Länge gezogen. Den Fragen der anderen, was der Prinz von Gwilen von mir gewollt hat, bin ich aus dem Weg gegangen. Briann sei Dank sind die meisten Bankettgäste begierig darauf, mit dem König zu sprechen, sodass ich nicht im Mittelpunkt der Aufmerksamkeit stehe. Ash hat kurz nach unserem Gespräch mit Solánge die Seefeste verlassen.

Als ich zu Hause mein Zimmer betrete, atme ich erleichtert auf. Momentan will ich niemanden sehen. Mir ist zum Heulen zumute und es ist schwer genug gewesen, den ganzen Abend über eine tapfere Miene zur Schau zu tragen. Nun fühle ich mich furchtbar müde. Aber als ich in mein Bett und unter die Decke gekrochen bin, will sich der Schlaf nicht einstellen. Meine Gedanken kreisen um Alyss und Ash. In einem Moment bin ich mir sicher, die richtige Entscheidung getroffen zu haben. Im nächsten Moment zweifele ich. *Die Götter haben den Menschen nicht zum Glücklichsein geschaffen*, fällt mir ein altes Sprichwort ein. Nie habe ich das deutlicher empfunden.

Ich gleite gerade in einen unruhigen Halbschlaf, als sich der Silberknopf auf meiner Brust erwärmt und Raven nach mir ruft.

»Ist etwas passiert?«, nuschele ich leise in mein Kopfkissen.

»Ash hat meinen Torstein gestohlen!«

Nicht nur die Panik in Ravens Stimme lässt mich hochfahren. »Was?!«

»Er hat mir einen Zettel dagelassen. Er schreibt, er hätte den Stein nur ausgeliehen, weil er dir etwas beweisen muss.«

Ich fluche.

»Was meint er damit, Rowan? Du musst mir helfen.«

»Ich bin gleich bei dir«, verspreche ich.

So ein Irrsinniger! Ash will mir etwas beweisen? Was soll das bitte sein? In fliegender Hast springe ich aus dem Bett und schlüpfe in meine Gewänder. Dann schleiche ich mich aus dem Haus.

Auf dem ganzen Weg zur Akademie frage ich mich, was Ash vorhat. Die Stadt um mich herum scheint zu schlafen. Meine Schritte hallen viel zu laut auf dem Kopfsteinpflaster und die Schatten, die die hohen Häuser werfen, wirken bedrohlich. Raven hat den Torstein noch nie benutzt. Zu groß war ihre Angst, dass er ausgerechnet in dem Moment versagen würde, wenn sie ihn wirklich braucht.

Die Nachtwächter mustern mich mit hochgezogenen Augenbrauen, als ich Einlass verlange. Vermutlich wird morgen die Runde machen, dass der Verlobte der Kronprinzessin mitten in der Nacht der Akademie einen Besuch abstattet. Zähneknirschend durchquere ich den Vorhof. Das ist ein Problem für später.

Raven erwartet mich am Springbrunnen. Unruhig läuft sie vor dem Blütenbecken auf und ab. Im Hinblick auf die Nachtwächter verzichte ich darauf, sie in die Arme zu schließen.

»Endlich«, flüstert sie erleichtert, als ich vor ihr stehe. In ihren Augen glitzert es verräterisch. »Dieser Bastard!«

»Lass mich kurz zu Atem kommen«, bitte ich. »Warst du bereits bei Solánge?«

Sie blickt mich entgeistert an. »Mitten in der Nacht?«

Ich verdrehe die Augen. »Willst du den Orb zurück oder nicht?«

»Ich bin keine Adelige, die einfach gehen kann, wohin es sie beliebt. Du musst gehen, bitte. Du musst mich begleiten.«

Ich schüttele den Kopf. »Du schaffst das, Raven. Die Comtesse mag dich.«

»Aber …«

»Ich weiß nicht, was Ash mit dem Torstein will«, schneide ich ihr das Wort ab. »Er ist ein Hitzkopf, und was immer er vorhat, er hat es nicht durchdacht.«

»Glaubst du, er will sich aufs Festland absetzen?«

Darüber habe ich auch bereits nachgedacht. »Lass uns zum Haus von Magister Kelly gehen.«

Nachdem ich, den Klopfer ignorierend, mehrfach mit der Faust auf die Tür eingetrommelt habe, öffnet uns Sólange de Gwilen. Sie hat sich ein Stricktuch über das Nachtgewand geworfen und blinzelt uns verschlafen an. Als sie uns erkennt, räuspert sie sich und fragt, was wir mitten in der Nacht auf ihrer Schwelle zu suchen haben. Während Raven ihr alles erklärt, stürme ich die Treppe hinauf in den ersten Stock, wo sich Ashs Zimmer befindet. Keuchend erreiche ich den Treppenabsatz, halte einen Augenblick inne, um Luft zu holen. Dann gehe ich an der Kammer der Artefakte vorbei zu den

Gästezimmern. Die Tür zu Ashs Raum ist nur angelehnt. Flackerndes Licht fällt durch den Spalt. Schnell wische ich mir den Schweiß von der Stirn und sammele mich. Dann stoße ich die Tür auf.

»Hier steckst du also«, sage ich, als ich Ash auf der anderen Seite des Raums entdecke. Er trägt seine auf Hochglanz polierten Stiefel, eng anliegende Beinkleider aus türkisfarbenem Stoff und ein cremefarbenes Leinenhemd, die Schnürung so locker, dass die nackte Haut seiner Brust darunter hervorblitzt. Ich hätte geglaubt, er habe mich einzig und allein aus dem Grund hier hochgelockt, um mich zu verführen, wäre da nicht das Portal.

Ash hat den Torstein tatsächlich aktiviert. Ich weiß augenblicklich, um was es sich bei dem Gebilde handelt, das hinter ihm in der Luft schwebt. Es ist groß, größer noch als Ash. Das untere Ende befindet sich auf Höhe seiner Knöchel, das obere erstreckt sich fast bis zur Decke. Es erinnert mich in seiner ovalen Form an die Scheibe eines gewaltigen Spiegels, nur, dass seine Oberfläche nicht aus Glas besteht, sondern aus Schatten. Es ist ein Loch in der Welt, und es wirkt auf eine befremdliche Art lebendig. Kleine Lichter leuchten darin auf wie Sterne und verblassen wieder. Es ist, als würde ein Stück Nachthimmel im Turmzimmer hängen.

»Was machen wir hier, Aristide?«

»Ich habe auf dich gewartet.«

Ich bleibe im Türrahmen stehen und mustere ihn ungläubig. »Du hast ihn tatsächlich gestohlen.« Ich deute auf den Orb in seiner Hand und weiß nicht, ob ich in diesem Moment mehr Wut oder Enttäuschung verspüre.

»Nicht gestohlen. Ausgeborgt.«

Ich stoße ein trauriges Lachen aus. »Die Gefühle von anderen sind dir vollkommen egal.«

»Das ist nicht wahr.«

»Ist es nicht?« Aufgebracht funkele ich ihn an. Seine Haare sind zerzaust, wie in der Waldhütte. Schweiß glänzt auf seiner Stirn, obwohl es im Zimmer nicht sonderlich warm ist. Seine Lippen sind leicht geöffnet und er blickt mich aus großen Augen an. Gütige Briann, er ist so schön. Er strahlt hell wie ein Stern vor dem tintenschwarzen Portal.

Nein. Ich werde ihn nicht damit durchkommen lassen. Er hat den Torstein an sich genommen, ohne Raven zu fragen. Es ist ihm egal, wie es ihr damit geht. Alles, was ihn interessiert, sind seine Bedürfnisse. Seine Wünsche. Seine Träume.

»Wohin führt dieses Portal?« Ich gebe mir Mühe, meine Stimme so kalt wie möglich klingen zu lassen. »Zu deiner Tante? Ich habe dir bereits gesagt, dass ich nicht mitkommen werde.«

»Es führt nicht nach Fennistére.«

»Wohin dann?«

»Ins Schattenlabyrinth.«

Seine Worte treffen mich wie ein Schlag. Ich kann nicht mehr atmen und muss mich mit der Hand am Türsturz festhalten, damit meine Beine nicht unter mir wegbrechen.

Er steht nur da und beobachtet mich.

»Hast du völlig den Verstand verloren?«, frage ich leise, als ich mich endlich wieder gesammelt habe.

»Ich liebe dich wirklich, Rowan O'Brien.«

Ich liebe dich auch, denke ich. *Aber darum geht es hier nicht.*

»Was hat das bitte damit zu tun?«, sage ich stattdessen und deute auf die wirbelnde Masse aus Schatten.

Er zwinkert mir zu, als sei alles ein Scherz, aber das nervöse Pochen seiner Halsschlagader verrät ihn. »Du bist ein Held, Rowan, das ist dir nur noch nicht klar. Ich weiß, dass du mich retten wirst. Und dass du mich liebst. Alles, was du brauchst, ist ein kleiner Schubs.«

»Ein Schubs? Dich retten? Was redest du da?« Mein Magen zieht sich zusammen. »Bitte komm vom Portal weg.«

Aber Ash hört nicht auf mich. Er lässt die Hand mit dem Torstein sinken. »Hab keine Angst. Alles wird gut.«

»Was?!«

Panik breitet sich in mir aus, als mein Körper begreift, was Ash vorhat, noch ehe es meinem Kopf klar wird.

»Fang.«

Er wirft den Torstein in meine Richtung. Mit schreckgeweiteten Augen beobachte ich, wie Ash die Arme vor der Brust verschränkt und mit seinen Fingerspitzen die Schultern berührt. Seine Augen glänzen im Kerzenlicht. Während der Orb einen perfekten Bogen durch den Raum beschreibt, lässt Ash sich, ohne dass ich es verhindern könnte, nach hinten fallen, direkt hinein in das Portal.

»NEIN!«

Ich stürze nach vorne. Aber es ist zu spät. Ash verschwindet in einem Meer aus Dunkelheit. Das Portal schließt sich in dem Moment, in dem der Torstein auf dem Steinboden aufprallt.

Alles ist verloren.

Das Portal

»Nein, nein, nein!« Hart schlagen meine Knie auf dem Boden auf, dort, wo vor einigen Herzschlägen noch das Portal in der Luft hing. »Nein, nein, nein, nein, nein!«

Verzweifelt hämmere ich mit der Faust auf den Stein vor mir. Verrückter Kerl. Wie konnte er das nur tun?

Hektisch fahre ich herum und krieche auf allen vieren hinüber zum Torstein. Stumm flehe ich die Götter an, dass der Orb den Aufprall unbeschadet überstanden hat. Als sich meine Finger um die glatte, kalte Oberfläche des jadefarbenen Eies schließen, atme ich erleichtert auf.

Was nun?

Ich kann doch nicht. Ich darf doch nicht.

»Rowan?«

»Rowan, geht es dir gut? Wo ist Ash?«

»Rowan?«

Es dauert eine Weile, bis Raven und Sólange zu mir durchdringen. Zitternd kämpfe ich mich auf die Füße. »Ich war zu spät.«

»Er ist wohin?!«

Wir stehen im Flur vor Ashs Gästezimmer und Solánge starrt mich an. Raven neben ihr ballt die Hände zu Fäusten. Es ist unmöglich zu sagen, welche der beiden meine Offenbarung mehr aufwühlt.

»Dieser Heißsporn! Eines Tages wird er uns alle noch ins Grab bringen.« Endlich löst sich die Comtesse aus ihrer Erstarrung. Sie bittet Raven und mich, ihr ins Arbeitszimmer zu folgen, und lässt sich haarklein erzählen, was genau geschehen ist. Als ich geendet habe, stützt sie den Kopf in die Hände und stöhnt auf.

»Was tun wir jetzt?«, fragt Raven unsicher.

Mir ist so schlecht, als stünde ich kurz davor, mich zu erbrechen. »Wir öffnen mit dem Torstein ein weiteres Portal.« Plötzlich fällt es mir schwer, Luft zu holen. »Und dann hole ich ihn zurück.«

Ich weiß nicht, was in diesem Moment meine Angst verstärkt: Ravens entsetzter Blick. Oder Solánge de Gwilens grimmiges Nicken.

Es ist ein Wunder, was selbst das ängstlichste Herz zu tun bereit ist, wenn das Leben der Menschen auf dem Spiel steht, die wir lieben. Obwohl mein Körper zu rebellieren droht und ich weiß, dass ich mich in Lebensgefahr begebe, zweifele ich keine Sekunde lang daran, dass Ash ins Schattenlabyrinth zu folgen, die einzige Möglichkeit ist, ihn zu retten.

Ich weiß, dass du mich retten wirst, hat Ash vorhin gesagt. Er kennt mein Herz besser als ich selbst.

Mit zusammengebissenen Zähnen eile ich zum zweiten Mal in dieser Nacht von unserem Stadthaus zurück auf das Gelände der Akademie. Offensichtlich bin ich lebensmüde, aber nicht wahnsinnig. Bei Anbruch des neuen Tages werden die Magier versuchen, das Schattenlabyrinth zu versiegeln. Doch auch wenn die Zeit knapp ist, kann ich mich nicht unbewaffnet in die Feste der Schwarzen Königin stürzen. Während Ashs Schwester in Magister Kellys privaten Schätzen nach Artefakten wühlt, die mir vielleicht bei meinem bevorstehenden Abenteuer behilflich sein werden, habe ich mich nach Hause geschlichen und Sonnendorn gestohlen. Vater wird fuchsteufelswütend sein, wenn er entdeckt, was ich getan habe. Aber wenn ich vor dem Morgengrauen nicht wieder in meinem Bett liege, dann habe ich vermutlich größere Probleme.

Zwar wissen wir nicht, ob die Artefakte auch im Schattenlabyrinth ihre Macht besitzen, aber ein Schwert ist ein Schwert. Sosehr mich der Gedanke ängstigt: Ich werde das Portal durchschreiten. Ich werde ihn finden. Ich werde ihn nach Hause zurückholen. Und dann werde ich ihm eine Ohrfeige verpassen, dass ihm Hören und Sehen vergeht.

Falls wir nicht beide bei dem Versuch, ihn zu retten, das Leben verlieren.

Als sie mir diesmal die Tür öffnet, trägt Solánge ein Hemd aus grobem Leinen, eng geschnittene Hosen aus braunem Wildleder und eine Weste aus dem gleichen Material. Ihre goldenen Haare hat sie gezöpft und zu einem Knoten aufgesteckt. Ein Jagddolch wie jener, den Ash Willow auf dem Marktplatz gezeigt hat, hängt an ihrem Gürtel. Sie sieht aus wie eine Kämpferin aus einer alten Sage. Mit offenem Mund starre ich sie an.

»Was?«, fragt sie und winkt mich ins Haus. »Hast du geglaubt, ich lasse meinen Bruder im Stich?«

Wie lange mag es her sein, dass Ash sich ins Portal gestürzt hat? Der Morgen ist sicher noch fern, aber die Kerzen in seinem Zimmer sind ein ganzes Stück heruntergebrannt. Solánge wirft mir einen langen Blick zu, sagt aber nichts. Sie hat keinen Herzschlag lang infrage gestellt, dass ich ihrem Bruder ins Schattenlabyrinth folgen will. Ich bin mir fast sicher, dass sie weiß, was zwischen ihm und mir vorgeht. Vorging.

»Wo stand er, als er den Stein benutzt hat?«, fragt Raven. Ich deute auf die Stelle, an der das nachtglitzernde Portal schwebte.

»Gut.« Sólange geht dorthin. »Raven?«

Die nickt. Sie wird uns nicht ins Schattenlabyrinth begleiten. Weder Solánge noch ich wissen, ob es uns möglich ist, von dort aus die Macht des Portalsteins zu wecken. Ich trage den Silberknopf, mit etwas Glück werden wir dadurch Verbindung halten und Raven Bescheid geben, wann sie uns den Weg nach Hause wieder öffnen darf.

Falls die Artefakte jedoch versagen und sie bis dahin nichts von uns hört, wird sie mit den ersten Strahlen der Morgensonne Magister Kelly aufsuchen und ihm erzählen, was geschehen ist. »Er wird dir Wachen zur Seite stellen, wenn du das Portal noch einmal öffnest, so früh, dass die Magister noch nicht mit der Versiegelung begonnen haben. So Brianne will, werden Ash, Rowan und ich hindurchtreten. Falls an unserer Stelle Schattenkreaturen erscheinen, solltet ihr gewappnet sein.«

Unser Plan ist waghalsig. Aber wir besitzen keinen anderen.

Mit trockenem Mund beobachte ich, wie meine beste Freundin vor mir den Orb in ihrer Hand streichelt und seine Macht erweckt. »Schattenlabyrinth«, flüstert sie.

Das Portal erscheint aus dem Nichts.

Zunächst ist es nur ein winzig kleiner Fleck, nicht größer als eine Fliege. Dann wächst es an, seine Dunkelheit so lichtlos, dass es mir vorkommt, als reiße es ein Loch in die Wirklichkeit. Es breitet sich aus wie ein Geschwür, in einem Augenblick noch handtellergroß, im nächsten Moment schon so groß wie mein Oberkörper. In der wirbelnden Schwärze erblühen stecknadelkopfgroße Lichter.

»Wunderschön«, flüstert Solánge neben mir fasziniert.

Irgendwann hört das Portal auf zu wachsen.

Einen Herzschlag lang habe ich den Eindruck, in einen nachtschwarzen Abgrund zu blicken. Deshalb schließe ich kurz die Augen. Wenn ich nun zögere, verliere ich vielleicht doch den Mut.

»Bereit?«, frage ich Solánge und überprüfe noch einmal den Sitz meines Schwertes und meines Wasserschlauchs. Während Solánge Artefakte zusammensuchte, hat Raven uns Wasser, Messer und Essensrationen zusammengepackt.

»Bereit«, antwortet mir Solánge mit fester Stimme.

Aus einem Reflex heraus ergreife ich die Hand, die sie mir entgegenstreckt. Dann gehen wir auf die wabernde Schwärze vor uns zu.

»Rowan!«

Ich drehe den Kopf und sehe, dass Raven um das Portal herum auf uns zugestürmt kommt. Seltsam, auf welch kleine Details man in einem solchen Moment achtet: Ihre Finger umkrampfen so fest den Orb, als wolle sie ihn mit bloßer Hand zerbrechen.

»Ja?«

»Passt auf euch auf.«

Ich presse die Lippen zusammen und nicke. Dann, ehe ich es mir anders überlegen kann, trete ich mit Solánge an meiner Seite in die nachtschwarze Finsternis vor mir.

Die Überreste eines zerbrochenen Traums

Es fühlt sich an wie Fallen. Sobald ich das Portal durchschreite, verliere ich den Boden unter den Füßen und stürze durch die Dunkelheit. Solánges Hand entgleitet mir. Silbern wirbeln Sterne um mich herum. Ich weiß weder, wo oben, noch wo unten ist. Mein Magen schlägt Purzelbäume mit mir.

Dann pralle ich mit beiden Füßen hart auf dem Boden auf. Schmerz schießt durch meinen Knöchel und ich sacke in die Knie. Sonnendorn fällt mir aus der Hand und schlittert klirrend über den Boden. Keuchend hole ich Luft. Neben mir stützt sich Solánge schwankend an der Wand ab. Sie wirkt ebenso mitgenommen, wie ich mich fühle. Tuath und Briann sei Dank hat uns der Sturz durch das Portal nicht getrennt.

Um uns herum herrscht Düsternis. Das wenige Licht, das ich ausmachen kann, kommt nicht von Sternen. Es ist auch nicht silbern, sondern von einem schmutzigen Grün. Viel erkennen kann ich nicht. Alles um uns herum besteht offenbar aus Stein. Ich befinde mich im Schattenlabyrinth.

So schnell ich kann, krieche ich dorthin, wo mein Schwert liegt, und nehme es wieder an mich. Sofort fühle ich mich etwas sicherer. Nachdem ich mich mit hektischen Blicken in alle Richtungen davon überzeugt habe, mit Solánge allein zu sein, lasse ich mich auf meinem Hosenboden nieder, ziehe die Knie an meinen Körper, lehne mich an die Wand und hole tief Luft. Es stinkt nach Moder, Staub und … nassem Fels? Kleine Steine stechen mir ins Gesäß. Die Wand in meinem Rücken ist uneben, mehr wie natürlicher Stein als errichtetes Mauerwerk. Oder wie Mauerwerk, das im Verlauf der Jahrhunderte verwittert ist, wie es sonst nur Holz tut.

Mit den Fingerspitzen fahre ich über den schmutzigen Fußboden. Schwarzgrauer Staub bleibt an ihnen haften. Unter dem Dreck und den kleinen Steinchen befindet sich allerdings Marmor. Glatter, rahmfarbener Marmor. So haben Teile des Weißen Schlosses wohl doch überlebt.

»Geht es dir gut?« Solánge setzt sich neben mich.

Ich nicke erschöpft. »Was für ein Ritt. Und dir?«

Sólange schnaubt nur. Wie selbstverständlich sind wir zum Du übergegangen.

Das grüne Licht um uns herum besitzt eine beunruhigende Wirkung. In unregelmäßigen Abständen flackert es grell auf, als wäre außerhalb meines direkten Sichtbereichs ein Blitz niedergefahren. Auf Donnerschläge warte ich allerdings vergeblich.

Die Stille kratzt an meinen Nerven. Wir sind im Schattenlabyrinth.

Wir *sind* im Schattenlabyrinth!

Aber wo ist Ash?

Ich öffne den Mund, um seinen Namen zu rufen, halte mich selbst jedoch im letzten Augenblick zurück. »Er ist nicht hier«, flüstere ich stattdessen.

Solánge brummt recht undamenhaft. »Wann hätte er es

einem jemals einfach gemacht?« Nach einem Atemzug setzt sie hinzu: »Funktionieren die Artefakte?«

Hektisch nestele ich an dem Lederbändchen um meinen Hals, während Solánge einen Lichtstein aus ihrer Tasche zieht. Als die kleine Glaskugel in ihrer Hand zu leuchten beginnt, atme ich erleichtert auf. Mithilfe meines Silberknopfs rufe ich nach Raven.

»Rowan! Geht es dir gut? Ist Comtesse Solánge bei dir?« In ihrer Stimme schwingt Angst mit.

»Alles ist gut gegangen«, sage ich schnell. »Wir sind … dort.«

Ich höre sie seufzen. »Tuath und Briann! Und Ash?«

»Er ist nicht hier. Aber wir finden ihn gewiss schnell. Weit kann er noch nicht sein.«

»Bitte kommt gesund zurück.«

Nichts will ich lieber tun. Ich bin kein Held. Der Plan, den Solánge, ich und Raven geschmiedet haben, ist eigentlich keiner. Aber egal wie unsinnig und gefährlich das ist, was wir gerade tun, im Grunde haben wir keine Wahl.

»Erst muss ich Ash finden«, antworte ich fest.

»Rowan …«

»Wir haben das alles bereits besprochen, Raven. Wir sollten uns nun umsehen.«

Solánge versichert Raven, sich bald wieder bei ihr zu melden. Dann lasse ich den Knopf unter mein Hemd gleiten und blicke die Comtesse direkt an. »Wo fangen wir mit dem Suchen an?«

Es dauert eine Weile, bis sich meine Augen an das Zwielicht im Schattenlabyrinth gewöhnen. Das schmutzige Grün löst körperlichen Ekel bei mir aus, und das grelle, blitzlichtartige Flackern, das ab und an durch die Gänge irrlichtert, blendet mich für kostbare Augenblicke. Der Gang, in dem wir sind, führt nur in zwei Richtungen. Weil wir nirgendwo Spuren entdecken, die uns einen Hinweis darauf geben, wohin Ash verschwunden sein könnte – falls er überhaupt an der gleichen Stelle im Schattenlabyrinth gelandet ist wie wir –, entscheiden wir uns schulterzuckend für die, in die der Flur größer wird.

Der Marmorboden unter meinen Füßen ist glatt und flach, an vielen Stellen jedoch rutschig und von Geröll bedeckt. Alle paar Schritte wachsen steinerne Dornen aus dem Boden oder aus den Wänden, mal größer, mal kleiner. Wir können mühelos um sie herumgehen, aber ihre fremdartige Form fasziniert mich. Sie sehen aus, als seien sie mit schwarzem Wachs übergossen worden, das wie beim Herabrinnen an einem Kerzendocht in der Luft erstarrte und unregelmäßige Konturen bildete.

Als wir an einer dieser Dornen vorbeikommen, kann ich mich nicht zurückhalten und strecke den Zeigefinger nach der seltsam weich aussehenden Oberfläche aus. Kaum berühre ich sie, befinde ich mich nicht mehr im Schattenlabyrinth, sondern in einem strahlend weißen Flur, an dessen Wänden kostbare Läufer hängen. Licht flutet durch große Fenster, deren Scheiben aufgestoßen sind. Durch die Öffnung klettern Rosenranken und ich sehe einen strahlend blauen Himmel und höre Vogelgezwitscher.

Überrascht gehe ich einen Schritt zurück – und befinde

mich wieder im Schattenlabyrinth. Durch meine Bewegung hat meine Haut den Kontakt mit dem Stein verloren.

»Ist alles in Ordnung?«, fragt Solánge.

»Ich glaube, ich habe gerade das Weiße Schloss gesehen. Wie es früher aussah.«

Noch einmal berühre ich den Stein. Wieder befinde ich mich in dem prächtigen Flur und atme die frische Luft ein. Solánge taucht neben mir auf.

Ich öffne den Mund, um etwas zu sagen, verstumme aber, als ich bemerke, dass wir nicht allein im Gang sind. Einige Schritte vor uns steht eine Magd in altertümlicher Kleidung. Das Haar trägt sie nicht unter einer Haube verborgen, sondern hinter dem Kopf zusammengesteckt. Über ihr schlichtes Kleid fällt eine helle Schürze. In ihren Händen hält sie ein Tablett. Sie unterhält sich mit einem prächtig gekleideten jungen Mann.

»Mylord«, höre ich sie sagen. Ihre Stimme klingt flehend. Nun erkenne ich, dass ihre Hände um das Tablett verkrampft sind.

Der Adelige geht näher auf sie zu.

»Nur ein Kuss«, verlangt er.

Ich erstarre. Der Mann keilt die junge Frau zwischen sich und der Wand ein.

»Was erlaubt Ihr Euch!«, ruft Solánge empört und geht einen Schritt nach vorne. Im nächsten Sekundenbruchteil ist sie verschwunden. Die Magd und der Adelige haben sie nicht gehört. Entsetzt sehe ich, wie der Mann nach vorne greift, um seine Hand an ihre Hüfte zu legen.

»Zier dich nicht«, sagt er.

Das Tablett entgleitet ihren Fingern. Es schlägt klirrend auf dem Boden auf, als ich endlich meine Starre abschütteln und auf sie zueilen kann.

Ich stolpere durch das Schattenlabyrinth. Der helle Flur, die beiden Menschen – alles ist verschwunden.

Solánge legt mir die Hand auf die Schulter. »Das war nicht echt.« Ich will protestieren, aber sie fährt fort. »Oder falls es echt war, dann ist es bereits vor langer Zeit geschehen. Wir können ihr nicht helfen.«

Ich senke den Kopf. »Raven«, murmele ich dann, traurig und wütend zugleich. »Solche Menschen sind der Grund, weshalb sie sich so sehr vor dem Verlust des Torsteins fürchtet.«

Aber Solánge hat recht. Wir können nichts tun. Als ich ein weiteres Mal nach dem Steindorn greife, versetzt mich die Berührung wieder an diesen anderen Ort, in das Weiße Schloss. Der Mann und die Magd sind verschwunden. Alles, was von ihrer Begegnung zeugt, sind das Silbertablett auf dem Marmorboden und darum herum bunt glasierte Tonscherben. Wie die Überreste eines zerbrochenen Traums.

Eine unerwartete Begegnung

Wir gehen weiter. Die modrige Luft trägt nun ab und an ein dumpfes Klackern zu uns heran. Vorsichtig tasten wir uns den Gang entlang. Ich achte darauf, keine weitere Stachelformation zu berühren. Zeit ist knapp, wir dürfen uns nicht ablenken lassen.

Ich gehe vor Solánge, Sonnendorn gezogen. Solánge deckt mir mit ihrem Dolch den Rücken. Kurz habe ich die Klinge meines Schwertes aufflammen lassen, um mich davon zu überzeugen, dass es seine Kraft nicht verloren hat, und um die Umgebung zu erhellen. Aber mit Sonnendorn geht es mir wie Raven mit dem Torstein. Da ich nicht weiß, wie lange seine Macht noch reichen wird, zögere ich, es zu benutzen. Solánge hat zwar genügend Lichtsteine eingepackt. Das giftige Zwielicht des Schattenlabyrinths genügt aber, um sich zurechtzufinden.

Wir kommen nur langsam voran. Im geisterhaften Glühen um uns herum sehe ich, wie dreckig alles ist. Die Wände wirken schief und pockennarbig. Zu den kleinen Steinen an den Rändern des Ganges gesellt sich trockenes Laub. Bisher habe ich keinerlei Pflanzen im Schattenlabyrinth entdeckt. Es ist mir deshalb ein Rätsel, woher das verdorrte Blattwerk kommt.

Der Gang, dem wir folgen, besitzt viele Windungen. Keinerlei Türen gehen von ihm ab. Ohne den Marmorboden hätte ich geglaubt, mich durch eine Höhle zu kämpfen und nicht durch ein Gebäude, das einst das schönste Schloss auf der ganzen Insel gewesen sein soll. Die muffige Luft macht es schwer zu atmen, und bald habe ich das Gefühl, meine Nasenhöhlen seien verklebt. Was mich am meisten irritiert, ist, dass wir keinem begegnen. Sollte es hier nicht vor Schattenkreaturen nur so wimmeln? Mein eigener Atem und der Klang unserer Schritte tönen unnatürlich laut in meinen Ohren. Zweimal haben wir unseren Mut zusammengenommen und nach Ash gerufen, aber keine Antwort erhalten. Wäre das seltsame Klackern nicht, würde ich schwören, wir seien mutterseelenallein im Schattenlabyrinth.

Wir biegen gerade in einen Gang ein, der den unseren kreuzt, als ein neues Geräusch erklingt. Sofort bleibe ich stehen und halte den Atem an. Solánge legt ihre Hand auf meine Schulter, um mich zu beruhigen, und lässt den Leuchtstein in ihrer Hand erlöschen. Angespannt lauschen wir.

Ein leises Scharren dringt an unsere Ohren, wie von Ratten in den Wänden. Mich schaudert. Meine Finger schließen sich fester um Sonnendorn, obwohl ich mir nicht sicher bin, was ein Schwert gegen Ratten ausrichten soll. Dann kneife ich meine Augen zu Schlitzen zusammen und suche die Umgebung ab.

Ich entdecke die Verursacher des Geräuschs einige Schritte von uns entfernt in einer Mauerspalte. Mit dem Kopf deute ich in die Richtung und hoffe, Solánge kann das im Zwielicht sehen. Tatsächlich handelt es sich bei den Scharrern um Nagetiere. Aber nicht um Mäuse oder Ratten. Drei possierliche Tierchen stehen auf ihren Hinterpfoten. Sie haben kleine, spitze Gesichter mit auffälligen Pinselohren und große buschige Schwänze. Aus großen Knopfaugen blicken sie mich an.

Nachdem ich mich von meiner Überraschung erholt habe – mit Eichhörnchen habe ich im Schattenlabyrinth nicht gerechnet –, gehe ich vorsichtig in die Hocke. Solánge tut es mir gleich und bringt auch wieder den Lichtstein zum Glühen. Die Eichhörnchen rümpfen ihre winzigen Näschen und beobachten uns neugierig.

»Na ihr«, flüstere ich und strecke ihnen aus einem Impuls heraus die Hand entgegen. »Was macht ihr denn hier? Habt ihr einen jungen Mann hier gesehen?«

Eines der Tierchen legt den Kopf schief, als ob es mich verstanden hätte. Trotz der furchtbaren Situation, in der wir uns befinden, muss ich lächeln.

»Vorsichtig«, warnt Solánge.

Langsam hoppelt eines der Eichhörnchen näher. Ich versuche, möglichst still zu halten, weil ich es nicht erschrecken will. Interessiert es sich für uns oder für das leuchtende Objekt in Solánges Hand? Amüsiert beobachte ich, wie es immer näher kommt. Auch die anderen beiden folgen ihm.

Dann geht alles ganz schnell: Das vorderste Eichhörnchen spitzt seine Puschelohren, beugt sich nach vorne und rast auf mich zu. Die letzten Schritte zwischen uns überquert es, indem es sich mit den Hinterläufen vom Boden abdrückt und durch die Luft schnellt. Es landet in meiner ausgestreckten Hand – und beißt mir kräftig in den Handballen.

»Au!«

Der Schmerz treibt mir Tränen in die Augen.

Fluchend schüttele ich meinen Arm, um das kleine Monster loszuwerden. Das hat allerdings bereits von selbst von der Hand abgelassen. Winzige Krallen bohren sich in mein Wams, als es meine Ärmel hinaufklettert. Ich fahre in die Höhe, unschlüssig, ob ich Sonnendorn loslassen soll, um das Biest abpflücken zu können, oder ob ich lieber die Schwertklinge dazu verwenden soll, es zu vertreiben.

Neben mir höre ich auch Solánge wütend zischen, und aus den Augenwinkeln sehe ich, wie sie einen Nager mit ihrem Fuß wie einen Ball davontritt. Das Eichhörnchen, das an mir hochgeklettert ist, packt mit seinen beiden Vorderpfoten meinen Silberknopf und reißt daran. Es sollte nicht möglich sein, dürfte nicht möglich sein, aber das Lederband gibt nach. Und ehe ich es mich versehe, springt der Nager mit dem Silberknopf in den Pfoten zurück auf den Gang.

»Oh nein, das wirst du nicht!«

Ohne nachzudenken lasse ich Sonnendorn fallen und hetze dem Dieb hinterher. Zur gleichen Zeit flammt Feuer grell im Gang auf. Solánge ist es wohl gelungen, ein weiteres Artefakt aus ihrem Beutel zu fischen und es zu aktivieren.

Mit aufgeregtem Fiepen rennen die anderen Eichhörnchen ihrem Gefährten hinterher. Im Schein des Feuers, das das seltsame Licht des Schattenlabyrinths ebenfalls grünlich einfärbt, beobachte ich entsetzt, wie der Silberknopfräuber in einer Lücke im Mauerwerk verschwindet.

»Nein!«

Verzweifelt sehe ich mich zu Solánge um. »Sie haben den Silberknopf gestohlen!«

Ehe sie antworten kann, lasse ich mich vor dem Mauerspalt

auf alle viere nieder und stochere kurz entschlossen mit der Klinge von Sonnendorn in dem dunklen Loch. Sie stößt auf keinen Widerstand.

Solánge, mit einer brennenden Kerze in der Hand, geht neben mir in die Hocke.

»Kann ich sie kurz haben?«, frage ich.

»Sei vorsichtig«, antwortet Solánge, aber sie gibt sie mir. Langsam schiebe ich die Kerze in den Mauerspalt. Ich mache mir keine Sorgen, dass sie dabei verlöschen wird, schließlich ist sie ein Artefakt. Aber das wird mich nicht davor bewahren, mir die Finger zu verbrennen, wenn ich nicht aufpasse. Schließlich wage ich selbst einen vorsichtigen Blick. Alles, was ich erkennen kann, ist die tanzende Flamme. Vom Silberknopf und von den Eichhörnchen fehlt jede Spur. Vor Frustration würde ich am liebsten heulen.

Niedergeschlagen übergebe ich Solánge wieder das Artefakt. Das Licht der Kerze treibt das Zwielicht im Schattenlabyrinth etwas zurück. Unbarmherzig legt es Schmutz und Verfall der Feste frei. Spinnweben und Staubfäden hängen wie Seidenschleier in den Gang hinein. Einzig der Grund, dass die Decke sich so weit über unseren Köpfen befindet, hat dafür gesorgt, dass ich bisher noch nicht durch eines der klebrig aussehenden Gebilde gestolpert bin. Hoch über uns erkenne ich noch bruchstückhaft die Reste filigraner Steinmetzarbeiten und ein Stück vor mir wächst noch eine Fackelhalterung aus der Wand. Das Eisen ist eingedellt und deformiert, als sei es unter gewaltiger Hitze geschmolzen und danach wieder erstarrt.

Solánge neben mir nimmt ihren Wasserschlauch von der

Schulter und entkorkt ihn. Ich tue es ihr mit dem meinen gleich. Gierig trinke ich einige Schlucke.

»Ash, wo bist du?«, murmelt Solánge neben mir.

Niemand antwortet uns.

Geisterkrieger

Sólanges Kerze hält die Schatten auf Abstand und weder sie noch ich bringen es über uns, sie wieder zum Erlöschen zu bringen. Vielleicht kann sie ebenso wenig wie ich das giftige Zwielicht des Schattenlabyrinths ertragen. Beinahe hätte ich aufgelacht. Grün ist die Farbe der O'Briens und nun, wo ich von ihr umgeben bin, stellen sich mir sämtliche Nackenhaare auf. Was sagt das über mich aus?

Mit dem Verlust des Silberknopfs haben wir die Verbindung zu Raven verloren. Wird sie feststellen, dass sie uns nicht mehr erreichen kann? Wir haben sie gebeten, uns bis zum Morgengrauen Zeit zu geben. Und wird sie uns überhaupt finden können, hier im Schattenlabyrinth? Wird es genügen, dem Artefakt zu befehlen, ein Tor dorthin zu öffnen, wo wir sind?

So gut es geht, dränge ich die aufsteigende Panik zurück. Aufmerksam suchen wir stattdessen Boden und Wände nach einer Spur von Ash ab. Aber im Schmutz entdecke ich noch nicht einmal Abdrücke seiner Stiefel. Hat er sich durch das Portal wirklich in das Schattenlabyrinth fallen lassen? Oder bin ich in eine Falle getappt? Mein Magen zieht sich zu einem harten Knoten zusammen. Ich muss mich zusammenreißen. Ash würde mir das nicht antun. Er hat diesen Schwachsinnsplan ausgeführt, weil er will, dass ich ihn finde. Nicht, um mich endgültig zu verlieren.

Inzwischen hat sich unsere Umgebung verändert. Die seltsamen Stachelformationen sind verschwunden und die Steinwände zu unseren Seiten wirken glatter. Auf dem Boden liegt weniger Staub und Geröll, dafür ist der Marmor hier und da geborsten.

Die auffälligste Veränderung ist allerdings, dass von diesem Flur mehrere Türen zu Gemächern abgehen. Ihr Holz ist feucht und schimmelig, aber unter diesem schleimigen Bezug erkennen wir detailverliebte Schnitzereien. Die Türen müssen einst wahre Kunstwerke gewesen sein. Wir öffnen sie alle und schauen in die Zimmer dahinter, aber wir betreten kein einziges. In manchen von ihnen stehen Möbel: hohe Schränke mit gläsernen Phiolen und Tonkrügen in einem, moosüberzogene Weinfässer in einem anderen. Die meisten jedoch sind leer, so als seien sie niemals eingerichtet worden.

Die Räume müssen einst Fenster nach draußen gehabt haben, immerhin handelt es sich bei den Ruinen um ein ehemaliges Königsschloss. Aber die Außenwände der Räume wirken, als wäre der Stein geschmolzen und zu klumpigen Massen erstarrt. Wenn es Fensteröffnungen gegeben hat, sind sie zerstört. Dennoch muss es Ausgänge aus dem Schattenlabyrinth geben. Das verrät der Lufthauch, der die Staubnetze, die überall von der Decke hängen, leicht hin und her schwingen lässt.

Immer wieder zucken grellgrüne Lichtblitze durch die Gemäuer. Einmal, als wir auf der Schwelle zu einem völlig zerstörten Bankettsaal stehen, glauben wir Kampflärm zu hören: das Klirren aufeinanderprallender Schwertklingen; das Scheppern von Tellern, Schüsseln und Kelchen, die auf Fließen zerbrechen. Das Schreien von Männern. Schnell bleiben wir stehen und halten den Atem an. Durch das geisterhafte

Dämmerlicht vor uns treiben die Gestalten von Kriegern. Sie schlagen aufeinander ein und gehen von brutalen Klingenstreichen getroffen zu Boden. Die Kämpfer sind durchsichtig wie Geister und schneller, als mein Herz mir in die Hose rutschen kann, sind sie wieder verschwunden. Als seien sie nie da gewesen.

»Du hast es doch auch gesehen?«, frage ich Solánge.

»Wenn dir deine angespannten Nerven einen Streich gespielt haben, dann haben das die meinen ebenfalls getan.«

Eine ganze Weile bleiben wir an der Schwelle zum Saal stehen. Aber weder vernehme ich wieder die klirrenden Geräusche, noch sehe ich irgendein Anzeichen von Leben oder eines Spuks. Also wenden wir uns ab und laufen weiter.

Die nächste Windung des Gangs führt uns in eine gewaltige Halle, in der ein Wald aus menschengroßen, seltsam verkrümmten Formationen wächst. Sie erinnern zwar an die Steindornen, an denen wir zuvor vorbeigekommen sind, wirken aber dennoch anders. Verkrüppelt streben sie einer Decke entgegen, die so gewaltig weit entfernt scheint, dass sie sich in Dunkelheit verliert. Das Schattenlabyrinth ist eine Ansammlung von Orten, die nicht zusammenpassen. So weltlich die Räume und der Flur gerade eben noch wirkten, so wild und ursprünglich erscheinen nun die Splitter und Scherben um mich herum. Es müssen Hunderte sein. Der Marmor zu ihren Füßen ist zerborsten. Manche Gebilde erinnern mich an riesenhafte Eierschalen, andere an tödliche Heckendornen. Selbst im grünlichen Licht, das hier jeden Flur und jedes Zimmer beherrscht, wirken sie schwarz wie das Herz eines unendlich tiefen Teiches. Ganz vorsichtig berühre ich eine der Formationen. Nichts an ihnen ist weich wie Kerzenwachs. Ihre Kanten sind scharf wie gut geschliffene Messer. Oder wie gesprungenes Glas. Eine Vision löst ihre Berührung nicht aus.

Nachdenklich wische ich mir mit meinem Hemdärmel über die Stirn. Meine Kleidung ist vom allgegenwärtigen Staub so schmutzig wie alles hier, aber immerhin kann ich so verhindern, dass mir der Schweiß in die Augen läuft.

»Sollen wir umkehren?«, fragt Solánge, die die erbarmungslosen Kanten einer Formation ebenfalls berührt hat.

Ich zögere. Vielleicht finden wir keine Spur von Ash, weil er gar nicht diesen Weg gegangen ist? Vielleicht ist er von der Stelle, von der aus wir aufgebrochen sind, in die entgegengesetzte Richtung gegangen? Und warum hat er sich überhaupt von der Stelle bewegt? Warum hat er nicht einfach auf mich gewartet, bis ich ihn finde? Ich verstehe ihn nicht. Als ich mich Hals über Kopf in diese Rettungsmission gestürzt habe, war mir nicht klar, dass mich Ash nicht direkt auf der anderen Seite des Tors erwarten würde.

Ich kann nur hoffen, dass die Kreaturen ihn noch nicht erwischt und gefangen genommen haben. Seine Tat war so unbeschreiblich unüberlegt, dass sie an Dummheit grenzt. Ash ist immer so impulsiv. Es ist mir ein Rätsel, wie er bis heute überlebt hat.

»Rowan?«

Ich zucke zusammen. Für einen Moment habe ich Solánge vergessen. »Was rätst du?«, frage ich sie.

»Wenn wir zu unserem Ausgangspunkt zurückkehren und

es in einer anderen Richtung versuchen, verlieren wir kostbare Zeit.«

»Und falls Ash hier vorbeigekommen ist, hat er sich vermutlich, ohne mit der Wimper zu zucken, in diesen Scherbenwald gestürzt.«

Solánge schnaubt. »Mit Sicherheit. Er hätte wissen wollen, was sich auf der anderen Seite befindet.«

»Also müssen wir das auch tun.«

Ich schicke ein Stoßgebet zu Briann und hoffe, dass die Göttin uns leiten wird. Dann verstaue ich Sonnendorn in seiner Scheide. Ohne gezogene Waffe fühle ich mich zwar seltsam schutzlos. Ich bin mir aber recht sicher, dass ich beide Hände brauchen werde, wenn ich heil auf der anderen Seite herauskommen will. Solánge lässt die Flamme ihrer Kerze ersterben. Nachdem ich noch einmal tief Luft geholt habe, drehe ich mich zur Seite und schiebe mich vorsichtig zwischen den dicht stehenden Steinsplitterformationen hindurch.

Scherbenwald

Wir kommen nervenaufreibend langsam voran. Bedächtig ertasten wir uns mit Händen und Füßen einen Weg durch das Labyrinth. Dabei sprechen wir kein Wort. Zu sehr sind wir damit beschäftigt, keinen falschen Schritt zu tun. Dummerweise kann ich meine Gedanken nicht abstellen. Ich frage mich, was gerade in diesem Moment in der Hauptstadt vor sich geht. Wie fern ist der Morgen? Werde ich rechtzeitig zurück sein, ehe meine Eltern aufwachen? Was wird geschehen, wenn sie herausfinden, wo ich bin? Werden sie Raven zwingen, unseren Plan zu gestehen und dann mit dem Torstein ein weiteres Portal zu öffnen? Oder wird Vater beschließen, dass es das Beste für alle ist, wenn sein missratener Sohn mit seinem Geliebten auf ewig vom Antlitz der Welt verschwunden bleibt. Dieser Gedanke tut weh. Ich weiß, dass mein Vater mich liebt. Er hat es mir oft gesagt. Vor ein paar Tagen erst, auf dem Weg zur Seefeste, hat er mir beteuert, dass er will, dass ich glücklich bin. Aber *das* … Um ehrlich zu sein, ich weiß nicht, wie Vater reagieren würde. Ich will gern glauben, dass er mich so sehr liebt, dass er die Schande ertragen kann, mich zum Sohn zu haben. Aber was, wenn ich mich irre? Was, wenn?

Was, wenn?

Als ich mich vorsichtig zwischen zwei Scherbenfelsen hindurchschiebe, höre ich plötzlich Stoff reißen und ein plätscherndes Geräusch. Beinahe wäre ich erschrocken hochgefahren, aber immerhin habe ich mich genug im Griff, dass ich in der Bewegung erstarre.

»Was ist passiert?« Solánge klingt konzentriert, aber nicht so panisch, wie ich das vielleicht gewesen wäre.

»Mir geht es gut«, antworte ich. »Glaube ich. Gib mir einen Moment.«

Weiterhin verharre ich in der Bewegung und konzentriere mich auf meinen Körper. Spüre ich Schmerzen? Habe ich mich verletzt? Oder bin ich nur mit meinem Ärmel an einer der schwarzen Kanten hängen geblieben?

Flüssigkeit rinnt mir an Hüfte und Bein herunter. Im ersten Moment glaube ich, es sei Blut und der Schreck verhindere, dass ich Schmerzen fühle. Aber dann begreife ich, dass es viel schlimmer ist. Vorsichtig schiebe ich meine Hand nach hinten an die Stelle, an der mein Wasserschlauch hängt. Statt eines prall gefüllten Beutels ertaste ich schlaffes Leder.

Wut und Verzweiflung treiben mir Tränen in die Augen. Egal, wie tapfer ich bin – und was das angeht, mache ich mir nicht viel vor –, ich werde hier nicht lange überleben. Da braucht es noch nicht einmal Schattenkreaturen, die mir den Garaus machen. Das schaffe ich von ganz allein.

»Mein Wasserschlauch ist gerissen.« Ich bemühe mich, meine Stimme fest klingen zu lassen.

»Oh«, sagt Solánge nach kurzem Zögern. Sie räuspert sich. »Meiner ist noch fast voll. Das wird für uns beide eine ganze Weile reichen. Lass uns erst mal diesen Monsterort hinter uns bringen.«

Während meines restlichen Weges durch das Scherbenlabyrinth kann ich an nichts anderes denken als an das verlorene Wasser. Obwohl es nicht sonderlich warm hier drinnen ist, schwitze ich. Dabei kann ich mir Flüssigkeitsverlust nicht leisten. Schließlich fallen mir die räudigen Eichhörnchen wieder ein, die hier offenbar auch irgendwie überleben. Sie müssen Zugang zu Wasser und Nahrung haben – oder aber einen Ausweg aus dem Labyrinth kennen. Wenn die Götter gnädig sind, dann ist der groß genug, sodass auch wir uns daraus herausquetschen können. Denn noch immer sehe ich weit und breit keine Fenster oder andere Öffnungen. Alles ist Dreck und Stein und in grünliches Zwielicht getauchte Wände.

Wir kämpfen uns weiter durch den Scherbenwald, als ich aus den Augenwinkeln ein goldenes Flackern wahrnehme. Erneut verharre ich in der Bewegung und drehe meinen Kopf nach rechts. Durch die Lücken zwischen den Steinformationen hindurch erkenne ich entfernt in der Dunkelheit tanzende Goldfunken.

»Siehst du das?«, frage ich Solánge, die fast zu mir aufgeschlossen ist.

»Könnten das Glühwürmchen sein?« Auch sie bleibt stehen und beobachtet die seltsamen Leuchtpunkte. Das Licht wirkt freundlich und löst nicht das gleiche Unbehagen aus wie das grünliche Zwielicht des Schattenlabyrinths.

»Sie erinnern mich eher an Funken, die von einem Feuer aufstieben«, sage ich. »Aber die schweben normalerweise nicht so lange in der Luft.«

Solánge legt den Kopf schief und beginnt, sich zwischen zwei eng stehenden Felsformationen hindurch in Richtung der Leuchtpunkte zu schieben.

»Was tust du da?« Ich versuche, sie an der Schulter festzuhalten, aber da ist sie schon zwischen den Steinen hindurchgeschlüpft.

»Ich will mir das näher ansehen.« Forscherdrang spricht aus ihrer Stimme. Vorsichtig wagt sie sich tiefer in den Scherbenwald.

Oh nein. Zu gut steht mir noch unsere Begegnung mit den Eichhörnchen vor Augen. Aber zurückgelassen werden will ich auch nicht. Also folge ich ihr mit einem geflüsterten Fluch auf den Lippen.

»Du glaubst doch nicht wirklich, dass das Glühwürmchen sind«, versuche ich ihr ins Gewissen zu reden.

Trotz ihrer gekrümmten Haltung – sie bückt sich gerade unter einem besonders schräg stehenden Felsdorn hindurch – kann ich sehen, dass sie mit den Schultern zuckt. »Oder Magie, die mit unseren Sinnen spielt.« Dabei klingt sie beinahe fröhlich.

Weil mir nichts anderes übrig bleibt, will ich mich nicht von meiner Reisegefährtin trennen, konzentriere ich mich auf den Weg vor mir. Mein Hemd klebt an mir, allmählich habe ich genug von diesen Steinscherben und, wenn ich ehrlich zu mir selbst bin, von dieser ganzen Sucherei. Ich will nach Hause.

So sehr bin ich damit beschäftigt, nicht auf eine der scharfkantigen Auswüchse auf dem Boden zu treten, dass ich beinahe in Solánge hineingelaufen wäre.

»Sie kommen von dort unten.« Fasziniert deutet sie auf ein Loch im Boden, das mehrere Schritte groß ist. Seine Ränder bestehen aus gezackten Bruchstellen. Die goldenen Funken tanzen aus der Dunkelheit des Schachts zu uns herauf.

Noch immer sind sie zu weit entfernt, als dass ich sie berühren könnte, selbst wenn ich meinen Arm ausgestreckt hätte. Inzwischen stehen wir jedoch nah genug, um zu erkennen, dass es sich bei den leuchtenden Punkten nicht um Glühwürmchen handelt.

»Wunderschön«, flüstert Solánge andächtig. Hätten die Steinscherben ihr den Platz geboten, würde sie sich vermutlich auf alle viere niederlassen, um in den Schacht zu spähen. So kann sie nur vorsichtig über den Rand in die Tiefe blicken.

»Pass auf«, bitte ich. »Was siehst du?« Ich weigere mich, selbst an den Abgrund heranzutreten. Ich habe genug damit zu tun, meine Angst um Ash und mich selbst in den Griff zu bekommen, und will nicht riskieren, dass mir auch noch schwindlig wird.

»Nichts«, antwortet Solánge. »Oder zumindest nicht viel. Ein Meer aus Dunkelheit, aus dem sich die Glühwürmchen erheben.«

An der Art, wie sich ihre Schultern straffen, kann ich ablesen, dass ihr etwas eingefallen ist. Sie richtet sich auf, kramt in ihrem Beutel und holt einen Lichtstein daraus hervor. Mit einer raschen Handbewegung bringt sie ihn zum Erglühen – es ist einer der Violetten und im grünlichen Licht des Schattenlabyrinths wirkt seine Farbe tiefer und geheimnisvoller.

Solánge tritt einen Schritt näher an den Rand. Wohl aus einem Reflex heraus legt sie ihre linke Hand Halt suchend auf eine der Steinformationen – und saugt scharf die Luft ein. Sie presst die Hand, mit der sie noch eben nach den Felsen gegriffen hat, an ihre Brust, stößt einen Fluch aus und lässt den

Leuchtstein zu Boden fallen. Er rollt auf den Rand der Grube zu und verschwindet in der Dunkelheit.

Ich achte nicht weiter auf ihn, sondern trete zu Solánge. »Zeig mal her.«

Widerwillig lässt sie zu, dass ich nach ihrer Hand greife. »Das war dumm von mir.« Langsam öffnet sie die zur Faust verkrampften Finger.

Ein hässlicher Schnitt zieht sich quer über ihre Handfläche. Er blutet stark.

»Du hast nicht zufällig Nadel und Faden dabei?«, frage ich, nicht, dass ich begeistert von der Vorstellung bin, eine Wunde zu nähen. Ich weiß nicht, wie tief die Verletzung tatsächlich ist, aber immer mehr Blut tropft zu Boden. Beunruhigt beobachte ich, wie die Goldfunken sich genau über dieser Stelle zusammenrotten.

»Ja.« Solánge ballt die Hände zur Faust. »Aber so tief ist der Schnitt nicht. In meinem Rucksack sind Heilsalbe und Stoffbinden für einen Wundverband.«

Sie dreht mir den Rücken zu und ich beginne, im Beutel zu kramen. Wir reinigen die Wunde notdürftig mit Wasser aus Solánges Trinkschlauch, bestreichen sie mit Salbe und ich lege den Verband an. Kaum habe ich dessen Enden verknotet, seufzt Solánge erleichtert auf.

Während ich es ihr überlasse, ihre Utensilien im Beutel zu verstauen, beobachte ich die Goldfunken. Täusche ich mich oder steigen nun deutlich mehr aus dem Schacht auf?

»Wir sollten verschwinden«, sage ich fest.

»Aber …«

»Uns läuft die Zeit davon.«

Eine Weile lang blicken wir uns stumm in die Augen. Ich wende mich zuerst ab. »Lass uns erst herausfinden, was auf der anderen Seite dieses Felsenwaldes liegt, ja? Wenn wir keine Spur von Ash finden, kehren wir hierher zurück.«

Ich mag nicht zugeben, dass mir die Goldfunken Angst machen. Solánge nickt und wir schieben uns weiter zwischen den Felssplittern hindurch, diesmal noch vorsichtiger als vorher.

Einmal noch blicke ich über die Schulter zurück zu den tanzenden Lichtpunkten. Erleichtert stelle ich fest, dass sie zwar noch immer die Stelle umkreisen, an der Solánges Blut auf den Boden getropft ist, uns aber nicht folgen.

Familienbande

Als wir den Scherbenwald endlich hinter uns lassen, atme ich erleichtert auf. Die Höhle, die wir durchschritten haben, verengt sich erneut zu einem tunnelartigen Gang. Tiefe Dunkelheit erschwert die Sicht. Zumindest mache ich immer noch keine Schattenkreaturen aus. Wo halten sich diese Monster auf? Nicht, dass ich darauf brenne, einem zu begegnen.

Ich lasse Sonnendorn aufflammen und betrachte den Flur vor mir: Pockennarbige Wände, Vorhänge aus Staub, die tief von der Decke hängen, und krank aussehende, schleimige Ranken, die über den Boden kriechen. Immerhin gibt es nicht mehr von diesen messerscharfen Steinsplittern, die einem bei einer unbedachten Bewegung die Schädeldecke vom Kopf zu rasieren drohen.

Während Solánge sich neben mir dehnt und streckt, greife ich nach den Überresten meines Wasserschlauchs. Er ist der Länge nach aufgeschlitzt. Ich schließe die Augen und atme die muffige Luft ein und aus. Es hilft alles nichts, geschehen ist geschehen. Geschlagen stülpe ich das Innere des Schlauchs nach außen und lecke das feuchte Leder ab, um wenigstens noch so viel Flüssigkeit wie möglich zu retten.

»Brauchst du?« Solánge nimmt ihren Wasserschlauch von der Schulter.

Ich schüttele den Kopf. »Nur einen Moment Pause.«

Wieder setze ich mich, lehne den Kopf erschöpft an die

Wand und schließe für einen Moment die Augen. Nur kurz, schwöre ich mir. Nur kurz.

Als ich die Augen wieder aufschlage, ist es hell. Jemand rüttelt sanft meine Schulter. Ich blinzele.

»Ash?«, murmele ich. »Bist du das?«

»Nein«, antwortet mein Vater. »Wach auf, Rowan. Es ist Zeit, nach Hause zu kommen.«

»Was?«

Ich reiße die Augen auf und blicke mich um. Statt im Schattenlabyrinth befinde ich mich auf einem Hügel. Um mich herum blühen Wildblumen in den schönsten Farben. Der Wind trägt ihren Duft zu mir und fährt mir durchs Haar. Es ist eine Erleichterung, etwas Frisches, Gesundes einatmen zu können. Erst jetzt wird mir bewusst, wie schrecklich krank die Luft im Schattenlabyrinth tatsächlich roch.

»Da bist du ja«, erklingt hinter mir eine weitere Stimme. Als ich mich umdrehe, steht Alyss dort, auf dem Kopf die Krone und in ein atemberaubendes Kleid aus Seide in den unterschiedlichsten Blautönen gehüllt. Wenn man die Gebieterin des Schattenlabyrinths *Schwarze Königin* nennt, geht es mir durch den Kopf, ist Alyss die *Leuchtende Herrin*.

»Willst du deinen Sohn nicht begrüßen?«, fragt sie.

Das Bündel, das sie trägt, streckt kleine Arme aus und stößt fröhlich glucksende Laute aus.

»Ich bin Vater?«

Alyss lacht. »Geht es dir gut?«

Wärme breitet sich von meinem Brustkorb aus in meinem ganzen Körper aus. Ich bin Vater!

Ich gehe einen Schritt auf meine großartige Frau und unser wunderschönes Baby zu, als vor mir eine Gestalt aus dem Boden wächst. Es ist meine Schwester mit verschränkten Armen und funkensprühenden Augen. »Wem machst du eigentlich etwas vor?«

»Fiona …« Verwirrt will ich um sie herumgehen. Da gibt der Boden unter meinen Füßen nach.

Mit einem geschockten Keuchen reiße ich die Augen auf.

Ich bin eingeschlafen.

Ich habe geträumt. Freilich habe ich geträumt. Ich bin noch nicht mit Alyss verheiratet. Es gibt kein Kind. *Wir werden niemals Kinder haben* – der Gedanke durchzuckt mich so heftig und unerwartet wie einer der grünen Blitze die Schattenfeste.

»Wieder wach?« Solánge sitzt neben mir und kramt in ihrem Beutel.

»Wie lange habe ich geschlafen?«

»Nicht lange.«

»Warum hast du mich nicht geweckt?«

»Ich dachte, du kannst die Rast gebrauchen.« Sie wirft mir einen Apfel in den Schoß. »Iss.«

Auch sie selbst hält eine Frucht in der Hand und beißt hinein. Zögernd beginne ich, an dem Apfel zu knabbern.

Es dauert, bis sich meine Augen wieder an die furchtbaren Lichtverhältnisse im Labyrinth gewöhnt haben.

»Wie viel Zeit bleibt uns noch?«, frage ich schließlich, weil ich die Stille nicht aushalte.

»Bis zum Morgen?« Sólange lässt den Kopf im Nacken kreisen. »Ein paar Stunden sicher.«

Es ist noch Zeit, beruhige ich mich. *Es ist nichts verloren.* Was Ash wohl gerade macht? Stolpert er auch durch diese verwinkelten Gangfluchten, auf der Suche nach uns?

Ich muss mich beherrschen, nicht aufzuspringen und ihn weiter zu suchen, sofort. Sólange hat recht. Ich habe diese Rast gebraucht. Also zwinge ich mich, noch einmal vom Apfel abzubeißen.

»Was wirst du tun, wenn das Labyrinth versiegelt ist?«, frage ich, weil mich das wirklich interessiert.

»Weiterarbeiten«, antwortet sie, als läge das klar auf der Hand.

»Der Hexenbrand«, murmle ich. »Das Heilmittel. Und danach?«

»Vermutlich kehre ich auf die Vulkaninseln zurück. Zu meiner Forschung.«

»Aber ohne die Magie …«

»Das Leben ist voller Wunder, Rowan. Magie ist nur eines davon.« Sie blickt sich im Gang um. »Auf ein paar dieser *Wunder* könnte ich jedoch zweifelsfrei verzichten.«

Plötzlich fällt es mir schwer, das süße Fruchtfleisch zu schlucken. »Glaubst du, Ash geht es gut?«

Sólange lächelt mich an. »Mein Bruder ist zäh. Er wird durchhalten.«

Ich denke an den Tag am Meer, als ich Ash gesagt habe, dass es für uns keine Zukunft gibt.

»Du weißt, warum er das getan hat?«, frage ich vorsichtig.

Solánge nickt.

Mein Herz klopft schneller. »Hat er dir von uns erzählt?«

»Das war gar nicht notwendig. Ich musste euch beide nur ansehen, um zu wissen, was vor sich ging.«

»Oh.« Ich erröte.

»Keine Angst. Ich glaube nicht, dass sonst jemand etwas gemerkt hat. Es ist nur so, ich kenne meinen Bruder sehr gut.«

»Wie hast du *es* erfahren?« Es fällt mir schwer, es auszusprechen. *Wie hast du erfahren, dass dein Bruder Männer liebt?*

Solánge versteht mich auch so. »Er hat es mir gesagt. Er war erst zwölf. Oder dreizehn.« Ein Lächeln stiehlt sich auf ihr Gesicht. »Damals war er so arglos. Er trug das Herz auf der Zunge. Was bin ich froh, dass er damit zunächst zu mir kam und nicht zu Vater.«

Neugierig richte ich mich auf. »Es hat dich nicht gestört?« *Angeekelt? Du hast ihn nicht verachtet?*

Solánge legt den Apfel beiseite und sieht mich ernst an. »Ash ist ein Heißsporn voller verrückter Ideen. Aber er ist mein *Bruder*. Er besitzt ein großes Herz und ich liebe ihn. Nichts wird daran jemals etwas ändern.«

Ich spüre, wie mir die Tränen in die Augen treten. Würden Fiona und Willow das Gleiche sagen, wären sie an Solánges Stelle?

»Du hast es deiner Familie noch nicht gesagt?« Sie legt mir eine Hand auf das Knie, wartet aber mein Nicken gar nicht ab. »Das habe ich mir bereits gedacht. Es muss schwer sein. Auf den Vulkaninseln habe ich in einem kleinen Häuschen am Strand bei zwei Frauen gelebt. Die Bewohner der umliegenden Dörfer hielten sie für etwas exzentrisch. Aber niemand hat sich daran gestört, dass sie wie Eheleute beieinander lebten.«

»Auf Iriann ist das anders. Das Gesetz …« Plötzlich ist mein Kehle wie zugeschnürt. »Es gab da diesen Adeligen. Lord Nolan. Niemand spricht mehr über ihn, weil er ein unrühmliches Ende gefunden hat.«

»Was ist geschehen?«

»Nachdem sie ihn mit seinem Geliebten im Bett erwischten, haben sie ihm einen glühenden Eisenhaken in den Hintern gestoßen!« Tränen der Wut brennen mir in den Augenwinkeln, aber ich blinzle sie fort.

Solánges Nasenflügel blähen sich. »Wann war das?«

»Vor hundertfünfzig Jahren.«

»Denkst du nicht, die Zeiten haben sich geändert?«

»Was wäre in Gwilen mit diesem Ritter passiert, wenn er von Ash nicht die Hände gelassen hätte? Der Kerker?«

Das lässt sie eine Weile schweigen. »Ash und du, ihr müsst vorsichtig sein.«, sagt sie schließlich leise.

»Ein *Ash und ich* gibt es nicht. Ich bin ins Schattenlabyrinth gekommen, um ihn nach Hause zu holen. Das war es.«

Solánge sieht mich zweifelnd an.

»Es geht nicht. Meine Familie würde … durchdrehen.«

»Vielleicht unterschätzt du sie.«

»Ash musste aus Gwilen fliehen. Was sagt das also über eure Familie aus?«

»Ich glaube kaum, dass du unsere Familie mit deiner vergleichen kannst. Unser Vater ist gerade zum vierten Mal verheiratet. Ash, ich und unsere Brüder aus Vaters zweiter Ehe standen uns nie nahe, unser ganzes Leben nicht. Dafür hat die Familie meiner Stiefmutter gesorgt. Sie haben Ash bereits verachtet, ehe sie erfahren haben, dass er sich nicht für

Frauen interessiert.« Sie macht sich daran, ihren Apfel aufzuessen. »Ich glaube, Ashs Mutter war die einzige Frau, die mein Vater aus Liebe geheiratet hat. Das neiden sie ihm. Er ist der Lieblingssohn des Königs.«

»Aristide Aurel, der Goldjunge von Gwilen.«

Solánge hebt eine Augenbraue. »Das lass ihn bloß nicht hören. Er hasst diesen Namen.«

»Ich weiß.«

»Unser Vater hat enttäuscht reagiert, als er von Ashs Veranlagung erfahren hat. Ich bin mir sicher, er braucht nur Zeit, sich an den Gedanken zu gewöhnen. Ash ist seinem Herzen so nahe, er wird ihn nicht verstoßen. Und deine Eltern werden das auch nicht tun.«

»Vielleicht«, murmele ich nachdenklich. Wenn ich mir da nur sicher wäre.

»So oder so, Rowan. Alles ist besser, als ein Leben lang eine Lüge zu leben.«

Ich senke den Kopf und blicke auf meinen halb aufgebissenen Apfel. Keinen Bissen bekomme ich mehr herunter. »Wir sollten unsere Suche fortsetzen«, sage ich und packe den Apfel in meinen Stoffbeutel.

Ob ich eine Lüge leben kann oder nicht, muss warten. Ich habe ein ganzes Leben, um das herauszufinden. Nun muss ich erst einmal Ash finden.

Der Tanz der Schwarzen Königin

Während unserer Rast hat der feine Schweißfilm auf meiner Haut genügend Zeit gehabt, abzukühlen. Nun lässt er mich frösteln. Solánge und ich stolpern weiter durch düstere Gänge.

Von Ash finden wir einfach keine Spur. Als sei er vom Erdboden verschluckt. Ich verfluche ihn dafür, dass er mir das antut. Ich bin kein Held, egal, was er denkt. Ich bin der Falsche dafür, sich Stunde um Stunde durch dieses Labyrinth zu schleppen. Bei den Göttern, wie sehr ich hoffe, ihm ist nichts passiert!

Das grüne Zwielicht zermürbt mich. Dass wir nicht mehr Schattenkreaturen, ja, noch nicht einmal weiteren Eichhörnchen begegnen, tröstet mich wenig. Fast schon sehne ich es herbei, dass wenigstens irgendetwas geschieht, denn mit jedem Schritt verliere ich stärker mein Gefühl für Zeit.

Als vor uns über den schmutzigen Flur eine Spinne auf langen, bepelzten Beinen vorbeiflitzt, zucke ich zusammen. Dann jedoch atme ich erleichtert auf, weil wir nicht ganz allein sind. Dennoch beeilen wir uns, um von dem Tier wegzukommen. Was frisst die Spinne? Insekten habe ich keine gesehen.

Meine Augen beginnen zu brennen. Auch hier sind die meisten der Räume, in die wir blicken, leer. Wenn, dann gibt es dort Überreste von Möbeln, verkohlt und nicht mehr als das zu erkennen, was sie einmal gewesen sind. Als hätte ein gewaltiges Feuer in der Festung getobt.

Als ich um die nächste Ecke biege, halte ich überrascht inne. Statt zu weiteren Gangfluchten führt der Durchgang auf eine Galerie. Plötzlich befinden wir uns in einem riesengroßen Raum, der einst eine prachtvolle Halle gewesen sein muss, jetzt jedoch wegen der geschwärzten und geschmolzenen Steinwände an eine Höhle erinnert. Vorsichtig betreten wir die Galerie und gehen bis nach vorne zum Geländer. Es muss einst aus kunstvoll behauenem Marmor gefertigt worden sein. Hier und da blitzen noch blütenweiße Überreste aus dem Stein.

Weil ich Angst habe, dass der Marmor unter meiner Berührung zerfällt wie trockenes Laub, lege ich meine Hände sacht auf das Geländer und schaue nach unten. Schwindel erfasst mich, sobald ich meinen Blick in die Tiefe richte, aufgrund des brandnarbigen Gesteins um mich herum noch stärker als sonst. Der Fußboden in der Halle unter mir ist zwar von einer feinen Staubschicht überzogen, jedoch unzerstört. Unter einem Schleier aus Grau blitzen schneefarbene Marmorplatten hervor. Und in der Mitte der Halle schimmert eine goldene Einlegearbeit. Von meinem erhöhten Platz aus kann ich erkennen, dass sie geformt ist wie ein gewaltiges Buchenblatt.

»Ich glaube, ich weiß, wo wir sind«, sage ich leise zu Solánge.

»Wo?«

»Im Ballsaal des Weißen Schlosses.« Ich deute auf die Einlegearbeit. »Es gibt da eine alte Ballade: *Das Goldblatt der Buche treibt in einem Meer aus Milch.*«

Das erste Mal, seit ich die Schattenfeste betreten habe, fühle ich meine alte Begeisterung für die Geschichte der Elfen aufflammen. In dieser beklemmenden Düsternis vergisst man leicht, dass das Weiße Schloss einst von einem mächtigen Elfenfürsten erschaffen worden ist. Hier, vor mir, liegt der Beweis.

»Das muss ich mir genauer ansehen.« Ohne auf Solánge zu achten, gehe ich auf die breite, geschwungene Treppe zu, die hinunter in den großen Raum führt.

»Langsam!« Solánge heftet sich an meine Fersen. Bedächtig steigen wir die breiten Stufen nach unten und hoffen, dass uns das frei schwingende Konstrukt tragen wird.

Am Fuß der Treppe atme ich erleichtert auf. »Das wäre geschafft.«

Vor dem goldenen Buchenblatt gehe ich auf die Knie. Warum ist dieser Ort nicht ebenso stark zerstört worden wie die anderen? Mit den Fingerspitzen berühre ich die kunstvolle Einlegearbeit im Marmor – und löse damit offenbar die Macht eines Artefakts aus, denn plötzlich befinden Solánge und ich uns inmitten einer Gruppe umherwirbelnder Menschen. Ohrenbetäubender Lärm stürzt auf uns ein. Erschrocken schreie ich auf. Solánge schreit ebenfalls, aber ich bin mir nicht sicher, ob sie das mit oder wegen mir tut.

Noch während ich mich aufrichte und Sonnendorn ziehe, begreife ich, dass wir uns nicht in Gefahr befinden. Eine Frau in einem Ballkleid tanzt durch mich hindurch, als sei sie ein Geist. Der Lärm, der um uns herum erschallt, entstammt dem Spiel eines großen Orchesters und dem Gelächter und den Unterhaltungen der Menschen. Ich habe mich nur so lange durch die Stille des Schattenlabyrinths bewegt, dass mir die Geräusche unnatürlich vorkommen.

Gebannt betrachte ich das geisterhafte Treiben. Die Menschen um uns herum scheinen immer wirklicher zu werden. Jetzt bemerke ich auch den warmen Schein der Kerzen in den Leuchtern, die an den Rändern des Raums aufgestellt sind. Männer und Frauen umkreisen sich in verschlungenen Reigen, lächeln sich zu, es herrscht ausgelassene Stimmung. Wir befinden uns im Zentrum eines opulenten Festes. Von der Decke hängen gewaltige Pflanzenstränge wie Girlanden.

Als sich die Reihen der Tänzer vor uns teilen, sehe ich einen hochgewachsenen, breitschultrigen Mann in einem prächtigen Anzug. Auf seinem Kopf sitzt eine goldene Krone – und in seinen Armen wiegt er eine zarte Frau. Ihre dunklen Locken fließen ihr den Rücken hinunter bis auf den Fußboden. Statt Edelsteine trägt sie Lilien in die Haare geflochten. Sie bewegt sich so grazil über den Marmorfußboden, dass sie mich an ein wildes Tier erinnert, an einen Raben im Schnee. Ihre ätherische Schönheit besitzt fast etwas Übernatürliches. Da begreife ich, was ich sehe: die Hochzeit des Königs mit der Schwarzen Königin.

Nichts an ihr wirkt hexenhaft oder falsch. Oder böse. Das Lächeln, das sie ihrem Bräutigam schenkt, erscheint mir so arglos.

Dann denke ich an Gwyn Raghaillach. Er hat nicht nur meiner Schwester, sondern auch Olwenn den Kopf verdreht und beide sind drauf und dran, genauso auf ihn hereinzufallen wie einst König Kevan auf seine Frau.

Die Härchen auf meinen Armen richten sich auf, als ich begreife, dass wir zwar noch nicht auf sie gestoßen sein mögen, dass sich der Körper der Schwarzen Hexe aber irgendwo hier mit Solánge, Ash und mir im Schattenlabyrinth befinden muss. Ob sie noch schläft? Oder ist sie aufgewacht und lauert wie eine Spinne in ihrem Netz auf den Moment, in dem sie ihre Fesseln endgültig sprengen kann?

Aus den Augenwinkeln sehe ich, wie Solánge einen Schritt auf die Tänzer zugeht und ihren Arm ausstreckt. Sie berührt die Schulter einer der lachenden Frauen, die im Kreis um uns herumwirbeln. Aber ihre Hand gleitet durch die Erscheinung.

»Faszinierend«, murmelt sie. »Ein Artefakt, das Erinnerungen speichert?«

»Ich glaube, das ist die Schwarze Königin.« Mit dem Finger deute ich auf die dunkelhaarige Schöne.

Gemeinsam beobachten wir das tanzende Paar nur wenige Schritte vor uns.

»Sie ist bezaubernd«, sagt Solánge. »Ich kann verstehen, warum er ihr verfallen ist.«

Der König vor uns beugt seinen Kopf nach vorne und flüstert seiner Braut etwas ins Ohr. Diese legt den Kopf in den Nacken und lacht laut auf. Ihr Haar fällt zurück – und da sehe ich es.

Irre ich mich auch nicht?

Ich bin mir fast sicher. Aufgeregt stolpere ich auf die beiden zu. Die Menschen um uns herum beginnen zu flackern und für einen kurzen Moment stehen Solánge und ich einfach nur in einem alten Ballsaal, umgeben von Verfall und grünlichem Zwielicht. Dann geht die Vision wieder weiter, ich höre die Musikanten spielen, Menschen miteinander sprechen und sehe das Königspaar tanzen. Beide drehen sich im Takt der Orchestermusik. Die schwarzen Locken sind der Königin hinters Ohr gerutscht und diesmal gibt es keinen Zweifel: Ihre Ohren laufen in langen Spitzen aus. Elfenohren. Ich kann es nicht glauben. Die Schwarze Königin, die Hexe, die unser Land beinahe vernichtet hat, war eine Elfe?!

Nein, das ist Unsinn. Es muss eine ganz andere Erklärung für das geben, was sich vor uns abspielt. Ich muss mich irren. Entschlossen trete ich weiter in den Raum hinein. Wieder überlagern sich Wirklichkeit und Vision. In den warmen Kerzenschein und das Funkeln der Kristalllüster stiehlt sich das grüne Licht des Schattenlabyrinths. Aus der Königin und dem König, die vor mir glücklich lächelnd durch den Ballsaal schweben, scheint die Farbe herauszubluten. Durch ihre Gestalten hindurch kann ich die umgestürzten Kerzenleuchter sehen und die vermoderten Wandbehänge, die die Szenerie beherrscht haben, ehe ich das goldene Buchenblatt berührte.

»Ash?«

Solánges ungläubiger Ausruf lässt mich zu ihr herumwirbeln. Ihre Augen sind weit aufgerissen, ob vor Erstaunen oder Hoffnung, kann ich nicht sagen.

»Ash!« Sie hebt die Hand wie zum Gruß.

Ich drehe den Kopf, um in die Richtung zu sehen, in die sie blickt.

Die geisterhaften Tänzer um uns herum beachten uns nicht. Hinter ihren durchscheinenden Leibern kann ich eine dunkle Gestalt ausmachen, die in einer Türöffnung steht und zu uns herüberblickt. Eine dunkle Gestalt mit weit fallendem Hemd und eng geschnittenen Hosen. Der Beobachter – Ash – dreht seinen Kopf in meine Richtung. Aber kurz, ehe sich unsere

Blicke treffen, wendet er sich ab und zieht sich in die Dunkelheit des Ganges zurück.

»Ash!«, rufe nun auch ich und beginne zu rennen. Ich achte nicht darauf, ob Solánge mir folgt. Es ist mir egal, dass ich durch die tanzenden Gestalten hindurchrenne. Sie nehmen mich ohnehin nicht wahr. Nun ist es nur wichtig, Ash einzuholen.

Sonnendorn

Solánge schließt zu mir auf, ehe ich den Saal ganz durchquert habe. Sie wirkt ebenso aufgeregt wie ich. In ihren Augen leuchten Hoffnung und Erleichterung. Gemeinsam stolpern wir in den Durchgang auf der anderen Seite des Raums, Ashs Name auf den Lippen. Der Flur liegt leer vor uns. Keine dunkle Gestalt. Kein Ash. Nur giftgrünes Zwielicht, Geröll und Staubflusen, die in langen Fäden von der Decke hängen, still und unbewegt.

»Ash!«, rufe ich wider besseres Wissen. Mein Ruf hallt den leeren Gang entlang. Aber falls eine Antwort kommt, geht sie in der Geräuschsymphonie unter, die der Ballsaal in den Gang hineinspült.

»Er hat uns nicht erkannt!« Sólange überholt mich. »Ash! Wir sind's!«

Wir rennen weiter, tiefer und tiefer in die höhlenartigen Eingeweide des Schattenlabyrinths. Die Musik und das Gelächter der Tanzenden bleiben hinter uns zurück. An einer Kreuzung biegt Solánge kurz entschlossen nach links ab und ich folge ihr. Hastig werfe ich einen Blick über die Schulter in die andere Richtung des Gangs. Leer. Ich wende den Kopf – und renne direkt in Solánge hinein, die im Schritt verharrt.

»Was …«, beginne ich, aber sie packt mich fest am Handgelenk und ich erstarre. Eine Gestalt steht nur wenige Schritte vor uns. Es ist nicht Ash.

Es ist eine Schattenkreatur.

Vielleicht ist die Kreatur überrascht darüber, uns hier zu begegnen. Wenngleich es schwierig ist, in der steinernen Haut zu lesen, wirkt ihr Gesichtsausdruck ungläubig. War sie es, die wir am Rand des Ballsaals gesehen haben? Nein. Das kann nicht sein. Das Monster ist gute zwei Kopf größer als ich und doppelt so breit.

Während wir uns gegenseitig anstarren, verfinstern sich seine Züge. Der Mund verzieht sich und ein unheimliches, tiefes Grollen entsteigt seiner Kehle. Dann setzt es sich in Bewegung, wankt auf uns zu und ich höre wieder diese schrecklichen, schabenden Geräusche von Stein auf Stein, die ich zum ersten Mal im Hof des Goldenen Wächters vernommen habe.

»Hexendreck!«, entfährt es mir. Solánge neben mir ist zu einer Salzsäule erstarrt.

Mein erster Impuls ist es, wegzurennen und sie mit mir zu ziehen, aber was dann? Sollen wir den Ballsaal durchqueren und uns in einem der Räume verstecken? Aber ich weiß noch zu gut, wie schnell und geschmeidig sich die Kreatur im Goldenen Wächter bewegen konnte. Solánge und ich sind mitten in der Nacht ins Schattenlabyrinth aufgebrochen und stundenlang hier herumgeirrt. Wir sind erschöpft. Ziemlich sicher werden wir der Schattenkreatur auf ihrem eigenen Terrain nicht entkommen können. Also ziehe ich mein Schwert aus seiner Scheide und lasse es in der Dunkelheit aufflammen. Die Verzweiflung verleiht mir Kraft. Ich stelle mich breitbeinig in den Gang und hebe Sonnendorn mit beiden Händen. Die gleißenden Strahlen, die die Klinge verströmt, drängen die Finsternis um uns herum zurück. Solánge neben mir beginnt, in ihrem Beutel zu kramen. Vermutlich sucht sie nach einem Artefakt, das uns retten kann.

Das Monster vor uns knurrt, wankt jedoch weiter auf uns zu. Meine Handfläche um den Schwertgriff wird glitschig, aber ich weiche nicht zurück. Als die Schattenkreatur in den Lichtschein tritt, beschirmt sie geblendet die Augen. Dann holt sie mit der Tatze aus, um auf mich einzuschlagen. Hinter mir stolpert Solánge zurück. Ich hingegen fange den Schlag des Monsters mit Sonnendorns Klinge ab. Als das Metall auf den Stein trifft, muss ich mich dazu zwingen, nicht wegzusehen, aus Angst, das Schwert würde am Felsenarm der Kreatur vor mir zerbersten. Aber es geht alles gut. Wie damals im Hof in Vaters Hand glüht Sonnendorn noch heller und schneidet mühelos durch den wulstigen Monsterarm.

Ich spüre ganz leichten Widerstand, so als würde ich einen Löffel tief durch Haferbrei ziehen. Dann ist es vorbei. Sonnendorn fährt durch die Luft. Mich reißt der Schwung in einen Ausfallschritt nach vorne, während die Hand samt der Hälfte des Monsterarms krachend auf den Felsboden fällt. Die Bestie brüllt und prallt mit dem Oberkörper in mich hinein. Beide stürzen wir zu Boden, das Monster über mir. Die Luft entweicht meinem Körper. Es kostet mich all meine Kraft und meine Nerven, mein Schwert nicht loszulassen.

Solánge schreit auf. Schweiß läuft mir in die Augen und wie schon im Hof des Goldenen Wächters mache ich mir beinahe in die Hose. Steinerne Haut schrappt über mein Gesicht und sofort ist die Angst wieder da, dass ich mit dem Blut der Kreatur in Verbindung geraten und am Hexenbrand erkranken werde. Ächzend versuche ich, den Körper mit meinem

Unterarm wegzudrücken, während ich noch überlege, wie ich auf den Boden genagelt Sonnendorn als Waffe verwenden kann. Wenn mich das Monster beißt …

Über mir taucht Solánges Kopf auf. Ein Zopf hat sich aus ihrem Knoten gelöst und sie stellt einen entschlossenen Gesichtsausdruck zur Schau. Das grüne Licht des Labyrinths verfängt sich in der schmalen Klinge ihres Jagddolchs.

Nicht, will ich sie warnen, aber über meine Lippen kommt nur ein Ächzen.

Solánge stößt mit dem Dolch nach unten, fest entschlossen, die Klinge im Schulterblatt der Kreatur zu versenken. Was freilich misslingt. Funken stieben auf, als die Spitze des Dolchs auf die felsenartige Haut des Monsters trifft und abprallt. Solánge schreit, das Monster brüllt und rollt sich von mir. Solánge hat ihren Dolch verloren und hält ihre Linke mit der Rechten fest umklammert. Obwohl mein ganzer Körper schmerzt, stemme ich mich entschlossen auf den Unterarm und drücke meinen Körper in die Höhe. Dann hole ich mit der Schwerthand aus und schlage zu.

Eigentlich wollte ich die Schattenkreatur am Hals treffen und ihr den Kopf vom Körper trennen. Statt des Halses treffe ich jedoch ihren Hinterkopf. Wieder glüht Sonnendorn auf, als es tief in das Gehirn des Monsters eindringt. Eine glibberige Masse fließt aus seinem Kopf auf den Boden und das Brüllen der Kreatur verwandelt sich in ein Röcheln, während ihr Körper unkontrolliert zu zucken beginnt. Dabei trifft seine Schulter mich auf Höhe des Rippenbogens und wirft mich wieder um. Diesmal entgleitet mir der Schwertgriff und mein Kopf schlägt hart auf dem Boden auf.

Das Röcheln neben mir erstirbt.

»Rowan?« Solánge fällt an meiner Seite auf die Knie und hilft mir in eine sitzende Position. Entsetzt starren wir beide auf das Monster, das nun reglos wie ein riesiger Felsbrocken im Gang liegt. Sonnendorn steckt immer noch in seinem Schädel. Ich wünschte, es würde nicht mehr die zähe eklige Flüssigkeit beleuchten, die aus der Wunde der Kreatur zu Boden tropft.

»Geht es dir gut?«, fragt Solánge.

»Ich weiß es nicht«, murmele ich und halte mir den schmerzenden Kopf. »Ich glaube schon. Bin ich verletzt?«

»Ich kann keine Verletzung entdecken«, antwortet Solánge, nachdem sie mich eingehend gemustert hat.

»Noch mal Glück gehabt.« Vorsichtig rappele ich mich erst auf die Knie, dann lasse ich mir von Solánge weiter aufhelfen. Als ich meinen rechten Fuß zu belasten versuche, schießt Schmerz durch den Knöchel hindurch ins Bein hinauf.

»Glück?« Solánge reicht mir ihren Wasserschlauch. »Du hast uns gerettet.«

Dankbar trinke ich tiefe Schlucke und lehne mich an die Höhlenwand, darauf wartend, dass sich mein rasender Herzschlag beruhigt. Solánge schaut sich derweil nach links und rechts um. Ich antworte ihr nicht. Ich weiß nicht, was ich darauf erwidern sollte.

Vater wäre heute stolz auf mich, geht es mir durch den Kopf. *Alyss auch. Und Ash?*

Noch einmal versuche ich, meinen Fuß zu belasten. Es schmerzt immer noch, aber bereits weniger. Das wird ein Spaß werden, mit einem verstauchten Fuß durch dieses Hexenlabyrinth zu humpeln. Ich beiße die Zähne zusammen, greife nach Sonnendorn und ziehe es mit einem Ruck aus dem Kopf des Monsters. Noch mehr Glibber verspritzt nach allen Seiten, aber Tuath sei Dank werden wir nicht davon getroffen.

»Ash?«, frage ich schwach.

»Keine Spur«, antwortet sie. »Aber immerhin sehe und höre ich auch keine weiteren Kreaturen.«

»Wir sollten dennoch von hier verschwinden.«

Solánge nickt.

Mit einem schiefen Grinsen sehe ich sie an. »Vielleicht musst du mich stützen.«

Erst, als ich an Solánges Seite weiter durch die nicht enden wollenden Flure humpele, begreife ich, was ich da getan habe. Obwohl wir von Ash noch immer keine Spur gefunden haben, erwacht etwas wie Zuversicht in meiner Brust. Und Stolz. Kann ich also doch ein Held sein? Nicht, weil ich die Schattenkreatur besiegt habe. Das war Glück. Sondern weil ich nicht vor ihr davongerannt bin.

Nach einer Weile verebbt der stechende Schmerz in meinem Fuß und ich kann wieder allein gehen. Wir erklettern eine Wendeltreppe, die sich Stockwerk für Stockwerk nach oben schraubt. Mit jeder Stufe rücken die Wände enger auf uns zu, sodass ich das Gefühl habe, mich durch ein riesenhaftes Schneckenhaus zu bewegen. Alles, was wir in der obersten Kammer finden, ist ein schmales Fenster, durch das silbernes Mondlicht fällt. Es befindet sich viel zu weit über unseren Köpfen, als dass wir hinausblicken könnten. Aber es ist seit

Stunden die erste Lücke zur Außenwelt in diesem Gefängnis aus verschmortem Stein, und das lässt mich aufatmen.

Solánge legt den Kopf in den Nacken. »Wenn der Mond so hell scheint, ist der Morgen noch fern.«

»Seltsam«, gebe ich zu, weil es auch mich wundert, dass sich in den tintigen Nachthimmel keine Spur von Morgenrot mischt. Meine Lunge fühlt sich staubtrocken an, meine Kehle ausgedörrt und Solánges Wasserschlauch ist fast leer. Wie schon einige Male zuvor greife ich nach dem Silberknopf, der so viele Monde lang ständig an dem Lederband um meinen Hals gebaumelt hat. Erneut verfluche ich die biestigen Eichhörnchen.

»Was, wenn …«, beginnt Solánge, aber diesmal bin ich es, der ihr die Hand auf die Schulter legt.

»Wir werden ihn finden«, sage ich zuversichtlich. »Und Raven wird *uns* finden.«

Weil wir in der Turmkammer nicht weiterkommen, steigen wir wieder zwei Stockwerke nach unten – denn dort hat ein Durchgang in einen weiteren Teil des Labyrinths geführt. Während ich Sonnendorn gezogen bei mir trage, hält Solánge einen Lichtstein in der einen und ihr langes Jagdmesser in der anderen Hand. Wie groß kann dieses verschlungene Monstrum sein, durch das wir uns bewegen? Das Weiße Schloss war einst als Herrschersitz eine mächtige Anlage. Aber es ist unmöglich, dass es so riesig war. Ich bin mir sicher, dass wir nicht im Kreis laufen. Wie kann das sein?

Magie, scheint mir das grünliche Lichtflackern zuzuraunen. Aber wessen Magie? Die der Hexenkönigin oder die der Elfen? Besaß die Schattenkreatur, die ich getötet habe, grüne Augen? Ich habe nicht darauf geachtet. Habe ich einen Elfen getötet?

Der Gedanke zehrt an mir. Ich habe Hunger. Ich habe Durst. Ich habe genug vom Schattenlabyrinth und von Ash gibt es weit und breit keine Spur.

»Glaubst du wirklich, der Morgen ist noch nicht angebrochen?«, spreche ich aus, was mir bereits seit einer ganzen Weile durch den Kopf geht. »Es fühlt sich an, als seien wir bereits stundenlang unterwegs.«

Wir bleiben stehen und Solánge reicht mir ihren Wasserschlauch. Er ist weniger als bis zur Hälfte gefüllt.

»Raven hat uns versprochen, mit dem Torstein ein Portal zu öffnen, sobald der Morgen graut«, sagt sie, nachdem wir beide getrunken haben. »Glaubst du, sie hat das vergessen?«

Nein, das glaube ich nicht. »Was ist, wenn sie uns nicht findet?«, wende ich stattdessen ein.

»Willst du zu unserem Ausgangspunkt zurückkehren?«

»Nicht ohne Ash.«

Solánge lächelt mich kurz an. Dann schultert sie den Wasserschlauch wieder und geht weiter. »Kommst du?«

Während ich zu ihr aufhole, frage ich mich, ob wir überhaupt noch in der Lage wären, unseren Ausgangspunkt zu finden. Aber das spreche ich nicht aus. Ebenso wenig wie den Gedanken, dass wir schon so lange hier durch die Flure irren, dass das Schattenlabyrinth inzwischen vielleicht bereits versiegelt worden ist.

»Hast du dir deinen Besuch in Iriann so vorgestellt?«, frage ich stattdessen. »Wandern durch die verdreckten Gänge einer verfluchten Festung, die verschlungener und endloser sind, als sie das eigentlich sein dürften?«

»Auf den Vulkaninseln bin ich bereits durch schmutzigere Höhlen gekrochen«, antwortet Solánge, ohne sich umzudrehen.

»Wirklich?«

»Ich bin Forscherin. Wenngleich ich zugeben muss, dass ich mir erhofft hatte, in diesem Sommer …«

Es kracht ohrenbetäubend und von einem Moment auf den anderen ist sie verschwunden.

Der Schacht

Alles, was von Solánge bleibt, ist ein überraschter Schrei. Der Lärm tosender Steine hallt um mich herum durch den Flur, das grünliche Zwielicht beginnt wild zu flackern und Staub steigt auf und verdeckt mir die Sicht. Mehr aus einem Instinkt heraus bleibe ich auf der Stelle stehen. Meine Glieder zittern.

»Solánge?! Solánge!!«

»Hier!« Ihre Stimme klingt gepresst und schmerzerfüllt.

»Wo …?«

»Pass auf! Der Boden …«

Der Staub legt sich und da sehe ich es: ein klaffendes Loch im steinernen Boden, mit gezackten Rändern – ganz ähnlich dem Schacht mit den Goldfunken. Mein Herz setzt für ein, zwei Schläge aus.

»Solánge?« Meine Stimme klingt fremd und dünn in meinen Ohren. Obwohl ich noch immer am ganzen Körper zittere, zwinge ich mich, auf die Knie zu gehen und Sonnendorn zur Seite zu legen. Vorsichtig krieche ich auf das Loch zu. Steinchen bohren sich in meine Knie und meine Handflächen, aber ich achte nicht auf sie. Alles, was ich bewusst wahrnehme, sind Solánges röchelnde Atemzüge und ihr schmerzerfülltes Stöhnen.

Mein Magen rebelliert, als ich in den Grubenschacht hinunterblicke, der sich vor mir im Boden auftut. Nicht nur, weil die undurchdringliche Dunkelheit mir das Gefühl unendlicher Tiefe suggeriert und meine Höhenangst sofort darauf anspringt. Sondern auch wegen Solánge. Sie klammert sich mit verzweifelter Kraft an einen Steinvorsprung und starrt aus weit aufgerissenen Augen von unten zu mir herauf. Blut läuft ihr über die Stirn und ihr ganzes Gesicht ist voller Staub. Ihr Gesichtsausdruck macht mir Angst. Sie hat mir den ganzen Weg über das Gefühl gegeben, alles unter Kontrolle zu haben, aber jetzt … aber jetzt …

»Rowan …«, presst sie mühsam hervor. »Hilf mir.«

»Ja!«, entfährt es mir und ich beginne heftig mit dem Kopf zu nicken. »Ja, natürlich. Natürlich!«

Ich lege mich auf den Bauch und strecke ihr Arm und Hand entgegen, dabei ist es klar, dass sie zu tief hängt. Viel zu tief. Und es geht noch viel, viel tiefer hinab. Tränen schießen mir in die Augen.

»Moment.« Ich greife mir über die Schulter und reiße an dem Wasserschlauchfetzen, froh darüber, ihn nicht in irgendeiner Ecke des Schattenlabyrinths zurückgelassen zu haben. Wild entschlossen, Solánge zu retten, schiebe ich mich ein Stück weiter nach vorne und nehme den Lederschlauch in beide Hände. Meine Finger verweigern mir beinahe den Dienst.

»Ich kann mich nicht mehr lange halten«, stöhnt Solánge, wirkt aber bereits deutlich ruhiger.

Viel zu langsam gleitet das Leder die Schachtwand entlang nach unten und auf sie zu.

Es muss reichen.

Es muss reichen.

Es muss …

Erleichtert sehe ich, wie das Leder Solánges Finger streift. Der Verband über ihrer Schnittwunde starrt nicht nur vor Schmutz, sondern ist auch blutdurchdrängt.

»Du musst danach greifen«, bettele ich. Das kann ich ihr nicht abnehmen. Ich robbe noch ein Stück auf dem Boden nach vorne. Inzwischen rage ich fast bis zum Bauchnabel in den Schacht. Ich habe Angst. Mit meinen Beinen fahre ich hinter mir im Gang entlang und suche nach Halt. Wo sind diese nutzlosen Felsdornen, wenn man sie wirklich braucht?!

»Ich komm nicht ran«, stöhnt Solánge, aber ich kann sehen, dass sie es noch nicht einmal versucht. Ihre Finger umkrallen den Vorsprung im Felsen, als hinge ihr Leben davon ab.

Oh Briann und Tuath, ihr Leben hängt davon ab.

Tief unter ihr in der Schwärze glimmen schwach goldene Lichtpunkte auf.

»Pack. Das Verdammte. Leder!«, befehle ich streng. Die Angst ist nicht verschwunden, aber plötzlich tritt sie in den Hintergrund. Solánge muss die Finger vom Felsen lösen und den Wasserschlauch zu greifen versuchen, sonst gibt es keine Hoffnung. Eine irrsinnige Sekunde lang sehe ich den Schatten eines Lächelns über ihre Züge gleiten. Dann kneift sie die Augen zusammen, löst vorsichtig ihre Finger vom Felsen und schnappt nach dem Schlauch.

Ein Ruck geht durch meine Arme, als der Schlauch durch ihr Gewicht nach unten gezogen wird. Mein Ellbogen schrappt hart über Stein und ein kupferartiger Geschmack breitet sich in meinem Mund aus. Ich habe mir auf die Zunge gebissen. Ich blinzele und sehe, dass Solánge sich mit einer Hand in den Schlauchfetzen krallt.

»Gut«, krächze ich, obwohl ich keine Ahnung habe, was wir tun werden, sobald sie am Leder hängt. Ich bezweifele stark, dass es mir in meiner jetzigen Position gelingen wird, sie aus dem Loch zu ziehen. Immer noch suche ich mit den Füßen den Boden nach einer Steinformation ab, in die ich meine Beine verhaken könnte. Obwohl sich Solánge mit ihrer verletzten Hand noch an den Fels klammert, zerrt ihr Gewicht schmerzhaft an meinen Armmuskeln.

Was nun? Was nun?! Lass dir etwas einfallen, Rowan. Jetzt.

»Es klappt nicht«, flüstert Solánge resigniert.

»Sag das nicht«, fahre ich sie an. »Du musst den Beutel auch mit der anderen Hand fassen.«

Unter ihr steigen die Glühwürmchen weiter in die Höhe.

Der Schmerz, mit dem das dünne Band des Lederschlauchs in meine Finger schneidet, wird fast unerträglich. »Mach schon!«

Wir starren uns an und die Zeit dehnt sich aus. Zum ersten Mal, seit ich ihr begegnet bin, sehe ich Tränen in ihren Augen stehen. Schmerz zerrt an meinen Muskeln. Meine Finger fühlen sich an, als foltere man sie auf einer Streckbank. Aber ich lasse nicht los.

»Finde Ash«, sagt Solánge schlicht. So leise, dass ich es beinahe nicht verstehe.

Ich öffne den Mund, um ihr zu befehlen, die Hoffnung nicht aufzugeben, um sie dazu zu bewegen, auch mit der verletzten Hand nach dem verdammten Wasserschlauch zu greifen, aber mein Kopf ist leer. Da sind keine Worte.

Solánge schließt die Augen, holt tief Luft und greift auch mit der anderen Hand nach dem Lederschlauch.

Ihr Gewicht reißt den Schlauch nach unten und zieht mich mit sich in den Schacht. Fast. Reflexartig breite ich meine Beine zu einem V aus und lasse den Wasserschlauch mit der Rechten los, um mich mit dieser an einem kleinen Vorsprung abzustützen, der Tuath sei Dank hält. So bremse ich meinen Sturz.

Unter mir höre ich Solánges verzweifeltes Stöhnen. Den Göttern sei Dank, sie ist noch hier.

Meine Gliedmaßen brennen und vor meinen Augen tanzen Sterne. Sind es Sterne oder die Glühwürmchen? Ich bin mir nicht mehr sicher. Ich sauge verzweifelt Luft in meine Lunge und versuche, einen klaren Kopf zu bekommen. Der Schmerz ebbt nicht ab, aber langsam gewöhne ich mich an ihn.

In einer Hand halte ich die Reste dessen, was einmal mein Wasserbeutel war. Schweiß und Rotz läuft mir über das Gesicht und ich glaube, das ist der Moment, in dem uns beiden unumstößlich klar wird, dass es aus dieser Situation keine Rettung gibt.

»Ich …«, krächze ich, unfähig, weiterzusprechen.

»Schon gut«, keucht sie und sieht mich direkt an.

Dann lässt sie los.

Sie löst einfach ihre Finger und stürzt tonlos in die Tiefe. Der Schrei, der an den Wänden des Schachts widerhallt, ist mein eigener. Mir ist es egal. Mir ist egal, ob die steinernen Monster des Labyrinths mich hören oder ob mein Schrei die Schwarze Königin selbst aus ihrem Schlaf reißt. Ich denke noch nicht einmal an Ash. Der einzige Gedanke, der meinen Kopf beherrscht, ist Solánge.

Ich weiß nicht, wie tief sie fällt.

Ich weiß nicht, was sie dabei empfindet.

In einem Augenblick war sie noch hier. Im nächsten ist sie verschwunden.

Kerker

Die Zeit verliert jede Bedeutung, als ich vor dem Schacht im Boden knie und mit blicklosen Augen in die Dunkelheit starre, die Solánge verschluckt hat. Wann die Glühwürmchen in die nachtschwarze Tiefe zurücksinken und verschwinden, kann ich nicht sagen. Als der Schock nachlässt, stelle ich fest, dass sie weg sind. Dass meine Knie taub sind, mein Mund staubtrocken und meine Hände eiskalt. Der Geruch, der dem Schacht entsteigt, schmeckt nach Tod und Einsamkeit. Angeekelt krieche ich ein paar Schritte vom Rand zurück.

Erst jetzt begreife ich, dass mit Solánge auch unser restliches Wasser und der Großteil unserer Ausrüstung in die Grube gestürzt ist. Alles, was mir geblieben ist, sind der zerrissene Wasserschlauch, mit dem ich sie nicht habe retten können, und das gestohlene Schwert meines Vaters.

Ich bin verloren. Ich habe alles auf eine Karte gesetzt, um Ash zu finden. Nun bin ich hier und bedarf selbst der Rettung. Aber niemand wird kommen und mich nach Hause holen. Das hat man davon, wenn man seine Prinzipien zur Seite schiebt, um auf sein Herz zu hören. Ein Herz, das nur noch schwach in der Brust zittert und mit jedem Schlag schmerzt.

Ich kann mich hinlegen, die Augen schließen und warten, dass eine Schattenkreatur mich findet oder sich der Boden unter mir öffnet und mich verschlingt, wie er das bei Solánge getan hat. Oder ich kann weitergehen. Weitersuchen. Nach Ash. Dessen verrückter Plan seiner Schwester das Leben gekostet hat.

Als ich mich endlich dazu aufraffe, meinen Weg fortzusetzen, stolpere ich mehr, als dass ich gehe. Die gewundenen Tunnel erinnern mich mit jedem Schritt mehr an die Innereien eines gewaltigen Monsters. Sonnendorn halte ich kraftlos in der Hand. Meine Zunge fühlt sich geschwollen an. Briann, ich habe solchen Durst. Ob sich dieser Gedanke so unbarmherzig in meinen Kopf setzt, weil mir klar ist, dass ich ohne Wasser nicht mehr weit kommen werde?

Und wenn ich mich bereits jetzt so fühle, wie ergeht es dann wohl Ash, der ohne Wasservorrat hierher aufgebrochen ist? Liegt er bereits halb verdurstet in einem der zahllosen Gänge? Oder ist auch er durch den Fußboden ins Nichts gestürzt? Die Grube im Scherbenwald. Ist *er* dort hineingestürzt? War meine Suche bereits ausweglos, ehe sie richtig begann?

So stolpere ich durch die Festung. Ein paar Mal bilde ich mir ein, Blicke im Rücken zu spüren. Aber immer, wenn ich mich umdrehe, ist der Gang hinter mir leer. Lustlos öffne ich Türen in den Wänden und spähe in verlassene Räume. Nichts als die zerstörten Überreste von Möbeln. Kein Hinweis auf einen Ausgang aus dem Labyrinth. Keine Spur von Ash.

Vor einer der zahllosen Türen glimmt es allerdings golden. Ich kann das Glühen dreier Lichtpunkte bereits aus der Ferne sehen. Inzwischen ist es mir allzu bekannt. Solánge hat die Funken Glühwürmchen genannt. Ich halte sie für etwas anderes. Warum tauchen sie immer wieder auf? Warum hier?

Weil ich nicht weiß, was ich sonst tun soll, halte ich direkt auf sie zu und öffne die zweiflügelige Tür, vor der sie in der Luft schweben.

Vom Zimmer ist noch überraschend viel erhalten. Einst muss es eine prächtige Schlafkammer gewesen sein. Ein Himmelbett steht an der Wand, die der Tür gegenüberliegt. Aber staubbedeckte Spinnweben hängen wie zerschlissene Vorhänge überall im Raum von der Decke, sodass die blassrosa Decken auf dem Bett kaum zu erkennen sind. Liegen sie nur wirr durcheinander oder ruht da ein Körper? Eine alte Liedzeile fällt mir ein: *Im Zauberschlaf gefangen liegt die Schwarze Königin des Schattenlabyrinths …*

Unschlüssig stehe ich an der Türschwelle. Die Glühwürmchen tanzen neben mir in der Luft, fliegen jedoch nicht in den Raum hinein. Ist das ein gutes oder ein schlechtes Zeichen? Noch einmal blicke ich auf die riesigen Spinnweben. Wie viele Spinnen sind notwendig gewesen, um solche Netze zu bauen?

Ich strecke Sonnendorn über meinen Kopf, um in seinem hellen Schein besser zu sehen, entdecke aber nirgends Krabbeltiere: weder in den Ecken der Netze, noch auf dem Boden der Kammer. Also beiße ich die Zähne zusammen, unterdrücke ein Schaudern und betrete das Zimmer. Wie im Scherbenwald schiebe ich mich vorsichtig zwischen den ekelerregenden Hindernissen hindurch. Und zunächst gelingt mir das auch gut. Der Staub liegt allerdings so dick, dass ich niesen muss. Die Spinnweben um mich herum beginnen hin und her zu schwingen und der klebrige Rand eines Netzes streift mein Gesicht. Angewidert weiche ich einen Schritt zurück, stolpere über etwas auf dem Boden und stürze. Im Fallen verfange ich mich in weiteren Spinnweben. Ehe ich auf dem Boden aufschlage, befinde ich mich …

… in einer Kerkerzelle. Ich sitze auf einer schmalen Pritsche, meine Handgelenke stecken in Eisenketten. Der Boden ist mit altem Stroh bestreut, in dem Insekten rascheln. Von der Decke hängt eine Laterne, in der ein kleines Flämmchen brennt.

»Hast du mich jemals geliebt?« Alyss tritt mit verschlossenem Gesicht aus der Dunkelheit in den Lichtkegel der Laterne. Sie hat die Arme eng um den Oberkörper geschlungen und sieht verletzt aus, wenngleich ihre Stimme hart klingt.

»Alyss …«, beginne ich, aber sie lässt mich nicht ausreden.

»Du hast mich verraten.«

Plötzlich steht ihr Vater hinter ihr. »Du hast uns alle verraten, Rowan O'Brien.«

»Mein König …«

Aber auch er hört mir nicht zu. »Schuldig«, sagt er mit ernster Stimme und tritt wieder in die Dunkelheit. Eine Frau schluchzt laut auf und bricht in Tränen aus. Hinter Alyss mache ich eine gramgebeugte Gestalt aus, die sich ein Taschentuch ins Gesicht drückt. Ihre Schultern beben.

»Mutter?«, frage ich, aber die Gestalt antwortet mir nicht.

Alyss blickt mich weiter unerbittlich an. »Du hast alles zerstört«, flüstert sie, während zwei weitere Gestalten neben sie treten: meine Schwestern.

»Wie konntest du nur?« Fiona kommt auf mich zu. »Du hast mich dafür verachtet, dass ich mich in Gwyn verliebt habe, und du … Und du …« Ihre Augen werden hart, sie holt mit der Hand aus und verpasst mir eine schallende Ohrfeige. »Ich ekle mich vor dir!«

»Fiona!«

Meine Schwester wendet sich von mir ab und geht zurück in die Dunkelheit, nicht daran interessiert, was ich zu sagen habe. Ich reiße an meinen Fesseln, will ihr nacheilen, aber es ist unmöglich.

Willow nimmt ihren Platz ein. Ihre Miene ist wutverzerrt. »Und einem wie dir hat Vater Sonnendorn versprochen!«

»Willow …« Mein Flehen klingt selbst in meinen Ohren erbärmlich. Mein Herz blutet und ich kann nicht glauben, was gerade geschieht.

»Du hast deine Familie verraten«, sagt Vater. Er steht am Rande des Lichtkreises, neben Mutter. Sein Gesicht liegt im Schatten, offenbar weigert auch er sich, näher auf mich zuzugehen. »Du hast alles zerstört, wofür wir so lange gekämpft haben.«

Ich kann nichts dafür, will ich ihm entgegenschleudern. *Ich wollte das nicht.*

Verletzt sehe ich zu, wie er sich von mir abwendet, seinen Arm um Mutter legt und meine Schwestern zu sich ruft. Fiona und Willow schließen sich Vater an, der Mutter von mir fortführt. Mutter, die immer noch verzweifelt weint, meinen kleinen Bruder an ihre Brust gedrückt.

»Nein!«, brülle ich, endlich wieder Herr meiner Stimme. »Verlasst mich nicht! Verlasst mich nicht!«

Die Schatten haben sie bereits verschluckt, als Vaters Stimme noch einmal – ein letztes Mal? – ertönt. »Du bist nicht mehr länger mein Sohn.«

Es fühlt sich an, als würde ich innerlich verbluten.

Und das Schlimmste ist, dass ich immer gewusst habe, dass genau das passieren würde.

Sie lassen mich im Stich. Sie wenden sich alle von mir ab und verschwinden. Nur Alyss steht noch da, unbewegt wie eine Statue. »Du hast mich verraten«, wiederholt sie stoisch. »Du hast alles zerstört.«

»Alyss, bitte!«, flehe ich und bin mir unsicher, ob ich darauf hoffen soll, dass sie sich ebenfalls von mir abwendet, damit ich ihre Anschuldigungen nicht mehr länger hören muss, oder ob ich dafür dankbar sein muss, dass sie mich nicht allein in diesem Kerker zurücklässt.

»Was kann ich tun?«, frage ich schließlich schwach und blicke ihr in die Augen. Sie hat jede Menschlichkeit verloren. »Du kennst das Gesetz«, sagt sie mit der Kälte und Würde einer Königin. »Du weißt, was man mit Verrätern macht.«

Hinter ihr taucht eine weitere Gestalt auf, ein junger Mann, auf dessen schönen Zügen sich langsam ein Lächeln ausbreitet. Besitzergreifend legt er den rechten Arm um die Schultern meiner ehemaligen Verlobten. »Das ist die Zukunft, die dich erwartet«, sagt Gwyn Raghaillach. Er hebt mit seiner Linken einen glühenden Schürhaken in die Höhe.

Ein modriges Bett

Mit einem Schrei fahre ich auf und schnappe nach Luft. Mein Hinterkopf schmerzt. Es dauert einen Augenblick, bis ich begreife, dass ich mich nicht in einer Kerkerzelle befinde, sondern im Schattenlabyrinth. Ironischerweise erleichtert mich dieser Gedanke. Dann stürzt die ganze Ausweglosigkeit meiner Lage wieder auf mich ein. Ich will mich in die Höhe drücken, aber meine Hände sinken in den Untergrund ein. Ich liege nicht auf dem Boden, ich liege auf dem Bett. Bei dem Gedanken an die vermoderten Laken, die ich vom Flur gesehen habe, schaudert es mich.

»Ruhig Blut«, ertönt eine dunkle, fremde Stimme und ich zucke zusammen. Sofort bereue ich die ruckartige Bewegung, denn sie lässt meinen Schädel dröhnen.

Aus dem Dunkel schält sich die Gestalt eines Fremden. Hektisch greife ich nach Sonnendorn, aber statt des Schwertes ertaste ich etwas Weiches, Warmes. Einen Arm? Obwohl ich eigentlich die Gestalt nicht aus den Augen lassen wollte, schiele ich neben mich auf das Bett. Selbst im grünen Dämmerlicht kann ich erkennen, dass es sich bei der Person neben mir um Solánge handelt. Solánge!

»Wie …«, murmele ich ungläubig. Solánge hat die Augen geschlossen, ihr Mund steht leicht offen, auf ihrer Schläfe prangt ein dunkelroter Bluterguss – aber ihr Brustkorb hebt und senkt sich in gleichmäßigem Rhythmus. Sie lebt!

»Was habt Ihr mit ihr gemacht?«, verlange ich aufgebracht

zu wissen und vergesse für einen Augenblick meine Angst. Zorn wallt in mir hoch. Wenn der Fremde Solánge etwas angetan hat …

»Ganz ruhig«, antwortet er.

»Wer seid Ihr? Was tut Ihr hier? Wie …«

Über einem altmodischen Hemd mit breitem Rüschenkragen trägt der Fremde eine dunkle Weste. Vermutlich war sie einst rot oder braun, inzwischen starrt sie vor Schmutz. Der Fremde ist deutlich älter als ich, sicher nicht viel jünger als mein Vater. Das verraten die silbernen Strähnen in seinem dunklen Haar und seinem Vollbart. Die Zeit hat Furchen in sein Gesicht gezogen. Die dicke Goldkette um seinen Hals weist ihn als Adeligen aus, aber ich habe ihn noch nie gesehen.

»Hat Raven Euch geschickt?«

»Wie seid ihr hierhergekommen?«, fragt der Fremde stattdessen und tritt näher. Aus einem Impuls heraus rücke ich von ihm weg. Er hebt beschwichtigend die Hände. »Ich will dir nichts tun.« Er löst eine bauchige Flasche von seinem Gürtel und streckt sie mir entgegen.

»Was ist das?«

»Wasser.«

Argwöhnisch nehme ich das Gefäß entgegen, entkorke es und schnuppere an der Öffnung. Ich rieche … nichts. Aber in seinem Inneren schwappt es verheißungsvoll. Ohne den Neuankömmling aus den Augen zu lassen, hebe ich die Flasche an meinen Mund und koste vorsichtig an ihrem Inhalt. Wasser! Endlich!

Ich trinke und höre erst auf, nachdem ich die Flasche halb

geleert habe. Dann verkorke ich sie wieder, gebe sie aber nicht zurück. »Wo ist mein Schwert?«

Der Fremde deutet an das Fußende des Bettes, wo Sonnendorn liegt. Am liebsten würde ich darauf zustürzen, aber ich mache mir nichts vor. Mein Körper fühlt sich schwach an. Wenn der Fremde mir Böses will, kann ich dem nichts entgegensetzen. Vielleicht hat er mich ohnehin gerade vergiftet.

»Solánge …«

»Heißt so deine Gefährtin?«, fragt er. »Ich setze mich jetzt.«

Stumm beobachte ich, wie er sich auf Höhe meiner Füße auf den Bettrahmen setzt. Das Holz knarzt protestierend unter seinem Gewicht.

»Das ist unmöglich«, sage ich, mehr zu mir selbst als zu ihm. »Solánge ist gestürzt. Ich habe sie stürzen gesehen. Ist das eine weitere Vision?«

»Sie *ist* gestürzt. Ich habe sie gerettet.«

»Wie?«

Wieder sehe ich den nachtschwarzen Schacht vor mir, den verzweifelten Ausdruck in Solánges Augen, als ihre Kraft sie verlassen und sie ihre Finger vom Lederbeutel gelöst hat.

»Der Verbotene Bereich des Schlosses besteht überwiegend aus unterirdischen Flüssen und Seen. Deine Freundin hatte Glück. Sie ist direkt hineingestürzt.«

»Der Verbotene Bereich …?« Ich verstehe nicht.

»Die Grotten und Höhlen unter uns.« Er deutet mit dem Finger auf den Fußboden. »Unter dem Schloss. Es ist gefährlich dort.«

Am liebsten würde ich laut lachen. Und hier ist es nicht gefährlich?

»Die Magie wütet dort wild.« Er wirft einen Blick auf Solánge. »Deine Freundin hat Glück gehabt, dass ich zur Stelle war und sie rechtzeitig herausgezogen habe.«

»Ich …« Ich weiß nicht, was ich sagen soll. »Wer *seid* Ihr? Was tut Ihr hier?«

Einen Augenblick lang glaube ich, der Fremde würde behaupten, er sei der Gemahl der Schwarzen Königin. Was er jedoch antwortet, ist beinahe ebenso verrückt.

»Ich beobachte euch bereits eine ganze Weile. Mein Name ist Gawain.«

Ich kenne die Geschichte des Schattenlabyrinths. Der alten Sage nach war er der Geliebte der Schwarzen Königin. Ich öffne den Mund, um etwas zu erwidern, aber ich kann ihn nur anstarren.

Der Fremde fährt sich mit der Hand durchs Haar. »Du glaubst mir nicht.«

»Gawain, König Kevan, der Hofstaat des Weißen Schlosses. Sie alle sind seit dreihundert Jahren tot.«

»*Dreihundert* Jahre?! Unmöglich!« Das Gesicht des Fremden verzieht sich wie unter einem Schlag.

Das ist der Moment, in dem ich beschließe, ihm zu glauben. Er hat keinen Grund, mir etwas vorzuspielen. Ich sitze neben einer bewusstlosen, aber lebenden Solánge in einem vermoderten Bett inmitten des Schattenlabyrinths und spreche mit einem Mann, der bereits vor Jahrhunderten gestorben sein soll. Entweder träume ich. Oder ich bin tot. Oder der Fremde spricht die Wahrheit.

»Dreihundert Jahre«, murmelt er. »*Dreihundert* Jahre. Ich wusste … Aber ich hätte nicht geglaubt …«

»Wie könnt Ihr noch am Leben sein?«

Gawain ballt die Fäuste. »Die Zeit verläuft anders seit dem Fall. Aber dreihundert Jahre?!«

»Der Fall? Ihr meint den Kampf gegen die Schwarze Königin.« Kaum sind die Worte heraus, verfluche ich mich. Wenn er die Wahrheit sagt, war die Schwarze Königin seine Geliebte.

»Nennt man sie inzwischen so?«

»Wie nennt Ihr sie?«

Seine Züge entspannen sich. »Cailleach.«

»Cailleach«, wiederhole ich. Diesen Namen haben die alten Überlieferungen verschwiegen. Ich glaubte immer, dies läge daran, dass ein Name sie menschlicher gemacht hätte. Aber Cailleach ist kein menschlicher Name.

Ich sehe die Königin im Ballsaal wieder vor mir, dieses überirdisch schöne Geschöpf mit den tiefschwarzen Haaren. Wild wie ein Tier kam sie mir vor.

Ich blicke zu Solánge. Wenn ich nur mit ihr beratschlagen könnte. Aber sie liegt immer noch beinahe reglos da, als schliefe sie tief und fest. Vorsichtig berühre ich sie an der Schulter. Nichts.

»Sie wird nicht einfach so aufwachen.« Gawains Stimme klingt fast schon sanft.

»Wie?«, frage ich ihn, obwohl ich Angst vor seiner Antwort habe.

»Sie hat zu viel Wasser geschluckt.«

»Aber sie lebt noch.«

»Das ja. Doch das Wasser im Verbotenen Bereich ist verseucht, schlimmer noch als der Rest der Umgebung dort unten.«

»Und wie können wir sie wecken?«, frage ich bitter. »Mit einem Kuss?« Ich habe in meiner Kindheit genug Märchen erzählt bekommen, um zu wissen, dass *mein* Kuss sie nicht retten wird.

Gawain geht nicht auf meinen Sarkasmus ein. »Cailleach kann sie retten.«

»Die Hexe?«

»Sie ist keine Hexe!«

»Dann war nicht sie es, die all das hier zerstört hat?« Ich breite die Hände aus und blicke mich im Schlafgemach um. »Das Weiße Schloss soll einst der schönste Ort der Welt gewesen sein. Nun ist es ein Gefängnis.« Ich hole tief Luft. »Wo ist der Weg, der aus ihm herausführt?«

Gawain schiebt sein Kinn vor. »Das will ich eigentlich von euch wissen. Wie seid ihr drei ins Schloss gekommen?«

»Drei?« Plötzlich ist es mir unmöglich zu atmen.

»Du und sie«, Gawain deutet auf Solánge. »Und der andere Bursche.«

»Ash.« Meine Hände beginnen zu kribbeln und mir wird leicht schwindelig. »Wisst Ihr, wo er ist?«

Gawains Miene ist hart. »Erst verrätst du mir, wie ihr hierhergekommen seid. Alle Ein- und Ausgänge sind magisch verschlossen. Niemand außer den Steinernen entkommt diesen Mauern.«

Mit Steinernen meint er vermutlich die Schattenkreaturen. Ich erhebe mich vom Bett und stelle mich vor Gawain. Ich muss meinen Kopf etwas in den Nacken legen, um ihm ins Gesicht zu sehen.

»Lebt Ash noch?«, verlange ich zu wissen.

Gawain verschränkt die Arme.

»Lebt er noch?!«, wiederhole ich stur.

»Ja«, sagt Gawain und ein Gewicht fällt von mir ab, von dem ich gar nicht mehr gewusst habe, dass ich es mit mir schleppe. »Wo …«

»Nur, wenn du mir verrätst, wie ihr hierhergekommen seid.«

Mein erleichtertes Grinsen gefriert mir auf den Lippen. Wie soll ich dem Geliebten der Schwarzen Königin trauen? Um Zeit zu gewinnen, trete ich einen Schritt zurück und fahre mir mit der Hand über den Nacken.

»Wir besitzen einen Torstein«, sage ich schließlich entschlossen, obwohl Hoffnung und Zweifel gleichermaßen in mir toben.

Du überlässt dem Feind die Schlüssel nach Iriann, flüstert ein angstvolles Stimmchen in mir.

Du hast keine andere Wahl, raunt ein anderes.

Gawain tritt auf mich zu und packt meine Schultern fest. »Der Torstein?! Trägst du ihn bei dir?«

»Ich? Nein. Eine Freundin wartet außerhalb des Schattenlabyrinths darauf, ein Portal zu öffnen, um uns zurückzuholen.«

»Wie soll das gehen?«

»Wir …« Ich senke die Lider. »Wir haben eine Zeit verabredet, zu der sie den Torstein aktivieren wird.«

»Verflucht!« Gawain stößt mich von sich und ich stolpere zwei Schritte bis zur Bettkante zurück und falle auf das Laken.

»Was habt Ihr?« Ich richte mich auf, beschließe aber, sitzen zu bleiben.

Gawain blickt mich ernst an. »Die Zeit vergeht hier anders als in der Welt da draußen. Du hast es selbst gesagt: Das Schloss ist vor dreihundert Jahren gefallen.«

»Aber …«

»Es ist die Magie! Ich wusste, dass wir hier außerhalb menschlicher Zeit existieren. Nur so konnte ich sie schützen. Seit dem Fall, seit ich sie gerettet habe … ich weiß, dass seither Tage, Wochen, vielleicht sogar Monate vergangen sind. Ich weiß es einfach. Mein Körper weiß es. Aber es fühlt sich an, als lebe … als vegetiere ich hier in einer einzigen, unendlich langen Nacht.«

Grauen erfasst mich. Ich habe geahnt, dass Solánge und ich uns bereits länger im Schattenlabyrinth aufhalten als nur einige Stunden. Aber dann mischt sich in mein Entsetzen so etwas wie Hoffnung. Wenn die Zeit hier anders vergeht als in der äußeren Welt, wartet Raven vielleicht noch immer auf das Grauen des Morgens und hat noch gar nicht versucht, uns wiederzufinden. Oder, erkenne ich mit kalter Gewissheit, sie ist schon vor Jahren gestorben und das Schattenlabyrinth ist längst versiegelt und zu meinem Grab geworden. Vielleicht sind die Menschen, die ich so sehr fürchte zu verlieren, schon lange tot.

»Bringt mich zu Ash«, verlange ich kraftlos.

Gawain sieht mich direkt an. Seine Augen glitzern, ob traurig oder verschlagen, vermag ich nicht zu sagen. »Ich bringe dich zu ihm. Wenn du mir schwörst, Cailleach zu erwecken.«

Ein gefährlicher Schwur

»Wieso ich?« Das ist das Einzige, was mir als Erwiderung einfällt, als Gawain seine unglaubliche Forderung stellt.

Cailleach erwecken? Die Hexe, die Iriann vor dreihundert Jahren beinahe versklavt hätte und deren Rückkehr alle Welt um jeden Preis verhindern will?

»Wir brauchen dein Schwert«, antwortet Gawain. Nun bin ich mir sicher, dass es Hoffnung ist, die in seinen Augen glimmt. Ich betrachte Sonnendorn, die Waffe, mit der Helden Monster erschlagen. Nicht ihnen helfen.

»Das hättet Ihr nehmen können, als ich bewusstlos auf dem Boden lag.« *Sag Nein*, drängt mich mein schlechtes Gewissen. *Warum sagst du nicht Nein*?

Gawain senkt derweil den Blick. »Du musst es tun. Ich kann es nicht.«

»Was muss ich tun? Weshalb …«

»Genug!«, unterbricht er mich. »Das kann ich dir alles auf dem Weg zu deinem Freund erzählen.«

Ash. Frustriert schlage ich mir die Hände vors Gesicht und fahre mir dann mit den Fingern durchs Haar. Ich befinde mich eingeschlossen im Schattenlabyrinth. Wenn ich nichts tue, werde ich höchstwahrscheinlich hier sterben, ebenso wie Ash. Ich blicke zu Solánge. Sie wird sterben. Meine Familie hat mich vielleicht bereits aufgegeben oder vergessen, je nachdem, wie die Zeit in der richtigen Welt seit meinem Aufbruch vergangen ist. Und der Geliebte der Schwarzen Königin bietet mir seine Hilfe an. Wenn ich dafür unsere ärgste Feindin aus ihrem Zauberschlaf erwecke.

»Wenn ich die Königin wecke, wird sie dann Solánge retten?«, frage ich.

»Das kann ich dir nicht versprechen.«

Die Wahl sollte einfach sein. Die Schwarze Königin wird die Mauern des Schattenlabyrinths niederreißen und Iriann mit Angst und Schrecken überziehen. Gemeinsam mit all den anderen Menschen in Ionnach habe ich den ganzen Sommer über verzweifelt nach einer Lösung gesucht, genau das zu verhindern. Das Schicksal eines Menschen sollte weniger wichtig sein als das Schicksal eines Volkes. Oder? Ich habe als Kind viele Märchen erzählt bekommen und bei Hof zahllosen Balladen gelauscht. Ich weiß, was Helden tun. Sie opfern sich selbst.

Ash hat an mich geglaubt. »Du bist ein Held«, hat er zu mir gesagt. »Alles, was du brauchst, ist ein kleiner Schubs.«

Während meiner Zeit im Schattenlabyrinth habe ich ihm für eine Zeit lang geglaubt.

Aber er hat sich geirrt.

Ich bin kein Held.

Ich will nicht sterben. Und ich kann nicht zulassen, dass Ash oder Solánge es tun. Nicht, wenn es eine andere Möglichkeit gibt. Also blicke ich Gawain fest in die Augen, nicke langsam und sage: »Ja.«

Gawain leitet mich im wortwörtlichen Sinn tiefer ins Schattenlabyrinth. Ich folge ihm durch die gewundenen Tunnel bis hin zu einem Schacht, der nach unten führt. Ganz wohl mit meiner Entscheidung, ihm zu vertrauen und ihm zu helfen, fühle ich mich nicht. Doch als ich mich von der bewusstlosen Solánge verabschiedet habe, indem ich ihr noch einmal fest die Hand drückte, wusste ich, dass ich das Richtige tue. Bestimmt nicht für Iriann. Aber für mich. Für Ash und für Solánge.

Das schlechte Gewissen lastet schwer auf mir, als ich Gawains hochgewachsener Gestalt durch das Zwielicht folge. Nur der Gedanke an *meinen* Geliebten gibt mir den Mut weiterzugehen. Mit Ash und Solánge wird es mir dann schon gelingen, Cailleach aufzuhalten. Ich besitze ein magisches Schwert. Und wenn Sonnendorn dazu in der Lage ist, sie zu wecken, dann kann ich sie damit vielleicht auch aufhalten.

Mit diesen Gedanken versuche ich mich von der Tatsache abzulenken, dass ich hinter Gawain in eine unbekannte Tiefe klettere. In den rauen Fels des Schachts sind Kerben gehauen, in die ich meine Hände und Füße kralle. Sonnendorn steckt in seiner Scheide auf meinem Rücken. Der Schacht ist eng und dunkel. An einigen Stellen schabe ich mit dem Hintern oder Rücken über Felsen. Das ist gut, denn so kann ich nicht nach unten schauen und meinem Kopf einreden, dass es nicht so weit hinuntergeht, wie es das tatsächlich tut. So behalte ich den Schwindel halbwegs im Griff.

»Achtung!«, warnt mich Gawain eine gefühlte Unendlichkeit später. »Das letzte Stück müssen wir springen.«

Mein Herz beginnt schneller zu klopfen und meine Hände werden schweißig. Ausgerechnet.

Obwohl ich ihn nicht sehe, spüre ich, wie Gawain auf einmal unter mir verschwindet. Wenig später höre ich es laut platschen, als wäre er in einer Pfütze gelandet.

»Verdammt«, sagt er. Und kurz darauf. »Es ist alles gut. Du kannst jetzt kommen.«

Schicksalsergeben schließe ich die Augen, taste mit dem Fuß nach der nächsten Kerbe im Fels und klettere noch eine halbe Mannslänge nach unten. Als ich mit dem Fuß nach der nächsten Lücke im Stein suche, stoßen meine Zehen ins Leere. Es ist so weit.

»Es ist nicht so tief«, versichert Gawain.

Nun gibt es kein Zurück mehr. Ich hole tief Luft – sie schmeckt nach Mineralien und Süßwasseralgen – und löse meinen Griff von den Felsen.

Ich falle.

Nur wenige Herzschläge danach komme ich auf dem Boden auf und gehe in die Knie. Wasser spritzt nach allen Seiten, aber es ist nicht tief und meine Lederstiefel schützen mich davor, nasse Füße zu bekommen. Dennoch beeile ich mich, sobald ich wieder aufrecht stehen kann, zur Seite zu treten.

Gawain grinst mich an. Im grünen Zwielicht, das auch hier die Umgebung beherrscht, glänzen seine gebleckten Zähne unheimlich.

Als ich auf einem kleinen Felsplateau im Trockenen Halt gefunden habe, beuge ich mich zu meinem Knöchel, um ihn zu reiben.

»Ist etwas passiert?«, fragt der Ritter.

Ich schüttele den Kopf. »Alte Verletzung.«

Dann blicke ich mich in dem höhlenartigen Gewölbe um. Nichts hier erinnert mehr daran, dass es sich beim Schattenlabyrinth einmal um eine Burganlage gehandelt hat – auch wenn die oberen Stockwerke bereits völlig verfallen sind. Die

Umgebung ähnelt eher einem alten Bergstollen. Überall um uns herum steht das Wasser in Pfützen. Ich muss an das denken, was Gawain zuvor über den Verbotenen Bereich gesagt hat, und verziehe angewidert das Gesicht.

Er muss meine Gedanken erraten haben. »Keine Sorge. Hier ist es nicht gefährlich. Jedenfalls nicht gefährlicher als sonst irgendwo im Schattenlabyrinth.«

»Aber Ihr habt doch gesagt …«

»Wir sind noch nicht im Verbotenen Teil. Noch nicht ganz jedenfalls. Alles, was dir das Wasser hier beschert, sind ein Paar nasse Schuhe. Ein guter Zeitpunkt, deinen Wasserschlauch aufzufüllen.«

Unsicher blicke ich Gawain an. Aber nachdem er seinen eigenen Rat selbst befolgt, löse auch ich den Lederschlauch von den Schultern, den ich Solánge in der Schlafkammer abgenommen habe.

»Sagtet Ihr nicht, das Wasser hier sei giftig?«

»Wir sind noch nicht weit genug in den Verbotenen Bereich vorgedrungen. Was du hier siehst, ist gewöhnliches Wasser. Es schmeckt zwar ein bisschen brackig, aber es wird dich nicht umbringen.«

»Na dann.«

»Achte auf die Feuerfunken!«

»Feuerfunken?«

»Sie sehen aus wie kleine, tanzende Leuchtkäfer.«

»Die Glühwürmchen! Sie stiegen aus dem Schacht, in den Solánge gefallen ist.«

»Es sind keine Glühwürmchen, nichts Lebendiges. Sie sind …« Gawain sucht erfolglos nach einer treffenden Beschreibung. »Sie sind Magie. Magische Funken. Verseuchte Magie, könnte man sagen. Sie vergiften das Wasser. Von den Plätzen, an denen sie sich ballen, musst du dich fernhalten.«

Beunruhigt denke ich an die Feuerfunken, die wir im Scherbenwald gesehen haben. Und vor der Schwelle vor der Kammer, in der Solánge schläft. »Gut.«

»Aber sie sind nicht die einzigen Gefahren, die hier unten lauern.«

Im Zickzack laufen wir durch die Höhle, immer sorgsam darauf bedacht, nicht mit den Füßen in eine der zahlreichen Pfützen zu treten. Hier und da wachsen Felsen in die Höhe. In ihren grotesken Formen erinnern sie mich an versteinerte Zwerge. Einige davon sind mit Moos und schleimigen Algen bewachsen, deren bloßer Anblick Ekel in mir aufsteigen lässt. Ich bin versucht, Sonnendorn wieder zu ziehen, weiß aber nicht, ob es eine gute Idee ist, mit einer leuchtenden Schwertklinge auf uns aufmerksam zu machen.

»Leben hier die Schattenkreaturen?«, frage ich.

»Wer?«

»Die *Steinernen* habt Ihr sie genannt.«

Gawain schweigt eine Weile. »Sie leben auch im Verbotenen Bereich«, sagt er dann. »Aber nicht in dem Teil, in den wir uns begeben. Sie meiden ihn ebenso, wie jeder vernunftbegabte Mensch es tun sollte.«

Dafür, dass wir uns in einen gefährlichen Teil des Labyrinths vorwagen, scheint er reichlich unbekümmert.

»Warum …«

»Wegen der Geister«, sagt er schlicht, ehe ich meine Frage zu Ende gestellt habe.

Hexen. Monster. Nun auch noch Geister? *Ash, wohin hast du uns nur geführt?*

»Was habt Ihr all die Jahre hier gemacht?«, frage ich.

Gawain blickt über die Schulter zu mir. »Sie beschützt«, sagt er ernst. Ich weiß, dass er von der Schwarzen Königin spricht.

»Dreihundert Jahre?«

»Es kam mir nicht so lange vor.«

Nachdenklich mustere ich den Ritter, seine vom Silberbart bedeckte untere Gesichtshälfte, die zerfurchte Stirn. Die blauen, sanftmütig blickenden Augen. Er wirkt ernst, in sich ruhend – und gütig. Wie hat er nur sein eigenes Volk der Schwarzen Königin ausliefern können? Er kommt mir nicht wie ein Verräter vor.

Ich muss mir vor Augen halten, dass ich ihn nicht kenne. Dass ich ihn gerade erst kennengelernt habe und dass durchaus die Möglichkeit besteht, dass er mich betrügt und in eine Falle führt. Und ich muss mir eingestehen, dass ich selbst gerade im Begriff stehe, mein Land und meine Leute zu verraten. Aus Liebe.

Vielleicht bin ich Gawain ähnlicher, als ich glaube.

»Dort liegt der gefährliche Teil.«

Mit ausgestrecktem Arm deutet Gawain auf das gegenüberliegende Ufer. Vor uns erstreckt sich eine weite Wasserfläche, ein See. Ob die grünliche Färbung vom Zwielicht des Schattenlabyrinths stammt oder ob das Wasser selbst so aussieht, kann ich nicht sagen. Dampfschwaden wogen über dem Wasserspiegel und Feuerfunken schweben in Wolken über

Stellen, an denen der See brodelt, als kochte er. Am anderen Ufer erhebt sich eine wie aus schwarzen Knochen aufgeschüttete Klippe.

Ein Schauer kriecht mir über den Rücken. »Wie kommen wir hinüber?«

Mit einem Kopfnicken deutet Gawain auf einen verwitterten Kahn, der etwas abseits von uns in Ufernähe vor sich hin modert.

»Damit?!«, frage ich erschrocken.

»Du willst gewiss nicht schwimmen.«

Gemeinsam ziehen wir das schmale Boot ins Wasser. Das Holz fühlt sich weich und glitschig unter meinen Fingern an, der Boden des Kahns schrappt Unheil verkündend über den Stein. Ich bin mir alles andere als sicher, dass uns dieses Gefährt gefahrlos über den See bringen wird. Von einem der beiden Ruder, die im Kahn selbst liegen, fehlt das halbe Blatt.

Das Boot schwankt gefährlich, als ich hineinsteige. Erschrocken packe ich mit beiden Händen die Ränder. Ich muss mich beherrschen, Gawain nicht zu fragen, was geschehen wird, wenn wir auf halber Strecke untergehen und schwimmen müssen.

Gawain stößt uns gerade vom Ufer ab, als aus der Dunkelheit mein Name ertönt. »Rowan!«

Die Stimme ist etwas zu hoch und verzerrt. Aber sie gehört unverkennbar Raven.

Der Ritter der Königin

»Haltet an!«, rufe ich Gawain zu. Mit fliegendem Blick suche ich das steinige Seeufer ab. »Raven!«

Gawain zögert, paddelt jedoch nicht weiter.

»Rowan! Hier!« Ein pelziges Etwas springt auf einem der Felsen am See auf und ab – ein Eichhörnchen. Instinktiv balle ich die Hand zur Faust, in die der biestige Nager gebissen hat.

»Raven?«, sage ich noch einmal, diesmal verwundert.

»Ja!«, piepst die Kreatur. »Ich bin's. Endlich habe ich dich gefunden.«

Ungläubig blicke ich zu der kleinen Gestalt, die auf einem Felsen dicht über der Wasserfläche balanciert und wie ein Mensch das Pfötchen hebt, um mir zuzuwinken. Die schwarzen Knopfaugen blitzen selbst im dunkelgrünen Zwielicht.

»Wir müssen zurück«, weise ich Gawain an.

»Bist du sicher?«

Ich denke an all die Visionen, die mich an diesem Ort bereits heimgesucht haben. »Besteht die Möglichkeit, dass dies ein Trugbild ist?«

Gawain zuckt nur mit den Schultern.

»Ich bin es wirklich, Rowan.« Das Eichhörnchen wirkt aufgeregt. »Der Silberknopf.«

»Ja?«, frage ich lauernd.

»Es hat ihn verschluckt.«

Wir kehren zum Ufer zurück. Als wir nah genug heran sind, springt das Pinselohr vom Felsen, schnellt durch die Luft und landet zwischen uns im Boot. Keckernd hüpft es auf mich zu und klettert mein Bein hoch, bis es in meinem Schoß sitzt. Mein ganzer Körper spannt sich an. Ich muss mich beherrschen, das winzige Ungeheuer nicht in den See zu werfen. Irrsinnigerweise erinnert mich das verstrubbelte Haar des Eichhörnchens an Ravens neue Frisur.

»Raven …« Erschrocken stelle ich fest, dass mir Tränen in die Augen treten. Ich bin so erleichtert, sie … nun, nicht, sie zu sehen, aber sie bei mir zu wissen. Selbst in der Gestalt des Eichhörnchens ist Raven für mich ein Stück Heimat, das mir etwas von der Zuversicht zurückgibt, die mir in den letzten Stunden abhandengekommen ist. »Wie …?«

»Du hast mir einen solchen Schrecken eingejagt«, wirft mir Eichhörnchen-Raven vor. Ihr buschiger Schwanz zuckt aufgeregt hin und her. »Auf einmal warst du weg. Du hast nicht mehr mit mir gesprochen. Ich habe schon gedacht, dein letztes Stündchen hätte geschlagen.«

»Dieses Mini-Monster«, ich deute auf ihre Gestalt, »hat mir erst in die Hand gebissen und mir dann den Knopf vom Band gerissen. Es ist damit in einem Mauseloch verschwunden.«

Nun, als ich wieder mit ihr sprechen kann, bin ich so erleichtert, dass ich beinahe darüber lachen könnte.

»So etwas Ähnliches habe ich mir inzwischen zusammengereimt. Erinnerst du dich, was geschehen ist, als du im Goldenen Wächter warst?«

»Dein Gesicht in der Wasserschüssel?«

Das Eichhörnchen nickt. Gawain mustert uns argwöhnisch, sagt aber nichts. Er hat die Hände im Schoß verschränkt und wartet ab.

»Diesmal war es anders. Ich habe eine Silberschüssel mit Wasser gefüllt und meinen Silberknopf hineingelegt. Und auf einmal habe ich das Eichhörnchen gesehen. Zuerst habe ich geglaubt, du wärst in ein Tier verwandelt worden. Aber du hast mir nicht geantwortet und …«

»Aber wie kommt es, dass du das Eichhörnchen lenken kannst?«

»Die alten Sagen«, Raven klingt aufgeregt. »Die Silberknöpfe und ihre ursprüngliche Macht: Besitz über die Gedanken anderer zu ergreifen.«

»Das ist wahr?«

»Ich nehme an, das Schattenlabyrinth verstärkt die Macht des Knopfes und … Um ehrlich zu sein, ist es mir zum ersten Mal ganz egal, warum es funktioniert. Als ich bemerkt habe, dass ich das Eichhörnchen kontrollieren kann, habe ich mich darangemacht, dich zu suchen. Es hat ewig gedauert.«

Ungläubig blicke ich sie an.

»Als ich dich nicht gefunden habe«, fährt sie fort, »hätte ich beinahe aufgegeben.«

»Die Zeit vergeht hier anders«, verrate ich ihr. »Wie viele Stunden sind seit unserem Aufbruch vergangen?« Ich habe Angst vor der Antwort. Aber Raven ist hier bei mir, das muss bedeuten, dass das Schattenlabyrinth noch nicht versiegelt ist.

»Der Himmel färbt sich langsam rot.«

»Es ist noch die gleiche Nacht?!« Ein Druck, der auf meiner Brust lag, ohne dass ich es gemerkt habe, löst sich. »Raven …« Ich unterbreche mich und blicke zu Gawain. »Schwört Ihr, dass Ash sich am anderen Ufer befindet?«

Gawain deutet hinüber zu der schwarzen Klippe. »Dort

oben auf dem Geisterfelsen. Ich schwöre, dass er dort war, als ich ihn das letzte Mal gesehen habe.«

»Geisterfelsen?«, fragt Raven neugierig und blickt sich zu Gawain um. »Wer ist das? Und wo ist die Comtesse?«

»Raven«, beschwöre ich sie eindringlich. »Ich habe jetzt keine Zeit, dir alles zu erklären. Solánge geht es den Umständen entsprechend gut. Und ich habe Ash noch nicht gefunden, aber dieser Mann hier hat mir geholfen. Er …« Ich kann ihr nicht sagen, wer Gawain wirklich ist. »Wenn der Morgen bereits graut«, sage ich stattdessen, »werden die Magier bald mit der Versiegelung des Schattenlabyrinths beginnen.«

»Jetzt, wo ich weiß, wo du bist, kann ich ein Portal öffnen und dich zurückholen.«

Ich sehe, wie Gawain sich anspannt. »Später«, sage ich zu ihm. »Hilf mir, das Boot über den See zu bringen.«

Gawain saugt die Luft tief durch die Nase ein, widerspricht aber nicht. Ich wende mich wieder an das Eichhörnchen.

»Ich kann noch nicht zurück. Ich bin so kurz davor, Ash zu finden.« Für einen Moment schließe ich die Augen. Das, was ich vorhabe, wird alles verändern. Für mich und für Iriann.

Gawain rudert uns über den See. Er meidet die Stellen, an denen das Wasser brodelt, und die Dampfwolken. Geduldig lenkt er unseren Kahn in großzügigen Wellenlinien über den See, ein Labyrinth im Labyrinth, auch ohne sichtbare Mauern. Das schiere Ausmaß des Höhlensystems überwältigt mich. Die Decke wölbt sich in weiter Ferne über uns wie ein steinerner Himmel und das grüne Zwielicht, das uns umgibt, schmerzt nicht ganz so sehr in den Augen. Mir ist, als hätte es einen freundlicheren Ton angenommen, als sei es von einem bronzefarbenen Schimmer durchsetzt.

»Ich kann nicht glauben, dass wir einen unterirdischen See überqueren. In den Geschichten um das Weiße Schloss habe ich nie von ihm gehört.« Ich sehe Gawain an. »Existierte das alles hier bereits unter dem Weißen Schloss?«

Der Ritter runzelt die Stirn. »Wer weiß das so genau? Der Fall hat alles geändert. Ob es den See und dieses Höhlenlabyrinth bereits zuvor gegeben hat oder ob er durch Cailleachs Magie entstanden ist, aus ihrem Wunsch, nach Hause zurückzukehren – ich weiß es nicht.«

»Nach Hause?«

Aber Gawain weigert sich zu antworten.

»Warum fliegen die Feuerfunken nicht zu uns herüber?«, wechsele ich das Thema. Im Schacht, in den Solánge stürzte, stiegen sie doch herauf, als würden sie von ihrer Anwesenheit angezogen.

»Sie halten sich von mir fern«, sagt Gawain nach kurzem Nachdenken. »Magie und ich … das ist eine verzwickte Angelegenheit.«

»Seid Ihr ein Zauberer?«, fragt Raven.

Gawain lacht, wenn auch eine Spur zu bitter. »Nein. Das nicht. Sie hat mich geschützt.«

»Die … Cailleach?«

Er nickt. »Vor sich? Vor der Magie? Wer weiß das schon.« Er stellt das Rudern ein.

»So habt Ihr also überlebt, all die Jahre.«

Der Kahn treibt auf dem See. Wir blicken uns an. In den Augen des Ritters liegt so viel Gefühl, dass ich nicht weiß, wie ich auf sein Geständnis reagieren soll. Die innere Zerrissenheit, die ihn quält, kenne ich nur zu gut, wenn auch aus anderen Gründen.

»Wenn ihr ein Portal öffnet, um nach Hause zu gehen, schwört mir, dass ihr uns mitnehmt«, bittet er.

Mein Mund wird trocken. Das kann er nicht von mir verlangen. »Ich habe Euch bereits geschworen, Cailleach zu erwecken.«

»Rowan!« Raven klingt entsetzt.

»Das ist nicht genug«, erklärt Gawain fest. »Schwört es.«

Der Kahn beginnt zu schwanken. Nun bin ich froh, dass ich mich an dem Holz festkrallen kann.

»Ich schwöre bei Briann und Tuath«, sage ich schließlich zögernd. »Falls wir das hier überleben, nehme ich Euch mit.«

Raven blickt aus aufgerissenen Knopfaugen zwischen Gawain und mir hin und her. Ich bete zu den Göttern, dass der Ritter nicht bemerkt, dass ich *Euch* statt *euch* meinte. Wie hätte ich ihm versprechen können, die Schwarze Königin mit aus dem Labyrinth zu nehmen? Falls sie uns überhaupt eine Wahl in dieser Angelegenheit lässt, sollte sie wirklich erwachen.

Gawain streckt mir die Hand entgegen und ich schüttele sie. Erneut komme ich mir vor wie ein Verräter. Wir treiben auf eine der seltsamen Dampfwolken zu und er beginnt wieder zu rudern.

»Wieso habt Ihr ihr geholfen?«, frage ich, weniger diesmal, um das Schweigen zu brechen, sondern weil es mich wirklich interessiert. »Aus Liebe?«

»Sie war so allein.« Gawain lächelt versonnen. »Sie hatte

nicht viele Freunde im Weißen Schloss. Dabei besaß sie so ein reines Herz.«

»Ein reines Herz?!« Ravens Schweif zuckt empört. »Sie hat versucht, ganz Iriann zu versklaven.«

Gawain schaut uns entsetzt an. »Wie kommst du darauf? Ist deshalb nie jemand gekommen, um uns zu retten? Weil ihr das glaubt?«

»Ich …«, sagt sie. »In den Überlieferungen steht es so geschrieben.«

Gawain schnaubt. »Dann muss es freilich die Wahrheit sein. Was steht geschrieben?«

Vorsichtig suche ich nach den richtigen Worten. »Dass sie eine Hexe ist. Die des Königs Geist geblendet und sein Herz verzaubert hat, um die Macht an sich zu reißen. Sie hat eine schreckliche Krankheit über die Insel gebracht. Den Hexenbrand.«

Ich mustere Gawain scharf, gespannt darauf, wie er reagiert. Er presst fest die Lippen aufeinander und nickt ruckartig. »Ein schönes Märchen. Und so einfach. Es stimmt, was sie sagen: Die Wahrheit wird immer von den Siegern geschrieben.«

»Wie meint Ihr das?«

»Weil es nicht das ist, was damals geschehen ist.« Mit einem kräftigen Ruderschlag treibt Gawain den Kahn durch das Wasser. Man kann fast körperlich spüren, wie aufgebracht er ist.

Ich zögere, weil ich mir unsicher bin, ob ich überhaupt wissen will, was er uns erzählen kann. Aber mein Vater hätte gesagt, dass Wissen Macht ist. Und Ash hätte vermutlich eingeworfen, dass es falsch ist, sich etwas vorzumachen.

Also nehme ich meinen Mut zusammen. »Erzählt uns, was damals geschehen ist.«

Nun ist es Gawain, der zögert. Der See unter uns ist nicht gefroren, und doch bewegen wir uns auf dünnem Eis.

»Nun«, beginnt er schließlich. »Es stimmt schon. Sie hat König Kevans Herz verzaubert, aber nicht mit Magie. Sie war … sie ist ein Wunder. Schön, aber nicht nur äußerlich. Sanftmütig. Gutherzig. Aber sie ist keine Hexe, wie eure Märchen heute erzählen. Sie ist eine Elfe.«

Der Fall des Weißen Schlosses

»König Kevan und Cailleach begegneten sich im großen Wald von Iriann«, beginnt Gawain zu erzählen. »Sie war die Tochter Caolans, des Hohen Fürsten der Elfen, und es heißt, Kevan und sie verliebten sich auf den ersten Blick ineinander. Er war in den Wald geritten, um dem Rat der Elfenfürsten beizuwohnen, denn das Lichte Volk hatte beschlossen, unsere Welt zu verlassen.«

»Warum?« Gebannt hänge ich an seinen Lippen.

»Wegen des Zauberbrands. Eine seltsame Krankheit, gegen die es kein Heilmittel gab. Sie befiel zunächst die Elfen und breitete sich dann langsam auch unter den Menschen aus. Die Elfen fanden heraus, dass es ihre Magie war, die alle krank machte. Nun, vielleicht nicht die Magie. Vielmehr ihr Zusammenspiel mit unserer Welt, die sich in eine neue Richtung entwickelte. Wir Menschen bauten Städte aus Stein und schmiedeten Waffen aus Eisen. Magie wurde für unser Überleben immer unwichtiger. Wir rodeten Wälder, um Ackerland zu gewinnen, und mit jedem Feld, das wir anlegten, trieben wir die Elfen tiefer in die Wildnis. Ihr Lebensraum drohte zu schrumpfen. Es waren jedoch nicht die Elfen, die sich gegen uns auflehnten und wehrten. Es war ihre Magie. Die Welt, die so entstand, war nicht mehr dafür geschaffen.«

»Haben die Elfen sich nicht gewehrt?« Die alten Geschichten berichten von großen Kriegern auch unter den Ihren.

Gawain schüttelt den Kopf. »Die Elfen waren allzeit gute

Freunde der Menschen. Sie haben sie mit offenen Armen begrüßt, als unsere Vorfahren an der Küste von Iriann strandeten und beschlossen, es zu besiedeln. Mit ihrer Magie schufen sie Bláth Bàn, die weiße Blume, wie das Weiße Schloss in ihrer Sprache heißt.«

»*Gewoben aus Baum und Stein und Sonnenschein.*«

Gawain nickt. Ich blicke hinüber zu den schwarzen Klippen, das verrottete Herz eines Ortes, der einst wunderschön gewesen sein muss.

»Caolan wusste«, fährt Gawain fort, »dass das der Lauf der Dinge ist: Die Welt verändert sich, ob es uns nun gefällt oder nicht. Wir können mit ihr gehen oder daran zerbrechen. Aufhalten können wir Veränderungen nicht. Die Elfen liebten die Menschen und die Menschen liebten die Elfen. Aber sie erkannten, dass Liebe manchmal nicht ausreicht, um alles zum Guten zu wenden.«

Etwas in mir sträubt sich bei seinen Worten und meine Hände verkrampfen um den Rand des Bootes. Gawain lächelt bitter. »Hätten Kevan und Cailleach dies früher begriffen, wäre uns viel Leid erspart worden.« Er seufzt. »Der Rat der Elfen hatte einen Weg gefunden, den Zauberbrand aufzuhalten und unser beider Völker zu retten. Sie beschlossen, diese Welt zu verlassen. Mit ihrer Magie schufen sie ein Tor nach Anderswo. Sie gingen. Und mit ihnen ging der Zauberbrand.«

»So sind die Elfen verschwunden?« Ich kann es kaum glauben.

»Alle, bis auf eine junge Prinzessin, die sich in einen Menschen verliebt hatte. Cailleach blieb bei Kevan. Die beiden schworen sich ewige Liebe und sie zog mit ihm in das Weiße Schloss, das ihr Volk erbaut hatte. Mit sich brachte sie einen großen Schatz mächtiger Gaben: Mäntel, die unsichtbar machten, Spiegel, die Geheimnisse bewahrten.« Er blickt auf mein Schwert. »Klingen, die sogar Fels schneiden können.«

»Die Artefakte.«

»Von ihrem Vater erhielt Cailleach einen machtvollen Stein: einen Orb aus dunkelgrüner Jade, der die Macht besaß, einen Riss in das Gewebe der Welt zu reißen. Er sollte ihr Weg nach Hause sein, sollte sie sich jemals dafür entscheiden, ihrem Volk nach Anderswo zu folgen.«

»Der Torstein hat einmal Königin Cailleach gehört?!« Raven und ich blicken uns an.

»Nicht viele wussten von seiner Existenz«, erklärt Gawain. »Die Elfen gingen nach Anderswo und Cailleach folgte Kevan. Er machte sie zu seiner Braut und zur Königin des Landes und eine Zeit lang schien alles gut.«

»Was ist geschehen?« Raven lässt sich vor Gawains Füßen nieder. Offenbar hat sie die Angst vor ihm verloren.

»Was immer geschieht, wenn ein Paar keine Kinder bekommt. König und Hofstaat gaben der Frau die Schuld. Mit jedem Jahr, das verging, ohne dass Cailleach schwanger wurde, verblühte die Liebe des Königs etwas mehr. Cailleach versuchte sich nichts anmerken zu lassen, aber sie litt darunter, dass der König sich immer weiter zurückzog und schließlich anderen Frauen zuwandte.«

»Und sie sich Euch?«

Gawain schüttelt den Kopf. »Ich habe sie geliebt, das ist wahr. Ich liebe Cailleach immer noch. Aber wir haben nie das

Lager geteilt. Wir waren nie Geliebte. In ihrem Herzen war nur Platz für den König. Und das war ihr großes Verhängnis.«

»Wie meint Ihr das?«

»Der Rat drängte den König immer stärker, Cailleach zu verstoßen und sich eine andere Gemahlin zu nehmen. Eine Menschenfrau, die in der Lage war, ihm Kinder zu gebären. Die Nachfolge zu sichern. Cailleach wollte das nicht wahrhaben. Sie glaubte, der König würde sie nie verlassen. Sie begriff erst, was um sie herum geschah, als es beinahe zu spät war.«

»Sprecht weiter«, bitte ich.

»Der König wäre vermutlich bereit gewesen, Cailleach freizugeben. Sie ihrem Volk nachfolgen zu lassen. Schließlich hatte er sie einmal sehr geliebt. Aber seine Ratgeber ahnten, was dann geschehen würde: Mit der letzten Elfe würde auch die Magie die Welt verlassen. Die Artefakte, die Iriann reich an Gold und Ansehen gemacht hatten, würden ihre Kraft verlieren. König Kevan wollte einen Nachfolger. Und den würde er von Cailleach nicht bekommen. Aber er konnte sie auch nicht gehen lassen.«

Die Härchen in meinem Nacken richten sich auf.

»Nein«, flüstert Raven.

»Der Rat fasste einen finsteren Plan: Die Königin sollte verschwinden, damit der König sich neu vermählen konnte. Die Elfe aber musste bleiben. Man wollte Cailleach einsperren in einem Turm ohne Tür und Tor. Die Welt sollte sie vergessen. Alles, was von ihr bliebe, wäre die Magie. Cailleach hatte viel aufgegeben für ihren Kevan. Aber nicht ihre Unsterblichkeit.«

»Er hätte sie auf Ewigkeiten eingekerkert?«

Gawain breitet beide Arme in einer Geste aus, die das ganze Schattenlabyrinth einschließt. »Ist das nicht genau das, was geschehen ist?«

»Ich … Es ist ihm gelungen?«

»Nein. Cailleach wurde gewarnt. Nicht alle Ratgeber des Königs waren von der Richtigkeit seines Plans überzeugt. Ein treuer Freund verriet mir, was der Rat hinter verschlossenen Türen beschlossen hatte. Ich warnte Cailleach – aber es war zu spät. Der König und seine Mannen eilten bereits mit mächtigen Artefakten gerüstet in den Schlossgarten, wo sie sich befand.«

Es fällt mir schwer zu atmen. Ich ahne, dass wir fast am Ende von Gawains Geschichte angelangt sind. Eine Geschichte, die so ganz anders ist als jener Mythos, den man mir als Kind erzählt hat.

»Cailleach schickte ihre treuste Dienerin in ihre Gemächer, damit sie ihr den Torstein brachte. Mara ging, aber sie kam nicht rechtzeitig zurück.«

»Mara ist der Name meiner Großmutter«, sagt Raven tonlos. »Er besitzt in meiner Familie eine lange Tradition.«

»Die Männer des Königs kesselten uns ein. Ich war bei Cailleach im Garten. Mit magischen Lanzen zogen die Ritter des Königs um uns herum eine undurchdringliche Barriere, immer enger und enger. Da begriff Cailleach endlich, dass Kevan sich von ihr losgesagt hatte – und etwas in ihr zerbrach. Sie war nicht bereit, kampflos aufzugeben. Ich sehe sie noch heute vor mir: eine strahlende Göttin mit schneeweißer Haut und rabenschwarzen Haaren. Sie warf den Kopf in den Nacken, streckte die Arme dem Himmel entgegen und rief mit all ihrer Macht die Magie Bláth Bàns zu Hilfe. Und die Magie folgte ihrem Ruf. Dornen sprossen aus den Ranken, die den Turm in der Mitte des Gartens umgaben. Wie Schlangen wanden sie sich immer enger um dessen Mauern, bis diese dem Druck nachgaben und in sich zusammenfielen. Cailleach rief das Wetter zu Hilfe und schleuderte Blitze auf ihre Gegner. Aber die Magie, die sie entfesselte, speiste auch die Macht der Artefakte und die Ritter hielten dem Sturm stand. Pfeile regneten auf Cailleach herab. Ich flehte sie an, mit dem Wahnsinn aufzuhören. Ich flehte sie an.« Gawain senkt den Kopf. »Aber sie hörten nicht auf mich.«

Gern würde ich mich vorbeugen, um seine Hand zu ergreifen und sie mitfühlend zu drücken. Jedoch wage ich es nicht. Gawain versinkt mehr und mehr in seiner Erinnerung.

»Cailleach gab nicht auf. Sie wurde zur Furie. In ihrem Schmerz und ihrer Wut verlor sie fast den Verstand. Bláth Bàn fiel. Und mit der Festung meine Freunde und meine Liebe. Die Magie, die sie entfesselt hatten, ließ sich nicht mehr eindämmen. Schwarze Flammen fraßen alles um sich herum auf. Pflanzen verwitterten und Mauern barsten. Um uns herum versank die Welt in einer Feuersbrunst und wir fuhren geradewegs in die Unterwelt. Ich sah um mich herum Männer fallen, die einst meine Freunde waren, vernichtet von ihrer Magie, verformt und in etwas anderes verwandelt: deformiert, gefühllos, kalt. Sie hätte alles vernichtet. Meine schöne, unschuldige Cailleach. Jemand musste sie aufhalten.« Tränen schimmern in seinen Augen und ihn so zu sehen und ihm zuzuhören, lässt mein Herz schmerzen.

»Ihr?«, frage ich.

Gawain nickt.

»Sie hat mir vertraut. Die ganze Zeit hat sie mir vertraut und ich habe sie verraten. Sie hat mich beschützt, musst du wissen. Vor ihrer Magie. Sie hat dafür gesorgt, dass die Zauber, die ihren Gegnern das Fleisch von den Knochen schälten, mir nichts anhaben konnten. Ich hatte sie gewarnt. Ich stand an ihrer Seite. Aber als ich sah … was sie tat. Was mit dem Schloss geschah, mit Menschen, an deren Seite ich gejagt und getrunken hatte. Ich konnte sie ihr Werk nicht zu Ende führen lassen.« Er holt zitternd Luft. »Also stemmte ich mich gegen den Sturm aus Magie und Zerstörung und stahl das Fläschchen mit der bernsteinfarbenen Flüssigkeit, das die Ratgeber des Königs mitgebracht hatten. Und ich schüttete seinen Inhalt über sie. Statt das Zaubermittel zu vernichten, benutzte ich es, um sie aufzuhalten.« Aus weit ausgerissenen Augen blickt er mich an, als suche er meine Bestätigung. »Ich wusste, ich würde sie nicht töten. Sie ist unsterblich. Aber ausgerechnet ich tat ihr an, was der König beschlossen hatte: Ich versetzte sie in einen Zauberschlaf. Damit sie niemandem mehr schaden konnte. Auch sich selbst nicht.« Erschöpft sacken seine Schultern nach vorne und er vergräbt das Gesicht in den Händen. »Wie soll sie mir jemals verzeihen?«

Stille senkt sich über uns. Das Einzige, was ich höre, ist das geisterhafte Flirren des Schattenlabyrinths und das Blubbern des brodelnden Sees um mich herum. Alles, was man mir jemals über die Schwarze Königin erzählt hat, alles, woran ich geglaubt habe … Wenn Gawain uns nicht belügt, dann ist es falsch. Dann ist alles falsch. Irianns Reichtum und Wohlstand basiert auf einer Lüge. Und wenn wir das Schattenlabyrinth versiegeln und Cailleach für immer in dieser furchtbaren Unterwelt begraben, dann machen wir uns – wissentlich oder nicht – ebenso schuldig wie König Kevan. Oder Gawain.

»Als Cailleach einschlief«, fährt Gawain schließlich fort, »erstarrte die Magie um uns herum. Die Feuer erloschen. Von Bláth Bàn war nichts mehr übrig. Die Welt, wie ich sie kannte, war verschwunden, und ich befand mich mit ihr hier. An einem Ort, an dem die Zeit verrücktspielt und aus dem es kein Entkommen gibt.«

Schwarze Knochenklippen

Wir alle schweigen, nachdem Gawain geendet hat. Es schmerzt mich, zu wissen, was mein Volk – einer meiner Vorfahren! – der letzten Elfe von Iriann angetan hat. Mein Ururonkel und seine Männer haben nicht nur sie zerstört, sondern auch ihr Andenken. Sie haben sie in den Wahnsinn getrieben. Sie haben sie zu einer Hexe gemacht und uns gelehrt, sie zu hassen.

Mit jedem Ruderschlag Gawains pocht mein Herz lauter.

Der Ritter blickt erst wieder auf, als der Kahn mit seiner Spitze endlich an das felsige Seeufer stößt.

Für Cailleach mag jede Hilfe zu spät kommen, aber Ash kann ich noch retten. Jeder Augenblick, den wir hier vergeuden, kann ihm das Leben kosten.

»Wie geht es weiter?« Ich bemühe mich, meine Stimme fest klingen zu lassen. Gawain soll nicht an mir zweifeln. Vorsichtig steige ich aus dem Boot aus, trete ans Ufer und gürte Sonnendorn. Raven sitzt auf meiner Schulter.

»Warten Schattenkreaturen auf uns?«, frage ich. »Steinerne?«

Gawain blickt den schwarzen Knochenhang hinauf. »Das mag sein. Aber sie sind es nicht, vor denen du Angst haben musst.«

»Die Steinernen waren nicht immer Ungeheuer, habe ich recht?« Als ich in dem kleinen Buchladen auf dem Markt auf die Zeichnung der Elfenkriegerin mit den grünen Augen stieß, nahm ich an, das Geheimnis der Schattenkreaturen enträtselt zu haben. Ich hielt sie für die verschwundenen Elfen. Nach Gawains Geschichte bin ich mir sicher, dass ich mich geirrt habe.

»Es ist das Gefolge des Königs, der Hofstaat der Weißen Festung«, bestätigt er meine Befürchtungen. Auch Menschen besitzen grüne Augen.

»König Kevan?« Raven keucht schockiert.

»Wenn er unter den Steinernen weilt, so weiß ich es nicht. Die armen Geschöpfe haben ihren Verstand verloren. Alles, was sie noch sind, sind geistlose Schlafwandler aus zerklüftetem Stein.«

»Sie verbreiten den Hexenbrand, wenn sie durch Iriann ziehen«, sage ich. »Die Krankheit, die Ihr Zauberbrand genannt habt. Sie ist nicht mit den Elfen verschwunden.«

Gawain nickt grimmig. »Ich weiß. Es ist die Magie.« Wieder blickt er den Abhang hinauf. »Ihr werdet sehen.«

»Wie kommt es, dass sie das Labyrinth verlassen können, Ihr aber nicht?«, fragt Raven.

»Die Steinernen *entkommen* nicht. Dieser Ort stößt sie ab wie ein Baum sein abgestorbenes Laub im Herbst. Wenn er fast ihr ganzes Leben aus ihnen herausgepresst hat, lässt er sie gehen.«

Und wir töten sie. All das muss enden. Ich weiß nicht wie, aber es muss enden.

»Wo finde ich meinen Gefährten?«, frage ich, um mich wieder auf das Wesentliche zu konzentrieren.

Gawain lässt seine Fingerknöchel knacken. »Klettern.«

Also klettern wir. Immerhin geht es nach oben und nicht in die Tiefe. Ich zwinge mich dazu, meinen Blick keinesfalls nach unten zu richten. Handbreit für Handbreit ziehe ich mich den steilen Berg hinauf. Ich kralle meine Fingerkuppen in den rauen Fels, schiebe meine Stiefelspitzen, so fest ich kann, in schmale Steinspalten und kämpfe mich Stück für Stück weiter. Mein Haar und mein Hemd kleben nass an mir. Inzwischen habe ich im Schattenlabyrinth so oft geschwitzt und der Schweiß hat sich so oft mit Schmutz vermengt, dass ich vermutlich stinke, als hätte ich mich im Dreck gesuhlt. Ash wird mich kaum erkennen, wenn ich vor ihm auftauche. Gawain und Raven klettern dicht neben mir. Unser Unterfangen strengt sie nicht halb so sehr an wie mich. Der Ritter bewegt sich fast mit der gleichen spielerischen Leichtigkeit nach oben wie das Eichhörnchen. Raven eilt immer wieder ein paar Schritte voraus, krallt sich dann in die Felsen und blickt sich zu uns um, bis wir sie erreichen. Ich hätte sie gern dafür verflucht, dass sie diese Tortur so gar nicht anstrengend findet. Aber ich traue mich nicht, Luft dafür zu verschwenden.

Als ich mich endlich über den Klippenrand auf eine mit Geröll übersäte Ebene ziehe, atme ich erleichtert auf. Ich hätte nicht geglaubt, dass mir der Aufstieg tatsächlich gelingt. Ich lege mich flach auf den Rücken, blicke auf die weiterhin ferne Höhlendecke und atme rasselnd ein und aus.

»Geht es wieder?« Gawain stellt sich neben mich.

Ich schüttele den Kopf.

»Wir müssen weiter«, piepst Raven.

Weil sie recht hat, kämpfe ich mich auf. Mit meinem

halb zerfetzten Hemdsärmel wische ich mir notdürftig den Schweiß aus dem Gesicht.

»Fast geschafft«, verspricht Gawain.

»Ich hoffe, wir müssen nicht noch mehr klettern. Das schaffe ich nicht.«

Gawain schüttelt den Kopf. Raven hüpft vor unseren Füßen neugierig auf und ab. Aber der Blick, den mir der Ritter zuwirft, verheißt nichts Gutes. »Der schwierigste Teil kommt erst noch.«

Erschöpft hebe ich eine Augenbraue. »Und das heißt?«

»Den Rest des Weges kann ich dich nicht begleiten.«

»Weshalb?«

»Das letzte Mal, als ich ihn gesehen habe, machte sich dein Gefährte auf in das Feld der Geister. Es liegt hinter diesem Abgrund.« Gawain tritt zur Seite und deutet in die Dunkelheit hinter sich. In den grünschwarzen Schatten sehe ich Goldorange aufleuchten. Die Farbe erinnert mich an die Glühwürmchen über dem See.

»Das Feld der Geister?«

»Die Feuerfunken haben ihn dorthin gelockt.«

Fassungslos starre ich Gawain an. »Warum hast du ihn nicht aufgehalten?!«

»Dazu war es zu spät«, antwortet er leicht grollend. »Als ich ihn entdeckt habe, ging er bereits über den Abgrund. Ich war zu weit entfernt, um ihn aufzuhalten. Außerdem bildete ich mir ein, er sei eine Wahnvorstellung – ein Mensch hier in den Höhlen. Bis deine Begleiterin und du aufgetaucht seid.«

»Das spielt doch jetzt keine Rolle«, unterbricht uns Raven.

Wir blicken beide auf das Pelztierchen zu unseren Füßen, das wie ein winziger Mensch die Fäustchen in seine Hüften stützt. »Was *ist* das Feld der Geister?«

Der Anblick hätte mich vermutlich zum Grinsen gebracht, wären ihre Worte nicht so ernst. »Gibt es hier wirklich Geister?«, frage ich stattdessen.

Gawain fährt sich mit der Hand durch die Haare. »Keine Gespenster wie aus den Spukgeschichten unserer Kindheit, nein. Es sind … geisterhafte Erscheinungen. Sie lassen dich Dinge sehen.«

»Visionen?«

»Vielleicht magst du es so bezeichnen. Aber es sind nicht die Reflexionen der Vergangenheit, denen du in den Schlossfluren über uns vielleicht begegnet bist. Nein. Das Feld der Geister … Es wird dir vorkommen, als habe jemand deinen Träumen einen Zerrspiegel vorgehalten. Als fahre ein Hammer auf deine Hoffnungen nieder und alles, was von ihnen übrig bleibt, sind deine Ängste.«

»Ich habe keine Träume mehr«, behaupte ich, obwohl ich mir bewusst bin, dass dies eine Lüge ist. Seit ich weiß, dass Ash noch lebt, lebt in mir auch wieder Hoffnung. »Und ich habe keine Angst vor Schatten.«

Gawain schnaubt. »Die Geister sind mehr als Schatten. Sie mögen dir nicht körperlich schaden, aber sei dir gewiss: Sie lassen dich innerlich verbluten. Wenn du ihnen nicht schnell genug entkommst.«

»Ash …«, murmele ich.

»Ja«, antwortet Gawain. »Ich habe dir gesagt, dass ich dir nichts versprechen kann.«

»Ist das der Grund, warum Ihr mich nicht begleiten werdet? Weil Ihr Angst vor dem Feld der Geister habt?«

»Nein«, antwortet Gawain. »Weil der Steg dorthin mich nicht zu tragen vermag.«

In einem sanft geschwungenen Bogen spannt sich ein steinerner Steg als natürliche Brücke über die Tiefe. Unter uns klafft ein schrecklicher Abgrund. Der Steg ist nicht dicker als der Stamm einer Buche und ich muss mich beherrschen, um bei seinem Anblick nicht in blinde Panik zu verfallen. Raven, die mich besser als jeder andere kennt und meine Aufregung deutlich spürt, klettert an meinem Hosenbein nach oben und schmiegt sich an meinen Hals. Ihre Nähe hat etwas Tröstliches, kann mich aber nicht beruhigen.

»Und nun?«, fragt sie unsicher.

»Wir gehen hinüber«, antworte ich und beiße die Zähne fest zusammen.

Raven wendet sich an Gawain. »Ihr seid sicher, dass der Steg Euch nicht trägt?«

Wir alle starren auf die schmale Steinbrücke und kennen die Antwort, ohne dass der Ritter sie aussprechen muss.

»Ihr wartet hier auf uns?«, frage ich.

Gawain nickt. »Denkt dran. Ihr dürft keine Zeit verlieren.«

Ein steinerner Steg

Ich ignoriere das Kribbeln auf meinem Gesicht und meinem Nacken und den Schweiß, der sich bereits wieder auf meinen Händen und unter den Achseln bildet. Ich bin mir der Blicke von Gawain und dem Raven-Eichhörnchen nur allzu bewusst und das, was mein Retter mir über das Feld der Geister erzählt hat, geht mir fortwährend durch den Kopf. Nun muss ich selbst zum Retter werden. Ich habe keine Wahl, wenn ich Ash wiedersehen will. Also atme ich noch einmal tief durch, öffne meine Lider und tue den ersten Schritt.

Der Stein knirscht Unheil verkündend. Mein Magen schlägt sofort Purzelbäume und mein Gleichgewichtssinn spielt verrückt. Unsicher mit den Armen rudernd trete ich schnell wieder zurück auf festen Grund. Raven hüpft neben mich. »Ganz ruhig«, piepst sie. »Alles ist gut.«

»Nichts ist gut«, grummele ich. »Ich bin zu schwer.«

»Du musst Gewicht verlieren.« Gawain streckt mir auffordernd den Arm entgegen. »Lass die Ausrüstung da.«

»Ich komme mit.« Entschlossen hüpft Raven vor mir auf den Steg und blickt mich herausfordernd an.

Meine Mundwinkel zucken und erleichtert stelle ich fest, dass ich noch lächeln kann. Noch einmal überprüfe ich den festen Sitz des Wasserschlauchs. Meine Ausrüstung, selbst Sonnendorn, habe ich in Gawains Schutz gegeben. Das alte Schwert ist schwer, und es wird niemandem etwas nützen, wenn ich mit ihm in die Tiefe krache. Vom Wasser jedoch will ich mich nicht trennen. Falls ich all das überlebe und Ash finde, wird er Flüssigkeit dringender als alles andere brauchen.

Ich lasse mich auf alle viere nieder.

»So ist es leichter«, sage ich, mehr zu mir selbst als zu Raven oder Gawain, und krabbele auf Knie und Handballen gestützt nach vorne.

Erneut erfasst mich leichter Schwindel, als ich meine Finger auf den Steg lege. Diesmal kann ich ihn jedoch unterdrücken. Ich zwinge mich, an etwas anderes zu denken, an Ash, daran, dass ich unbedingt den Abgrund überqueren muss, komme, was wolle. Diesmal knackt der Stein nicht.

Es gibt kaum Platz auf dem schmalen Steg. Meine Oberschenkel reiben aneinander, so eng muss ich die Beine zusammendrücken, um mich vorwärtszutasten. Raven tänzelt unbeschwert vor mir. Immer wieder schiebt sie ihren Schweif zur Seite, um sich nach mir umzublicken.

»Keine Sorge«, versuche ich einen Scherz. »Wenn ich falle, wirst du das hören.«

Sie blitzt mich nur böse an, als fände sie das gar nicht lustig, und rennt ein Stück voraus. Noch einmal grinse ich und unvorsichtigerweise senke ich dabei den Kopf. Versehentlich spähe ich in den lichtlosen Abgrund. Die Erinnerung an das reißende Seil ist wieder da, an den gehässigen Ausdruck auf Gwyns Gesicht, an meinen Fall.

Ich verharre auf der Stelle und schließe die Augen. Mit all meinen Sinnen suche ich danach, den festen Stein unter mir zu fühlen. Er wird halten. Ich werde nicht stürzen. Ich könnte stürzen.

Wenn ich mir einer Tatsache sicher geworden bin, dann, dass ich nicht sterben will.

Ich atme ein und ich atme aus.

»Du hast es fast geschafft«, ruft mir Gawain Mut zu. Es ist eine Lüge. Ich weiß, dass ich den Steg noch nicht einmal halb überquert habe. Aber es hilft. Ich kann das hier schaffen.

Ich blinzele, blicke an Raven vorbei nach vorne und ignoriere mein klopfendes Herz. Dann schiebe ich mich weiter, eine Handbreit nach der anderen. Alles in mir sehnt sich danach, die Strecke so schnell wie möglich zurückzulegen und wieder festen Boden unter den Füßen zu spüren. Ich weiß jedoch, dass ich es nur mit Geduld und der notwendigen Sorgfalt schaffen kann, am anderen Klippenrand anzukommen.

Dieser besteht nicht aus dem schwarzen, knochenartigen Material, aus dem der Wall beschaffen ist, den wir vom See aus erklettert haben. Die Felsen sehen aus wie gewöhnliche Steine, teils von vertrockneten Flechten überwuchert. Ich erkenne dunkle Flecken auf dem Stein, farbige Einschlüsse, wie ich sie auf dem Hügelkamm entdeckt habe, von dem aus Vater und ich auf der Reise nach Ionnach zum Schattenlabyrinth hinüberblickten. Ist das wirklich erst einen halben Sommer her?

Vielleicht, überlege ich, handelt es sich bei dem Felsplateau vor mir um einen Teil eben jenes Hügels. Um dessen Gebeine, die tief in die Erde hineinragen. Der Gedanke gibt mir seltsamerweise Kraft, obwohl dies bedeuten würde, dass sich das Schattenlabyrinth unterirdisch viel weiter ausgebreitet hat, als irgendjemand das bisher vermutet hat.

Stück für Stück kämpfe ich mich weiter. Ich drücke meine

Handflächen fest auf den Stein. Stets blicke ich nun nach vorne, meinem Ziel entgegen.

Als wir fast auf der anderen Seite angelangt sind, verharrt Raven plötzlich in der Bewegung. Ich runzele die Stirn und setze schon zu einer Frage an, da sehe ich es auch: Goldfarbener Nebel wogt uns entgegen, so fein, dass ich ihn im Zwielicht beinahe nicht gesehen hätte. Wie Wellen an ein Ufer branden, so rollt die Nebelbank auf uns zu, zieht sich dann wieder zurück. Ein Teil von ihr ergießt sich von der Klippe in den Abgrund. Ein anderer Teil schwappt uns auf dem Steg entgegen. Mit jeder wellenartigen Bewegung rollt der glitzernde Dunst näher heran.

»Weiter«, sage ich schließlich laut und setze mich wieder in Bewegung. Wenn ich zu Ash will, darf ich mich von Nebel nicht aufhalten lassen.

Raven schreit spitz auf, als die erste Woge sie umspült, und hüpft ein paar Schritte zurück.

»Was ist?!«

»Ich …« Mit weit aufgerissenen Augen blickt sie mich an. »Mein Vater. Plötzlich war er da. Er hat nach mir gerufen.«

»Ich …« … *habe nichts gehört*, will ich sagen. Doch da fällt mein Blick auf ihre Pfoten. Das Eichhörnchenfell, das ihre Vorderläufe bedeckt, sieht stellenweise nicht mehr flauschig und rostbraun aus, sondern steif und hellgrau, wie vom Frost überzogene Grashalme.

Raven piepst erschrocken. Sie schüttelt die Pfoten, als könne sie die Flecken abschütteln.

»Was ist das?«, frage ich und spüre, wie mein Körper zu zittern beginnt.

»Ich weiß es nicht.« Raven klingt hundsmiserabel. »Ich glaube, es ist … Hexenbrand.«

»Raven!«, warne ich sie, weil erneut der goldfarbene Dunst auf uns zurollt. Panisch springt sie einen Schritt in meine Richtung und entkommt gerade so den seltsamen Dunstfingern.

»Bist du dir sicher?«, frage ich, als der Nebel sich zurückzieht und mein Herz weniger schnell klopft. Erst jetzt bemerke ich, dass auch ich ein paar Handbreit auf dem Steg zurückgekrochen bin.

Raven schüttelt ihren kleinen Eichhörnchen-Kopf und kratzt mit ihren Krallen am grau verfärbten Fell. »Ich bin mir nicht sicher. Aber es fühlt sich an …« Ängstlich blickt sie mir ins Gesicht. »Was ist, wenn es der Hexenbrand ist? Wenn es sich ausbreitet?«

»Dann lässt du das Eichhörnchen gehen. Das ist nicht dein Körper. Du bist in Sicherheit.«

»Aber wie finde ich dann zu dir?«

»Du kannst das Portal an der Stelle öffnen, an der Gawain auf uns wartet.«

Sie nickt. »Jetzt gleich?«

»Nein. Erst muss ich Ash holen.«

Das kleine Eichhörnchen blickt mich an, als habe ich den Verstand verloren. »Du kannst dort nicht hinüber!«

»Ich muss!«

»Was ist, wenn es wirklich Hexenbrand ist? Du wirst dich anstecken. Ash ist inzwischen …«

»Sprich es nicht aus!«

»Aber …«

»Nein, Raven. Ich muss, hörst du. Ich habe keine Wahl.« Ich räuspere mich und versuche, Haltung anzunehmen und etwas mehr Selbstsicherheit auszustrahlen, was auf einem Steg über einem bodenlosen Abgrund nicht gerade leicht ist. »Der Kluge wählt seine Kämpfe stets selbst«, wiederhole ich den Leitspruch meines Vaters. »Dies *ist* mein Kampf.«

Raven öffnet den Mund, um etwas zu erwidern – mir zu widersprechen, nehme ich an –, aber zu meiner eigenen Überraschung tut sie es nicht. Sie lässt den Kopf hängen und nickt zweimal. »Sei vorsichtig«, sagt sie dann traurig. »Es ist nicht nur der Hexenbrand. Als der Nebel mich berührt hat, habe ich meinen Vater nach mir rufen gehört.«

»Gawain hat uns gewarnt: Die Geister gaukeln dir Dinge vor.«

»Die dich innerlich verbluten lassen«, fährt Raven fort. Sie hebt den Kopf und blickt mich aus weit aufgerissenen Augen an. »Es war wieder wie damals, in der Hütte. Er hat mit dem Arm ausgeholt. Er wollte mich schlagen … Ich weiß, dass das nur der Nebel war und nicht echt. Aber es fühlt sich echt an! Viel zu echt.«

Es hätte so viel zu sagen gegeben. Ich weiß selbst, wie irrsinnig mein Vorhaben ist. Ein kluger Mensch hätte Raven vermutlich gebeten, ihren Eichhörnchenkörper zu verlassen und mit dem Torstein ein Portal nach Hause zu öffnen, hier und jetzt. Bevor das Schattenlabyrinth versiegelt wird. Ehe Gawain mich dazu zwingt, die Schwarze Königin zu erwecken. All die Gefahr, die an diesem Ort schlummert, wäre von einem Augenblick auf den anderen vergessen.

Ich weiß jedoch, wenn ich das tue, wird mein Herz in so

viele winzige Splitter zerbrechen, dass ich, selbst wenn es im Lauf der Jahre heilt, nie wieder ganz sein kann. Ich weiß, dass es, sogar wenn es mir gelingt, äußerlich aufrecht und stark zu wirken und mich innerlich einer Taubheit hinzugeben, die mich vor meinen Gefühlen schützt, immer einen Teil in mir geben wird, der lautlos schreit. Und das macht mir mehr Angst als die geisterhaften Visionen und der Hexenbrand vor mir.

Den Rowan, der mit seinen Eltern in diesem Sommer nach Ionnach gekommen ist, gibt es längst nicht mehr. Mein Schicksal liegt auf der anderen Seite der Schlucht, also setze ich mich wieder in Bewegung.

»Kehr zurück zu Gawain und warte dort auf uns. Halte so lange aus, wie du kannst«, bitte ich Raven, als ich direkt vor ihr knie. »Wenn der Hexenbrand sich ausbreitet: Lass diesen Körper gehen. Versprich es mir.«

Raven nickt stumm und wir blicken uns an. Tränen schimmern in den schwarzen Knopfaugen des kleinen Nagers. »Viel Glück«, piepst sie. Dann macht sie sich auf den Rückweg, sorgfältig darauf achtend, mich nicht zu berühren. Trotz der schrecklichen Situation muss ich schmunzeln. Raven will mich nicht berühren, um mich nicht anzustecken. Dorthin, wo ich gehe, wird mich der Nebel ohnehin bald umspülen.

Es gibt keine Möglichkeit, das unbeschadet zu überstehen. Es gibt jedoch auch kein Zurück mehr.

Goldener Nebel

Als der Goldnebel wie Gischt an meinen Fingern leckt, höre ich sie. Die Stimmen. »Stürz dich hinunter«, wispern sie. »Mach all dem hier ein Ende.«

Ich glaube, Fiona aus den Stimmen herauszuhören, und verliere für den Bruchteil einer Sekunde beinahe den Halt.

»Wenn du jetzt fällst, ist da nur noch Schwärze«, raunt mir der Geisterchor zu. »Und Stille. Kein Leid. Kein Schmerz. Keine enttäuschten Gesichter. Keine Erwartungen mehr, sondern Ruhe und Frieden.«

Gern würde ich behaupten, die Stimmen ließen mich kalt. Aber aus ihnen spricht etwas Lockendes. Ihre Worte klingen fast verführerisch. Als ich bemerke, dass ich bereits den Blick senke, um in die düsteren Tiefen unter mich zu schauen, stoße ich ein wütendes Schnauben aus.

»Ihr wollt, dass ich aufgebe«, flüstere ich den Geistern zu. »Diesen Gefallen tue ich euch nicht.«

Mit eiserner Willensstärke krieche ich die letzten Handbreit nach vorne, weg vom Steg und auf den festen Untergrund des Felsplateaus. Mit dem Kopf voran tauche ich in den goldenen Nebel ein. Er fühlt sich kühl und feucht an, wie der Tau in der Luft ganz früh am Morgen. Ich habe befürchtet, er würde wie Flammenzungen meine Haut verbrennen und in Stein verwandeln. Aber ich spüre nichts. Und im schwarzgoldgrünen Zwielicht meiner Umgebung ist es schwierig zu erkennen, ob sich die Farbe meiner Haut verändert. Als ich kurz mit den Fingern über meine Wange fahre, kann ich nicht feststellen, dass sich die Haut verhärtet.

Ich schicke ein Stoßgebet zu den Göttern und stemme mich hoch. Als ich wieder auf beiden Beinen stehe, sehe ich mich um.

Zwei Wirklichkeiten überlagern sich.

Einerseits ist da ein karges Felsplateau. Wie ein Schleier legen sich jedoch durchsichtige Goldgestalten über meine Sicht. Ich bin auf dem Feld der Geister angekommen.

Vor ein paar Jahren hat Mutter in Ehrenfeld ein Wandbild in unserem Festsaal übermalen lassen. Die Kalkfarbe, die die Handwerker verwendeten, war zu dünn. Nachdem sie getrocknet war, schienen die dunklen Umrisse des ursprünglichen Bildes durch das Weiß hindurch. So erscheinen mir jetzt auch die goldumrandeten Gestalten, die mich plötzlich umgeben. Mit jedem Schritt, den ich nach vorne mache, gewinnen sie an Kontur und Festigkeit. Noch immer flüstern sie mir eindringlich zu, zum Rand der Klippe zurückzugehen und mich in die Tiefe zu stürzen. Ich weigere mich, sie zu beachten. Ich gehe weiter, geradewegs durch sie hindurch.

Gawain hat mich gewarnt. Raven auch. Die Visionen treffen mich dennoch mit unerwarteter Intensität:

Mit einem Mal stehe ich vor den Toren von Ehrenfeld, die mein Vater mit erbarmungsloser Miene vor mir schließen lässt. *Du hast dein Schicksal gewählt*, donnert er mir entgegen.

Das Trugbild verblasst, doch als ich durch den nächsten Geist schreite, der sich heulend auf mich stürzt, entsteht ein neues. Ash und ich am Strand von Gwilen. Seine Lippen sind zu einem schmalen Strich zusammengepresst und seine sturmgrauen Augen blicken hart wie Diamanten. *Es war schön, solange es gedauert hat*, sagt er. *Aber alles geht zu Ende.*

Ich habe alles für dich aufgegeben, brülle ich ihn trotzig an und spüre, dass mir heiße Tränen über die Wangen laufen. *Meine Familie. Mein Land. Mein Leben!*

Ash jedoch bleibt unbeeindruckt. *Es ist vorbei. Ich liebe dich nicht mehr. Ertrag es wie ein Mann.*

Er wendet sich ab. Ich strecke die Hand aus, um ihn aufzuhalten, gehe einen Schritt nach vorne – und stolpere in eine andere Vision. Diesmal sehe ich Ash, der von Soldaten in den Farben der Raghaillachs abgeführt wird. Er wehrt sich mit Händen und Füßen, aber er ist zu schwach. Sie zerren ihn zu einem Schafott. *Rowan! Rowan, hilf mir*, schreit er. Aber ich stehe nur da und tue nichts.

Vision um Vision umspült mich. In einer davon fragt mich meine Mutter verzweifelt, wie ich ihr »das« antun konnte, was sie falsch gemacht habe. In einer anderen wendet sie sich angewidert von mir ab. Ich kann sie kaum verstehen, denn noch immer raunen mir die Geister Beleidigungen und Drohungen ins Ohr und fordern mich auf, meinem erbärmlichen Leben ein Ende zu machen. Es kostet Kraft, mich gegen sie zu stemmen und weiterzugehen.

Ich sehe mich in einen Flickenmantel gehüllt durch bitterkalte Herbststürme ziehen und auf Marktplätzen betteln.

Ich sehe meine Schwestern, die sich mit verzweifelten Gesichtern über mich beugen und mir die heiße Stirn mit einem kalten Tuch kühlen. *Fiona*, will ich flüstern, *Willow*. Doch nur ein seltsames Schnarren kommt mir über die Lippen und als ich die Hände nach ihnen ausstrecke, sehe ich, dass mein ganzer Arm versteinert ist.

Die nackten Leiber zweier Männer wälzen sich vor mir in seidenen Laken. Den dunkelhaarigen Fremden mit den breiten Schultern kenne ich nicht. Als die beiden sich jedoch drehen, erkenne ich seinen Geliebten: Ich blicke in mein eigenes Gesicht. Da begreife ich, dass mich auf dem Feld der Geister nicht nur *meine* Albträume heimsuchen. Direkt neben mir steht nämlich Ash und blickt ungläubig auf mich und den Fremden. Nicht der echte Ash, sondern ein geisterhafter Doppelgänger, dessen Vision ich gerade durchlebe. Seinen zerbrochenen Traum.

Ob das bedeutet, dass ich ihm nicht mehr fern bin? Ich zwinge mich, mich auf die Wirklichkeit zu fokussieren. Auf das Felsplateau um mich herum. Ich kneife die Augen zusammen, um den goldenen Schein auszublenden. Täusche ich mich oder liegt dort, halb verborgen von einem Felsvorsprung, eine gekrümmte Gestalt auf dem Boden?

»Ash?!«, brülle ich, aber kaum habe ich den Mund geöffnet, flutet der Geisternebel hinein und schnürt mir die Luft ab. Panisch greife ich mir an den Hals. Ich versuche abwechselnd, den Nebel auszuspucken und Luft in meine Lunge zu ziehen. Wenn die kleinste Dunstwolke bereits Ravens Fellspitzen versteinert hat, was wird der Nebel in meinem Körper anrichten?

Die Beine brechen unter mir weg und ich sinke auf die Knie. Ich stütze mich mit den Händen auf, so wie vorhin auf dem Steg, und kämpfe mich weiter. Dann eben kriechend. Ich bin so kurz vor dem Ziel. So kurz. Ich werde. Nicht. Aufgeben!

Du hast doch längst aufgegeben, wirft mir Alyss vor. Wie ein eingesperrtes Tier im Käfig geht sie rastlos vor ihrem Thron auf und ab. Die Finger ihrer linken Hand krallen sich um eine schmale Krone. *Die hier hätte dein sein sollen*, wirft sie mir vor. *Aber du musstest ja mit dem Schwanz denken statt mit deinem Kopf.*

Wütend hole ich Luft, um zu erwidern, dass … ich hole Luft! Ich kann wieder atmen. Panisch blicke ich an mir herab, versuche noch einmal zu überprüfen, ob mein Körper bereits unter Hexenbrand leidet. Aber in diesen anderweltlichen Lichtverhältnissen kann ich das nicht erkennen.

Weiter, mahne ich mich selbst und krieche auf das zusammengekrümmte Bündel beim Felsen zu. *Ash!*

Gleich habe ich ihn erreicht. Noch drei Schritte. Noch zwei. Er ist es! Die Gestalt hat die Knie an den Oberkörper gezogen und liegt so, dass sie mir den Rücken zudreht. Aber selbst hier in der Dunkelheit leuchtet sein goldblondes Haar stärker als die Nebelgeister um uns herum.

»Ash.«

Ich strecke den Arm aus und berühre ihn an der Schulter. Sie fühlt sich steif und hart an. Ist sie bereits aus Stein? Es ist gefährlich, jemanden mit Hexenbrand zu berühren, aber ich bin über alles, was klug und sicher ist, längst hinaus.

»Ash!« Ich packe fester zu und versuche, ihn aufzuwecken, ihn zu mir umzudrehen. Erst da bemerke ich die Kälte, die von seinem Körper ausgeht. *Bitte, Ash, sei noch nicht tot.*

Ich nehme meine zweite Hand zu Hilfe, um seinen Körper zu mir herumzurollen. Es gelingt mir – und Ash starrt mich mit weit aufgerissenem Mund, aber unbewegter Miene an. Das Leben ist aus seinen Augen gewichen.

Das Feld der Geister

»Nein!«, schreie ich. »Nein!«

Alles umsonst. So weit gekommen. So viel gewagt. Und alles umsonst. Ich sacke in mich zusammen. Die schmerzhafte Erkenntnis, ihn verloren zu haben, zerreißt mein Herz.

»Rowan?«, erklingt Ashs Stimme da plötzlich, so brüchig und so schwach, dass ich sie beinahe überhört hätte. Das Geisterheer brüllt auf. Ich blicke auf Ash hinunter. Aber sein wunderschönes Gesicht ist immer noch totenstarr.

»Rowan. Bist du …« Ash spricht, aber er bewegt nicht seine Lippen dabei. »Hier?«

Da begreife ich. Zorn kocht in mir hoch. Die Vision des toten Ashs vor mir zerstiebt wie Staub im Wind.

»Ash!«, brülle ich über die Nebelgeister hinweg. »Ash! Wo bist du?«

Ich erkenne, dass ich noch immer an der Stelle knie, an der ich zu Boden gesunken bin. Nur in der Vision bin ich zu Ash gekrochen. Der Felsen, an dem die gekrümmte Gestalt liegt, ist immer noch ein gutes Stück von mir entfernt. Und die Gestalt regt sich.

»Ash!«, rufe ich erneut.

»Rowan …«, antwortet er leise. Selbst über die Entfernung hinweg kann ich sehen, wie ausgemergelt er ist. Dennoch gibt mir sein Anblick Kraft. Ich stemme mich hoch und stolpere auf ihn zu. Die Geister brüllen und ich muss mich gegen sie stemmen wie gegen einen starken Wind. Fetzen von Visionen schwemmen meinen Kopf. Willow wirft mir vor, dass Mutter aus Schmerz über meine Sünden an einem gebrochenen Herzen gestorben ist. Fiona warnt mich, dass ich mich für Ash ins Unglück stürze. Ich ignoriere sie. Vielleicht sind das tatsächlich Möglichkeiten, die die Zukunft für mich bereithält, aber durch Ash habe ich begriffen, dass alles auch anders verlaufen könnte. Das Schicksal kann auch Gutes für uns bereithalten.

An diesen Gedanken klammere ich mich, als ich die letzten Schritte zu ihm überwinde und neben ihm auf die Knie falle.

»Nicht«, bittet mich Ash, als ich ihn in meine Arme schließen will. »Hexenbrand. Vielleicht habe ich …«

Ich warte nicht ab, was er sagen will, sondern ziehe ihn an mich. Er stöhnt leise auf, als ich ihn, so fest ich kann, umarme und ihn an mich drücke. Mich an ihn drücke. Tränen laufen mir übers Gesicht.

Ash zögert einen Herzschlag lang, dann erwidert er meine Umarmung. »Ich wusste, dass du kommen würdest. Ich wusste, dass du mich liebst.«

Ein Kloß bildet sich in meiner Kehle. Ich will ihm so viel sagen, doch ich bringe kein Wort heraus. Ich beginne, seinen Kopf, den er auf meine Schulter gelegt hat, mit Küssen zu bedecken. Ich will ihn nie wieder loslassen.

»Ich liebe dich auch«, murmele ich in sein Haar. Um uns herum droht die Welt unterzugehen und doch halte ich ihn im Arm und bin, für diesen Moment, einfach nur froh. Er ist mir so nah, dass ich durch unsere schmutzigen Hemden hindurch seinen Herzschlag spüren kann. Wir sind dreckig und verschwitzt, aber auch das ist egal.

Es dauert eine Weile, bis ich begreife, dass das Raunen der

Geister um uns herum verstummt ist. Ohne Ash loszulassen drehe ich den Kopf und stelle überrascht fest, dass die leuchtenden Gestalten verschwunden sind. Nur noch hier und da schwebt feiner goldener Nebel über dem Boden.

»Wie …«, murmele ich.

»Hoffnung«, antwortet Ash. »Wenn wir uns haben, sind wir stark genug, uns der Angst zu stellen. Dagegen kommen sie nicht an.«

Und vielleicht hat er recht.

Unwillig lösen wir uns voneinander. Wir können nicht ewig hier im düstergrünen Zwielicht sitzen. Ich greife ihn an den Schultern und drücke ihn auf Armeslänge von mir.

»Du bist ein Idiot«, werfe ich ihm vor. Die Worte klingen liebevoller, als ich es beabsichtigt habe.

Ash verzieht die Lippen zu einem schwachen, schiefen Grinsen. »Aber ich bin dein Idiot.« Kurz wird sein Blick unsicher. »Wenn du willst?«

Ich blicke ihm tief in die Augen. Dann beuge ich mich vor und antworte ihm mit einem Kuss. Seine Lippen sind rissig und aufgesprungen und sein Mund fühlt sich trocken an. Und doch versinke ich sofort wieder in dem wunderbaren Gefühl, zu Hause angekommen zu sein.

Es fällt mir schwer, ihn loszulassen, aber irgendwann muss ich es tun. Ash ist zu geschwächt und die Zeit läuft uns davon.

»Hast du Wasser?«, krächzt er, nachdem wir Atem geschöpft haben.

»Langsam«, weise ich ihn an. »Einen Schluck nach dem anderen.«

Ash trinkt, bis der Wasserschlauch fast leer ist. Verlegen reicht er ihn dann mir. »Ich war so durstig, dass ich das Wasser von den Wänden abgeleckt habe«, gesteht er und schüttelt sich kurz bei der Erinnerung.

»Wie konntest du auch ohne Wasser hierherkommen?«

Er blickt mich an und wirkt ein wenig verletzt. »Ich war mir sicher, dass du mir folgen würdest. Als Stunde um Stunde verstrich …«

»Die Zeit vergeht hier anders«, erkläre ich. Kurz habe ich überlegt, ihm zu verraten, dass seine Schwester mich begleitet hat, aber dazu ist später noch Zeit. »Warum bist du den Feuerfunken hierher gefolgt?«

»Du meinst diese Glühwürmchen?« Er zuckt mit den Schultern. »Was hätte ich sonst tun sollen? Ich hoffte, durch sie finde ich einen Ausgang.« Er lehnt sich mit dem Rücken an den Felsen. »Ich begann tatsächlich zu zweifeln, dass du mir nacheilen würdest.«

Ich hole tief Luft. Mir wird erst klar, was ich sagen werde, als ich es ausspreche. »Du hattest recht, mit allem. Dass wir gemeinsam stärker sind als die Angst. Ich weiß nicht, was die Zukunft bringt. Aber wenn wir es hier herausschaffen, dann … will ich sie mit dir verbringen.«

Ash streckt die Hand nach mir aus, aber kurz ehe seine Finger die meinen umschließen, zuckt er wieder zurück. »Was ist, wenn ich bereits unter Hexenbrand leide?«

»Du hast mich dazu gezwungen, dir in diese Hölle zu folgen. Und darüber machst du dir Gedanken?« Entschlossen greife ich nach seiner Hand. »Glaubst du, du bist stark genug, mit mir über den Steinsteg zurückzuklettern?«

Ash wackelt mit dem Kopf. »Warum öffnest du nicht ein Portal und bringst uns zurück nach Ionnach? Oder Gwilen?«

Blut schießt mir ins Gesicht. »Weil ich den Torstein nicht dabeihabe.«

Es dauert kostbare Augenblicke, bis ich Ash berichtet habe, was alles geschehen ist, seit er sich ins Portal gestürzt hat. Mit jedem Satz werden seine Augen größer.

Als ich geendet habe, drücke ich ihm noch einmal den Wasserschlauch in die Hand, damit er ihn austrinken kann. Im Anschluss daran machen wir uns auf den Rückweg. Auch die letzten Nebelfetzen auf dem Feld der Geister sind verschwunden. Ash ist noch immer schwach auf den Beinen. Wir wissen nicht, wie viel Zeit er im Schattenlabyrinth verbracht hat. Er stützt sich schwer auf mich, als wir zum Steinsteg gehen.

Kurz bin ich versucht, allein über den furchtbaren Abgrund zu klettern und Raven zu bitten, den Eichhörnchenkörper aufzugeben, damit sie ein Portal zu Ash öffnen kann, um ihn nach Hause zu holen. Aber ich weiß nicht, ob die Geister erneut auftauchen, sobald ich Ash allein lasse. Und ich bringe es nicht über mich, ihn nun wieder allein zu lassen, nachdem ich ihn gerade erst gefunden habe. Nervös beobachte ich also, wie er sich vor mir über den steinernen Steg schiebt. Er lässt sich auf alle viere nieder und kriecht auf Händen und Knien voran.

Immerhin lenkt mich die Angst um ihn so sehr davon ab, in die Tiefe zu starren, dass ich überrascht und erleichtert aufatme, als wir die schwarze Knochenklippe wieder erreichen, wo Raven und Gawain uns bereits erwarten. Wir haben es geschafft.

Nun muss ich nur noch mein Versprechen Gawain gegenüber einlösen, und dann können wir alle endlich nach Hause. Mit der Schwarzen Königin und ihrem Geliebten.

»Bring ihn zurück. Jetzt«, bitte ich Raven, aber Ash lässt mir keine Chance.

»Nein. Ich werde nicht gehen.«

»Du musst dich erholen.«

»Nicht ohne dich. Oder Solánge. Und das ist mein letztes Wort.«

Ash lehnt sich an eine Felswand, um zu überspielen, wie geschwächt er ist. Gawain lehnt an einer anderen und beobachtet uns mit verschränkten Armen.

»Helft mir«, fordere ich ihn auf. »Sagt diesen Sturköpfen, wie gefährlich es hier ist.« Ich deute auf Ash und Raven.

»Mir ist egal, ob er mitkommt oder nicht«, sagt der Ritter schließlich. »Aber die kleine Fellnase brauchen wir, wenn sie den Torstein besitzt.«

»Und die Gefahr hier ist nur ein weiterer Grund, warum ich dich nicht allein lasse«, verkündet Ash.

»Du wolltest, dass ich ein Held bin!«, fahre ich ihn an.

»Aber ich habe nie gesagt, dass du allein ein Held sein musst.«

»Raven«, versuche ich es bei meiner besten Freundin. »Wenn du …« Weiter komme ich nicht. Über uns brennt sich ein dünner Lichtstrahl durch die Dunkelheit, der so grell ist, dass mir die Augen tränen. Gleichzeitig beginnt der Boden unter uns zu beben und das Geräusch fallender Steine dringt zu uns heran.

»Was ist das?!« Gawain klingt verängstigt. Er hat sich schützend den Arm vor die Augen gelegt. Wenn ich die Helligkeit bereits unerträglich finde, wie muss er sie dann empfinden, nachdem er so viel länger durch das Labyrinth irrt als ich.

»Die Magier«, keucht Raven entsetzt. »Sie haben mit der Versiegelung begonnen.«

»Hexendreck!« Ich packe Ash an den Schultern. »Ihr müsst gehen!«

»Auf keinen Fall.«

Gawain schiebt sich zwischen uns. »Was meint deine Eichhörnchen-Freundin mit der Versiegelung?«

Ich stöhne. Raven klettert an mir hoch und setzt sich auf meine Schulter. »Der König versucht, diesen Ort magisch zu versiegeln, ehe Cailleach erwacht.«

»Und das sagt ihr mir erst jetzt?!«

»Dafür haben wir keine Zeit.« Ich pflücke mir Raven von der Schulter. »Du *musst* zurück.«

Ein zweiter Lichtstrahl fährt über uns durch das Höhlenlabyrinth und bringt Felsen zum Einstürzen. »Hör mir zu. Hört mir alle einen Augenblick zu.« Ich kann selbst nicht glauben, um was ich sie als Nächstes bitte. »Wenn sie mit der Versiegelung beginnen, ist der Morgen angebrochen. Du musst so schnell wie möglich zu meinem Vater. Er wird auf der Seefeste sein.«

»Sie werden mich nicht zu ihm lassen.«

»Bitte meine Mutter oder eine meiner Schwestern, dich zu begleiten. Und falls sie nicht da sind, bitte Dougal. Er wird dir helfen. Du musst mit Vater sprechen. Sag ihm, was geschehen ist. Sag ihm …« Noch mehr Lichtspeere. Ein weiterer Steinschlag. Ich hole tief Luft. »Sag ihm, dass ich Ash ins Schattenlabyrinth gefolgt bin, um ihn zu retten.«

Raven blickt mich aus riesigen Augen an. »Wenn ich das tue, wird er …?«

Ich nicke entschlossen und greife nach Ashs Hand. Seine Finger verschränken sich um meine. »Er wird begreifen, was das bedeutet, ja. Aber das darf nun keine Rolle spielen. Er ist der Einzige, der König Corwin dazu bringen könnte, die Magier aufzuhalten.« Kurz schließe ich die Augen. »Wenn er sich weigert, geh zu Alyss.«

»Rowan …«

»Du musst sofort gehen.«

»Wenn ich die Kontrolle über das Eichhörnchen aufgebe, wird es tun und lassen, was es will. Wie soll ich euch wiederfinden, wenn es auf und davon ist?«

Gawain öffnet seine Gürteltasche und schüttelt, ohne mit der Wimper zu zucken, deren Inhalt auf den Boden. Eine fingerdicke Rolle Garn fällt zu Boden, ein paar seltsam aussehende Goldmünzen und anderer Krimskrams. »Wir stecken den Nager hier rein.«

»Und hoffen darauf, dass er sich nicht durchs Leder beißt.« Ash nickt, als sei das eine wunderbare Idee.

»Na gut«, gibt sich Raven geschlagen und klettert in den Beutel. »Wünscht mir Glück«, ruft sie. Das können wir wohl alle brauchen.

Weitere Lichtstrahlen zerschneiden das Dunkel über uns. Es ist, als hätte sich Sonnendorn in die Waffe eines Riesen verwandelt, der mit der leuchtenden Klinge aggressiv auf einen Felsen einsticht.

»Wie viel Zeit bleibt uns?«, fragt Gawain, während er Raven in seinem Gürtelbeutel einschließt.

»Ich weiß es nicht«, antworte ich ehrlich.

Der Ritter nickt. »Dann sollten wir uns beeilen.«

Den Göttern sei Dank müssen wir nicht die Knochenklippe hinunterklettern. Wir schieben uns hastig zwischen eng wachsenden Tropfsteinen und schartigen Felsvorsprüngen hindurch tiefer in die Gebeine der Erde. Gawain geht voran, Ash folgt mir. Stur, wie er ist, lässt er sich seine Erschöpfung nicht anmerken.

Es ist nicht so, dass ich nicht mit dem Gedanken gespielt hätte, Gawain zu verraten und meinen Schwur zu brechen. Ich hätte Raven bitten können, uns mit dem Torstein hier herauszuholen. Aber so gern ich das vielleicht auch will. Ich zweifele nicht daran, dass Gawain uns über Cailleach die Wahrheit erzählt hat. Der Elfe wurde ein unbeschreibliches Unrecht angetan. Ich kann nicht zulassen, dass man sie und Gawain lebendig im Schattenlabyrinth begräbt.

Nicht einmal, wenn es um mein Leben geht.

Und vielleicht liegt es auch ein wenig daran, dass mir nicht der Sinn danach steht, mit Ash an meiner Seite schon jetzt meinen Eltern unter die Augen zu treten. Wenn wir das hier überleben, liegt eine schwere Reise vor uns.

Die Gänge, durch die wir uns schieben, werden immer enger. Das Eichhörnchen zappelt wild in Gawains Gürteltasche. Durch das Leder hindurch hören wir es zetern. Als sich hinter Ash ein Felsbrocken von der Decke löst und zu Boden kracht, rutscht mir das Herz in die Hose. Immer wieder frage ich mich, ob uns genug Zeit bleibt. Als wir endlich unser Ziel erreichen, verschlägt es mir die Sprache.

Gawain führt uns in eine gedrungene Höhle, deren Wände und Decke über und über mit Efeu bewachsen sind. Weiße Blumenkelche blühen zwischen den fleischigen grünen Ranken und die Steine am Boden bedeckt weiches Moos. In Dutzenden winzigen Rillen, die sich kreuz und quer durch die Höhle ziehen, glitzert bronzefarbenes Wasser. Feuerfunken schweben darüber. Die Höhle wirkt von Magie durchdrungen, aber ganz anders als die anderen Orte des Schattenlabyrinths, durch die ich bisher gestolpert bin. Ich fühle mich, als sei ich als Däumling in das Innere eines gewaltigen Pflanzengestecks getreten. Das ist jedoch nicht das Seltsamste:

Die Schwarze Königin schläft inmitten der Höhle. Sie ist jedoch weder mit Eisen gefesselt, noch ruht sie auf einem Bett aus Moos. Ihr Körper ist eingeschlossen in einem gewaltigen Findling aus goldgelbem Bernstein. Sie scheint darin zu schweben, reglos erstarrt wie eine Fliege in getrocknetem Harz.

Sie ist wunderschön. Ihr Haar umflutet sie wie schwarzes Wasser. Ihre Augen sind geschlossen, ihre Züge sind feiner und schärfer geschnitten als die eines Menschen. Sie besitzt eine betörende, gefährliche Schönheit, der man sich nicht entziehen kann. Cailleach trägt ein schlichtes Kleid in einem kräftigen Blauton. Feuerfunke um Feuerfunke steigt vom Bernstein auf und schwebt durch die Luft.

»Brianne«, flüstert Ash hinter mir.

Ohne darauf zu achten, ob wir ihm folgen, schreitet Gawain in die Mitte der Höhle und legt seine Hände auf den steinernen Sarg. Seine ganze Haltung strahlt Sehnsucht aus. Cailleach und er mögen niemals Liebende gewesen sein. Sein Herz jedoch schlägt nur für sie, das kann ich deutlich erkennen.

»Du wirst sie nicht verletzen?«, fragt er sorgenvoll, als er sich mir zuwendet. Kurz zucke ich zusammen, weil mir einfällt, dass ich mir sehr wohl überlegt habe, sie mit einem Schwertstreich Sonnendorns ins Jenseits zu befördern, nachdem ich ihr Gefängnis gesprengt habe.

»Nein«, sage ich nun, und ich meine es ehrlich.

Ich ziehe das Schwert aus seiner Scheide und durchquere die Höhle. Das Moos fühlt sich weich unter meinen Füßen an. Alles scheint schön und friedlich. Die Geräusche fallender Felsen dringen nicht bis hierher.

Glühwürmchen – Feuerfunken – fliegen mir entgegen, aber als Sonnendorn hell aufflammt, wechseln sie die Richtung. Mit leuchtender Klinge trete ich neben Gawain.

»Was soll ich tun?«

Ernst blickt mich der Ritter an. »Mit meinem Dolch und mit Felsbrocken habe ich auf ihr Gefängnis eingeschlagen, ohne dass er auch nur einen Kratzer davongetragen hat. Lass uns sehen, was dein Zauberschwert ausrichtet.«

Ash tritt an unsere Seite. »Was wird geschehen, wenn der Bernstein bricht?«

»Der Zauber wird zerschellen, mit dem ich sie gebannt habe. Und sie wird erwachen.« Gawain lächelt mich traurig an. »Sie wird nicht friedlich sein.«

Ich nicke und verstärke meinen Griff um das Heft von Sonnendorn. »Weiß sie, dass Ihr es wart?«

»Der sie verraten und zu diesem Schicksal verdammt hat? Ja.«

»Dann betet zu Tuath und Briann, dass alles gut geht.«

»Egal, was geschieht. Ich kann sie nicht länger so liegen sehen. Dreihundert Jahre sind genug.«

»Dann ist der Moment gekommen.«

Als was wird Cailleach erwachen? Als die Furie, zu der König Kevan sie gemacht hat, oder als die Elfe, in die sich Gawain verliebte? So oder so. Um uns herum geht die Welt unter und wenn wir Menschen ihr etwas schulden, dann zumindest die Möglichkeit, sich selbst zu retten. Gawain hat recht: Dreihundert Jahre sind genug.

Ich blicke hinüber zu Ash und hoffe, dass er meine Entscheidung versteht. Ich weiß, wie unvernünftig sie ist. Aber das ist er schließlich auch.

»Alles wird gut«, sage ich, und wünschte, ich könnte mir dessen sicher sein.

Ash nickt mir aufmunternd zu. Als ich mich abwenden will, fällt mein Blick auf seine Hände. Im Schattenlabyrinth war es zu dunkel, um es zu sehen. Im hellen Licht der kleinen Höhle kann ich überdeutlich erkennen, dass seine Fingerspitzen grau verfärbt sind. Vom Staub? Oder …

Darüber darf ich jetzt nicht nachdenken.

Ash tritt zur Seite und ich hebe das Schwert mit beiden Händen über den Kopf.

»Rowan!«

Das ist wieder die piepsige Stimme des Eichhörnchens.

»Raven?« Ich lasse das Schwert sinken. »Lasst sie heraus«, verlange ich von Gawain. »Es könnte wichtig sein.«

Ich sehe dem Ritter an, dass ihm meine Forderung nicht gefällt. Doch wir beide wissen, dass er selbst das Artefakt nicht wird führen können.

Zögerlich öffnet er den Beutel. Ich erschrecke, als das Eichhörnchen seinen spitzen Kopf daraus hervorstreckt. Sowohl die pinselartigen Puschel auf seinen Ohren, als auch das Fell im niedlichen Gesicht hat sich grau verfärbt. Ehe ich etwas sagen kann, hüpft Raven in hohem Bogen aus dem Beutel, kommt im Moos auf und blickt sich um.

»Tuath sei Dank«, ruft sie. »Ich habe euch gefunden.« Und dann sackt es nach vorne, lässt sich auf alle viere nieder und schüttelt kurz den Kopf.

»Was …?«, beginne ich, aber schon springt das Eichhörnchen über eines der goldroten Rinnsale, dem Ausgang entgegenstrebend, und vor uns in der Luft zerreißt das Gewebe der Welt. Ein schwarzes Loch breitet sich aus, in dem Myriaden von Sternen wirbeln.

»Das Tor …«, flüstert Gawain und streckt ehrfürchtig die Hand in die Richtung des Portals, auch wenn er einige Schritte zu weit weg steht, um wirklich hineinzugreifen. Im gleichen Moment, in dem ich nach vorne treten will, tritt Raven – die echte Raven, nicht in der Hülle des Eichhörnchens – aus dem Loch in die Höhle und das Portal hinter ihr schrumpft zusammen, bis es sich in Nichts auflöst.

Mit rudernden Armen kämpft Raven um ihr Gleichgewicht. In einer ihrer Hände hält sie den Torstein.

»Raven!«, entfährt es mir aufgebracht. »Was machst du hier?«

Das Erwachen der Schwarzen Königin

»Ist alles gut gegangen?«, fragt Ash.

Raven geht in die Hocke, stützt sich kurz auf den bemoosten Steinen ab, und schüttelt den Kopf. »Es ist zu spät. Dein Vater spricht mit dem König. Aber die Magier haben bereits mit dem Versiegeln begonnen …«

»Und?!«, drängt Ash.

»Sie können es nicht aufhalten!« Sie richtet sich auf. »Ich habe den Torstein dabei.«

»Noch nicht«, grollt Gawain und geht auf sie zu. Raven zuckt zusammen, aber ehe Gawain sie erreichen kann, schiebt sich Ash schützend zwischen sie. Es geht alles so schnell, dass sich mir der Kopf dreht.

»Vater. Was hat er gesagt?«, will ich wissen.

Raven wendet mir den Kopf zu und lächelt. Ist es traurig oder zuversichtlich? Ehe sie antworten kann, ergreift Gawain das Wort. »Du musst erst Cailleach befreien. Du hast es geschworen.«

»Und Solánge …«, fordert Ash. »Wir müssen sie holen.«

»Wenn wir noch lange zögern, ist es für uns alle vorbei.« Raven drückt den Torstein an sich. »Das Ritual ist fast beendet.«

Wir haben keine Zeit zu verlieren. »Haltet Abstand«, verlange ich und verlagere mein Gewicht wieder auf beide Beine. Noch einmal hebe ich das Schwert hoch über meinen

Kopf. Dann lasse ich es mit einem Schrei auf den Bernstein herunterfahren. Die Klinge beschreibt einen leuchtenden Bogen, wie eine Sternschnuppe. Sie wird heller und heller. Als die Schneide auf Stein trifft, strahlt sie wie Mondlicht. Ein dumpfes Dröhnen wie von einer gewaltigen Glocke erklingt und mein ganzer Körper vibriert. Ich taumele zurück, jemand fängt mich auf. Als ich nach vorne blicke, halte ich nur noch Sonnendorns Heft in meiner Hand. Die Klinge ist verschwunden, ebenso der Bernstein. Nicht einmal Brocken sind von ihm übrig geblieben. Cailleach liegt auf dem weichen Moos des Höhlenbodens und blinzelt uns aus blattgrünen Augen verwirrt entgegen. Zwischen ihren Haaren lugen ihre spitz zulaufenden Elfenohren hervor.

»Herrin.« Gawain lässt sich neben ihr auf ein Knie sinken.

Die Königin dreht ihm den Kopf zu. Und erstarrt. Ihr ganzer Körper versteift sich und ihrer Kehle entsteigt ein wortloses, gutturales Knurren. Um uns herum beginnt es zu rascheln. Efeustränge lösen sich von den Wänden und winden sich wie beseelte Lebewesen. Die weißen Blumenkelche, die zwischen ihnen blühen, verfärben sich dunkelrot.

»Cailleach, nicht.« Gawain greift nach ihrer Hand, aber sie zuckt zurück. Ihrem Haar scheinen Schatten zu entsteigen. *Schwarze Königin*, durchfährt es mich.

»Es ist dreihundert Jahre her!«

Das ist Ravens Stimme. Die Königin reißt die Augen auf. »Was?«, fragt sie verwirrt.

»Das Mädchen spricht die Wahrheit«, sagt Gawain und streckt seiner Königin noch einmal die Hand entgegen. Cailleach ignoriert ihn auch diesmal. In einer fließenden Bewegung, die ihr zartes Aussehen Lügen straft, steht sie auf und blickt sich in der Höhle um. Feuerfunken fliegen auf sie zu und setzen sich wie Perlenschmuck in ihr Haar. Die Efeuranken reiben sich noch immer wispernd aneinander.

Einen nach dem anderen mustert Cailleach uns. In ihrer aufrechten Haltung und dem Selbstbewusstsein in ihrem Blick erinnert sie mich an Alyss.

Verlegen lasse ich das Heft von Sonnendorn fallen, lege die Hände übereinander und nicke ihr in einer untertänigen Geste zu. Ash neben mir neigt den Kopf ebenfalls.

»Was ist passiert?«, fragt die Elfenkönigin. Ihre Stimme klingt sanft. Aber sie duldet keinen Widerspruch. Ratlos blicken wir uns an. In Ravens Augen schwimmen Tränen der Verzweiflung. Für all das haben wir keine Zeit.

»Ich habe dich verraten, Herrin«, sagt Gawain schließlich. »Und der Junge dort«, er deutet auf mich, »hat dich gerettet.«

Mit klopfendem Herzen beobachten Raven, Ash und ich Gawain dabei, wie er Königin Cailleach in knappen Worten erklärt, was geschehen ist. Ash und ich sind inzwischen zu Raven getreten, aber als sie nach meiner Hand greift, um sie zu drücken, schüttele ich schnell den Kopf und trete einen Schritt zur Seite. Angstvoll schiele ich wieder hinüber zu Ashs Händen, deren Fingerspitzen grau sind. Raven, die meinem Blick gefolgt ist, schlägt sich die Hand vor den Mund. *Du auch?*, scheinen ihre Augen mich zu fragen.

Ich weiß es nicht, also zucke ich nur mit den Schultern.

Cailleach erwidert nichts auf Gawains Geschichte. Gar nichts. Nachdem er geendet hat, sieht sie ihn einen Augenblick an, dann dreht sie sich wortlos um und läuft hinüber zu der Stelle, an der ich Sonnendorns Heft fallen ließ, und hebt die Überreste des Artefakts auf. Nachdenklich dreht sie es in den Händen.

»Was geschieht nun?«, fragt Ash, der wohl die Stille nicht mehr aushält.

Cailleach dreht sich zu uns um und mustert ihn nachdenklich. Noch immer bleibt sie stumm.

»Uns läuft die Zeit davon«, dränge ich. »Könnt Ihr unsere Gefährtin retten?«

»Ihr wollt mich mit euch zurücknehmen?« Mit dem Heft in der Hand geht sie auf uns zu. Sie mustert uns, als könne sie nicht glauben, was sie vor sich sieht. Gawain ignoriert sie weiterhin.

»Bitte«, flüstert Raven und streckt ihr den Torstein entgegen. Ihr Oberkörper zittert so stark, dass ich glaube, er würde ihr jeden Augenblick entgleiten. »Er gehört Euch, Majestät.«

Ravens Geste versetzt mir einen Stich. Ich weiß, was ihr der Torstein bedeutet. Dass sie glaubt, nicht ohne ihn überleben zu können, weil er ihr Schild und ihr Schutz ist. Nie war ich stolzer auf sie als in diesem Augenblick.

Beim Anblick des jadegrünen Orbs verändern sich Cailleachs Züge. Ihr Gesicht beginnt zu strahlen und überrascht stelle ich fest, dass sie noch schöner aussehen kann. Sie geht auf Raven zu und pflückt ihr den Torstein aus der Hand. Gedankenverloren betrachtet sie ihn.

»Ihr glaubt, ich will in eure Welt zurück?«, fragt sie verwundert und blickt nun doch endlich zu Gawain. »Wo man mich verlassen und verraten hat?«

Der Ritter senkt den Kopf.

»Er tat es, um Euch zu retten«, sage ich und sie wendet sich mir zu.

»Und bist du deshalb hier?«

»Nein.« Trotz der grauen Stellen auf seiner Haut ergreife ich Ashs Hand. »Ich bin seinetwegen gekommen.«

Ich habe meine Geschichte noch nicht fertig erzählt, als ein Lichtspeer mitten durch den Raum fährt und eine rauchende Kerbe im Boden hinterlässt. Den Göttern sei Dank erwischt sie keinen von uns. Ich schäme mich nicht zuzugeben, dass ich ebenso wie Raven und Ash erschrocken aufbrülle. Als ich mich Cailleach zuwende, ist das gefährliche Funkeln in ihre Augen zurückgekehrt.

»Sie wollen mich einsperren. Ein weiteres Mal?«

»Diesmal ist es anders«, sage ich. »Sie wissen nicht ...«

»Wir müssen gehen, sofort«, beschwört Gawain seine Königin. Cailleach hebt die Hand und gebietet uns zu schweigen. Dann führt sie die andere vor ihr Gesicht und betrachtet den Torstein. »Du hast gut auf ihn achtgegeben.« Sie spricht mit Raven, ohne sie anzuschauen.

»Er ist seit Generationen in meiner Familie«, gibt diese zu.

»Und dennoch ist nie jemand aus deiner Familie gekommen, um mich zu retten.« Raven schluckt. Doch als Cailleach sich nun zu ihr umdreht, lächelt sie geheimnisvoll. »Bis heute.«

Ein weiterer Lichtblitz fährt durch die Höhle. Er zerschneidet Efeuranken und lässt sie als vertrocknete Pflanzenstängel zu Boden fallen. Cailleach zuckt zusammen, als hätte der Lichtstrahl sie erwischt.

»Bitte, Majestät«, versucht es Raven.

Cailleach schnaubt. Sie legt den Kopf in den Nacken, schließt die Augen und streckt die Arme aus. Als der nächste Lichtspeer die Dunkelheit durchdringt, stößt sie einen Schrei aus. Mehr Feuerfunken, als sich in ihr Haar gesetzt haben, viel mehr, steigen von ihr auf und nehmen eine tiefrote Färbung an. Der Lichtspeer verschwindet, ausgelöscht, ehe er sein Werk vollenden kann.

Cailleachs Brustkorb hebt und senkt sich schwer. Als sie den Kopf wendet und zu sprechen beginnt, klingt ihre Stimme voller, hallender. »Bláth Bàn mag gefallen sein, aber ich bin immer noch seine Herrin.«

Die Efeuranken kriechen von den Wänden auf sie zu.

»Das Schattenlabyrinth«, flüstert Raven schockiert. »Es speist ihre Macht.«

»Zeit ist unwichtig«, verkündet Cailleach, ehe ich Raven antworten kann. Immer mehr Feuerfunken streben vom Eingang her in die Grotte und umgeben die Elfe wie ein Nachthimmel aus zornigroten Sternen. Cailleach lacht auf.

»Es war ein Fehler«, flüstert Ash neben mir und ich drücke seine Finger fester. Was geschehen ist, ist geschehen. Es ist zu spät.

»Ich werde nicht mit Euch zurückkehren«, sagt Cailleach und kommt langsam auf uns zu. Erleichterung durchströmt mich, denn ihre Worte können doch nur bedeuten, dass sie uns zurückkehren lässt. Sie schreitet an uns vorbei und blickt dabei jedem Einzelnen von uns in die Augen. Dann wendet sie sich abrupt ab und Gawain zu. Sanft legt sie ihm die Finger auf die Wange. »Ich werde tun, was ich vor vielen, vielen Jahren bereits hätte tun sollen. Ich werde zu meinem Volk zurückkehren. In eine andere Welt. Willst du mich begleiten?«

Gawain klappt den Mund auf und zu, bleibt aber stumm wie ein Fisch.

»Euch verraten«, stößt er schließlich mühevoll hervor. Das Blut, das ihm in den Kopf steigt, lässt sein Gesicht rot leuchten wie die Feuerfunken.

»Du bist all die Jahre nicht von meiner Seite gewichen«, sagt sie leise. »Der Efeu flüstert es mir zu. Das Wasser raunt, dass du mir die Treue gehalten hast. Ich weiß alles, was geschehen ist.«

Tränen schimmern in Gawains Augen. »Ich wollte Euch nicht verraten, Herrin. Ich wollte Euch retten.«

»Du kannst auch mit diesen hier zu deinesgleichen gehen.« Ohne sich umzublicken, deutet sie zu uns. »In dieser anderen Welt wärst du der einzige Mensch unter Unsterblichen. Ich weiß, wie schwer es ist, von seiner Art getrennt zu sein.«

»Ich …« Gawain senkt kurz den Kopf. Aber dann hebt er ihn und blickt seiner Königin direkt in die Augen. »Ich will dorthin gehen, wo Ihr hingeht.«

»Ich habe Kevan geliebt, Gawain. Und ein Teil von mir liebt ihn immer noch.«

»Ich weiß.«

»Dann soll es so sein.« Die Elfe beugt sich vor und umarmt den Ritter, der sie verraten und gerettet hat. Gawain zittert in ihren Armen. Ich bin mir sicher, dass es ihn alle Mühe kostet, Tränen zurückzuhalten. Denn so ist es mir an seiner Stelle gegangen. Dann wendet sich Cailleach uns zu.

Ein neuer Anfang

Seit ich sie kenne, habe ich nicht erlebt, dass Solánge jemals die Worte gefehlt hätten. Jetzt blickt sie uns alle sprachlos an. Mit aufgerissenem Mund steht sie vor uns, das Haar und die Kleider noch feucht von ihrem Sturz in den unterirdischen Tümpel, der ihr das Leben gerettet hat. Cailleach hat nur eine Geste mit der Hand machen müssen, und sie war bei uns. Eine zweite Geste hat sie geweckt.

Ash will meine Hand loslassen, wohl, um seine Schwester in die Arme zu nehmen, aber ich gebe ihn nicht frei. »Das geht nicht«, sage ich und lenke seine Aufmerksamkeit auf die grauen Stellen auf seinen Fingern, die sich inzwischen bis zu den Knöcheln ausgebreitet haben. Wir können uns nicht mehr länger etwas vormachen. Es hat ihn erwischt.

Ash schluckt.

»Noch nicht«, antworte ich stur, weil ich nicht diesen ganzen Weg gegangen bin, um jetzt aufzugeben. »Königin Cailleach. Ich muss Euch um einen weiteren Gefallen bitten«, sage ich fest.

»Ich kann Geschehenes nicht ungeschehen machen«, antwortet mir die Königin, nachdem sie einen Blick auf Ashs vom Hexenbrand gezeichnete Hautstellen geworfen hat. »Doch ihr müsst euch nicht fürchten. Mein Volk hat diese Welt verlassen, weil sich unsere Magie und eure Lebensweise nicht miteinander vertragen. Das ist es, was Iriann krank macht. Ich weiß von Elfen, die unter dem Zauberbrand litten und diese

Welt verlassen haben. In ihrer neuen Heimat wurden sie wieder gesund.«

»Aber ich möchte nicht mit in Eure Anderswelt«, murmelt Ash.

»Du nicht«, antwortet Cailleach ihm. »Aber die Magie wird mit mir gehen. Ich bin die letzte Elfe in Iriann.«

»Was wird mit den Schattenkreaturen geschehen?«, entschlüpft es mir. »Den Steinernen.« Nun, wo ich weiß, dass sie nicht die Monster sind, für die ich sie all die Jahre gehalten habe, empfinde ich Mitleid für sie.

»Die Menschen, die sie waren, sind schon vor langer Zeit gestorben.« Cailleachs Stimme klingt etwas kälter als soeben. »Zu Stein sind sie geworden. Stein werden sie bleiben.« Sie blickt mich an. »Jedoch nicht dein Gefährte.«

»Kein Hexenbrand mehr«, flüstert Raven neben mir. »Und keine Artefakte.«

Zu Beginn des Sommers haben wir uns darüber unterhalten, was geschehen würde, wenn der König das Schattenlabyrinth versiegeln ließe und die Magie aus Iriann verschwände. Ich habe ihr versprochen, dass sie immer einen Platz in meinem Heim haben wird. Nun weiß ich nicht einmal mehr, ob ich selbst noch eines besitze. Ich nehme an, wir müssen beide herausfinden, wie unser Leben in Zukunft aussieht.

Cailleach wendet sich an Gawain und legt ihm den Torstein in die Hand. »Hüte ihn kurz für mich.« Sein Gesicht leuchtet auf, weil sie ihm mit dieser Geste deutlicher zeigt, dass sie ihm vergeben hat, als sie das mit Worten jemals könnte.

Sie sinkt zu Boden, drückt beide Hände in das feuchte Moos der Höhle und schließt kurz die Augen. Dabei legt sie den Kopf schief, als lausche sie einem Flüstern, das wir nicht wahrnehmen können.

Diesmal richtet sie ihre Worte an uns alle, als sie aufsteht. »Seid ihr bereit?«

Und das sind wir.

Wir verabschieden uns von der Elfe und dem Ritter und stellen uns in einer Reihe auf, während Cailleach mit Ravens Torstein ein weiteres Portal öffnet. Nacheinander tauchen wir hinein in das schwarze Sternenmeer, das uns in die Wirklichkeit zurückbringen soll: zunächst Raven, dann Solánge, Ash, zuletzt ich. Noch im Gehen werfe ich einen letzten Blick in einen der düsteren Höhlentunnel, durch die ich mich so lange, viel zu lange, gekämpft habe.

Was wird Gwyn Raghaillach dazu sagen, dass ich die Schwarze Königin befreit habe? Was Alyss? Was meine Familie? Was werden sie zu mir und Ash sagen?

Ich kann ein leises Lächeln nicht unterdrücken, als ich mich in das Sternenmeer vor mir fallen lasse, das mich fort von hier bringt.

Cailleachs Portal, das letzte magische Portal, das ich jemals durchschreiten werde, führt uns nicht zurück nach Ionnach. Zu viert stehen wir auf jenem Hügelkamm, an dem ich vor vielen Wochen mit Vater war. Die Morgensonne erklettert den Horizont und taucht das Schattenlabyrinth in Feuer. Es erinnert noch immer an das Gebiss eines Riesen, aber es riecht nicht mehr nach Rauch und Verwesung. Auch das Prickeln der Magie ist verschwunden. Die Luft duftet süß und frisch nach Sommerblüten und Gras.

»Zeig mir deine Hand!«, fordere ich Ash auf.

Seine Haut ist weich und rosa. Keine Spur von Grau, sieht man einmal von dem Schmutz ab, der sich unter seinen Fingernägeln gesammelt hat.

»Sie hatte recht!«, jubelt er. Lachend fallen wir vier uns in die Arme.

»Das wird ein langer Weg nach Ionnach«, ruft Solánge, aber sie klingt fröhlich dabei.

»Ganz in der Nähe gibt es ein Gasthaus«, sage ich.

Raven zupft am Saum meines Hemdes. »Ich bezweifle stark, dass sie euch dort einlassen.« Sie ist die Einzige, die nicht vor Dreck starrt.

»Mir ist egal, wo ich heute Nacht schlafe«, verkündet Ash und zieht mich dicht an sich. »Wenn ich nur bei dir bin.«

Ich erwidere seine Umarmung und lehne meine Stirn an seine. »Ich will auch nirgendwo anders sein als bei dir.«

Wir lächeln. Es braucht nicht den Strand von Gwilen, begreife ich, um glücklich mit ihm zu sein.

»Mach nie wieder so etwas Dummes«, verlange ich.

Ashs Blick wird ernst. »Bitte verlass mich nicht.«

Unsere Herzen schlagen im gleichen Takt. Ich lege meine Lippen auf die seinen und küsse ihn. Ich vergesse für einen kostbaren Augenblick, dass wir beide nicht allein sind. Ich vergesse alles außer Ash und mich. Der Moment wird zu einer kleinen Ewigkeit.

Erst als sich Solánge und Raven hinter uns räuspern, lösen wir uns voneinander und grinsen uns wissend, dann die beiden anderen verlegen an.

»Es ist noch ein ganzes Stück zu Fuß, aber der Goldene

Wächter liegt in diese Richtung.« Ich deute nach Osten und wir machen uns auf den Weg.

Nach unserem albtraumhaften Abenteuer in der Dunkelheit müsste ich so erschöpft sein, dass ich keinen Fuß mehr vor den anderen setzen kann. Aber unsere Rettung und Ashs Heilung gibt uns allen Kraft.

Die Ruinen des Schattenlabyrinths, die hinter uns zurückbleiben, sind nur noch Ruinen und die Magie ist für immer verschwunden. Aber ich ergreife Ashs Hand und denke:

Solange es die Liebe gibt, hat die Welt nicht ihren Zauber verloren.

ENDE

Danksagung

Schwule Helden sind in der Fantasy rar gesät. Es macht mich sehr glücklich, dieses Buch mit euch teilen zu dürfen.

Ein riesengroßes Dankeschön geht deshalb als Allererstes an meine wunderbare Lektorin Emily Huggins. Ohne sie gäbe es *Rowan & Ash* nicht. »Könntest du dir vorstellen, auch mal ein Jugendbuch mit einer schwulen Hauptfigur zu schreiben?«, hat sie mich Anfang 2019 gefragt. Und dabei offene Türen eingerannt. Natürlich hatte ich schon eine entsprechende Idee im Hinterkopf. Danke, dass du an dieses Projekt vom ersten Moment an geglaubt und mir während des Lektorats geholfen hast, Rowans Geschichte stärker und besser zu machen.

Danke überhaupt an das ganze Team im Ueberreuter Verlag für euren Einsatz, dafür, dass ihr mich in so viele Produktionsschritte und Entscheidungen mit einbezieht und dafür, dass ihr mir immer das Gefühl gebt, bei euch willkommen zu sein. Wem ich diesmal besonders danken möchte, ist Lena Keil, die sich auf spontane Social-Media-Ideen auch dann eingelassen hat, wenn sie dafür ihren Tages- und Freizeitplan umkrempeln musste.

Während der Entstehungsphase dieses Romans haben mich viele Buchmenschen sehr unterstützt:

Kathrin Tordasi und Nina & Stephan Bellem, meine #moageeks – ihr seid von Anfang an dabei. Danke, dass ihr auch dann noch ein offenes Ohr für mich habt, wenn ich mich zum hundertsten Mal im Kreis drehe.

Andreas Suchanek, Nica Stevens und Nina MacKay – meine #schreibwg. Anfangs dachten wir, wir wären einfach eine nette Arbeitsgruppe. Inzwischen gehört ihr zu den wichtigsten Menschen in meinem Leben.

Julia Adrian, Julia Dessalles und Katharina V. Haderer – auch ihr steht mir immer mit Rat & Tat zur Seite, egal um was es geht.

Gleiches gilt für Jessica Schmitz und Corinna Götte, die mit mir gefeiert haben, als vom Verlag die Zusage für *Rowan & Ash* kam. (Es gab Burger.)

Danke für eure Unterstützung besonders für dieses Projekt zudem an Alana Falk, Alexandra Fuchs, Anika Beer, Ava Reed, Christine Lehnen, Julianna Grohe, Lin Rina, Lisa Pohlers, Lisa Rosenbecker, Lukas Hainer, Mira Valentin, Mirjam H. Hüberli, Nina Blazon, Olga Krouk, Sara Bow, Stefanie Hasse und Tanja Voosen. Danke meinen Ueberreuter-Kolleg*innen, den Drachen und den Mitgliedern des Phantastik Autoren Netzwerks.

Danke an Alexander Kopainski für das bombastische Cover (again). Und an die Autorinnen und Autoren queerer Phantastik, ob nun own voices oder nicht.

Natürlich gibt es auch Menschen, die nichts direkt mit der Buchbranche zu tun haben, denen ich aber Danke sagen möchte:

Mama und Papa. Danke, dass ihr mich nie daran habt zweifeln lassen, dass es zu hundert Prozent okay ist, ich selbst zu sein, nachdem ich »es« euch damals gesagt habe.

Sebastian. Aus dem gleichen Grund.

Meiner restlichen Familie, der ich mich so nah fühle, obwohl ich jetzt seit vielen Jahren so weit weg von euch wohne.

Meine Arbeitskolleg*innen, die Verständnis dafür haben, dass mir das Schreiben wichtig ist, v.a. Christian, Doreen, Heidrun, Kristina, Nina, Sascha, Sylvia, Tanja, Tom und Vanessa. Und natürlich Daniel, der mich während einer Zugreise fleißig auf Fehler im Manuskript aufmerksam und Namensvorschläge gemacht hat. Zur Nennung als Co-Autor hat es leider trotzdem nicht ganz gereicht, Daniel. ,-)

Astrid, Florian, Mario & Stephan, die dafür Verständnis aufbrachten, dass ich keine Zeit hatte, weil ich am Roman arbeitete – und die trotzdem für mich da waren, wenn ich aus der Versenkung aufgetaucht bin.

Und jenen Freunden, die in dieser verrückten Coming-Out- und Coming-of-Age-Zeit für mich da waren (und teilweise den gleichen Weg wie ich gegangen sind): Axel, Andrea, Eva, Christina, Claudia, Daniela, Isabella, Jürgen, Kai, Marion, Sabine und Sylvia. Achim, Marco und Stefan. Meine Gaukler, meine Elfen und die Mitglieder von GayWürz, der schwulen Jugendgruppe in Würzburg. (Ja, sie hieß wirklich so.)

Jan. Durch dich hat sich mein ganzes Leben geändert. Du hast mich auf eine bestimmte Art mutig gemacht. Danke.

Vielen Dank an die Buchhändler*innen, Blogger*innen, Bookstagrammer*innen, Pressemenschen und Vertreter*innen, die sich für Bücher wie dieses stark machen.

Und vielen Dank an euch Leserinnen und Leser!

Zunächst an die queeren unter euch: Ich hoffe, euch hat dieses Buch gefallen, auch wenn ihr vielleicht ganz anders seid als Rowan (oder Ash). »Den« Schwulen oder »die« Lesbe gibt es schließlich nicht. Falls ihr euch allein fühlt und/oder noch nicht geoutet seid, bitte denkt dran, dass es in vielen Städten queere Jugendgruppen und Beratungsstellen gibt. Dort findet ihr Hilfe und Gleichgesinnte. Die meisten findet ihr im Verzeichnis von https://lambda-online.de.

Und an die nicht-queeren unter euch: Es freut mich so sehr, dass ihr Rowan durchs Schattenlabyrinth begleitet habt. Oft heißt es, ihr interessiert euch nicht für solche Geschichten. Ihr beweist das Gegenteil. Danke!

Falls ihr euch über *Rowan & Ash* mit mir austauschen möchtet, erreicht ihr mich auf Instagram (@christian.handel) oder via www.christianhandel.de. Es würde mich wirklich freuen, von euch zu lesen.

Vergesst nie: Jeder Mensch kann ein Held sein!

Christian Handel, Mai 2020